PARA CONQUISTAR UM LIBERTINO

RECEBA ESTA ALIANÇA
LIVRO 1

OBRAS DA AUTORA JÁ PUBLICADAS PELA HARLEQUIN

Trilogia dos Canalhas
Como se vingar de um cretino
Como encantar um canalha
Como salvar um herói

Receba Esta Aliança
Para conquistar um libertino

Suzanne Enoch

Para Conquistar um Libertino

RECEBA ESTA ALIANÇA
LIVRO 1

TRADUÇÃO
Daniela Rigon

Rio de Janeiro, 2021

Copyright © 2000 by Suzanne Enoch. All rights reserved.
Título original: Reforming a Rake

Todos os personagens neste livro são fictícios. Qualquer semelhança com pessoas vivas ou mortas é mera coincidência.

Direitos de edição da obra em língua portuguesa no Brasil adquiridos pela Editora HR LTDA. Todos os direitos reservados. Nenhuma parte desta obra pode ser apropriada e estocada em sistema de banco de dados ou processo similar, em qualquer forma ou meio, seja eletrônico, de fotocópia, gravação etc., sem a permissão do detentor do copyright.

Direitos exclusivos de publicação em língua portuguesa cedidos pela Harlequin Enterprises II B.V./ S.À.R.L para Editora HR Ltda.

A Harlequin é um selo da HarperCollins Brasil.

Contatos: Rua da Quitanda, 86, sala 218 — Centro — 20091-005
Rio de Janeiro — RJ
Tel.: (21) 3175-1030

Diretora editorial: *Raquel Cozer*

Editor: *Julia Barreto*

Copidesque: *Marina Munhoz*

Revisão: *Carolina Vaz*

Imagem de capa: © *Ilina Simeonova / Trevillion Images*

Capa: *Renata Vidal*

Diagramação: *Abreu's System*

CIP-Brasil. Catalogação na Publicação
Sindicato Nacional dos Editores de Livros, RJ

E51p

Enoch, Suzanne, 1964-
Para conquistar um libertino / Suzanne Enoch; tradução
Daniela Rigon. – 1. ed. – Rio de Janeiro: Harlequin, 2021.
320 p.   (Receba esta aliança ; 1)

Tradução de: Reforming a rake
ISBN 9786587721262

1. Romance americano. I. Rigon, Daniela. II. Título.
III. Série.

20-66782

CDD: 813
CDU: 82-31(73)

Camila Donis Hartmann – Bibliotecária – CRB-7/6472

Para Kay Kerby,
Carol Zukoski,
Helen Kinsey,
Jim Drummond.
Vocês me ensinaram, inspiraram e compartilharam as alegrias da literatura,
do aprendizado e da vida.
Aos meus professores, todo o meu amor e gratidão.

Capítulo 1

Lucien Balfour, sexto conde da Abadia de Kilcairn, encostou-se em um dos pilares de mármore na entrada da casa dos Balfour e observou as nuvens de tempestade se acumularem no céu.

— "Pelo comichar do meu polegar" — murmurou ele, fumando o charuto — "sei que deste lado vem vindo um malvado."

Embora um céu ameaçador e turvo pairasse sobre o lado oeste de Londres, não era aquela tempestade que preocupava Lucien Balfour. Uma tempestade maior galopava em sua direção: ele estava prestes a receber em sua casa a serva do Satanás e sua mãe.

Atrás dele, a porta da frente se abriu sem ruído. Lucien olhou para o céu quando um trovão demorado iluminou os telhados de Mayfair.

— O que foi, Wimbole?

— O senhor pediu que eu o avisasse às três horas — respondeu o mordomo com sua monotonia costumeira. — O relógio acabou de bater.

Lucien tragou o charuto mais uma vez, deixando a fumaça sair da boca e ser levada pela brisa forte.

— Certifique-se de que as janelas do escritório estão fechadas e dê um copo de uísque ao sr. Mullins. Imagino que ele precisará de uma bebida em breve.

— Claro, senhor.

A porta se fechou novamente.

A chuva começou a cair nos degraus de granito diante dele no momento em que uma carruagem entrava na rua Grosvenor e tomava a direção da mansão. Lucien deu uma última e longa tragada no charuto, apagou-o contra o pilar e o jogou fora. As harpias eram incrivelmente pontuais.

A porta da frente voltou a se abrir, e Wimbole, acompanhado de meia dúzia de criados uniformizados, apareceu a seu lado no mesmo instante em que a carruagem escura e monstruosa parou abruptamente ao pé da escada. Um segundo veículo, menos ostensivo que o primeiro, parou logo atrás.

Enquanto Wimbole e seus homens avançavam, o sr. Mullins assumiu a posição que o mordomo ocupara no pórtico.

— Milorde, devo novamente elogiá-lo por sua dedicação ao dever familiar.

Lucien olhou para o advogado.

— Duas pessoas assinam um pedaço de papel antes de morrer, e eu preciso lidar com os resultados. Não me elogie por ficar refém de algo que não consegui evitar.

— Mesmo assim, milorde…— O homem se interrompeu quando o primeiro passageiro da carruagem emergiu na garoa leve. — Meu Deus — engasgou ele.

— Deus não tem nada a ver com isso — murmurou Lucien.

Fiona Delacroix caminhou para a entrada e, movimentando seus dedos enluvados, acenou para que Wimbole trouxesse sua bengala. A mulher parecia não notar a chuva, mas, dado o tamanho do chapéu empoleirado em seu reluzente cabelo alaranjado, era provável que só percebesse o aguaceiro depois que o peso da água a derrubasse.

— Lucien! — Ela segurou a volumosa saia cor-de-rosa e marchou na direção da casa enquanto ele descia os degraus para encontrá-la. — Típico de você esperar até o último minuto para mandar alguém nos buscar. Cheguei a pensar que você queria que nos afogássemos em solidão e tristeza o verão inteiro!

Montanhas de bagagens começaram a voar dos telhados das carruagens para os braços dos criados que as esperavam. Logo antes de pegar a mão coberta pela luva e se curvar sobre ela, Lucien desviou o olhar para a pilha e percebeu que teria que ceder mais um quarto somente para acomodar o guarda-roupa feminino.

— Tia Fiona. Espero que a viagem de Dorsetshire tenha sido agradável.

— Não foi! Você sabe como viajar me deixa nervosa. Se não fosse pela minha queridíssima Rose, não sei como teria conseguido. — Ela girou sua silhueta rechonchuda para encarar a carruagem novamente. — Rose! Saia daí! Você se lembra do seu primo Lucien, não é, minha querida?

— Eu não vou sair, mãe — sua voz ecoou nas entranhas do veículo cavernoso.

O sorriso de tia Fiona ficou mais radiante.

— Claro que vai sair, minha querida. Seu primo está esperando.

— Está chovendo.

O sorriso murchou.

— Só um pouco.

— Vai estragar meu vestido.

O bom humor determinado de Lucien começou a esmorecer um pouco. O maldito testamento de seu tio não tinha uma cláusula que o obrigasse a pegar pneumonia.

— Rose... — estremeceu a tia novamente.

— Ah, está bem.

A encarnação do inferno na Terra — era assim que Lucien se lembrava dela desde a última vez que se encontraram; ela tinha 7 anos e fizera um escarcéu por ter sido proibida de andar num pônei — saiu da carruagem. Ela desceu envolta em uma nuvem de renda rosa e babados que complementavam perfeitamente o vestido volumoso de sua mãe.

Rose Delacroix fez uma reverência, e os cachos loiros que emolduravam seu rosto balançaram em harmonia.

— Milorde — expirou ela, piscando os longos cílios para ele.

— Prima Rose — respondeu Lucien, contendo o calafrio causado pelo pensamento aterrorizante de que algum homem pudesse se sentir atraído por sua aparência angelical. Com mangas bufantes enormes e camadas de plumas, ela mais parecia um pavão desajeitado que um anjo. — Vocês duas estão bastante coloridas hoje. Vamos entrar e sair da chuva?

— É seda e tafetá — exclamou tia Fiona, afofando uma das mangas caídas da filha. — Cada um custou doze libras, e vieram direto de Paris.

— E flamingos vêm diretamente da África.

O comentário foi leve, para si mesmo, mas, quando se virou para conduzir Rose em direção aos degraus, os olhos azuis dela se encheram de lágrimas. Lucien reprimiu um suspiro irritado. Às vezes, mesmo com o passar do tempo, algumas lembranças continuavam perfeitamente vívidas.

— Ele não gostou do meu vestido, mamãe — lamentou a prima, tremendo o lábio inferior. — A srta. Brookhollow disse que era o melhor de todos!

Lucien pretendia se comportar, pelo menos naquele dia. Mas suas boas intenções tinham ido por água abaixo.

— Quem é srta. Brookhollow?

— A governanta de Rose. Ela foi muito bem recomendada.

— Por quem? Artistas circenses?

— Mamãe!

— Meu Deus — murmurou Lucien, estremecendo. — Wimbole, leve as malas para dentro. — Ele voltou sua atenção para a tia. — Todas as suas roupas combinam assim tão... intensamente?

— Lucien, não vou tolerar que você nos insulte cinco minutos depois de chegarmos! Oscar nunca toleraria tanta crueldade!

— Tio Oscar está morto, tia Fiona. E, como bem sabe, ele e meu pai conspiraram para garantir que vocês acabariam aqui nessa eventualidade.

— "Conspiraram"? — repetiu tia Fiona com uma voz estridente que poderia estilhaçar uma taça de cristal. — Isso é sua obrigação familiar! Seu dever!

— É exatamente por isso que vocês estão aqui. — Ele subiu os degraus desacompanhado, já que as duas pareciam contentes em ficar berrando na chuva. — E só até que ela — ele apontou um dedo na direção de sua prima encharcada — se case. E então vocês serão obrigação e dever familiar de outra pessoa.

— Lucien!

Ele olhou de novo para a prima, que ainda soluçava.

— Seria a srta. Brookhollow a responsável por lhe ensinar tudo o que é necessário para ser bem-sucedida na sociedade?

— Sim! Claro!

— Excelente. Sr. Mullins!

O advogado surgiu de trás de um dos pilares de mármore.

— Sim, milorde.

— Presumo que nossa querida srta. Brookhollow esteja encolhida na segunda carruagem. Dê a ela vinte libras e aponte o caminho para a loja de óculos mais próxima. Quero colocar um anúncio no *London Times*. Diga que procuramos uma governanta para minha adorável prima. Imediatamente. Alguém versado em música, francês, latim, moda e...

— Como se atreve, Kilcairn? — bradou tia Fiona.

— ... e etiqueta. Faça com que se candidatem pessoalmente neste endereço. Sem nomes. Não quero que o mundo saiba que minha prima tem a aparência de um poodle e os modos de uma camponesa. Ninguém em sã consciência gostaria de ficar preso a uma criatura assim.

O sr. Mullins assentiu.

— Agora mesmo, milorde.

Lucien deixou para trás as mulheres gritando e entrou na casa. A situação saíra do controle depressa. A dor de cabeça com a qual ele acordara tinha voltado com força total. Deveria ter pedido a Wimbole que lhe servisse um uísque também.

Ele parou no topo da escada, apoiando as costas molhadas no corrimão de mogno. Uma série de pinturas cobria a parede oposta, parte da vasta galeria de retratos do Grande Salão da Abadia de Kilcairn. Dois deles, pendurados a vários metros um do outro, tinham uma fita preta indicando luto no canto superior direito. Um lembrava vagamente Oscar Delacroix, meio-irmão de sua mãe. Ele conhecera pouco o homem, e gostava ainda menos dele. Depois de um breve momento, Lucien voltou sua atenção para o retrato mais próximo.

James Balfour, seu primo, morrera havia pouco mais de um ano, e Lucien já deveria ter mandado Wimbole remover a fita. A marca do luto servia como um lembrete, no entanto, do tipo de situação que James tinha lhe deixado.

— Maldição — murmurou ele.

Como seu parente homem mais próximo, James teria — e deveria ter — herdado a Abadia de Kilcairn. A sede de aventura do jovem e obstinado primo colidira fatalmente com a busca de poder de Napoleão Bonaparte. Na situação atual da herança, assim que a chorona rosa e bufante se casasse, seus filhos teriam os títulos, as terras e as riquezas de Balfour. Porém, agora que tinham se encontrado de novo, Lucien não permitiria que aquilo acontecesse.

Assim, o imprudente falecimento de todos os seus parentes homens o obrigava a seguir por um caminho em que ele havia jurado nunca se aventurar. O conde de Kilcairn precisava de um herdeiro legítimo. Logo, por uma lógica infeliz, ele precisava de uma esposa. No entanto, antes que pudesse começar a tarefa, tinha que concluir suas obrigações com Rose Delacroix e sua mãe o mais rápido possível.

Alexandra Beatrice Gallant desceu da carruagem simples que havia alugado e endireitou a peliça. O vestido azul, o mais conservador que ela possuía, tinha uma gola alta que a pinicava. Desconfortável ou não, no entanto, ela passara por entrevistas o suficiente nos últimos cinco anos para saber que aparência e bons modos faziam milagres em situações do gênero. E, no momento, ela precisava de toda a ajuda que pudesse conseguir.

Shakespeare, o terrier branco e seu fiel companheiro, pulou ao seu lado. Sem olhar para trás, o cocheiro voltou com o veículo para o tráfego calmo do meio-dia. Alexandra examinou toda a rua Grosvenor.

— Então aqui é Mayfair — pensou em voz alta, encarando as fachadas das casas enormes.

Embora ela tivesse trabalhado com todo tipo de nobreza no passado, nunca havia visto nada igual. Gilded Mayfair, refúgio favorito dos ingleses mais abastados, parecia muito pouco com a Londres barulhenta, abarrotada e suja. Da janela da carruagem, ela viu trechos agradáveis no Hyde Park para explorar com Shakespeare. Encontrar um trabalho em Mayfair poderia trazer benefícios excelentes, desde que a jovem e sua mãe não fossem reclusas completas.

Ela tirou o anúncio de jornal dobrado do bolso e leu o endereço mais uma vez, depois puxou a coleira do terrier e caminhou pela rua.

— Vamos lá, Shakes.

Aquela seria sua segunda entrevista do dia e a nona da semana, com apenas uma última oportunidade em Cheapside sobrando. Se ninguém quisesse contratá-la em Londres até o final da semana, ela teria que usar suas economias para ir para o norte. Talvez ninguém a conhecesse em Yorkshire. Ultimamente, porém, Alexandra sentia que todas as famílias, ou pelo menos as que precisavam de governantas ou acompanhantes, conheciam todos os detalhes desagradáveis de sua vida, e o melhor que ela podia esperar era uma recusa educada da oferta de trabalho.

— Chegamos, número vinte e cinco.

Alexandra fez uma pausa para analisar a gigantesca casa que ficava no final de uma rua curta e sinuosa. Um sem-número de janelas ladeava um jardim pequeno e simples do lado direito. A casa era cercada por um caminho para carruagens e não se destacava tanto das outras esplêndidas residências com as quais compartilhava a calçada. Até então, tudo corria bem.

Respirando fundo, ela caminhou até a parte de trás da casa e subiu os três degraus da entrada dos fundos. Antes que pudesse bater na porta, ela se abriu.

— Boa tarde.

Um homem alto e magro, vestindo um impecável libré preto e dourado, datado do auge do reinado de George III, estava na entrada da cozinha e a encarava. Os fios prateados em suas têmporas destacavam sua autoridade.

— Presumo que esteja aqui pelo anúncio.

— Sim, eu...

— Por aqui, senhorita.

Sem nem sequer olhar para Shakespeare, o mordomo deu meia-volta. Alexandra o seguiu pela imensa cozinha, por dois longos corredores que se cruzavam e por uma ampla sala de estudos escondida sob uma escada em espiral de mogno. Ela observou as refinadas pinturas penduradas de célebres artistas como Lawrence e Gainsborough, as esculturas do Extremo Oriente impecavelmente ornamentadas em marfim e ébano e a cornija incrustada de ouro que decorava as paredes. De bom gosto, elegante, interessante e muito bem decorada, a casa, por mais estranho que parecesse, parecia pouco feminina para ser o lar de uma jovem e sua mãe.

— Aguarde aqui, senhorita.

Alexandra assentiu, absorta em sua contemplação. Enquanto se aproximava da lareira para aquecer as mãos, Shakespeare farejou um cheiro interessante ao lado da enorme mesa de mogno. Uma escultura de elefante vigiava a lareira, e ela, hesitante, tocou em sua lisa pata de ébano.

Sobre sua cabeça, ouviu passos descendo a escada. Com um sobressalto, ela se afastou da lareira e se sentou na cadeira em frente à mesa. Logo depois, a porta se abriu. Alexandra adotou um semblante profissional e interessado, pronta para começar o discurso bem ensaiado sobre sua experiência e suas referências impecáveis, e olhou para cima. E esqueceu tudo o que estava prestes a dizer.

Ele ficou parado na porta, olhando para ela. A princípio, tudo o que Alexandra viu foram os olhos cinza, sob sobrancelhas escuras e sarcásticas. Aos poucos, ela conseguiu observar o restante. Alto, com cabelo escuro e o corpo magro de um atleta, o homem tinha as maçãs do rosto altas, como as de um aristocrata francês, e uma boca arrogante mas imoralmente sensual. Ele permaneceu onde estava, imóvel, por vários segundos.

— Você está aqui para a vaga de governanta? — perguntou ele com a voz profunda e sofisticada.

— Eu... — Alexandra assentiu, tremendo um pouco quando o som da voz do homem ressoou em espirais eletrizantes na sua espinha. — Estou.

— Está contratada.

Capítulo 2

Ela piscou os olhos azul-esverdeados, tão profundos quanto o mar.

— Contratada?

Lucien fechou a porta, uma agitação desconhecida atiçando seus nervos. *Nossa, ela é deliciosa.*

— Sim, contratada. Quando pode começar?

— Mas você não viu minhas referências e não conhece minhas qualificações... Nem sequer sabe meu nome.

Considerando a roupa conservadora e a postura excessivamente ereta, se ele dissesse quanto as qualificações que via na sua frente o tinham deixado excitado, talvez ela fugisse dali. Um movimento chamou sua atenção, então ele olhou para baixo e viu um pequeno terrier branco fungando debaixo de sua mesa. Lucien arqueou uma sobrancelha.

— É seu?

Ela puxou a coleira; o animal voltou para seu lado e se sentou.

— Sim. Ele é bem comportado, posso garantir.

Grato por qualquer distração que lhe desse um momento para recuperar a calma, Lucien passou pelo pequeno animal branco e se sentou à mesa de mogno.

— Você não precisa me garantir nada. O trabalho já é seu, senhorita... Qual seu nome?

— Gallant. Alexandra Beatrice Gallant.

— É um nome muito distinto, srta. Gallant.

A srta. Gallant corou, o rubor tingindo lindamente suas bochechas cor de creme.

— Obrigada, senhor. — De súbito, olhou para sua bolsa e puxou um maço fino de papéis. — Minhas referências — disse, entregando-os para ele.

Ele se inclinou para a frente e os pegou, roçando os dedos contra a pelica branca e macia de sua luva.

— Já que insiste.

Lucien colocou-os sobre a mesa sem olhar, preferindo direcionar sua atenção à deusa alta e elegante sentada diante dele.

Ela apontou para os papéis.

— Eu insisto. Você não quer examiná-las antes de me oferecer uma posição?

Ele conseguia pensar em várias posições que gostaria de oferecer.

— Prefiro examinar você.

Seu rubor se intensificou.

— O que… O que disse?

Ela era genuinamente inocente. E, graças a Deus, não fazia a menor ideia de quem ele era.

— Referências são sempre impecáveis, ou as pessoas não as ofereceriam. Portanto, são inúteis. Eu prefiro consultar a fonte. — Ele pousou o queixo na mão e sorriu, esperando não parecer tão predatório quanto se sentia. — Conte-me sobre você, srta. Gallant.

Ela alisou a saia em um movimento rápido e, ao mesmo tempo, muito feminino.

— Claro. Trabalhei como governanta e acompanhante nos últimos cinco anos, senhor. Sou mais que competente. — Ela levantou o queixo, obviamente iniciando um discurso ensaiado. — Aliás, jovens prestes a entrar na sociedade são minhas favoritas. Eu…

— Hum. Já eu gosto das mais maduras.

— Como… O que disse?

— Quantos anos tem, srta. Gallant?

Ela o encarou, desconfiada.

— Tenho 24 anos.

Ele teria arriscado dois anos a menos, talvez devido à pele de suas bochechas, que parecia macia e perfeita como a de um bebê.

— Continue sua apresentação.

— Seu anúncio mencionava uma garota de 17 anos. Sua irmã, presumo?

— Por Deus, não. — Ele fez uma careta, distraído temporariamente do desejo que sentia. — Já sou primo do demônio, e isso é o mais perto que quero chegar dela.

Alexandra não parecia ofendida pelo discurso contundente, mas fez uma pausa, esperando, sem dúvida, uma explicação. Mas, caso quisesse saber alguma coisa, podia muito bem perguntar. Ela já trabalhava para ele havia cinco minutos e ainda insistia em passar por aquela besteira absurda de entrevista.

— Talvez — recomeçou ela um momento depois — o senhor possa elaborar melhor? E posso saber seu nome? Não havia menção no anúncio. Não sei como chamá-lo, senhor.

Ele respirou lentamente. Bem, uma hora ela descobriria. A srta. Gallant não parecia tão inocente, e agora ele tiraria a prova disso.

— Lucien Balfour — disse. — Lorde Kilcairn.

Suas bochechas elegantes empalideceram.

— Conde da Abadia de Kilcairn, você quer dizer?

Ele manteve a expressão suave no rosto, embora seus instintos o incitassem a saltar para a porta para impedir a saída dela.

— A senhorita já ouviu falar de mim.

Alexandra Gallant pigarreou e puxou seu cachorrinho branco para mais perto.

— Sim, ouvi. — Ela pegou seus papéis e ficou em pé. — Peço desculpas se interpretei mal seu anúncio, milorde, mas devo lhe dizer... Você deve saber que soou bastante... Tenha um bom dia, milorde.

Os olhos de Lucien baixaram para seu traseiro delgado e arredondado enquanto ela se apressava para a porta.

— Não costumo procurar amantes no *London Times*, se essa é a sua preocupação, srta. Gallant — disse ele num tom seco. — Posso conceder-lhe pontos extras por reconhecer meu nome e por sua expressão de verdadeiro pavor, se desejar. Não é a melhor que já vi, mas é certamente aceitável.

A srta. Gallant hesitou e se virou.

— "Aceitável"?

Pelo menos ele conseguiu prender sua atenção.

— Recebi uma velha na semana passada que desmaiou quando percebeu quem eu era. Wimbole precisou chamar dois de seus homens mais fortes para tirá-la daqui. — Ele se inclinou para a frente, cruzando os dedos compridos sobre a mesa. — A vaga é legítima e paga extremamente bem. No entanto, se planeja sucumbir a desmaios e calafrios sempre que ouvir meu nome, por favor, vá. Agora mesmo.

— Nunca desmaiei na vida — declarou ela, mais uma vez erguendo o queixo orgulhoso. — Tampouco seria tola em fazê-lo em sua presença.

— Ah — murmurou ele, com um sorriso esculpido nos lábios mais uma vez. Fazia muito tempo que não se divertia tanto. — Acha que eu simplesmente levantaria sua saia e a violaria enquanto estivesse deitada inconsciente no chão?

O adorável rubor voltou ao seu rosto.

— Ouvi coisas piores sobre o senhor, milorde.

Lucien balançou a cabeça.

— Não há graça no coito a menos que ambas as partes estejam conscientes o suficiente para aproveitar a experiência. Bem, você está recusando a vaga? Pago vinte libras por mês, caso tenha interesse. Ou mais, caso não tenha.

Ela cerrou os punhos, amassando sua pilha de referências.

— Milorde, isso é um absurdo! — exclamou. — Você não sabe nada sobre mim!

— Sei muito sobre você. — Ele se virou e gesticulou na direção da cadeira desocupada. — Vamos continuar?

Ela ergueu os ombros e se sentou novamente com a bolsa no colo, sem dúvida para acelerar sua fuga, se necessário.

— O que sabe de mim, então?

— Eu sei que você tem olhos extraordinários. São de que cor?

Aqueles mesmos olhos o fitaram hesitantes por vários segundos.

— Eu... Acho que a cor dos meus olhos não tem nenhuma relação com a minha competência como governanta ou acompanhante.

— Hum. Quase azuis, mas não completamente — refletiu ele, ignorando o protesto dela. — E não muito verdes também. Nem água-marinha, nem esmeralda. Turquesa, eu diria.

— Vejo que você conhece bem as rochas e os minerais, milorde — interrompeu ela, baixando o olhar e fingindo desembaraçar a coleira do cachorro. — Podemos voltar à natureza da vaga?

— E seu cabelo? — continuou ele, imperturbável. — Bronze, só que mais leve. Como luz do sol queimada. — Lucien inclinou a cabeça para ela. — Sim, é uma boa descrição. Ou fios de ouro, talvez. Mais comum, mas não tão preciso.

— Milorde — exclamou a srta. Gallant —, o que tem a dizer sobre o emprego?

Lucien apontou para os papéis novamente e, depois de hesitar, ela os entregou.

— Minha tia e minha prima estão morando comigo por enquanto — começou ele, examinando as referências, embora não desse a mínima para o que elas representavam —, até minha prima se casar. Preciso que alguém cuide delas e ensine modos para minha prima, modos de verdade. Já contratei três governantas para ela, e a última foi embora ontem de manhã.

— Perder tantas acompanhantes deve tê-la deixado devastada.

— Contratei a primeira há uma semana. Duvido que ela se lembre de seus nomes, isso se tiver a capacidade mental para decorá-los.

O olhar de Alexandra se tornou mais especulativo e menos desconfiado.

— Você contratou três governantas em sete dias?

— Sim. Uma tremenda perda de tempo. Por isso, decidi tentar uma abordagem diferente.

Abordagem que havia adotado no momento em que a vira, cinco minutos antes, mas ela não precisava saber daquilo.

— Ah.

— Deixarei algo bem claro, srta. Gallant. Minha tia é o Satanás, e minha prima Rose é a encarnação do inferno — afirmou. — O testamento do meu tio e uma cláusula no documento de meu pai exigem que eu seja responsável por ver minha prima casada, e bem casada, a menos que eu queira sustentá-la pelo resto da vida. Qualquer uma dessas outras anciãs poderia ter lhe ensinado latim, afinal, algumas delas possivelmente eram crianças durante o reinado de César.

Os lábios dela tremeram.

— Por que eu, então, milorde?

Ele voltou a avaliá-la. Curiosa e com inteligência suficiente para demonstrar senso de humor, embora ele já houvesse percebido isso.

— Estou desesperado. E porque você possui o que nenhuma das outras tinha.

A srta. Gallant estava sentada e olhava para ele, com o cachorrinho aos seus pés e a bolsa grande no colo. Mais cedo ou mais tarde, Lucien descobriria por que ela respondera ao anúncio dele em vez dos outros tantos publicados no jornal naquele mesmo dia.

— E o que possuo, milorde?

Lucien ficou de pé. Como ela não tentou fugir, ele caminhou e se sentou na beirada frontal da mesa.

— É muito simples. Desde que a vi, lutei contra o desejo de puxar os grampos de seu cabelo dourado, arrancar seus trajes excessivamente recatados e cobrir sua pele nua com beijos lentos e quentes.

Ela ficou boquiaberta.

— E me inspirar, srta. Gallant — continuou ele, enquanto ela permanecia ali, imóvel —, não é uma tarefa fácil.

— Devido aos seus anos de decadência e devassidão, presumo? — ela se atreveu, com a voz um pouco trêmula.

— Exatamente. É esta qualidade inspiradora que desejo que você transmita para minha prima. Com a falta de inteligência e refinamento que ela tem, é improvável que fisgue alguém.

Com os olhos turquesa fixos em seu rosto, a srta. Gallant se levantou e contornou as costas da cadeira, segurando a bolsa nos braços de uma maneira que ele interpretou como ameaçadora.

— Não quero acreditar que o senhor esteja falando sério. Portanto, presumo que esteja fazendo algum tipo de brincadeira com…

— Estou falando muito sério. Como disse, pagarei muito bem por seus ensinamentos.

Ela se levantou.

— Talvez devesse ter procurado por uma amante, afinal, milorde.

Ele a olhou com amargor.

— Isso não teria me levado a lugar nenhum. Ninguém se *casa* com uma amante.

A srta. Gallant deu alguns passos em direção à porta.

— Lorde Kilcairn, ensino jovens moças sobre etiqueta, idiomas, literatura, música e artes. Acredito que a arte da sedução seja o seu forte. Não posso e não vou ajudá-lo nessa área. Se é disso que precisa, sugiro procurar em outro lugar.

Lucien suspirou, imaginando se Alexandra Gallant tinha ideia de quão comportado ele estava sendo, considerando que não tinha a menor intenção de deixá-la ir.

— Você continua insistindo em um maldito interrogatório, então. *Parlez-vous français?*

— *Oui. Je me recevu l'éducation plus premier* — respondeu ela de imediato.

— Onde você estudou, então? — questionou.

— Na Academia da Srta. Grenville. Fui considerada uma excelente aluna.

— Traduza: "*Dum nos fata sinunt oculos satiemus amore.*"

Alexandra nem sequer hesitou.

— "Enquanto o destino nos permitir, enchamos nossos olhos de amor."

Lucien arqueou uma sobrancelha.

— Sabe inclusive latim, srta. Gallant. Imagino que tenha sido *mesmo* uma aluna excelente.

— Assim como você, pelo visto.

Ele assentiu, notando a surpresa em sua voz.

— Alguns libertinos leem. E considero suas qualificações, todas elas, aceitáveis. Arrisco soar repetitivo, mas você está contratada.

—⚬—

Confiante e inegavelmente arrogante, o conde da Abadia de Kilcairn recostou-se na mesa e cruzou os braços sobre o peito largo, olhando-a com expectativa. Alexandra desprezava sua inquietação, que mais parecia um refúgio óbvio para os fracos. No entanto, enquanto fitava os olhos cinza de Lucien Balfour e ouvia o quanto ele gostaria de despi-la e beijá-la, ela sentiu uma inquietação diferente. E horror, pois "inquietação" mal descrevia a adrenalina irrefreável que as palavras de lorde Kilcairn a faziam sentir. Por Deus, ela nunca havia sido cobiçada por um libertino. Ela nem sequer tinha estado na presença de um antes.

— Milorde — começou ela, da maneira mais diplomática que conhecia —, com todo o respeito, antes que me ofereça um cargo tão... generoso, acho que precisa saber algo sobre mim.

— Já sei tudo o que preciso saber.

Alexandra apontou para suas recomendações.

— Mesmo assim, preciso informá-lo de que não tenho uma carta do meu último empregador. — Como ele não interrompeu sua fala, ela inspirou fundo e tentou continuar em um tom calmo e razoável. — Tenho uma carta de lady Victoria Fontaine que confirma minha reputação.

— Você conhece a Vixen?

Ai, ai. Bem que a mãe de Victoria havia avisado à tola filha que ela estava ficando famosa.

— Fui sua tutora por um tempo. Ela é uma grande amiga.

Ele abriu a boca, mas logo mudou de ideia sobre o que pretendia dizer.

— Qual é a dificuldade, então?

— Minha última empregadora foi lady Welkins, de Lincolnshire.

Pronto. Ela enfim disse.

Ele cerrou os olhos.

— Você é a mocinha que abriu as pernas para o lorde, causando seu conhecido infarto.

Alexandra ficou pálida. Em seis meses, nunca tinha ouvido uma acusação tão franca.

— Você está enganado, milorde. Não fiz nada disso. O infarto de lorde Welkins não teve relação nenhuma comigo.

— Por que deixou a casa deles, então?

Com dificuldade, ela manteve a voz firme.

— Lady Welkins me dispensou.

O conde estudou seu rosto por tanto tempo que Alexandra se perguntou o que estava procurando e o que tinha notado ali.

— Isso foi há seis meses — disse ele, enfim. — O que você fez desde então?

— Procurei emprego, milorde.

Ele se endireitou, tirando os papéis da mesa, e avançou em sua direção. O conde chegou até ela e os entregou.

— Agradeço por sua honestidade.

Alexandra piscou, sentindo uma vontade inesperada de chorar. Se nem mesmo alguém com uma reputação tão manchada quanto Kilcairn estava disposto a contratá-la, ninguém o faria. Nunca.

— Obrigada por seu tempo — respondeu ela, pegando as recomendações e enfiando-as na bolsa.

Seus poucos amigos disseram que ela era estúpida e ingênua por ser tão honesta sobre a situação com o lorde e a lady Welkins, mas ela não suportava a ideia de ser demitida logo após começar a trabalhar em outro lugar.

— Quando pode começar?

— Eu? Começar?

Kilcairn tocou o queixo boquiaberto dela com a ponta dos dedos.

— Já disse, sei tudo o que preciso saber.

Por um momento, Alexandra pensou que ele pretendia beijá-la. Ela o fitou diretamente nos olhos; não havia como evitar, ele estava muito perto e tocava seu rosto.

— Estou ficando na casa de uma amiga em Derbyshire.

Ele assentiu, passando as costas dos dedos por seu pescoço com um movimento suave.

— Pedirei que meu cocheiro vá buscá-la. Preciso enviar mais de dois homens para transportar suas coisas?

— Dois... — Alexandra se calou. Aquilo estava indo rápido demais, como um redemoinho em meio a uma tempestade. Mas, por algum motivo, ela não queria que o turbilhão se desviasse dela. — Dois homens bastam.

— Ótimo. — O conde se abaixou e pegou sua mão, levando-a lentamente aos seus lábios. Ela podia sentir o calor de seu toque mesmo através da fina barreira das luvas. — Vejo você à noite.

— Milorde, acho justo dizer que ensinarei sua prima da melhor maneira possível — disse ela com firmeza, tentando ignorar o sorriso capcioso e o brilho nos olhos cinzentos que a observavam tão de perto. — Nada além disso.

Ele roçou os lábios contra seus dedos mais uma vez.

— Eu não apostaria nisso, srta. Gallant.

Lady Victoria Fontaine empurrou as cortinas de renda para o lado e olhou para a entrada.

— Essa carruagem é de *Lucien Balfour*?

Alexandra assentiu e continuou guardando seus pertences.

— O conde da Abadia de Kilcairn.

— Sim.

— Mas...

— O que foi, Vixen?

A mulher voltou a examinar a carruagem e soltou as cortinas.

— Bem, para alguém tão determinada a ficar longe de escândalos — continuou, começando a rir —, você está falhando miseravelmente.

— Sei disso.

Alexandra não conseguia entender o motivo de ter aceitado o trabalho. Nem a razão que a fazia arrumar suas coisas com tanta pressa para voltar para a Casa dos Balfour. Um calor, quase uma febre, correu por sua pele e a levou a aceitar aquele emprego antes que alguém a fizesse mudar de ideia. Não sabia se era algo causado pelo lorde Kilcairn ou se vinha de dentro dela.

— Fico feliz que você ache tanta graça na situação, Victoria.

Na verdade, em circunstâncias normais, talvez ela também tivesse achado a situação engraçada. Ela conhecia homens tão arrogantes e seguros de si quanto Kilcairn. Homens que acreditavam que conseguiriam qualquer coisa que quisessem simplesmente por serem quem eram, que arruinavam tudo e todos em seu caminho sem perceber ou se importar com quem estivessem humilhando, e aquilo a deixava extremamente irritada. No entanto, agora, depois de uma entrevista de quinze minutos com um exemplar do tipo, sua ansiedade e seu nervosismo faziam com que quisesse voltar para lá o quanto antes, independentemente da inquietação que a dominava.

E aquilo não tinha nada a ver com os beijos que ele havia prometido. Beijos *em sua pele nua*, meu Deus! Que maluquice!

Ao voltar para a Casa dos Balfour, Alexandra reforçaria que o combinado envolvia *apenas* passar ensinamentos para a prima e servir como acompanhante para a tia; qualquer coisa além disso estava completamente fora de cogitação. Aquilo a deixaria mais calma, garantindo que ele estivesse ciente das regras e se comprometesse a respeitá-las. Do contrário, ela pediria demissão e iria embora.

Aquilo, porém, não explicava por que ela estava se preocupando em fazer as malas.

— Não vejo graça nisso. De verdade. — Victoria se inclinou para acariciar as orelhas de Shakespeare. — Fique aqui, Lex. É muito mais seguro.

— Eu já passei dos limites com seus pais, Vixen. Não consigo mais impor minha presença.

— Não é uma imposição — insistiu Vixen, deitando-se na cama. — Eles *gostam* de você.

— Eles gostavam — disse Alexandra, sem nenhum ressentimento. — Agora, não passo de um revés, uma vergonha, uma péssima influência para você, sem dúvida. Você voltará para a sociedade em algumas semanas, e eles não querem que alguém com a minha reputação esteja ao seu lado.

Victoria sorriu.

— Sou perfeitamente capaz de causar problemas sem a sua influência. Mas e…

— Nada de "mas". — Alexandra fechou o baú e correu para colocar seus itens de higiene em uma caixa de chapéus. — Vou trilhar o meu caminho, Vixen. Não tenho o luxo de contar com uma fortuna e uma família como a sua e não posso ficar parada esperando que alguém me salve.

— Mas logo lorde Kilcairn?

Alexandra estava tentando evitar aquele ponto, embora o conde tivesse se alojado em seus pensamentos no instante em que ela havia posto os olhos nele. E não só porque ele era o homem mais bonito, atraente e masculino que ela já vira.

— Ele foi a única pessoa que me *ofereceu* emprego nos últimos seis meses.

— Você está exagerando.

Ela desejou ser tão confiante quanto Victoria Fontaine.

— Não estou. Todos pensam que eu sou uma prostituta que rouba maridos. E pelo menos metade dos que acreditam que me envolvi com lorde Welkins também acham que o matei.

— Lex — protestou Vixen. — Não diga isso!

— Você sabe que é verdade. Mesmo que não me culpem por sua morte, certamente gostam muito de falar sobre isso.

— Espero que você saiba que seu novo emprego não vai impedir ninguém de fofocar sobre você.

Alexandra abriu a porta do quarto e fez um gesto para os dois criados de lorde Kilcairn que estavam parados no corredor. Com expressões vazias, porém educadas, eles pegaram seus pertences e os levaram para o andar de baixo. Não restava nada além da caixa de chapéus e uma pequena maleta com outras tralhas. Ao fechá-la, ela suspirou. Aquilo era tudo o que tinha. "Tralhas" parecia definir muito bem sua vida.

— Lex, sei que você me ouviu. — Victoria lhe lançou um olhar preocupado. — Kilcairn sabe alguma coisa sobre seu último serviço?

— Sim. Ele não pareceu se incomodar.

— Bem, acho que não teria motivos. A reputação dele é muito pior que a sua. Ele provavelmente *gosta* dos boatos.

Alexandra forçou um sorriso, tentando afastar outra onda de nervosismo.

— Talvez isso aja a meu favor. Ele quer que sua prima encontre um bom partido. Se ela assim o fizer, isso também vai me ajudar.

Victoria se levantou, ainda incrédula.

— Pelo menos mantenha a porta do seu quarto trancada à noite.

Algo lhe dizia que uma porta trancada não impediria Lucien Balfour se ele pretendesse entrar em um quarto. O pensamento fez sua pulsação acelerar, mudando abruptamente sua expressão. *O que há de errado comigo?*

— Claro.

— E, se algo não lhe agradar, me prometa que vai voltar na mesma hora. Você não precisa ser independente o tempo todo.

— Prometo, Vixen. De verdade. Não se preocupe.

Num impulso, Victoria envolveu Alexandra com os braços. Com um sorriso surpreso, Lex devolveu o abraço.

— Nos vemos em breve — disse, pegando a caixa de chapéus e o cachorro antes de caminhar até a porta.

— Tome cuidado.

—ɯɯ—

Alexandra entrou na Casa dos Balfour logo atrás dos criados; seu discurso estava ensaiado e na ponta da língua. No entanto, ainda no saguão, ela parou. Exceto pelo mordomo e uma criada, o corredor estava vazio.

— Onde está lorde Kilcairn? — indagou, mesmo percebendo quão ridícula a pergunta soava.

O senhor da mansão não aparecia para receber todos os funcionários. Ainda assim, o conde havia passado uma forte impressão de que tinha interesse pessoal em contratá-la, e parte dela ficou desapontada por não o ver ao chegar.

— Lorde Kilcairn saiu — disse o mordomo com a mesma voz monótona que usara naquela manhã. Ele indicou a direção da escada, onde os criados aguardavam com as malas. — Por aqui, srta. Gallant.

— As... — Percebeu que não sabia como se chamavam as mulheres para quem trabalharia, exceto que o primeiro nome da prima de Kilcairn era Rose.

Uma governanta não podia fazer uma pergunta dessas, ainda que não tivesse sido apresentada à família. E ela não queria começar a relação com os funcionários de Kilcairn admitindo sua completa ignorância.

— Precisa de alguma coisa, srta. Gallant?

Alexandra pigarreou.

— Não. Obrigada.

Emburrada, pegou Shakespeare no colo e seguiu os criados para o andar superior. A situação era bastante esquisita. Desde que deixara a Academia da Srta. Grenville, Alexandra tomou cuidado com as vagas que aceitou — optava por famílias agradáveis, com crianças bem comportadas ou mulheres idosas e gentis que genuinamente precisavam de companhia. Aceitar o trabalho oferecido por lady Welkins e seu terrível marido havia sido seu primeiro grande erro. Trabalhar para lorde Kilcairn talvez fosse o segundo.

— Este é seu quarto, srta. Gallant — disse o mordomo atrás dela. — A sra. Delacroix está no quarto verde mais adiante, e a srta. Delacroix ficou com o quarto azul ao lado do seu. Os aposentos de lorde Kilcairn ficam do outro lado do corredor.

Os criados saíram de seu quarto e, curvando-se, voltaram para o térreo. Alexandra acenou com a cabeça para o mordomo, agradecida por enfim saber o nome das mulheres com quem trabalharia.

— Obrigada. A sra. e a srta. Delacroix estarão aqui esta noite?

— Cuidaremos das apresentações pela manhã, srta. Gallant. Traremos o jantar em seu quarto, e o café da manhã é servido pontualmente às oito, no andar inferior. Eu me chamo Wimbole, caso precise de mais alguma coisa.

— Obrigada, Wimbole.

O mordomo assentiu e saiu. Alexandra o observou desaparecer escada abaixo, de volta às entranhas da enorme casa. Ela ajeitou a postura e entrou no quarto.

— Minha nossa.

O quarto era fantástico. Todos os seus trabalhos anteriores haviam sido em residências abastadas, mas nada que já tivesse visto chegava aos pés daquilo. O quarto era maior do que algumas salas de estar em que estivera, e sem dúvida os aposentos de lorde Kilcairn eram ainda maiores.

Embora Wimbole não tivesse dado um nome ao seu quarto, Alexandra tinha certeza de que o mordomo a levara para o quarto de ouro. Nenhum outro nome lhe faria justiça. Os tecidos que envolviam a cama eram dourados, assim como a colcha, pesada e elegante. Cortinas verdes e douradas cobriam as três janelas, e as duas cadeiras dispostas diante da lareira crepitante eram de um bronze mais escuro, com fios de ouro formando uma complexa estampa oriental.

Shakespeare se sentou em seu pé para chamar sua atenção e, com um sobressalto, Alexandra se ajoelhou para remover a coleira. O terrier partiu para explorar todos os cantos de seu novo lar, abanando o rabo a cada cheiro recém-descoberto.

Enquanto o cachorro saltitava e rosnava feliz para si mesmo, Alexandra abriu o baú e começou a desfazer as malas. Não gostava de ter que começar um trabalho totalmente no escuro, como naquela situação. Ela *nunca* aceitara uma posição sem antes saber quem estaria sob seus cuidados. De manhã, pretendia estabelecer suas condições para aceitar o cargo na casa de Kilcairn. Se ele discordasse de seus termos, ou se ela não gostasse das senhoras Delacroix, ela iria...

Seus movimentos ficaram mais lentos quando desempacotou os itens de higiene. Se deixasse aquele emprego, provavelmente levaria mais seis meses para encontrar outra família disposta a contratá-la. Determinada, voltou à sua tarefa. Ela se preocuparia com esse assunto no dia seguinte.

—⚭—

O dia seguinte chegou mais rápido do que o esperado. Quando Alexandra abriu os olhos na escuridão, não conseguiu saber o que a havia despertado, muito menos onde estava. Shakespeare ganiu, e, piscando sonolenta, ela se lembrou das duas respostas.

Procurou pela vela na mesa de cabeceira e se sentou. Quando a fraca luz dourada iluminou o quarto, Alexandra viu o cachorro na porta. Ele abanava o rabo esperançoso, indicando que queria sair.

— Minha nossa, Shakes — sussurrou ela, tirando os pés da cama quente e colocando-os no chão frio. — Me desculpe. Um momento.

Ela não conseguia lembrar onde colocara as pantufas, ou se sequer as trouxera. Seu robe estava no pé da cama e parecia surrado se comparado com a magnificência da colcha dourada.

— Pegue sua coleira — instruiu enquanto vestia o robe.

O terrier correu para a cadeira da penteadeira, pulou sobre ela e se apoiou na mesa para puxar a coleira enrolada. Em seguida, arrastou a linha trançada de couro até a dona.

Alexandra prendeu a coleira no cão, pegou a vela e caminhou até a porta. Para seu alívio, o ferrolho e as dobradiças eram silenciosos. Com Shakespeare puxando-a para a frente, os dois saíram para o corredor silencioso e iluminado pela lua.

— Silêncio — alertou ela ao descer a escada com os pés descalços.

Quando chegaram ao saguão, o relógio tocou. Alexandra passou olhando para ele, que marcava quinze para as três. A porta da frente se abriu com facilidade. A brisa da noite levantou a bainha de seu robe e a camisola, e ela sentiu um calafrio quando o ar frio envolveu suas pernas nuas. Conduzindo o terrier pela lateral da casa até o pequeno jardim, disse:

— Rápido, Shakes. Está frio.

— Já está tentando fugir?

Alexandra deu um salto, com um grito preso na garganta. Lorde Kilcairn estava parado no jardim, olhando para ela.

— Milorde!

Se não fosse pela luz das velas, ele estaria invisível, pois vestia preto dos pés à cabeça, das botas até o sobretudo e o chapéu. A ponta do colarinho branco como a neve brilhou quando ele se mexeu.

— Boa noite, srta. Gallant. Ou melhor, bom dia.

— Peço desculpas — disse ela, arrepiada mais por aquela presença imponente do que pelo frio. — Eu me esqueci de levar Shakespeare para passear antes de me deitar.

— Você vai ficar doente com esse frio.

— Ah, não. A noite está muito agradável.

O conde deu um passo à frente, tirando o sobretudo enquanto se aproximava.

— Se morrer de pneumonia, srta. Gallant, terei que contratar outra pessoa para a serva do diabo — disse, levantando o casaco e colocando-o sobre os ombros dela. — Não quero passar por esse pesadelo de novo.

O sobretudo pesado de Kilcairn havia retido o calor de seu corpo e cheirava levemente a fumaça de charuto e conhaque. Num sobressalto, Alexandra se lembrou de sua voz grave falando sobre beijos lentos e quentes e engoliu em seco.

— Obrigada, milorde.

— Na próxima vez, srta. Gallant, prefiro que Shakespeare não use meu jardim como banheiro. E sob nenhuma circunstância você deve passear com pés descalços e roupas de dormir. — Ele fez uma pausa. — Acredito que uma professora competente de etiqueta deveria saber disso, não é?

Alexandra cerrou os olhos, e um rubor subiu por suas bochechas.

— Receio ter causado uma má impressão, milorde. De certo o senhor está desejando me dispensar.

Kilcairn negou com a cabeça.

— Como já disse, não me agrada a ideia de lidar com outra revoada de pombas puritanas procurando emprego — respondeu, com um tom de humor em sua voz rouca.

Então ela não passava de uma pomba puritana, era isso?

— Fico contente por enaltecer tanto os meus serviços, milorde.

— No momento, enalteço ainda mais seus pés descalços — sussurrou ele, depois gesticulou para Shakespeare. — Seu cachorro já se aliviou.

Ela levou alguns segundos para conectar as duas frases. Alexandra piscou.

— Sim. Obrigada — murmurou ela. — Vamos lá, Shakes.

Lorde Kilcairn andou a seu lado no caminho de volta, pisando com as botas no mesmo ritmo que seus pés descalços. No saguão, ele deslizou as mãos pelos ombros dela e gentilmente levantou o casaco. Enquanto ele o pendurava na edícula, Alexandra voltou a estremecer, embora já se sentisse aquecida. Homens não a tocavam de maneira tão íntima; ela não estava acostumada e não gostava disso, então estranhou o forte desejo que sentiu de se recostar em seu peito largo e se aninhar em seus braços.

— Devo continuar removendo suas roupas? — a voz baixa veio de trás dela. — Seria um prazer. — Alexandra sentiu que ele se aproximava ainda mais, roçando sua nuca com a respiração. — Não só para mim.

Se perguntando onde seu senso de decoro fora parar, ela começou a subir a escada, sem ousar se virar e compactuar com aquelas palavras escandalosas.

— Boa noite, milorde.

Ele não fez nenhum movimento para segui-la.

— Boa noite, srta. Gallant.

Quando chegou ao quarto, fechou a porta e ficou parada, ouvindo. O topo da escada rangeu quando ele se aproximou, e Alexandra se trancou em seus aposentos. Os passos silenciosos passaram sem parar pelo corredor, e logo em seguida uma porta se fechou suavemente.

Ela havia cometido um erro terrível ao aceitar aquele trabalho na Casa dos Balfour. Após o incômodo intolerável de ser perseguida pelo gordo e fedorento lorde Welkins, ela nunca mais queria entrar em uma casa que abrigasse um homem que tivesse entre 12 e 70 anos.

Lorde Kilcairn era muito bem-apessoado, persuasivo e atraente, e havia deixado bem claro o seu interesse. Talvez ela tivesse ficado completamente louca.

Alexandra se abaixou e tirou a coleira de Shakespeare. Por mais que precisasse de um emprego, e por mais intrigante que seu empregador fosse, ela não se tornaria amante de ninguém. Nunca.

—ɯ—

Lucien terminou de limpar o creme de barbear do queixo, jogou o pano para Bartlett e saiu de seus aposentos particulares, quase trombando com Alexandra Gallant. Sua presença o pegou de surpresa e deu início àquela adrenalina em suas veias, mas ele seguiu seu caminho, cumprimentando-a com a cabeça.

— Bom dia. Onde está Shakespeare?

— Um dos cavalariços veio buscá-lo esta manhã — respondeu ela, com firmeza. — Como você bem sabe, tenho certeza. Aliás, sou perfeitamente capaz de cuidar do meu próprio cachorro.

— Você tem uma tarefa mais urgente em mãos — disse Lucien, descendo a escada. — Esta será bem mais difícil do que levar seu cão para uma caminhada.

— Gosto de um passeio matinal, milorde.

Ele a ouviu descendo a escada atrás dele.

— Duvido que sobre tempo para passeios.

— Se me permite perguntar, existe algum motivo urgente para desejar que a educação da srta. Delacroix seja trabalhada tão depressa?

— Sim, existe. Eu me casarei em breve, e quero me livrar dela antes disso.

— Entendo...

Ela fez uma pausa, e Lucien resistiu à tentação de se virar e ver sua expressão. Ele não demorou a perceber que a srta. Gallant tinha uma tendência a deixar claro exatamente o que estava pensando.

O silêncio durou cinco segundos.

— Lorde Kilcairn — disse ela.

— Sim, srta. Gallant?

— Eu não gostaria de...

— Bom dia, primo Lucien.

Lucien voltou sua atenção para a pequena figura que esperava do lado de fora da sala do desjejum.

— Ah, por Deus — murmurou ele, despedindo-se de seu bom humor. — Hoje ela se parece com um pavão.

Rose Delacroix endireitou o corpo. As pontas enroladas de três penas de avestruz tingidas de azul formavam uma copa sobre a cabeça loura. Trajando um vestido azul-claro coberto por uma peliça verde, faltava apenas um bico para que fosse, de fato, um pavão. Lucien estava pronto para lhe dizer isso.

— Bom dia! — disse Alexandra, antes que ele pudesse falar alguma coisa. — Você deve ser a srta. Delacroix. Sou a srta. Gallant.

— Sua nova governanta — explicou Lucien, saindo da frente de Alexandra. — Comporte-se.

A expressão empolgada e esperançosa de Rose se desfez.

— Mas...

A srta. Gallant se virou para encará-lo.

— Milorde, castigar alguém por um mau comportamento futuro que talvez nunca aconteça não é correto. Ou justo.

Ele viu um brilho belicoso em seus olhos turquesa.

— Isso — disse Lucien categoricamente, apontando para a prima — é a sua responsabilidade. Não eu.

— Quanto mais exemplos positivos forem compartilhados, mais fácil é assimilar um comportamento — retrucou ela com firmeza.

Aquela mulher era muitíssimo destemida.

— Não pense em me incluir neste absurdo.

Ela levantou o queixo.

— Se não concorda com meus métodos de ensino, talvez eu deva ir embora.

— Ah, de novo isso — choramingou Rose, e uma lágrima escorreu por sua bochecha.

Lucien desceu os outros degraus, ignorando a cena da prima.

— Não pense que conseguirá fugir assim, srta. Gallant. Venha tomar café da manhã. Pode começar a lição ensinando-a a usar os talheres. — Ele parou e a encarou novamente. — A não ser que esteja com medo de fracassar.

— Não tenho medo de nada, milorde — disse ela, endireitando os ombros e passando por ele, seguida por Rose.

— Ótimo.

Capítulo 3

Então ele pretendia se casar em breve. Alexandra encarou suas costas largas enquanto ele falava com um dos criados. O temperamento e os modos daquele homem precisavam de uma mudança urgente, ou sua noiva sofreria as consequências. Desse jeito, somente a filha de Átila, o huno, seria páreo para Lucien Balfour. Mas se ele pretendia se casar, por que prometia — ou melhor, ameaçava — beijar mulheres que mal conhecia?

Alexandra fez questão de se sentar ao lado de Rose Delacroix na mesa do café. Não podia abandonar a pobre garota à tirania de Kilcairn, apesar de ela não duvidar de que o apelo por sua compaixão fosse exatamente o plano do conde. Kilcairn ignorou a última edição do *London Times*, passou manteiga no pão e se recostou no assento, olhando para Alexandra com a mesma expressão expectante que Rose demonstrava.

Esperando que o dono da casa tivesse se aquietado após uma tensa sessão de apresentações entre ela e sua aprendiz, Alexandra se voltou para Rose. Seu rosto era adorável, mas o vestido chamava tanta atenção quanto um terrível acidente entre carruagens. A julgar pela reação de Kilcairn, o resto do guarda-roupa de Rose também não parecia promissor. Alexandra precisava cuidar desse assunto imediatamente.

Ela sorriu, procurando encorajá-la.

— Conte-me, srta. Delacroix, o que mais gosta em você.

— Ah, nossa — disse a jovem, corando. — Mamãe diz que minha aparência é minha maior qualidade.

— Ela poderia ter sido mais específica — retrucou Kilcairn, erguendo uma sobrancelha esculpida. — Sua aparência é sua úni...

— E você tem apenas 17 anos? — interrompeu Alexandra, desejando que o conde usasse sua boca exclusivamente para comer.

Ele a olhou de soslaio, depois levantou o jornal e o abriu. Ela entendeu aquilo como um sinal de que ele tentaria se comportar, e uma sensação de vitória percorreu seu corpo quando o conde ficou em silêncio.

— Farei 18 anos em cinco semanas.

Com um olhar nervoso para a fortaleza de jornal que a protegia de Kilcairn, Rose voltou a tomar seu café da manhã. Erguendo delicadamente o mindinho no ar, ela mordeu o pão torrado e depois puxou com força o pedaço restante, usando os dentes para cortá-lo.

A cena fez com que Alexandra se lembrasse de como Shakespeare atacava sapatos quando era filhote, e ela se encolheu na cadeira.

— Onde está a sra. Delacroix?

Usando a própria torrada como demonstração, ela quebrou um pequeno pedaço do pão e o colocou na boca.

Rose abocanhou sua refeição com vigor renovado, sem dar nenhum sinal de que havia notado o treinamento sutil da nova tutora.

— Ela não costuma tomar café da manhã — disse a jovem, com a boca cheia de comida. — Acordar cedo é muito difícil para ela. Acho que ainda não se adaptou a Londres.

Alexandra esperou um momento, mas lorde Kilcairn se recusou a voltar à conversa e continuou se escondendo atrás do jornal.

— Há quanto tempo estão em Londres? — insistiu.

— Chegamos de Dorsetshire há dez dias. O primo Lucien está cuidando de nós.

— É ótimo saber dis...

— A *srta. Gallant* está cuidando de vocês — interrompeu o conde, ainda coberto pelo jornal. — Eu estou *tolerando* vocês.

Os lindos olhos azuis da garota se encheram de lágrimas.

— Mamãe disse que você ficaria feliz em nos receber, já que não tem mais ninguém.

O *London Times* foi atirado contra a mesa. Alexandra se levantou num salto, pronta para defender a pupila, mas optou pelo silêncio ao observar a expressão de raiva no rosto do conde. Claramente havia algo ali além das palavras ditas, e ela precisava descobrir o que era antes de interferir na situação.

— Uma situação nova nunca é fácil para ninguém — disse com voz suave, depois tomou um gole de chá.

Kilcairn olhou para ela em silêncio por vários segundos, pesando o que gostaria de falar contra o que a educação o permitia dizer.

— Exatamente, srta. Gallant — murmurou ele, levantando-se. — Com licença, srta. Gallant, prima Rose.

Com o mordomo em seu encalço, ele voltou para o corredor.

Rose respirou aliviada quando a porta se fechou.

— Graças a Deus. Estou tão feliz que ele foi embora.

— Ele é uma pessoa de… opiniões fortes — concordou Alexandra, tentando adivinhar o que o incomodara.

Decerto não tinha sido o comentário de Rose sobre ele estar sozinho. Não depois de saber dos rumores sobre as intermináveis noites de libertinagem e bebedeira com amigos e mulheres de caráter questionável.

— Ele é horrível. Tinha certeza de que você iria embora também.

Alexandra voltou sua atenção para a aluna.

— "Também"?

— Assim que chegamos, ele dispensou a srta. Brookhollow, que estava comigo havia quase um ano. E as governantas que ele contratou depois que chegamos eram terríveis.

— Terríveis como?

— Eram todas velhas, enrugadas e cruéis. E quando diziam algo de que Lucien não gostava, ele as xingava e elas iam embora, então acho que não fazia diferença se eu não gostava delas.

Alexandra ficou sentada por um momento, absorvendo aquelas informações embaralhadas. A encarnação do inferno parecia ter um temperamento muito melhor que o do primo.

— As coisas têm sido difíceis, sem dúvida, mas isso é passado. Tudo ficará melhor de agora em diante.

— Isso significa que você pretende ficar?

Era uma ótima pergunta.

— Ficarei o tempo que for necessário — disse Alexandra com cuidado, esperando que o conde não estivesse escutando.

Ela sentiu que precisaria da ameaça de poder se demitir a qualquer momento.

Rose soltou um suspiro, os ombros esbeltos se encolhendo dramaticamente.

— Ainda bem.

— Certo. — Alexandra passou os olhos pelos babados do medonho vestido de pavão de Rose. — Gostaria de conhecer sua mãe. Talvez devêssemos começar o trabalho logo após o café da manhã.

<hr />

Lucien soltou o florete da bengala de ébano que o escondia. Passando a lâmina longa e fina entre os dedos, ele olhou para o novo proprietário da peça.

— Isso não consegue causar mais que alguns arranhões, Daubner.

— Ora, Kilcairn, é uma obra de arte.

Dedos fortes e gordinhos alcançaram a lâmina, mas Lucien a tirou do alcance de seu companheiro. Ele não podia descontar a irritação nas visitas, mas seus amigos não teriam tanta sorte.

— Obras de arte quase me mataram de tédio mais de uma vez, mas não acredito que sejam de fato letais — disse, secamente. — Consiga algo mais robusto.

— Um homem precisa de uma bengala robusta para emergências — disse uma terceira voz vindo da entrada do estabelecimento.

Lucien levantou o olhar.

— Robert — cumprimentou ele, torcendo para que o resto de seus companheiros não aparecesse também. Ele estava distraído demais para ter que lidar com a matilha, principal motivo pelo qual decidira conversar com alguém lento como William Jeffries, também conhecido como lorde Daubner. — Algumas pessoas são naturalmente equipadas com bengalas robustas.

Com um sorriso largo, Robert Ellis, visconde de Belton, desceu os degraus e juntou-se a eles dentro da loja.

— Então por que está comprando uma tão fina?

— Não é para mim — respondeu Kilcairn, balançando a lâmina na direção de Daubner. — O conde sente que precisa aprimorar seu equipamento.

Lorde Daubner riu inquieto, com os olhos salientes fixos no florete.

— Como Belton disse, é apenas para emergências. E Wallace me fez um bom preço, não foi, Wallace?

— Sim, milorde.

Pelo canto do olho, Lucien notou o lojista voltando para a despensa para fugir da conversa. Lucien reprimiu um sorriso sombrio. A srta. Gallant deveria aprender com Wallace a evitar problemas.

— Este equipamento precário têm a mesma eficácia que uma faca de manteiga.

— O segredo não está na arma, Lucien. — Robert tirou outro florete da parede. — Mas em como você a empunha.

— Ah, por Deus... — murmurou Wallace da porta da despensa.

— Misericórdia. — Daubner estremeceu, cambaleando rapidamente para o canto.

Robert levantou a lâmina e a balançou na direção de Lucien.

Girando o corpo, o conde bloqueou o movimento e achatou com agilidade a lâmina do visconde contra o balcão de exibição.

— Parece que sim.

Franzindo a testa, Robert soltou a arma, deixando-a no balcão.

— Não quer brincar hoje, então? Podia ter me avisado. — Ele esfregou os dedos que haviam batido na madeira dura.

Lucien devolveu o florete à bainha de ébano e o jogou para Daubner.

— Você não perguntou.

O visconde olhou para ele por um momento e depois tirou uma mecha do cabelo cor de trigo da testa.

— Perdeu mais uma governanta, não é?

A mente de Lucien foi invadida por uma imagem da deusa de olhos turquesa que fazia companhia para os demônios em sua sala de café da manhã.

— Encontrei outra — falou bruscamente. — Acompanhe-me ao Boodle's para almoçarmos.

Daubner pigarreou.

— Você também, Daubner.

— Ah. Maravilha.

Belton caminhou ao seu lado enquanto deixavam a loja de Wallace, e Daubner seguia logo atrás. Pall Mall ainda estava vazia, assim como os estabelecimentos ao longo do caminho, mas Mayfair não ficaria assim por muito mais tempo. Quando a temporada começasse de fato, conseguir uma boa mesa e um serviço competente se tornaria uma competição pautada por riqueza e habilidade. Lucien não costumava perder naquele jogo.

— Vai para o Calvert esta noite?

— Não me decidi ainda.

Robert olhou para ele com olhos castanhos inquisidores.

— O que aconteceu com "qualquer coisa para escapar daquele maldito ninho de harpias"?

Aconteceu que a srta. Gallant havia chegado, mas Lucien não estava disposto a revelar aquilo. Ele a cobiçava, e passar uma noite fora dificilmente afetaria seu desejo. Mas, no momento, ela despertava mais seu interesse do que a libertinagem apelativa de Calvert.

— Teme que eles não deixem um cachorrinho como você entrar desacompanhado?

— Você é meu cartão de visita para a escória londrina — concordou o visconde com um leve sorriso. — Você vai, Daubner?

— Lady Daubner arrancaria minha cabeça se eu visitasse o Calvert — disse o homem robusto.

— *Se* ela descobrisse — disse Lucien. — Não conte para ela.

Daubner cutucou o ombro do conde.

— É fácil adivinhar que não é casado, Kilcairn. Você não precisa contar para as mulheres, elas apenas sabem.

O conde deu de ombros, irritado com o cutucão em seu fraque azul-marinho.

— E isso importa?

— Como assim isso importa…

— Quando você pretende revelá-las? — interrompeu Belton, quando Lucien cerrou os olhos.

— Revelar quem? — perguntou, apressando os passos.

Que Daubner trabalhasse para sua refeição, aquilo certamente lhe faria bem. No dia em que uma mulher ditasse como deveria viver sua vida, Lucien seria um homem morto; ele preferia se atirar da Tower Bridge a receber ordens.

— Revelar a sra. e a srta. Delacroix. Não que você tenha tecido qualquer elogio às duas, mas parece ainda mais irritadiço que o habitual.

— Quando eu estiver irritado — disse Lucien, olhando de soslaio para o companheiro —, você saberá.

— Você não pode negar, porém, que todo mundo ficará de olho na priminha do Kilcairn. Afinal, ela é a única parente viva de Lúcifer.

Antes que Rose Delacroix pudesse ver a luz dos candelabros de Mayfair, a srta. Gallant faria com que aprendesse a ter modos, graciosidade e estilo. Ele não tinha a menor intenção de exibir a prima espalhafatosa para os colegas antes disso. No entanto, depois que o fizesse, e uma vez que a peste estivesse casada, ele poderia partir em sua própria busca e, com sorte, produzir um herdeiro antes de enlouquecer com as tensões infernais de um casamento.

Lucien sentiu um arrepio.

— Aprenda a viver com decepções — sugeriu, subindo os degraus rasos do Boodle's. — Farei a revelação quando estiver pronto.

— Canalha egoísta — murmurou o visconde.

— Você não vai conseguir me ganhar com elogios.

<hr />

Alexandra se sentou com as costas retas em uma das confortáveis cadeiras da sala de lorde Kilcairn e se perguntou se o sorriso pregado em seu rosto parecia tão rígido quanto se sentia. Na espreguiçadeira à sua frente, soterrada por tantos cobertores e travesseiros que faziam com que parecesse um enorme novelo de lã com cabelo alaranjado, a sra. Fiona Delacroix iniciou mais uma rodada do seu discurso inflamado contra a sociedade moderna.

— A nobreza falhou em corresponder às expectativas — afirmou Fiona, com um suspiro. — Inclusive em minha família, por mais que me doa admitir.

— Não creio que seja tão ruim — disse Alexandra, tomando um gole de chá para dar um descanso aos músculos da bochecha.

— Ah, não tenha dúvidas. Quando o primo de Lucien, James, morreu no ano passado, prestamos solidariedade a Lucien, e cheguei a me oferecer para ser matrona da Casa dos Balfour durante seu luto.

— Muito generoso da sua parte.

Ela tentou imaginar Fiona Delacroix administrando uma enorme e antiga casa de Londres afogada em luto profundo. Ela conhecia a senhora havia menos de uma hora, e a única coisa que a mulher tinha a oferecer eram metros e mais metros de tecido negro capazes de cobrir um país inteiro. Vestimenta excessiva era, definitivamente, uma característica marcante das Delacroix.

— Sim, foi bastante generoso da minha parte oferecer, porque não suporto viajar. Sabe como Lucien reagiu? Ele me enviou uma carta. Eu a memorizei. Aliás, acho que jamais conseguirei esquecer tamanha crueldade. — A sra. Delacroix afofou um travesseiro para ajeitar a postura. — Dizia: "Madame, prefiro me juntar a James no inferno do que tê-la aqui". Consegue imaginar?! Quando meu querido Oscar faleceu, ele esperou quase sete meses antes de nos trazer para Londres.

— E só o fiz porque os testamentos de Oscar e de meu pai exigiam. — Lorde Kilcairn entrou pela porta da sala.

— Viu? Ele nem nega!

O conde se apoiou no batente da porta, olhando para Alexandra. Ela demorou um tempo para perceber que Lucien segurava a coleira de Shakespeare em uma mão e que o cachorro estava sentado ao lado da bota polida.

— É verdade, tia Fiona. Não vejo razão para negar.

— Francamente!

— A verdade dói, tia. A srta. Gallant precisará se ausentar por um momento. Acredito que ela esteja querendo reconsiderar os termos de seu trabalho.

— Por favor, não se vá! — choramingou Rose.

Ela tinha estado em silêncio desde que a mãe iniciara o falatório, e Alexandra quase esquecera que estava ali.

A srta. Gallant tomou outro gole do chá.

— Vejo que está de bom humor, milorde — disse ela em tom jocoso. — A sra. Delacroix estava me atualizando sobre a história da família Balfour.

Ele olhou para a tia, e Alexandra percebeu imediatamente que o conde não tinha gostado daquilo.

— Que agradável. Exijo falar com você, srta. Gallant. Agora.

— É claro, milorde. — Seu maxilar enrijeceu com a ordem; ela repousou a xícara e ficou de pé. — Sra. Delacroix, srta. Delacroix, com licença.

— Gostei dela, Lucien — vociferou Fiona. — Não ouse afugentá-la como fez com as outras.

— Nem sonharia em fazê-lo — disse ele, dando um passo para trás para permitir que Alexandra passasse.

43

— Acho bom! Demitir a srta. Brookhollow me deixou sem uma acompanhante adequada. E eu...

Kilcairn fechou a porta, ignorando a reclamação.

— Ah. Muito melhor.

Alexandra se endireitou, jogando os ombros para trás.

— Milorde, eu...

— Não está acostumada a receber ordens como um criado — concluiu ele, girando nos calcanhares.

Shakespeare seguiu atrás dele pelo corredor abanando o rabo e tamborilando o chão de madeira com as patas. Alexandra se apressou para alcançá-los.

— Não mesmo — concordou ela. — E também não...

— ... aprecia ser obrigada a passar o tempo com aquela velha maluca...

— Não era *isso* que ia dizer. Por favor, pare de me interromper.

O conde parou de forma tão abrupta que quase se chocou contra ela. Alexandra olhou em seus olhos, momentaneamente assustada com o que vira. Ela havia o surpreendido.

— O que estava prestes a dizer, então?

Seu olhar continuou fixo no dela.

— Eu... Eu posso ser franca?

— Como foi até agora.

— Por que me contratou?

Com uma careta, o conde virou-se para a escada.

— Já discutimos isso, srta. Gallant.

— Sim. — Alexandra respirou fundo e o seguiu. — O senhor deixou bem claro que queria me ver nua e me beijar. E que deseja ver a srta. Delacroix casada. Presumo que, em sua mente, as duas coisas estejam relacionadas, embora eu não consiga entender sua lógica. Enfim, o senhor está tornando o segundo objetivo da minha estadia, o único que é de fato realista, praticamente inalcançável.

Ele se inclinou contra o corrimão, uma expressão admirada em seu rosto.

— Bem, eu falei para você ser franca, não é? — ponderou ele.

Alexandra concordou.

— Sim, milorde. Mas se o ofendi...

O conde levantou a mão.

— Se, a partir de agora, falar comigo de qualquer maneira que não seja franca, ficarei profundamente ofendido.

Alexandra pensou em retrucar, mas voltou a se calar.

— Muito bem.

— Como sou responsável por impossibilitar seu segundo objetivo?

— Para se casar, a srta. Delacroix precisa aprender detalhes sutis da sociedade, como polidez, discrição, postura, sensibili…

— Já entendi. Prossiga.

— O senhor não apresenta nenhuma dessas características e, além disso, seu comportamento intolerante e cínico desencoraja as damas Delacroix a agir de maneira adequada.

Ele sorriu, curvando lenta e deliciosamente os lábios.

— Sou um péssimo exemplo de educação e modos.

Alexandra assentiu.

— Sim, milorde.

— E você não está desanimada com o que viu até agora?

Ela desviou o olhar para a porta fechada da sala no andar superior.

— Se devo ser franca, talvez possamos conversar em seu escritório.

Ele seguiu o olhar de Alexandra e voltou a descer a escada.

— Vou dar um passeio com seu cachorro. Junte-se a nós.

— Claro, contanto que estejamos acompanhados.

Ela achou tê-lo ouvido suspirar.

— Muito bem.

Ele continuou descendo a escada sem esperar para ver se ela o seguiria, então Alexandra segurou a saia e caminhou atrás dele. Ele era peculiar, arrogante e charmoso ao mesmo tempo, mas, além da explícita atração física que ele sentia por ela, Alexandra ainda não tinha ideia do motivo de tê-la contratado. Embora entendesse por que o conde não gostaria que Fiona Delacroix supervisionasse a equipe da Casa dos Balfour sob nenhuma circunstância, não entendia a razão de ter excluído suas relações familiares — aparentemente as únicas que haviam sobrado — do luto e de sua vida. E ela não gostava daquilo. Nem um pouco.

Lucien se viu surpreso e desequilibrado mais uma vez. Embora não fosse contra surpresas, já fazia algum tempo desde que sentira seus efeitos escalonarem tão rápido.

Ele sabia quem havia causado essas sensações incomuns, é claro. A srta. Alexandra Beatrice Gallant passeava ao seu lado sob as árvores do Hyde Park. Um guarda-sol verde de qualidade inferior protegia seu rosto bonito da luz solar, mas falhava em esconder seu humor do olhar curioso de Lucien. Ela estava irritada — com ele, pelo visto, porque parecia perfeitamente satisfeita em ficar sentada na sala de estar e ouvir as balbúrdias sem sentido de suas parentes até o dia do juízo final.

— Seu cavalariço está ficando para trás — observou ela, olhando por cima do ombro. — Por favor, peça que ele não fique mais que vinte passos atrás de nós.

— Vinte passos. Isso está escrito em algum livro?

— Deve estar. Por favor, informe-o, milorde, ou teremos que voltar agora mesmo.

Lucien estudou seu semblante, dividido entre diversão e horror. Ela *voltaria*, e ele não terminara de falar com ela.

— Vincent! — bradou ele, sem se virar.

— Sim, meu senhor?

— Não fique para trás, que inferno.

— Mas... É claro, senhor. Perdoe-me, senhor.

— O que gostaria de discutir comigo, srta. Gallant? — perguntou Lucien, observando-a assistir aos veículos barulhentos que passavam pelo caminho das carruagens.

— A tutora anterior da srta. Delacroix não era tão terrível quanto me levou a crer, milorde.

— Então você sente que sua presença é desnecessária? Devo discordar. Nessas condições, ela não conseguiria conquistar nem o próprio reflexo.

Os lábios dela se moldaram em um breve sorriso.

— Ela é sua prima. Consegue conquistar qualquer um.

— Qualquer um com pretensões de ganhar nobreza, riqueza ou notoriedade — corrigiu ele, puxando o cachorrinho de volta quando o terrier tentou pegar um pombo. — Não qualquer um que já possua esses elementos.

Várias carruagens começaram a desacelerar e a se virar na direção deles. Lucien xingou baixinho e desviou para um caminho com mais árvores para acobertá-los.

— Então você acha que minha prima é manejável. Existe outra coisa que a preocupa, a menos que eu esteja enganado.

Ela hesitou.

— Sua tia me preocupa.

Pela primeira vez desde que deixara as harpias entrarem em sua casa, Lucien sorriu.

— Bem-vinda ao clube, srta. Gallant.

— Que horror.

— Sou uma pessoa horrível.

— A sra. Delacroix me preocupa porque seus colegas irão associá-la à srta. Delacroix — disse ela. — Tenho certeza de que ela é… uma dama muito simpática, mas parece ser muito expansiva. Receio que isso possa ter um efeito prejudicial na apresentação pública de sua filha.

— Ela destruirá qualquer esperança de um matrimônio.

— Eu não falei…

— Sim, falou.

A srta. Gallant parou.

— Milorde, se vou ajudar a srta. Delacroix, devo fazê-lo sem contestações. Por favor, pare de me interromper.

Ele sorriu para ela, notando o rubor em suas bochechas. Fosse adequado ou não, estivesse ele irritando-a ou não, ela não era indiferente a ele.

— Pedi que fosse franca.

— O senhor me contratou pelos meus modos.

— Eu a contratei porque desejo arrancar suas roupas e fazer amor com você.

Ela ficou boquiaberta, corando furiosamente.

— Isso… você é… você foi longe demais! Vou embora — gaguejou ela, e se virou.

Lucien deu meia-volta e a alcançou.

— Você acompanhará Rose a todos os locais que eu julgar adequados — disse ele, imaginando se de fato tinha passado dos limites ou se ela estava apenas sendo excessivamente recatada. Ele não estava acostumado a exercitar o decoro. — Tia Fiona ficará de fora do maior número possível de ocasiões. Para as que ela deve comparecer, garantirei que se comporte de acordo com sua capacidade. Isso é aceitável?

— O *senhor* não é aceitável! Tentei ignorar sua falta de educação porque, pelo que ouvi, sua reputação poderia ser fruto de rumores, e não da realidade. Mas o senhor me provou que não é o caso. Devo pedir minha...

— Eu conseguiria conquistar uma esposa adequada na atual conjuntura? — interrompeu ele.

Ela pigarreou.

— Defina "adequada".

— De boa família, apta a procriar, casta e atraente, eu espero.

Alexandra parecia enojada.

— Está procurando uma esposa ou uma égua?

— Dá no mesmo.

— Não, não dá. Amor não importa?

Lucien pegou um graveto e o tirou do caminho.

— *Amor* é como chamamos o desejo de fornicar, para que pareçamos mais sofisticados do que animais.

Por um longo momento, a srta. Gallant ficou em silêncio.

— Milorde, acho que... — disse ela enfim. — Já que não pretende dar amor, deve ao menos ter modos. Mulheres costumam apreciar isso.

— Voltando à minha pergunta, eu conseguiria conquistar uma...

— Não. — Ela corou. — Não, milorde. Acredito que não conseguiria.

Lucien olhou o parque ao seu redor, dividido entre diversão e irritação. Ela dissera o que ele esperava, mas não havia ficado feliz em ouvir.

— Então devo requisitar seus serviços também.

— O que quer...

— Lorde Kilcairn? Que maravilha encontrá-lo por aqui.

Lucien se virou quando a carruagem mais próxima parou ao seu lado.

— Lady Howard — reconheceu ele —, lady Alice. Boa tarde. Já foram apresentadas à acompanhante de minha prima, srta. Gallant? Srta. Gallant, estas são lady Howard e lady Alice Howard.

Pela expressão das duas, ele estava sendo mais agradável do que o habitual, mas a interrupção havia dado a Lucien um momento para considerar se seu novo plano era brilhante ou insano. Brilhante, ele esperava.

Alexandra fez uma linda reverência.

— É um prazer conhecê-las, lady Howard, lady Alice.

— Srta. Gallant. — Lady Howard olhou para ela, depois voltou sua atenção para Lucien. — Lorde Howard e eu daremos um jantar em nossa casa na quinta-feira. Ficaria encantada se você, sua tia, sua prima e a acompanhante de sua prima, é claro, pudessem comparecer.

Era muito cedo para colocar Rose sob os holofotes, mas, por outro lado, os Howard habitavam a camada inferior do círculo social; e seus colegas provavelmente não estariam presentes para presenciar o desastre que era sua prima.

— Ficaremos felizes em fazê-lo. Agradeço o convite, senhora.

Quando a carruagem partiu, Lucien começou a andar mais rápido.

— É melhor fugirmos antes que sejamos convidados para outra coisa — murmurou ele.

— A srta. Delacroix não está pronta — declarou Alexandra, seca, ainda irritada.

— Eu sei disso. Os Howard e seus conhecidos são razoavelmente complacentes. Instrua-a sobre a etiqueta específica para um jantar.

— Não continuarei trabalhando para o senhor nessas circunstâncias.

Ele diminuiu a velocidade novamente.

— Que circunstâncias?

Ela corou.

— Pare de dizer essas coisas para mim.

— Que coisas?

— Você sabe muito bem. Coisas impróprias e rudes.

Lucien sorriu.

— É por isso que eu terei lições de bons modos com você, assim como Fiona. Exigirei muito do seu tempo e precisarei de aulas particulares, tenho certeza.

— Não farei nada disso!

— Fará, sim. Acabei de aumentar seu salário para vinte e cinco libras por mês para compensar seus deveres adicionais. Além disso, receberá um subsídio generoso para roupas.

A srta. Gallant proferiu palavras pouquíssimo femininas. Lucien sorriu, sem antes virar a cabeça para esconder sua expressão. *Ah, vitória.*

— Não serei responsável por seu sucesso ou fracasso.

— Justo. — Por enquanto, de toda forma. — Mais alguma coisa?

Ela olhou para Lucien com uma expressão estranha e distante, a mesma que ele havia notado quando a resgatou de tia Fiona. A curiosidade dele aumentou na mesma hora, mas a governanta não disse mais nada.

— Interpretarei seu silêncio como extrema empolgação em relação a todos os outros aspectos de seu emprego — disse ele quando se aproximaram de sua casa.

— Você deveria ser mais gentil com sua tia e sua prima — sugeriu a srta. Gallant em voz baixa. — Elas perderam um marido e pai.

— É minha primeira lição?

— Se deseja chamar dessa forma.

— Não se compadeça delas — respondeu ele, incapaz de disfarçar o cinismo na voz. — Como minhas únicas parentes, é provável que sua linhagem familiar tenha um futuro excelente.

— Acha que uma perspectiva de riqueza compensa a perda de um ente querido?

— Você fala por experiência pessoal? — perguntou Lucien, bastante perturbado ao perceber que o humor dela o afetava.

Alexandra o encarou.

— Claro que não, milorde. Não tenho perspectiva alguma.

Aquilo não havia respondido à sua pergunta, mas ajudara a despertar outras questões intrigantes.

Enquanto caminhavam pela entrada, ele notou que Vincent havia ficado para trás mais uma vez, como havia sido instruído a fazer desde o começo. Embora Lucien não tivesse conseguido passar tanto tempo quanto gostaria com a srta. Gallant, sentia-se muito satisfeito. Ele aprendera um pouco mais sobre ela, mas não o suficiente para reprimir sua curiosidade ou seus desejos. E ele já anunciara à sociedade que estava disposto a passar uma tarde agradável na companhia de uma jovem respeitável. Aquilo deveria facilitar as coisas quando realmente começasse sua busca por uma esposa.

Além disso, ele ganhara uma desculpa legítima para passar mais tempo com a srta. Gallant. E, se ela conseguisse melhorar seus modos e seu comportamento, ele teria prazer em proclamá-la uma maldita milagreira.

Capítulo 4

Alexandra estava deitada na cama, brincando, com um pano velho e cheio de nós, de cabo de guerra com Shakespeare, que por sua vez estava deitado no chão.

Vinte e cinco libras por mês era uma pequena fortuna. Em seu primeiro emprego, aquela havia sido sua renda do ano inteiro. E, ainda que tivesse condições de jogar o suborno na cara de seu patrão, achava que não o teria feito.

Alexandra suspeitava que aquilo estava relacionado com a maneira como ele continuava a desafiando. Casar Lucien Balfour poderia muito bem elevá-la à santidade. Ela sorriu. Alexandra, padroeira dos homens impossíveis, egoístas e arrogantes. É claro que os arrepios que ele causava em sua espinha também podiam ter um pouco a ver com aquilo. Lorde Kilcairn era uma curiosidade, um enigma, e ela ainda não havia começado a desvendá-lo.

Shakespeare se endireitou e voltou as orelhas para a porta. Um momento depois, alguém bateu, hesitante.

— Srta. Gallant? — chamou uma voz feminina.

Alexandra se levantou para liberar a tranca e abriu a porta.

— Srta. Delacroix — disse ela, surpresa. — Entre.

— Na verdade, poderia vir ao meu quarto por um momento?

— Está quase na hora de nos vestirmos para o jantar.

— Sim, eu sei. — A garota olhou por cima do ombro. — Era sobre isso que queria falar.

Curiosa, Alexandra assentiu e saiu para o corredor.

— Claro.

— Veja — continuou Rose em voz baixa, liderando o caminho pelo corredor —, mamãe disse que eu deveria usar meu tafetá amarelo para o jantar, porque ressalta meus olhos, mas tenho quase certeza de que o primo Lucien não gosta muito de tafetá.

Ao entrarem no quarto, Alexandra notou uma criada em pé ao lado do imenso guarda-roupa, dois espelhos de corpo inteiro que acompanhavam a penteadeira e um segundo guarda-roupa do outro lado da cama.

— Trouxe tudo isso de Dorsetshire?

— Todas as roupas. Lucien providenciou o segundo guarda-roupa e o quarto branco para o resto das minhas coisas e as de mamãe. Todos os meus vestidos formais estão lá.

Alexandra ergueu as duas sobrancelhas, mas sorriu novamente quando a garota a encarou.

— Minha nossa.

Rose indicou o vestido amarelo brilhante esticado na cama.

— O que você acha? Mamãe diz que amarelo é a minha cor, mas a srta. Brookhollow sempre recomendou azul, porque é mais discreto.

— Bem, vamos ver o azul — sugeriu Alexandra, esperando que fosse mais adequado para a sociedade londrina do que o resto do vestuário espalhafatoso que havia visto.

A criada desapareceu no volumoso guarda-roupa e reapareceu logo depois, segurando uma versão ainda mais chamativa do vestido azul de pavão.

— Ah. — Alexandra pigarreou. — Posso dar uma olhada em suas coisas?

— Eu sabia que não daria certo — disse Rose, cabisbaixa. Seu já costumeiro beicinho começava a surgir e seus olhos azuis se inundavam de lágrimas.

Alexandra olhou para a criada.

— Você pode nos dar licença por alguns minutos?

— Claro, senhora.

Com uma reverência, ela desapareceu, fechando a porta do quarto atrás de si.

Não havia mais plateia, então Alexandra voltou sua atenção para a pupila.

— Srta. Delacroix, lorde Kilcairn me contratou com o objetivo de polir sua conduta. Solicitou isso para permitir que você consiga um marido com condições adequadas para sustentar você e sua mãe.

Rose assentiu, apesar de sua expressão hesitante indicar que não havia entendido exatamente o que eles tinham conversado.

— Você está chorando porque não é isso que deseja para si mesma ou porque não está indo tão bem quanto gostaria?

Rose piscou algumas vezes, e então sua expressão mudou.

— Meu primo não gosta de nada do que faço, e eu queria muito lhe agradar. E à mamãe também.

Alexandra sentiu o início de uma dor de cabeça.

— Deseja se casar com um nobre, então?

— Sim.

— E você trabalhará comigo para fazer o que for necessário para que isso aconteça?

— Ah, é claro, srta. Gallant! — A garota apertou as mãos de Alexandra. — Você acha que existe esperança para mim?

Alexandra sorriu.

— Sim, eu acho. E, por favor, me chame apenas de Alexandra ou de Lex. Todos os meus amigos me chamam de Lex.

A menina sorria lindamente, com os olhos brilhando.

— Obrigada, Lex. E você pode me chamar de Rose.

— Muito bem. Vamos dar uma olhada no seu guarda-roupa e amanhã marcaremos um horário com a costureira.

De certa forma, Alexandra invejava Rose. A jovem queria se casar com um nobre; pelo jeito, não importava quem, desde que tivesse um título. Suas roupas eram totalmente erradas, mas aquilo era consertável. Quando ela tivesse a aprovação e o apoio de seu primo, o casamento ocorreria. Faltava apenas determinar a data e o nome do noivo.

Elas acabaram escolhendo uma peça de Alexandra; um vestido de musselina amarelo-claro e azul, um dos seus favoritos. Rose era mais baixa, então a peça precisou de alguns pontos na bainha. Alexandra estava determinada, e a primeira coisa que precisava fazer era mostrar a lorde Kilcairn que sua prima era mais que um belo pavão; se elas não conseguissem convencê-lo de que Rose poderia melhorar, ele nunca consentiria que ela fosse vista em público, muito menos que fosse caçar seu futuro marido.

Às seis e meia, dirigiram-se à sala de jantar. Atrás das portas entreabertas, ouviu-se a voz aguda de Fiona Delacroix, seguida pela resposta baixa e arrastada de lorde Kilcairn.

Alexandra ajeitou uma das mangas do vestido de Rose, ignorando seus próprios nervos. O conde havia permanecido para jantar e, até onde sabia, quase nunca fazia aquilo. E ela se perguntou o que ele teria a dizer sobre o vestido favorito *dela*, que ficara um pouco largo nos seios da jovem Rose.

— Cabeça erguida — murmurou ela por trás de Rose —, como se não se importasse com o que os outros pensam.

Rose assentiu, nervosa, e deu um passo à frente. Wimbole, esperando na entrada, abriu as portas duplas para recebê-las. O conde se levantou; ele tinha modos, afinal, embora nem sempre os colocasse em prática com suas hóspedes. Os olhos cinzentos passaram por Rose e se detiveram em Alexandra, que esperava na porta.

— Primo Lucien.

Rose fez uma reverência e se sentou na cadeira que Wimbole lhe ofereceu.

— Que roupa é essa? — vociferou Fiona. — Eu nunca vi...

— Sim — interrompeu Lucien, e Alexandra respirou fundo para esperar o que ele diria na sequência. — Você parece extremamente humana esta noite.

Alexandra soltou o ar devagar. Rose sorriu.

— Lex me emprestou.

Lorde Kilcairn assumiu o lugar de Wimbole atrás da cadeira de Alexandra.

— Lex? — murmurou, inclinando-se sobre o ombro dela para empurrar a cadeira para a frente enquanto ela se sentava. — Não lhe cai bem. Curvas e mistérios de menos. Prefiro Alexandra.

Ela fechou os olhos quando seu nome saiu suavemente dos lábios dele. Antes que pudesse elaborar uma resposta apropriada, ele se endireitou e voltou para sua cadeira. Talvez tenha sido melhor assim, porque ela não fazia ideia do que dizer. O som do seu nome nunca lhe havia provocado arrepios tão deliciosos.

— Você não pode usar os vestidos de sua governanta. Não é correto .— disse a sra. Delacroix.

Alexandra arregalou de leve os olhos. As Delacroix se entreolharam, uma beligerante e a outra quase chorosa, enquanto o conde cortava um pedaço de faisão.

— A srta. Gallant tem bom gosto — disse lorde Kilcairn. — Dada essa feliz circunstância, ela acompanhará Rose amanhã até o ateliê de madame Charbonne, a costureira mais talentosa de Londres. — Olhando para a tia, ele tomou um gole do vinho — Talvez você devesse ir junto.

— Lucien, não vou...

— Ou fique em casa. Não me importo.

— Como ousa?

— Sra. Delacroix — interrompeu Alexandra, antes que objetos pontiagudos começassem a voar sobre a mesa —, você parece ter uma noção de cores muito melhor que a minha. Sua ajuda seria muito bem-vinda amanhã.

A mulher mais velha estremeceu por um momento.

— Andar por Londres me deixa extremamente nervosa — disse ela, num tom mais suave —, mas não posso abandonar minha filha nas mãos de uma costureira desconhecida.

Madame Charbonne era famosa por seu trabalho, mas Alexandra decidiu não falar nada. Ela esperava que Kilcairn fizesse o mesmo, e relaxou um pouco quando ele apenas arqueou uma sobrancelha e continuou comendo. Vê-lo discutir com a instável Fiona Delacroix não ajudaria em nada, mas, por outro lado, Alexandra poderia se acostumar com a maneira como ele dizia seu nome.

Ela se perguntou se seduzi-la era mesmo seu objetivo ou se ele estava apenas se divertindo. Não entendia por que ele se dava ao trabalho se sua presa era uma mera governanta fracassada. Talvez só estivesse entediado. A possibilidade de não ser devido ao tédio, no entanto, soava ainda mais preocupante e perturbadora.

O vestido que a srta. Gallant emprestara a Rose deveria ser a melhor peça que possuía. Quando Lucien bateu os olhos em sua nova funcionária, ele havia percebido que se vestia bem, embora de forma conservadora. Ele não se importava com aquilo; aliás, a discrição permitia que sua imaginação se incumbisse de adivinhar detalhes de seu corpo. O vestido de musselina era adorável, mesmo em Rose. Ele adoraria tê-lo visto em Alexandra.

— Milorde — disse a deusa de olhos turquesa, trazendo-o de volta para a realidade —, você possui um piano-forte?

— Tenho vários. Por quê?

Quando o olhar dela encontrou o dele, um choque inesperado de desejo o dominou. Lucien tomou um longo gole de vinho, esvaziando a taça. *Maldição*. Ele não estava acostumado a ser arrebatado por uma mulher que desejava. Se fosse qualquer outra pessoa, ele já teria feito sua oferta, e ela teria aceitado ou ido embora.

Não saber qual deveria ser a abordagem correta o incomodava, e uma recusa era inaceitável. Ela certamente não parecia ou agia como nenhuma outra governanta que ele já havia conhecido, mas também não reagia aos encantos dele como outras mulheres que conhecera. Ela o intrigava, e Lucien adorava um bom enigma.

— Gostaria de ensinar a srta. Delacroix a tocar.

Lucien fez uma careta.

— Não quero ouvir.

— Não precisa estar presente, milorde. Mas, se ela for a um jantar, precisaremos saber em que posição colocá-la caso a anfitriã peça que toquem música.

— Num canto nos fundos da sala — respondeu ele prontamente.

Lucien escutou uma fungada familiar e decidiu reprimir seu próximo comentário. A moça não parava de chorar.

— É verdade. Fazer uma entrada triunfal a partir dos fundos parece uma ótima ideia. — Um brilho bem-humorado iluminou os olhos dela, e Alexandra deu um tapinha na mão de Rose. — Mas, antes de colocá-la lá, precisamos saber o que é capaz de fazer.

— Quando é o jantar? — perguntou tia Fiona. — Será na casa de quem? Por que não fui informada?

— Quinta-feira, nos Howard, e porque eu escolhi não contar.

Rose pareceu assustada.

— Quinta-feira?!

— É tempo mais que suficiente para prepará-la, srta. Delacroix.

Lucien conteve sua resposta e, mais uma vez, foi vencido pela srta. Gallant. Ele não estava acostumado com aquilo. E ela obviamente ainda não tinha percebido como era inútil tentar detê-lo quando ele decidia mostrar seu gênio. Felizmente o conde estava de muito bom humor.

— Mas, primo Lucien, você disse que nunca deixaria seus amigos me conhecerem.

— Eu não tenh…

— Sem dúvida, lorde Kilcairn está apenas enciumado — interrompeu a srta. Gallant com suavidade. — Afinal, você é muito atraente.

Lucien olhou malignamente para a governanta. Pelo visto, ela levara seu pedido de honestidade ao pé da letra, achando que poderia ser insolente quando bem entendesse.

Tia Fiona começou a gargalhar.

— Acertou em cheio, srta. Gallant.

Aquilo já era demais. Lucien ficou de pé, esbravejando:

— Wimbole mostrará onde ficam a sala de música e o piano-forte. Não quebrem nada.

— Para onde está indo, Lucien? — perguntou Fiona, ainda rindo.

— Para o Harém de Jezebel — retrucou, virando-se para Alexandra. — Já ouviu falar?

A expressão dela se tornou dura, perdendo a graça que antes havia em seus olhos.

— Claro, milorde — respondeu ela. — Acredito que não devamos esperá-lo acordadas.

— Não mesmo.

—⁓—

O mais famoso antro de jogatina e prostituição de Londres normalmente tinha distrações o suficiente para satisfazer até Lucien. E, no entanto, para a surpresa de todos, naquele noite ele não se prestou a nada mais do que um jogo de piquet. Em pouco mais de duas horas, ele arrancara cem libras do marquês de Cooksey e nem sequer se dera ao trabalho de aumentar a aposta.

A culpa era sua. Ele não se distraía facilmente, mas seus pensamentos permaneciam presos à governanta de sua prima. Seu humor melhorou apenas quando decidiu que ela teria que pagar por sua insolência, e ele é que escolheria a forma de compensação. Certamente envolveria nudez, qualquer que fosse.

— Lucien?

Ele tirou os olhos das cartas.

— Robert. Não esperava vê-lo aqui.

Cooksey se afastou da mesa.

— Pegue o meu lugar, rapaz — resmungou ele. — Graças a Kilcairn, preciso ir embora mais cedo.

O visconde se sentou na cadeira desocupada quando o marquês saiu para encontrar outra atividade.

— Não consegui ver os fogos de artifício em Vauxhall, então decidi vir procurá-lo.

— Pena que chegou com uma hora de atraso. Eu teria dividido Cooksey com você.

Lucien embaralhou as cartas com os dedos longos.

— Ou você teria me levado à falência também — disse Robert, sinalizando para que trouxessem uma taça de vinho.

Lucien olhou para ele.

— O que você estava fazendo nos Jardins de Vauxhall, afinal?

O visconde passou a mão pelo cabelo claro.

— Minha mãe estará em Londres na próxima semana.

— E?

O visconde abriu a boca para responder, mas hesitou e tomou um gole.

— E todos conhecem sua opinião sobre esse assunto. Não discutirei isso com você.

Lucien estranhou.

— Qual assunto?

Robert negou com a cabeça.

— Não.

Aquilo estava ficando interessante.

— Apostemos, então. Vou embaralhar. Se eu tirar a carta mais alta, você me conta seu segredinho.

— E se eu ganhar?

— Você fica com as cem libras de Cooksey.

Lucien jamais teria aceitado a aposta, mas ele era consideravelmente mais velho que o jovem Robert e tinha muitos mais segredos que não desejava que a sociedade soubesse. Ele mal teve tempo de contar até cinco antes que o visconde lhe arrancasse o baralho e o jogasse sobre a mesa.

— Eu começo — afirmou Belton, embaralhando de forma agressiva. Ele tirou uma carta, olhou-a, soltou um suspiro e a virou para que Lucien pudesse vê-la. — Nove de paus.

Robert recolocou as cartas no baralho. Levantando uma sobrancelha, Lucien se inclinou para a frente e pegou a carta do topo. Sem olhar, ele a colocou sobre a mesa.

— Valete de espadas. — O visconde olhou para ele, recostando-se e cruzando os braços sobre o peito. — Eu deveria ter me poupado do constrangimento e apenas contado o segredo.

— Você não deveria nem ter aceitado a aposta. Vamos, fale.

— Que droga! — resmungou Belton. — Certo. Estou pensando em me casar.

Lucien o encarou por longos instantes.

— Por quê?

— Tenho 26 anos. E… estava pensando sobre isso. Satisfeito?

— Obrigações familiares e tudo mais — disse Lucien.

Robert obviamente não queria discutir aquele assunto com o amigo. Ele e todos os outros colegas haviam declarado Lucien um solteiro convicto. Apenas a pior das circunstâncias conseguiria mudar aquilo, e ele não tinha intenção de discutir suas opiniões sobre casamento com Robert Ellis. Não até que ele tivesse se apoderado de uma mulher.

— Sim, obrigações familiares. — Robert olhou para ele como um gato avaliaria um cachorro enorme e muito feroz. — Então? Não tem nenhum insulto devastador para dizer?

Lucien tomou um gole do vinho.

— O que você procura em uma mulher?

— Nada parecido com o que está acostumado. Não se preocupe, Kilcairn, posso encontrar alguém sem a sua ajuda.

— Que injustiça. Estou apenas curioso para saber que tipo de mulher, na sua opinião, seria aceitável como viscondessa de Belton.

— Curioso, claro.

— Sim.

Alexandra não gostara dos requisitos apontados por ele, e ela parecia uma mulher muito sensata. Talvez Robert tivesse algumas opções melhores em mente.

— Bem, eu... não tenho muita certeza. Saberei quando a vir.

— Você não tem requisitos básicos?

— Requisitos gerais — desdenhou Robert, encarando-o. — Claro que tenho. Quero que seja atraente, de boa formação, família rica e razoavelmente inteligente.

— Por que inteligente?

— Você é inacreditável! — irrompeu o visconde, assustando as pessoas mais próximas. — Casamento é um compromisso eterno.

Ah, mais um idealista frouxo.

— Casamento é um compromisso de negócios.

— Jesus! Independentemente disso, não gostaria de conseguir conversar com sua parceira?

— Nenhum homem se casa procurando parceria — argumentou Lucien. — Casamos a fim de obter uma fêmea adequada para reprodução que, consequentemente, receberá uma herança. E, se for o caso, nos casamos para ganhar riqueza suficiente para manter nosso patrimônio.

Robert cerrou os olhos.

— Veja. Só porque seu pai...

— Meu pai foi um devasso que se casou somente para gerar um herdeiro legítimo. Além dos raros momentos de coito, ele não permitiu que o matrimônio interferisse em sua vida.

O visconde se levantou.

— Tenho pena de qualquer mulher que se case com você.

— Eu também. — Lucien deu um grande bocejo. — Sente-se e jogue piquet comigo, Robert. E falemos sobre algo mais agradável, que tal?

Obviamente, Belton não tinha compromissos mais interessantes, porque, depois de relutar um pouco, sentou-se novamente.

— Vamos, distribua as malditas cartas.

Lucien obedeceu.

— Como foi no Calvert? — perguntou.

— Insuportável. Você é praticamente o único canalha que sobrou em Londres. Mas, quando a temporada começar e o restante da nobreza nefasta chegar, estou certo de que não sentirei muita falta da sua presença.

O conde reprimiu um sorriso.

— Quando a temporada começar, me juntarei a você na libertinagem.

— Tem certeza? Rei de ouros.

— Rei de copas. Venci novamente. Sobre o que está falando?

— Ouvi dizer que você vai ao jantar dos Howard na quinta-feira.

Maldição.

— As notícias voam. Sim, eu vou. O que tem?

— Se Calvert é insuportável para você, uma hora na companhia de lorde Howard vai matá-lo, Lucien.

— Meu objetivo é casar uma cria do diabo, e não o atingirei se estiver em Calvert. — Lucien lançou um olhar especulativo para Robert. — Por que não se junta a nós nos Howard?

— O quê?

— Você quer se casar, e minha adorável prima também. Existe situação mais propícia?

— Sua adorável prima, "a encarnação do inferno na Terra"? Pensei que éramos amigos, Kilcairn.

— Mesmo sem conhecê-la, deve admitir que ela atende à maioria dos seus requisitos.

— Além de ser de boa família, quais eram esses requisitos?

— Encontre-nos nos Howard se quiser descobrir.

Robert o olhou com curiosidade.

— Certo, Kilcairn. Tentarei conseguir um convite, mas é melhor que não me decepcione.

Lucien se sentia encurralado, mas conseguiu esboçar um sorriso sombrio.

— Eu nunca decepciono.

— O que achou do passeio no parque esta manhã, srta. Gallant?

— Adorável. Obrigada, Wimbole.

Alexandra tentou esconder a olhadela sutil para o corredor e a decepção que a dominara quando o mordomo lhe entregou seu xale. O conde não voltara para casa na noite anterior, e ela esperava vê-lo pela manhã.

Ela não sentia falta dele, é claro; nem de sua arrogância, das conversas inapropriadas ou dos olhos cinzentos, mas precisava esclarecer diversos princípios que ensinaria à Rose. Aquela era a única razão pela qual queria vê-lo. Alexandra se virou para sua companheira de caminhada.

— Marie, obrigada pela companhia.

A empregada fez uma reverência.

— O prazer é meu. Sally e eu fomos instruídas a fazê-la companhia sempre que quisesse caminhar.

— Isso é muito gentil, mas tenho certeza de que deve ter tarefas mais importantes para realizar.

— Não quando a senhorita deseja caminhar.

Pela descrição de Rose, lorde Kilcairn não havia sido tão receptivo com as governantas anteriores. Alexandra olhou para Wimbole.

— O conde já acordou?

— Sim, srta. Gallant. Saiu logo depois que você começou sua caminhada. Ele não estará de volta até hoje à noite.

Maldição.

— Entendo. Obrigada.

— Ele lhe deixou um bilhete, srta. Gallant.

De cima da mesa do corredor, o mordomo tirou uma bandeja que continha a mensagem.

Com dificuldade, ela se controlou antes de arrancá-la da bandeja.

— Obrigada, Wimbole.

Alexandra abriu o bilhete enquanto Shakespeare subia a escada e notou que a letra de Kilcairn refletia com perfeição o que ela pensava dele: sombria, elegante e arrastada. Ela podia ouvir sua voz profunda e cínica enquanto lia a mensagem.

— "Minha conta está aberta na loja de madame Charbonne. Ela está esperando vocês. Certifique-se de que ela saiba que os primeiros vestidos devem estar prontos até quinta-feira. Desejo vê-la adequadamente vestida também. Kilcairn."

— Hum — disse Alexandra. — Ele é tão caloroso, não é, Shakes?

O cachorro grunhiu. Ela entendeu que o cão concordava com ela e, com uma risada, apressou-se para se vestir e sair às compras. As Delacroix estavam esperando no saguão quando ela retornou ao térreo.

— Não tolerarei isto! — gritou Fiona com Wimbole.

A menos que Alexandra estivesse enganada, o mordomo parecia aliviado ao vê-la se aproximar.

— Srta. Gallant, a carruagem está esperando para levá-las para a rua Bond.

— Ouviu isso? O dia está lindo e ele quer que usemos a carruagem coberta. Isso é simplesmente cruel. Cruel e insensível.

— Tenho certeza de que lorde Kilcairn tem seus motivos, sra. Delacroix — disse Alexandra com uma voz suave, apontando o caminho da porta para Rose.

— Sim, ele é um tirano. Todos na família do pai dele não passam de tiranos! Graças a Deus estão quase todos mortos!

— Mamãe, quero um vestido novo — disse Rose, melancólica. — Vamos antes que o primo Lucien volte e mude de ideia.

— Concordo plenamente — disse Alexandra, liderando o caminho até a carruagem.

Coberta ou não, era magnífica, e ela se acomodou com um pequeno suspiro. Na última vez que usara um veículo de Kilcairn, estivera nervosa demais para notar qualquer coisa além da agitação de seu estômago. Agora, conseguia reparar nos detalhes. Nem a mais elegante carruagem em que já andara se comparava àquela. A sra. Delacroix sentou-se diante dela, ainda reclamando como se fosse uma prisioneira indefesa que nunca mais veria a luz do dia. Rose se sentou ao lado de Alexandra e apertou sua mão.

— Já ouviu falar da madame Charbonne? — perguntou Rose, com os olhos brilhando de empolgação.

— Sim, claro. Dizem que ela é a melhor costureira de toda a Inglaterra. Não imagino como lorde Kilcairn conseguiu marcar um horário para nós.

— É como tiranos conseguem as coisas — interrompeu a sra. Delacroix, espiando pela fresta aberta da única janela. — Nossa, quanta elegância. E pensar que nunca poderei ver tudo isso de perto.

— Vamos, tenho certeza de que isso não é verdade — respondeu Alexandra. — Lorde Kilcairn está apenas esperando o momento certo para que você e a srta. Delacroix causem uma impressão mais notável em seus colegas.

Fiona fungou e voltou a abanar seu rosto com um lenço. Ela seria um problema, e Alexandra duvidava que as ameaças do conde tivessem muito efeito sobre a tia quando ele não estivesse presente para reforçá-las. Rose poderia brilhar como o mais belo dos diamantes, mas bastava que olhassem ou ouvissem sua mãe para que todos ficassem horrorizados.

Ela já havia visto ciúme entre irmãs, mas nunca uma mãe que, ativa ou inconscientemente, se esforçava para sabotar a própria filha perante a sociedade. Rose, quase vibrando de empolgação e nervosismo, olhou pela janela. Alexandra escondeu uma careta. Ela faria o possível, mas era bom que lorde Kilcairn contivesse suas expectativas.

A carruagem parou abruptamente e o cocheiro saltou de seu assento na parte traseira do veículo. Um momento depois, ele abriu a porta e desenrolou os degraus para desembarcá-las. A rua Bond abria-se para os dois lados, lotada de lojas dedicadas a satisfazer os caprichos dos ricos. As calçadas não estavam tão movimentadas quanto ela esperava, mas ainda faltavam alguns dias até o início da temporada.

Alexandra virou para a loja ao lado delas. Um lindo vestido de seda verde estava vestindo um manequim sem cabeça na vitrine, e uma grande placa na porta anunciava que a loja estava fechada. Alexandra parou, surpresa.

— Ora, minha nossa. Algo está errado.

— Não há nada de errado, senhorita — disse o criado, batendo na porta. — Lorde Kilcairn cuidou de tudo.

A porta se abriu com o toque de um pequeno sino na maçaneta.

— Vocês vieram em nome de lorde Kilcairn? — perguntou uma jovem.

— Sim, isso mesmo — respondeu Alexandra, ainda surpresa.

— Por favor, entrem.

A mulher fez uma reverência e se afastou da entrada.

Alexandra entrou na loja logo atrás das senhoras Delacroix. O local era pequeno, arrumado e extremamente elegante. A mesma descrição se encaixava na pequena mulher que as abordou na parte dos fundos do estabelecimento.

— Bom dia — disse com um forte sotaque francês. — Sou madame Charbonne — continuou, parando na frente de Alexandra. — Srta. Gallant, correto?

— Sim.

— *Bonne.* Lorde Kilcairn disse que você me orientaria sobre os vestidos para a sra. e a srta. Delacroix.

Alexandra jamais pensara em ouvir que seria responsável por dar instruções à costureira mais renomada do país. Ela sorriu.

— Tenho certeza de que seu olhar é mais habilidoso que o meu, madame.

A costureira retribuiu o sorriso e apontou para uma pequena fileira de cadeiras encostadas em uma parede lateral, ao lado de pilhas e pilhas de tecidos.

— Vamos começar, então.

Madame Charbonne tirou medidas precisas de Rose e Fiona enquanto suas assistentes anotavam todos os detalhes. Alexandra teve a sensação de que era raro a costureira demonstrar tanto interesse no estágio inicial da criação das peças, mas nada naquela prova era remotamente semelhante a qualquer coisa que já vivera. As Delacroix também pareciam um pouco impressionadas, já que nem Rose ou Fiona — para alívio de Alexandra — haviam dito mais de duas palavras desde sua chegada.

— Agora, a srta. Gallant, *s'il vous plait* — disse a mulher, endireitando-se.

— Eu? Ah, não, nada disso — protestou Alexandra, corando.

Se havia uma coisa que ela sabia era que madame Charbonne não fazia vestidos para governantas.

— Lorde Kilcairn solicitou especificamente que você também fosse medida.

Alexandra franziu a testa.

— Especificamente?

— *Oui, mademoiselle.*

Era ridículo, mas só a ideia de usar um vestido de madame Charbonne a deixava tonta de tanta alegria.

— Bem, acho que devemos fazê-lo, então. Não quero tomar seu tempo.

A costureira desenrolou sua fita métrica e sorriu.

— Não se preocupe. Estou sendo muito bem compensada pelo meu tempo esta manhã.

— Não me surpreende — disse Alexandra.

— Sobre o que vocês duas estão tagarelando? — perguntou Fiona, enquanto analisava um retalho de cetim brilhante e amarelo.

Tardiamente, Alexandra percebeu que ela e madame Charbonne estavam conversando em francês.

— Peço desculpas, sra. Delacroix. Parece que seu sobrinho também quer que eu tenha um vestido novo.

— É claro que sim — disse a mulher. — Não podemos permitir que seja vista conosco usando *estas* roupas esfarrapadas.

Madame Charbonne se inclinou para medir os ombros de Alexandra.

— Se fosse ela, em vez de lorde Kilcairn, pagando pelos meus serviços, cobraria um pouco mais — murmurou a madame, embora sua discrição não fosse necessária. Obviamente, nenhuma das Delacroix falava francês.

Alexandra segurou uma risada.

— A melhor vingança seria confeccionar um vestido baseado no estilo dela — disse ela, no mesmo tom baixo.

— Mas que malcriada — disse uma voz grave atrás dela, em perfeito francês.

Rose gritou, segurando um roupão para cobrir seu corpo.

— Primo Lucien!

Alexandra se virou, quase sendo estrangulada pela fita métrica.

— Milorde! Não estava nos espionando, estava? Isso seria... bastante... inapropriado!

De braços cruzados, ele se encostou na parede ao lado da entrada dos fundos da sala. Seus olhos brilhavam e ele tinha um leve sorriso sensual nos lábios. Ela não fazia ideia de quanto tempo ele estava lá, mas obviamente havia ouvido boa parte da conversa.

— Quanta serenidade, srta. Gallant — disse o conde. — Mas você está corando. — Felizmente, ele continuou falando francês.

— Claro que estou corando! Não estou acostumada a ter minhas medidas tiradas na presença de homens!

— Uma questão ridícula que pretendo abordar na primeira oportunidade. Mulheres se vestem para agradar aos homens. Por que não podemos participar do processo desde o início?

— Uma mulher se veste bem para agradar a si mesma — respondeu ela em inglês. — Se o resultado agrada ao homem, sorte a dele.

— Como é sabichona.

Ele estava indo longe demais.

— *Não sou* sabichona, sou muito bem-educada.

— Milorde? — interrompeu madame Charbonne, assustando Alexandra.

— Madame?

— Devo continuar meu trabalho, milorde?

Pelo canto do olho, Alexandra viu Fiona dar uma cotovelada nas costas de Rose. A garota deu um sobressalto ao tropeçar para a frente.

— Primo Lucien, ficaria encantada se você me ajudasse a escolher um vestido — disse ela, corando intensamente.

Irritado com a interrupção, o conde desviou o olhar de Alexandra.

— Não ficaria, não.

Alexandra rangeu os dentes.

— Sua prima pediu sua opinião, milorde. E de uma forma muito elegante, inclusive.

Ele ergueu uma sobrancelha.

— Certo, então. Eu ficarei.

Lançando um olhar preguiçoso para Alexandra, ele atravessou a sala e se sentou em uma das cadeiras.

Bem, questão resolvida. Lorde Kilcairn estava sendo deliberadamente difícil. E, com seu jeito cínico e arrogante, provavelmente estava adorando aquela situação. Alexandra virou de costas para ele e permitiu que madame Charbonne continuasse sua medição. Ignorar o conde era como ignorar chocolate, mas ele não precisava saber o efeito que causava nela.

Ele estava certo ao se incluir nos ensinamentos de Alexandra. Era óbvio que o conde considerava aquele desafio uma piada, mas ela não. Aquela era sua especialidade, e lorde Kilcairn estava prestes a voltar para a escola.

—⟷—

Lucien suportou risadas, reclamações e elogios por quase uma hora. Concluindo que já poderia ser considerado um santo, ele se levantou e se espreguiçou.

— Com licença, senhoritas.

Ele parou do lado de fora da loja e tirou um charuto do bolso do casaco. Quando a porta se abriu atrás dele, já sabia quem era sem nem precisar se virar.

— O vestido vinho fica muito bem em você, melhor do que em Rose — disse ele.

— Não estou procurando um marido abastado. E isso é um hábito horrível.

Lucien se virou, esboçando um leve sorriso.

— Você precisa ser mais específica ao falar sobre mim e hábitos horríveis. Me seguiu apenas para me impedir de fumar charutos?

— Receio que ajustar isso seja só o começo.

Intrigado, Lucien colocou o charuto apagado no bolso.

— Deixe-me adivinhar. Você quer outro aumento de salário antes de assumir uma tarefa tão terrível quanto me educar.

— Não.

— Por favor, diga-me o que deseja, então.

Alexandra pigarreou.

— Eu sou uma governanta, não deveria usar um vestido feito por madame Charbonne.

Lucien olhou para ela.

— Se não quisesse um, não teria permitido que ela tirasse suas medidas.

Ela corou.

— Talvez não. Mas a questão não é o que eu quero, mas o que é apropriado. Não é apropriado que...

— Realmente não é apropriado — interrompeu ele, aproximando-se. — Mas você vai usá-lo mesmo assim, não vai?

Ela deu um passo para trás, e Lucien não hesitou em acompanhá-la.

— Milorde, eu...

— Não vai?

Ela hesitou novamente.

— Claro que vou usá-lo. Não tenho dúvida de que será o melhor vestido que terei em toda a minha vida.

Lucien tinha dúvidas sobre aquilo. Ela só estava tentando fazê-lo se sentir como um canalha e, ao mesmo tempo, dando-lhe a oportunidade de dizer algo honroso ou nobre. Ele era, no entanto, um canalha com pedigree.

Lucien passara anos dedicando-se à libertinagem para conquistar tal título. Ela precisaria de mais que meia dúzia de frases inteligentes para convertê-lo.

— Então me agradeça, em vez de me dar um sermão sobre meus maus hábitos.

Alexandra levantou o rosto, despertando sua atenção.

— Não vou agradecer. O senhor tomou uma decisão ruim, e acho que vai se arrepender assim que a sociedade perceber o que sua governanta está vestindo. E quem ela é.

— Alexandra... — murmurou ele, desejando que eles estivessem em outro lugar que não fosse o meio da rua Bond para que ele pudesse beijá-la, e se perguntando o que o impedia de fazê-lo mesmo agora. — Há muito deixei de me importar com o que a sociedade pensa de mim. Desejo vê-la usando aquele vestido, e assim será.

— Isso não é uma grande conquista, milorde.

Ele assentiu.

— Mas é a primeira de muitas. Ou segunda, afinal, já que você está trabalhando para mim.

Ela o encarou com firmeza, apenas a cor de suas bochechas contradizendo sua calma.

— Um dos muitos erros que cometi, milorde — respondeu.

— E espero que muitos mais estejam por vir. — Deixando-a interpretar sua fala como quisesse, Lucien olhou de volta para a loja. — Diga à encarnação do inferno na Terra e à sua mãe que precisei deixá-las.

— Sabe, ela não é de todo mal.

Querendo tocá-la, Lucien se contentou em passar um dedo em sua bochecha macia e suave.

— Repita isso na manhã de sexta-feira. Você tem três dias, srta. Gallant.

Lucien a observou voltar para a loja. Ele queria se enterrar nela, mas nem sequer conseguira um beijo. Ela sabia o que ele desejava, com certeza sabia, pois havia sido muito claro quanto àquilo. Lucien fez uma careta emburrada ao montar em seu faetonte e seguir para o clube de boxe.

Com diversas amantes espalhadas pela cidade, além das outras que chegariam a Londres nas próximas semanas, satisfazer-se não seria um problema. Mas ele não as queria, com suas conversas ensaiadas e disposição fácil. Ele desejava Alexandra Gallant.

E queria que ela o desejasse também. Embora ele claramente a interessasse, ela se mostrara mais do que capaz de resistir a desejos impróprios. Certamente se sentia confortável o suficiente com ele para insultá-lo. E Lucien, é claro, adorava aquilo.

Além disso, ele precisava encontrar uma esposa o mais rápido possível. Olhou para um trio de moças saindo de uma chapelaria. Pequeninas, bonitas e risonhas, mas ele não se deu o trabalho de olhá-las novamente. Casar não impedia que Alexandra fosse sua amante, bastava que ele a fizesse se render aos seus encantos, mas cobiçar a governanta o distraía como nunca.

Lucien suspirou. Ele teria que descontar a frustração em seu parceiro de treino. Era aquilo ou esperar que a srta. Gallant o encontrasse em um corredor escuro, no jardim, na biblioteca, no seu escritório ou... Lucien voltou para a realidade. Talvez fosse melhor encontrar uma esposa primeiro. Ele havia reprimido tanto desejo que teria relações sexuais com praticamente qualquer uma. Se aquilo não fosse tão excruciante, seria engraçado.

Capítulo 5

— Lembre-se, Rose — advertiu Alexandra —, ainda temos cinco pratos pela frente.

— Mas estou comendo pouquinho, como você ensinou. — Rose afundou o garfo no prato vazio e começou a fazer beicinho novamente. — Isso é uma tolice.

Lembrando a si mesma que Kilcairn estava pagando vinte e cinco libras por mês e que já havia lidado com jovens teimosas de 17 anos, Alexandra sorriu e balançou a cabeça.

— Não é tolice. E você consome alimentos em uma quantidade adequada, mas é a trigésima segunda vez que beberica seu vinho. Creio que a qualquer momento você vai dormir em cima da prataria.

Felizmente, Rose relaxou os ombros tensos e riu.

— É vinho de mentira.

Alexandra se recostou na cadeira de jantar diante de sua aluna. Era um alívio que o vinho e a refeição fossem uma encenação; caso contrário, ela e Rose teriam que pedir que madame Charbonne afrouxasse os vestidos novos antes mesmo do jantar.

Ela escolhera aquele método de instrução para fazer com que Rose prestasse menos atenção na comida e mais em suas mãos. O problema, porém, era mais simples que aquilo.

— Tente não usar seu copo de vinho como uma pausa consciente. Toda vez que faço uma pergunta, você toma um gole antes de responder — apontou Alexandra.

— Assim, tenho tempo para pensar em uma resposta apropriada. A srta. Brookhollow me ensinou isso.

Era o que Alexandra imaginava.

— Sim, é um bom truque, mas você precisa de mais de um, minha querida, ou todos saberão o que está fazendo... e até o final da refeição você estará tão bêbada que nenhuma resposta seria apropriada.

— Mais de um? — perguntou Rose, parecendo triste. — Mal consigo me lembrar desse.

— Ah, mas é muito simples — respondeu Alexandra casualmente, embora estivesse preocupada.

Aquela deveria ser a parte fácil. Ela não havia mencionado conversas apropriadas durante o jantar e, menos ainda, abordado qualquer outro comportamento. Alexandra estava ciente de que o jantar nos Howard seria um teste de suas habilidades, e das de Rose também. E havia um homem em especial para quem ela precisaria se provar — além de Rose, é claro.

— Escolha cinco coisas e faça-as em sequência, sem parar.

— O quê? Não entendi.

— Permita-me demonstrar. — Alexandra sentou-se ereta na cadeira e tomou um gole de vinho, como Rose havia feito. — Claro, lorde Watley. Sei exatamente o que quer dizer. — Alexandra levantou o guardanapo e limpou o canto da boca. — De fato, é fascinante. — Ela colocou o guardanapo de volta no colo e o arrumou. — Quanta coragem! — Em seguida, deu uma mordida em seu jantar imaginário, mastigou e engoliu. — Estou simplesmente encantada. — Por fim, ela colocou algumas batatas imaginárias em seu prato. — Muito obrigada.

Rose riu novamente.

— Estou completamente perdida.

— Isso é tudo. Bebida, guardanapo, guardanapo, mordida, distração. Cada vez que precisar de um tempinho para pensar, analise sua lista e faça o próximo passo. Você pode variar, é claro. Se precisar de um momento mais demorado, coma alguma coisa. No caso de uma resposta rápida e fácil, não faça nada ou arrume seu guardanapo. Fora isso, basta seguir sua lista.

Rose ficou boquiaberta.

— Isso é brilhante, Lex!

Alexandra sorriu.

— Obrigada, mas não mereço o crédito. Tive boas professoras.

— Você foi à escola para aprender isso?

— Fui à escola para aprender muitas coisas. A Academia da Srta. Grenville foi responsável pela minha educação.

— Bebida, guardanapo, guardanapo, mordida, distração. — Rose repetiu a sequência, sua cabeça acenando a cada palavra. — Acho que consigo me lembrar disso.

— Muito bem. Vamos repassar os movimentos e falar novamente sobre conversas durante o jantar.

Rose suspirou.

— Quem você vai ser desta vez?

— Ainda não fiz lady Pembroke. Vamos tentar.

— Mas não posso me casar com ela — reclamou a garota, fazendo uma careta.

Pelo menos sua aluna era focada, refletiu Alexandra.

— Mas pode se casar com um dos seus filhos. Incluindo o marquês de Tarrenton.

— Ele é chato.

— E rico.

— Ah, isso muda as coisas. Então tudo bem.

Alexandra se levantou e levou suas coisas para outro lugar, dessa vez sentada à esquerda de Rose.

— Além disso — continuou a governanta —, nunca presuma que a pessoa com quem está falando é a única que está ouvindo. Tudo o que você disser ou fizer será visto, não se esqueça disso.

Elas estavam no meio da lição, e Rose ficava cada vez mais segura em sua estratégia de pausas, quando alguém bateu na porta da sala de jantar.

— Entre — disse Alexandra, esperando que não fosse Kilcairn.

Tudo o que ela não queria era que o azedume do conde destruísse a confiança recém-adquirida de Rose.

Penny, a criada de Rose, entrou na sala e fez uma reverência.

— Com licença, mas a sra. Delacroix diz que está na hora de se deitar, srta. Rose. Disse que você precisa dormir.

Alexandra olhou para o relógio de porcelana colocado em um dos aparadores.

— Nossa! Não sabia que era tão tarde. Continuaremos pela manhã, Rose.

Quando as moças deixaram a sala, Alexandra suspirou e se recostou na cadeira. Ela não gostava nem um pouco de usar truques para atrasar as respostas e normalmente encarava o recurso como uma necessidade para contornar um raciocínio lento. Mas, até que Rose amadurecesse um pouco, ela precisaria deles. Alexandra não se lembrava de ter sido tão insegura quanto a srta. Delacroix, mas vivera sozinha desde seus 17 anos. Não tivera tempo para hesitar. Na verdade, até os últimos seis meses, ela mal tivera tempo para respirar.

Vozes masculinas trocaram cumprimentos no saguão e, em seguida, os passos firmes já conhecidos de Kilcairn subiram a escada. Alexandra praguejou e se endireitou, desejando ter segurado os pensamentos até que estivesse novamente em seu quarto. Ela ficou em silêncio, esperando que ele passasse direto, mesmo sabendo que não passaria.

— Você desistiu dela, não é? — perguntou o conde quando parou na porta.

— Claro que não. Ela foi dormir há pouco, e está progredindo muito bem, obrigada por perguntar.

Ele usava um traje magnífico, todo preto e cinza. Mesmo que a mente dela o interpretasse como um perigo arrogante e achasse suas propostas totalmente inaceitáveis, seu pulso acelerou e Alexandra segurou a respiração. Lorde Kilcairn se aproximou e se sentou ao seu lado.

— Bem o suficiente para participar da festa na quinta-feira? — perguntou, olhando curioso para os pratos e copos vazios sobre a mesa.

Por um momento, Alexandra desejou ter um copo de vinho ou de uísque para beber.

— Acredito que sim. Ajudaria, no entanto, se fosse um pouco mais gentil com ela.

— Está tentando me orientar também, Alexandra?

— É meu trabalho, milorde.

Ela nunca imaginou que seu nome poderia ter tanto impacto nos lábios de outra pessoa. E Kilcairn sabia exatamente o efeito que aquilo tinha nela. Alexandra conseguia ler isso em seus olhos acinzentados. Maldito!

— Sua prima tem pouquíssima autoconfiança.

— Ela é tão barulhenta que ninguém perceberia.

— Fiona é barulhenta, Rose mal abre a boca.

Alexandra lançou um olhar discreto para o perfil esbelto e sombrio quando ele afundou na cadeira.

— As duas fazem mais barulho que o seu cachorro.

Ela se absteve de comentar que Shakespeare não fazia barulho algum.

— Posso lhe fazer uma pergunta? — disse ela.

Ele a encarou, posicionando o cotovelo na mesa e o queixo na mão.

— Vá em frente.

Minha nossa, como ele é lindo.

— Por que você as detesta tanto?

O conde arqueou uma sobrancelha.

— As harpias?

— Sim.

— Isso não é da sua conta. — Apesar das palavras, sua voz era baixa, sedosa, e serpenteava vagarosamente pela espinha de Alexandra. — Apenas não gosto.

— Bastante *Ricardo III*, não acha? — perguntou Alexandra, procurando parecer tão calma quanto ele.

Ele jamais a venceria em uma discussão, ela não permitiria.

Kilcairn sorriu, aquele sorriso sensual e sombrio que a fazia parar de respirar.

— "E assim, já que não posso ser amante que goze estes dias de práticas suaves, estou decidido a ser ruim vilão e odiar os prazeres vazios destes dias."

Ela balançou a cabeça, novamente impressionada.

— Não. Está mais para o grande e maligno rei aprisionando seus sobrinhos jovens e indefesos na Torre e depois matando-os.

— Um valentão, então.

— Você deve saber que essa é a impressão que passa.

— É a impressão que passo para elas. Você também pensa assim, srta. Gallant?

Em um primeiro momento, sim. Ela sentia, no entanto, que valentões não citavam trechos de *Ricardo III* com tanta facilidade.

— Não me sinto à vontade para opinar, milorde. Sou apenas uma funcionária.

O conde acariciou a bochecha dela com o nó dos dedos. Alexandra congelou, tentando memorizar a sensação. Como ela não se mexeu, Kilcairn se endireitou novamente e colocou uma mecha do cabelo claro atrás de sua orelha. Seus olhares permaneciam fixos, embora ele estivesse sempre estudando sua reação. Ela não sabia o que ele vira, mas sentia-se como uma mariposa lutando contra o fogo. Se mexer, falar, respirar; tudo parecia impossível. E então, segurando suas bochechas entre as mãos, ele se inclinou devagar para a frente e tocou os lábios dela com a boca.

Alexandra fechou os olhos. A boca macia e firme dele roçou, acariciou e provocou a dela até ela simplesmente se render. Decidira havia muito tempo ser uma solteira convicta, mas, naquele momento, não tinha mais tanta certeza. Alexandra sentia o calor percorrer seu corpo. Ela se inclinou para ele e, com um suspiro, deixou que suas bocas virassem uma só.

Mesmo sabendo que estava na presença de um amante experiente, aquilo não mudou a emoção de ser beijada. Ela *nunca* fora beijada daquela forma. Alexandra achava que beijos assim existissem somente em contos de fadas. Incapaz de se controlar, ela retribuiu, desajeitada e insegura. Sua falta de experiência não parecia incomodar Kilcairn, que deslizava as mãos pelos seus ombros, passando pela cintura até o quadril. Sem nenhum esforço aparente, ele a colocou em seu colo, nunca tirando a atenção de sua boca e seus lábios.

Finalmente, quando ela sentiu que iria explodir, ele se afastou. Atordoada, Alexandra levantou a cabeça.

— Minha nossa — disse sem fôlego, com as mãos pesando sobre os ombros dele.

Seus olhares se atraíam de maneira sedutora e secreta.

— Receio que isso seja algo que Rose nunca aprenderá — sussurrou Kilcairn.

— O quê?

— Como fazer que os homens a desejem como eu desejo você.

Ele olhou para seus lábios e a envolveu em um beijo intenso. Ela se encaixou em seu colo e o abraçou com mais força. Não queria perder um segundo da sua atenção.

Ele não podia ser tão cínico quanto parecia. Não beijando daquela forma. Mas Alexandra não era tola para acreditar que a falta de cinismo o impediria de deixá-la nua e dar beijos lentos e quentes em sua pele. Aquele pensamento a fez tremer com uma dor profunda e intensa que ardia mais que fogo. Foi quando ela percebeu que era melhor colocar um ponto-final naquela situação.

— Milorde — disse, tremendo e afastando o rosto do dele.

Os lábios dele percorreram a lateral de seu rosto.

— Sim?

— Você precisa parar com isso!

— Meu Deus, por qual motivo?

A ponta da língua dele acariciou seu pescoço, e ela ofegou, enterrando os dedos nos ombros dele.

— Estou tentando ensinar modos. Essa certamente não é a maneira correta!

— Minha prima não está aqui.

— Mas você está.

Com dificuldade, ela se afastou dele e se levantou. Lenta e relutantemente, as mãos dele se afastaram do corpo de Alexandra. Ela sabia que, se ele quisesse, poderia tê-la aprisionado em seu colo, e ela teria se agarrado a ele, e pareceu significativo que o conde a tivesse deixado escapar. Ela conseguiria entender aquilo melhor depois, quando sua mente recuperasse a capacidade de raciocinar.

— Sou uma governanta — afirmou, enquanto arrumava o cabelo. — Não uma amante. E você, de acordo com seu próprio pedido, é um dos meus alunos.

Com o maxilar cerrado, o conde olhou para ela por um momento longo e sombrio. Ele apontou para a porta.

— Vá embora, então.

A voz de Kilcairn soou tensa e dura, e Alexandra fez uma pausa.

— Você está bem?

— De forma alguma. Boa noite.

— Não? Posso ajudar?

Ele a olhou ironicamente.

— Sim, mas você não quer.

— Eu... — Ela aprendera coisas interessantes o suficiente durante aquele beijo para deduzir do que ele estava falando. — Ah.

— Saia, srta. Gallant. Agora mesmo.

Ela hesitou, mas assentiu e abriu a porta.

— Boa noite, lorde Kilcairn.

— Talvez você sonhe comigo, Alexandra. Acho que sonharei com você.

Ela fechou a porta com delicadeza e correu para seu quarto. Ao entrar, passou uns bons cinco minutos tentando decidir se trancaria ou não a porta. Deixou-se levar pelo bom senso e deslizou a tranca.

Várias vezes, ao vestir a roupa de dormir, ela se pegava diante da lareira, os dedos percorrendo os próprios lábios. Kilcairn a queria, e teria sido terrivelmente fácil ceder se ele prometesse continuar com aqueles beijos. Ah, sonhar com ele... Alexandra teria sorte se conseguisse fechar os olhos.

—m—

Lucien deu passos largos em volta da mesa da sala de jantar, ocupando sua cabeça com questões financeiras. Fardos de feno, cabeças de gado, o preço da cevada, quanto carvão era necessário para manter a Abadia de Kilcairn aquecida durante o inverno. Nada funcionava.

— Maldição! — praguejou ele, proferindo outros xingamentos mais robustos na sequência.

Aquilo era demais. Um homem com sua experiência e reputação sob nenhuma circunstância perseguiria uma virgem de idade avançada e, principalmente, que ele empregara como governanta. Lucien acreditara que o beijo ajudaria a aliviar a inquietação que Alexandra causava nele. Agora, porém, além de estar muito excitado, ele sentira a reação hesitante, e logo depois desejosa, dela. E Alexandra fugira para a cama; sã, salva e virgem, porque ele a deixara ir.

Andou mais uma vez pela sala e parou diante da porta. Ele precisava de uma distração para sua distração. Abrindo a porta, desceu a escada e entrou no corredor dos fundos, onde havia uma dúzia de pequenos aposentos escondidos embaixo do salão de baile no andar superior. Parando diante da primeira porta, ele bateu na madeira dura.

A resposta abafada que recebeu não parecia muito receptiva. Sereno, ele bateu novamente, mais alto.

— Tudo bem, que inferno! — Uma voz resmungou. — É bom que a casa esteja pegando fogo.

A maçaneta girou e a porta se abriu. Esfregando os olhos, o sr. Mullins olhou confuso para seu patrão, mas então imediatamente se endireitou, empalidecendo.

— Milorde! Não fazia ideia...

— Sr. Mullins — interrompeu Lucien. — Tenho uma tarefa para você.

— Agora, milorde?

— Sim, agora. Quero uma lista. Encontre para mim doze mulheres solteiras, ou melhor, quinze, com família nobre, bom caráter e aparência agradável, entre 17 e 22 anos.

De forma deliberada, cortou mulheres com a idade da srta. Gallant. Se uma mulher não encontrara um marido até os 22 anos, obviamente possuía algum problema. Ele ainda não havia descoberto o defeito da srta. Gallant, mas com certeza descobriria, a qualquer custo.

— Mulheres. Certo, milorde. Mas... qual seria o propósito?

— Quero me casar, sr. Mullins. Quero a lista em minhas mãos logo pela manhã para que possamos começar a eliminar as candidatas.

Enquanto o advogado o encarava, Lucien se virou e voltou para o andar de cima. Wimbole havia encerrado o expediente; os corredores estavam escuros e silenciosos. Lucien entrou em seus aposentos, dispensou o camareiro e se despiu quase que completamente. Serviu conhaque em um copo e tomou tudo num único gole, sentando-se no escuro enquanto observava a luz da lua e pensava em olhos turquesa.

—⟶

Ele passou boa parte da noite ali. A manhã chegou e Barlett entrou sem hesitar em seu quarto, vinte minutos depois de Lucien ter pregado os olhos.

— Inferno. Que horas são? — resmungou ele, estendendo a mão e atirando uma bota no camareiro.

Bartlett conseguiu pegá-la e foi até a janela, coberta por pesadas cortinas azuis.

— Sete da manhã, senhor. O sr. Mullins saiu, mas pediu que eu lhe informasse que estará de volta às oito, a tempo da sua reunião.

Ele abriu as cortinas e a luz do dia inundou a sala.

Lucien reclamou e protegeu o rosto com os braços.

— O senhor deseja que Wimbole prepare algo para aliviar sua indisposição? — perguntou, pegando as roupas espalhadas pelo chão.

— Não estou bêbado. Só cansado. As harpias ou a srta. Gallant já se levantaram?

— A srta. Gallant e Sally foram para o Hyde Park há uns quinze minutos. Penny e Marie foram chamadas para o quarto da sra. Delacroix quando saí da cozinha.

A eficiência fria de Bartlett era irritante, mas o camareiro era discreto, além de ser pontual e dispor de um gosto impecável, o que compensava sua indigência ocasional.

— Traga-me café — ordenou Lucien.

— Sim, meu senhor.

Lucien levantou-se, vestindo a camisa e a calça que Bartlett havia separado para ele na noite anterior. Graças a Deus, ele e Robert já tinham planos de comparecer a uma corrida de barcos no rio Tâmisa. Caso contrário, sabia que passaria o dia inteiro atrás da maldita governanta de sua prima.

Embora fosse raro, ele já havia sido rejeitado, e aquilo nunca o incomodara. Ele sabia por experiência própria que muitas mulheres estariam mais do que interessadas em aliviar sua frustração. E também sabia que não visitaria nenhuma delas até que resolvesse sua situação com a srta. Gallant.

Sendo uma mulher correta e de modos, ela passaria o café da manhã ensinando a Rose que se deve domar quaisquer instintos em favor do decoro, e ele seria forçado a ouvir todas as palavras sabendo que, na realidade, o discurso se aplicava a ele. Ele não queria ouvir, e não queria dar a ela a satisfação de dizer tudo aquilo em sua presença. Portanto, terminou o café no andar superior e foi procurar o sr. Mullins.

— É isso que tem para me apresentar? — perguntou ele, jogando a lista de volta na mesa.

— Você me deu um prazo muito curto, milorde — disse o advogado, parecendo magoado. — Listei quinze nomes, e todos eles se encaixam nos requisitos que apontou ontem à noite.

— Está bem. Pelo menos duas estarão na festa dos Howard amanhã à noite.

— Milorde, tem mesmo a intenção de se casar…

— Risque o nome de Charlotte Bradshaw imediatamente — interrompeu ele. — Seu irmão é viciado em fazer apostas ruins e, se eu me tornar seu cunhado, ele vai esperar que eu o sustente. Na verdade, revise a lista inteira. Quanto menos conexões familiares a moça tiver, melhor.

— Mas o senhor queria que elas fossem de boas famílias.

— Família boa, porém *morta*, é preferível.

— Milorde, esta não é uma tarefa fácil e...

— Quero uma lista de quinze mulheres *aceitáveis* até sexta de manhã. Fui claro?

O sr. Mullins suspirou e amassou o pedaço de papel.

— Sim, milorde. Muito claro. Começarei agora mesmo.

Alexandra mal encontrou lorde Kilcairn nos dois dias seguintes. Ela teria pensado que Lucien a estava evitando, mas ele não parecia ser o tipo que fazia aquilo. Era mais provável que estivesse evitando a prima e a tia. Como ela estava quase que o tempo todo na companhia de Rose, sua ausência fazia mais sentido quando interpretada dessa maneira. Ela disse a si mesma que se sentia aliviada; a preparação para o jantar já seria difícil o bastante sem seus comentários irônicos.

Mesmo assim, ela sentiu-se um pouco... afetada. Sempre que fechava os olhos, podia sentir os lábios dele nos dela, as mãos descendo pelas suas costas e toda a sua força envolvente. Sua ausência lhe deu tempo para pensar e ponderar o que nele a atraía tanto.

O que não fez, por outro lado, foi dar a ela a chance de lhe dizer exatamente o que pensava de seu comportamento atrevido. Embora ela não soubesse o que dizer. O correto seria informá-lo de seu descontentamento e deixar claro que, a partir de então, esperava que ele se comportasse como um cavalheiro. Aquilo, no entanto, impediria que ele a beijasse de novo, e aquele pensamento não lhe agradava nem um pouco.

A porta que ligava o seu quarto ao de Rose fez um barulho e se abriu.

— Lex? Posso entrar?

— Claro, Rose. Deixe-me dar uma olhada em você.

A garota hesitou na porta, mas entrou no quarto de Alexandra. Madame Charbonne havia escolhido um vestido de seda azul-claro para a primeira aparição pública de Rose. Quando viu a aluna com o cabelo loiro delicadamente arrumado e um fino colar de pérolas envolvendo seu pescoço, Alexandra abençoou a costureira.

— Você está magnífica.

Rose corou.

— Ah, obrigada. Estou tão nervosa.

— Apenas não deixe transparecer.

Alexandra terminou de amarrar seu cabelo com uma fita verde que combinava com as flores em seu vestido. A peça destoava da realidade de uma governanta, mas era a roupa mais bonita que já vestira.

— Você está tão bonita — disse Rose, sentada na beirada da cama. — Ainda bem que o primo Lucien deixou você ficar aqui em cima, em vez de colocá-la nos aposentos dos criados. Se tivesse não feito isso, nunca conseguiríamos conversar assim.

Alexandra parou.

— Suas governantas anteriores não ficaram neste quarto?

— Ah, não. Lucien disse que não as queria enchendo a casa. Elas ficavam no andar inferior, onde Wimbole, o sr. Mullins e outros criados estão alojados. São quartos muito bons, mas pequenos demais para acomodar um guarda-roupa decente. E Shakespeare também não teria gostado nada de lá.

Ela acariciou o terrier, que dormia no travesseiro de Alexandra.

— Imagino que não.

Na propriedade de Welkins, ela tinha um quarto de empregada, embora em outras casas já tivesse recebido acomodações maiores e menores, dependendo do tamanho do local. Por algum motivo, ela nunca havia pensado sobre como seus atuais aposentos eram incomuns, mas agora não podia acreditar que tivesse sido tão ingênua. Ela se perguntou o que os outros funcionários de lorde Kilcairn pensavam dela e o que diziam aos colegas de outras casas.

— Está se sentindo bem? — Rose quebrou o silêncio.

Alexandra se sobressaltou.

— Sim, claro.

— Ótimo. Acho que desmaiaria se tivesse que ir ao jantar dos Howard sem você ao meu lado.

Ela se sentou ao lado da garota.

— Não se preocupe, Rose. Será uma festa pequena, como lorde Kilcairn antecipou. Todos esperam que você fique um pouco nervosa. Se ficar confusa, olhe para mim. Estarei por perto, e nos sairemos muito bem.

Ela não manifestou preocupação com uma questão específica: a sra. Fiona Delacroix. O conde prometeu ficar de olho nela, mas seus comentários tendiam a irritar a tia em vez de acalmá-la. Rose, no entanto, não precisava de mais uma coisa para se preocupar, então Alexandra manteve o silêncio e rezou para que lorde Kilcairn honrasse sua palavra.

Ele estava no saguão quando ela e Rose desceram a escada e, de repente, Alexandra percebeu *quanto* passar algum tempo na companhia dele a deixava nervosa. Ela ainda não sabia o que lhe dizer sobre o beijo, e ele decerto o mencionaria na primeira oportunidade.

Fez mais uma prece apressada para que ele não mencionasse sua atitude tola na frente de sua família ou na frente de qualquer outra pessoa. Não suportaria se os rumores começassem de novo. Ela não incentivara lorde Kilcairn ativamente, mas também não resistira aos seus encantos como fizera com lorde Welkins. Na verdade, não mostrara resistência alguma a Lucien.

O conde a observou enquanto se aproximava. Ele tinha os olhos encobertos pela meia-luz do saguão.

— Boa noite, senhoritas — disse em tom baixo, dando um passo à frente.

— Milorde.

— Mamãe vai descer em breve — avisou Rose, fazendo uma reverência e aparentando nervosismo extremo. — Receio que ela… não tenha ficado muito satisfeita com o vestido de madame Charbonne.

Considerando a reação habitual de seu primo, Alexandra não culpou a hesitação da garota em falar. Ela preparou um comentário tranquilizador, caso ele respondesse da maneira sarcástica de sempre.

— Atrasos tem um quê de elegância — foi tudo o que ele disse, e Alexandra relaxou um pouco.

Talvez o diabo pretendesse se comportar naquela noite. Se fosse o caso, seria a primeira vez que o faria, mas, depois do beijo que compartilharam, ela certamente estava disposta a dar a ele o benefício da dúvida.

Capítulo 6

Lucien considerou montar seu cavalo para a *soirée* dos Howard e deixar que as mulheres fossem de carruagem. Não ter que ouvir a tagarelice das Delacroix por meia hora era uma ideia tentadora. Uma ideia ainda melhor, no entanto, era ter a srta. Gallant ao seu lado no compartimento de passageiros, estivessem elas presentes ou não.

E assim ele se sentou ao lado de tia Fiona enquanto a carruagem seguia a caminho da casa dos Howard. O cabelo laranja da sra. Delacroix estava escondido sob um chapéu bege e sua figura rotunda disfarçada em um elegante vestido de gala em bege e cobre. Ela poderia passar por uma matriarca aristocrática, contanto que não abrisse a boca.

Assim que deixasse Rose e Fiona aos cuidados da srta. Gallant e dos anfitriões, Lucien pretendia se ocupar em outro lugar. No entanto, não pensava em jogar, beber ou fugir para fumar; ele guardaria esses prazeres para o futuro, depois de conseguir uma noiva para si.

Várias mulheres respeitáveis provavelmente estariam presentes nesse evento mortalmente entediante, e lady Howard convidara pelo menos duas das possíveis noivas da lista de Mullins. Uma conversinha com uma mulher adequada bastaria para provar, tanto para si quanto para a srta. Gallant, que uma vez que uma mulher sentisse o cheiro de dinheiro e título, ela se casaria feliz da vida com ele ou com qualquer velhote torto.

À sua frente, Rose e Alexandra conversavam em voz baixa, provavelmente repassando os ensinamentos antes de chegarem. Ele não invejava a tarefa de Alexandra, embora ela parecesse ter coragem mais que suficiente para realizá-la. Graças ao bom Deus não estavam tentando casar tia Fiona outra vez. Ele duvidava que tivesse dinheiro suficiente para convencer a governanta a cuidar dessa incumbência.

Embora detestasse admitir, a srta. Gallant estava certa em pelo menos uma coisa: Lucien nunca deveria tê-la feito usar um vestido de madame Charbonne. Não por causa do que ela havia dito sobre não parecer uma governanta, embora de fato não parecesse. Era porque ele não conseguia tirar seus olhos — e sua imaginação — da mulher.

— Existe alguém em particular a quem você deseja apresentar Rose esta noite? — perguntou Alexandra.

— Meu amigo Robert Ellis, o visconde de Belton, provavelmente estará presente. Ele está curioso para conhecer minha prima Rose.

O olhar de Alexandra ficou mais atento.

— E por que ele está tão curioso?

Pela expressão em seu rosto, ela já sabia a resposta para aquilo, ou pelo menos pensava que sabia.

— Por que ele não estaria? — respondeu ele com frieza, desafiando-a a acusá-lo de algo impróprio. — Você não gostaria de conhecer as únicas parentes vivas do conde da Abadia de Kilcairn?

— Acredito que sim — respondeu ela com má vontade. — Embora o senhor não pareça incentivar a discussão sobre aquele tópico.

Lucien estreitou os olhos.

— Não incentivo?

— Não, o senhor...

— Por que lorde Belton não estaria curioso sobre minha filha? — interrompeu Fiona. — Ela é um anjo. Você deveria ficar feliz em mostrá-la aos seus amigos.

— O visconde de Belton está solteiro? — perguntou Rose, mordendo o lábio inferior.

Ela parecia querer se casar e ficar longe dos cuidados de Lucien tanto quanto ele desejava aquilo.

— Solteiro e procurando a mulher certa para mudar essa circunstância — respondeu.

— Claro que este não é o propósito desta noite, certo, lorde Kilcairn? — disse Alexandra com firmeza.

— Existe outro propósito? — perguntou ele, lançando-lhe um olhar cético. — Não estamos aqui pelo meu bem-estar.

— Sim, temos outro propósito. Rose — disse a srta. Gallant, virando-se para ele —, lembre-se de que viemos hoje para que você ficasse confortável com estas reuniões. Uma coisa de cada vez. Será uma reunião pequena e informal, como lorde Kilcairn mencionou. Você terá tempo para conversar, mas não deve permitir que nenhuma pessoa, homem ou mulher, monopolize sua atenção.

Lucien escondeu um leve sorriso.

— Posso monopolizar a atenção de alguém?

— Pode fazer o que quiser, milorde.

— Me lembrarei disso.

Alexandra corou.

— Não foi isso que...

— Estou tão nervosa que duvido conseguir falar uma palavra — disse Rose.

— Esperemos que a ocasião afete igualmente sua mãe.

Lucien se afundou no assento, irritado. Deveria ter mandado que Rose e Fiona fossem a cavalo para que ele e Alexandra pudessem conversar sem distrações.

— Minha Rose se sairá muito bem — disse Fiona —, e todos saberão quanto estamos orgulhosos dela. — Ela ajeitou as luvas na altura do cotovelo. — Mas eu gostaria que a tal da Charbonne tivesse adicionado algumas penas em seu traje. Penas no cabelo dão um toque de elegância, sabe?

— Talvez em uma ocasião mais formal — disse Alexandra.

— Ou em um passeio para o zoológico de Londres. — Lucien afastou as cortinas da janela e olhou para a escuridão crescente. — Os acessórios para a cabeça impressionariam os babuínos. Talvez seja uma boa ideia ficar longe da jaula dos avestruzes. É um tanto deselegante encarar um animal ao vestir um de seus parentes.

O já conhecido beicinho voltou a aparecer.

— Mamãe!

Tia Fiona se engasgou.

— Você é um homem horrível, Lucien — vociferou ela. — Se não fosse meu parente, certamente o odiaria.

— Posso garantir, o sentimento é...

— Você será a moça mais bonita do jantar, Rose — interrompeu Alexandra. — Com ou sem penas. Você não tem nada com o que se preocupar.

— É mesmo? — rebateu Lucien, irritado por ter que engolir tantos insultos promissores.

A srta. Gallant olhou para ele, assumindo cada centímetro do papel de governanta ofendida, apesar do belíssimo vestido.

— Sim, é. As primeiras impressões são as que ficam, milorde, como bem sabe. Rose precisa somente causar uma primeira impressão positiva.

O comentário de Alexandra o lembrou de sua primeira impressão sobre ela, e Lucien então se deixou levar pela vontade que tinha de tirar suas luvas, seus delicados sapatos de pérola e seu vestido requintado e correr as mãos por sua pele macia e quente. Um sorriso lento moldou seus lábios.

A carruagem parou, arrancando-o de seus devaneios. Domando seus desejos libidinosos, ele ajudou a tia e a prima a descer do veículo. A srta. Gallant saiu por último, e ele notou sua hesitação antes de ela aceitar sua mão para descer os degraus íngremes da carruagem. Ele se inclinou para perto, entrelaçando os dedos nos dela.

— Você me hipnotiza — sussurrou.

— E você gosta de criar problemas — retrucou ela, soltando os dedos, mas não antes que ele sentisse sua mão tremendo. Alexandra alcançou Rose na entrada, dando o braço para a jovem.

A reação dela ao seu toque o distraiu de qualquer resposta. Por Lúcifer, ele a queria em sua cama. Como não tinha intenção de acompanhar a tia, ele seguiu as damas para dentro. Mais uma vez, seu olhar encontrou Alexandra, mais especificamente sua saia verde e branca, que balançava de um lado para o outro, acompanhando o movimento de seus quadris delgados e arredondados.

O mordomo, educado e nem um pouco chocado de ver o conde da Abadia de Kilcairn à sua porta, conduziu o grupo para a sala de estar. Eles pararam na porta e Lucien conteve um xingamento.

A srta. Gallant cutucou seu cotovelo.

— Você disse que seria uma reunião *íntima* — sussurrou ela.

— Para os padrões londrinos, é íntima — mentiu ele e avançou para cumprimentar os Howard.

Ele não gostava de ser enganado, mas, naquela noite, aquilo obviamente acontecera. Meia centena de convidados, quase o dobro do que ele esperava, andavam pela sala dos Howard e se espalhavam pela sala de música e pela biblioteca. Ele nem sabia que tantas pessoas assim já tinham voltado para a cidade para o início da temporada. Mas não era tão ingênuo a ponto de não entender o súbito silêncio e os burburinhos animados que encheram a sala quando ele e sua comitiva entraram.

— Lorde Howard, lady Howard — disse ele em tom suave, embora estivesse tentado a estrangular os dois. — Gostaria de apresentar a sra. Delacroix, a srta. Delacroix e a srta. Gallant, governanta de minha prima.

— Estamos muito felizes em vê-la — disse lady Howard, segurando as mãos de Rose e quase ignorando tia Fiona. — Sabe, srta. Delacroix, todos estávamos curiosíssimos para conhecê-la.

Rose fez uma reverência, corando, e, com um suspiro pesado, Lucien esperou que a gagueira e o chororô começassem. A falta de constrangimento mortificado foi agradável pelo curto período que durou.

— Vocês têm uma casa adorável — disse Rose com uma voz trêmula. — Obrigada por nos receber.

Lucien ficou ao lado de Alexandra.

— Por Deus, ela *conseguiu* aprender.

— Silêncio. Você poderia ter me avisado que transformaria a apresentação de Rose em um circo. Passado o jantar, a sra. Delacroix terá que inventar uma dor de cabeça. Rose não consegue lidar com indagações de tantas mulheres.

O olhar que Alexandra lhe lançou deixou bem claro que ele seria o responsável por cuidar do falso estado de saúde debilitado de tia Fiona. Ninguém, principalmente nenhuma mulher, já havia ordenado que ele fizesse qualquer coisa. No entanto, ele concordou em silêncio.

— Também não desejo passar por isso. Pelo amor de Deus, eu poderia estar me embriagando no White's.

— Então esta noite representa uma mudança positiva para você também.

— É uma mudança — admitiu ele, sombrio, se perguntando se, além de ser a mulher mais absurdamente correta que já conhecera, ela era uma abstêmia. — Mas não diria que é positiva.

Felizmente, ele programara o atraso para coincidir com o início do jantar, poupando-os da maioria das apresentações. Lady Howard o colocara sentado entre lady DuPont e lady Halverston. Foi uma decisão sábia da anfitriã, considerando sua reputação e a idade avançada das duas matronas. Porém, quando viu Daubner avançando para seu lugar designado em uma mesa secundária, um arranjo mais apropriado lhe ocorreu.

— Mas… — gaguejou Daubner quando Lucien se aproximou e trocou seus cartões de lugar.

— Não precisa me agradecer. Eu sei como se sente em relação às janelas.

— Mas…

Sentindo-se um herói, Lucien sentou-se ao lado de tia Fiona. Rose e a srta. Gallant ocuparam seus lugares na mesa principal, felizmente lado a lado. A vista era melhor do que teria em seu lugar original, e ele chamou a atenção de Alexandra quando ela se sentou.

— Confortável? — ele articulou com os lábios, devagar o suficiente para que ela o entendesse.

— Claro, milorde — respondeu ela, e voltou sua atenção para Rose.

Lucien olhou para a tia.

— Sua filha está aceitável — admitiu ele com má vontade.

— Claro que está. Rose chamou a atenção de metade dos jovens de Birling antes mesmo de ser oficialmente apresentada. Mas eu sei o que é adequado e para quem ela deveria estar se guardando.

— Não tinha percebido que você deixou Dorsetshire tão desprovida. Nunca deveríamos ter removido minha prima de seu elemento natural.

— Rose *não* se casará com um fazendeiro, um vigário ou um agricultor.

Quando a srta. Georgina Croft se aproximou, Lucien percebeu que talvez a noite não fosse uma completa perda de tempo. Ela ficara na sexta posição na lista preliminar de Mullins.

— Boa noite — disse ele, levantando-se e puxando a cadeira dela.

Ela corou até o fundo da alma e, nervosa, torceu em vão para que seu lugar não fosse aquele onde estava seu cartão. A pequena placa permaneceu exatamente no mesmo lugar, entre ele e o quase surdo lorde Blakely.

— Boa noite, milorde — disse a srta. Croft por fim, fazendo uma reverência.

— Boa noite — repetiu ele, sentando-se logo depois.

Atrasado, ele percebeu que não tinha ideia de como falar com uma debutante casta sem assustá-la até a morte. Hum. Ter Alexandra como tutora não parecia tão absurdo agora.

A srta. Croft engoliu em seco.

— A noite está muito agradável, não é?

Ah, o clássico papinho sobre o clima. Decepcionante, mas pelo menos ele não ficaria tão sobrecarregado esta noite, a menos que a srta. Gallant resolvesse se juntar a ele.

— Não é de surpreender, estamos no início da temporada.

— De fato. Fomos abençoados com um inverno tranquilo.

Simultaneamente, uma conversa quase idêntica ecoava na outra mesa. Lucien olhou para cima quando Rose terminou de comentar sobre o inverno ameno com seu companheiro de mesa. Alexandra encontrou seu olhar e ele arqueou uma sobrancelha. Seus lábios ensaiaram um sorriso antes que ela desviasse o olhar.

Lucien se perguntou se ela achava aquela situação estúpida tão absurda quanto ele. O pensamento o deixava intrigado, considerando que ela pagava suas contas ensinando aquela baboseira. Com o entusiasmo renovado, voltou-se para a srta. Croft.

— Por que veio tão cedo para Londres?

Ela olhou para a mãe, sentada no outro extremo da mesa.

— Meu pai tinha alguns negócios a tratar. O que o traz aqui, milorde?

— Obrigações familiares.

— "Obrigações familiares"?' Ora, você nunca se deu ao trabalho de prestar atenção em nós. — Lucien se encolheu quando a voz irritante de tia Fiona dominou o falatório. Maldição, ele havia se esquecido dela.

— O que disse, tia querida? — perguntou ele, direcionando-lhe um sorriso leve e sem humor.

Tia Fiona aparentemente percebeu que Lucien não permitiria que a conversa continuasse daquela maneira, porque ela empalideceu.

— Ah, você sabe...

Ela deu um sorriso constrangido e pegou sua taça de vinho.

Quando as mulheres finalmente se levantaram ao final da refeição, Lucien sentia a dor de cabeça que Fiona estava prestes a anunciar. Georgina Croft já estava levemente embriagada; ela tomava um gole de vinho toda vez que ele fazia uma pergunta, o que servia para relaxar a conversa, mas não ajudava sua falta de inteligência.

Ele ficou em pé enquanto tia Fiona se retirava da mesa para se juntar às outras moças que se reagrupavam na sala de estar. Antes que pudesse dar mais que um passo para impedi-la, a srta. Gallant surgiu ao seu lado. Lucien leu seu olhar e, suprimindo toda e qualquer diversão, pegou sua tia pelo braço.

— Srta. Gallant — anunciou ele —, temo que minha tia não esteja se sentindo bem.

Tia Fiona olhou para ele.

— Mas nã…

— Ah, pobrezinha, ela teve enxaqueca esta manhã — interrompeu Alexandra no momento certo enquanto alcançava o outro braço rechonchudo de Fiona. — No entanto, ela não queria deixar de vir hoje.

— Mas o qu…

— Venha, tia — ordenou ele. — Vamos levá-la para casa, precisa descansar imediatamente. Tenho certeza de que os Howard entenderão.

— Sim, a senhora realmente precisa de uma boa noite de sono. Acordará renovada!

Alexandra saiu rebocando Rose e eles passaram pelos convidados em direção à porta. Com algumas despedidas rápidas e desculpas, conseguiram sair e colocaram tia Fiona na carruagem que os esperava.

— Você seria uma comandante e tanto, srta. Gallant — disse Lucien, sentando-se enquanto a carruagem deixava o local.

— Obrigada, mil…

— Mas o que foi isso?! — gritou Fiona. — Sinto que estou sendo sequestrada!

— Quem me dera.

— Milorde — repreendeu Alexandra, mas ele a encarou e sorriu, nem um pouco arrependido.

— Estou feliz por ir embora. — Rose pareceu aliviada. — Tanta gente, e todos estavam olhando para mim!

Lucien olhou para ela, pensando se já havia sido tão imaturo e ingênuo. Concluiu que não. Com a reputação de seu pai, qualquer comportamento do tipo teria acabado em uma tragédia.

— Você é a mais nova esquisitice da sociedade londrina. Eles olharão para você até encontrarem algo mais estranho.

— Mamãe!

Antes que ele pudesse se explicar, Alexandra pigarreou.

— De certa forma, lorde Kilcairn está certo.

— Está?

— Bem, sim. Eu teria exposto de outra maneira, mas...

— Covarde — interrompeu ele.

— ... mas é exatamente isso que eu quis dizer com primeiras impressões. Em um mês, algumas dessas pessoas terão apenas uma vaga lembrança da sua presença.

Ela sorriu, e algo estranho invadiu o peito de Lucien.

— E? — incitou ele.

— E, depois de hoje, e talvez com sua aparição em mais um evento da mesma natureza, acho que ninguém hesitaria em iniciar uma conversa com você, srta. Delacroix.

— Ah, Lex, muito obrigada!

— Fantástico — disse tia Fiona. — Mas não vi seu amigo, Lucien. Lorde Belton, correto?

Ele manteve o olhar fixo na srta. Gallant, tentando decifrar o que exatamente acontecera, e se estava satisfeito ou irritado com aquilo.

— Robert tem bom senso. É óbvio que não compareceu.

Ele acabou sendo mais grosseiro do que gostaria, mas o deboche sutil de Fiona o tinha irritado imensamente. Pelo amor de Deus, a mulher precisaria de poucos minutos para arruinar a noite deles — e de todos os convidados dos Howard. Quando Alexandra olhou feio para ele de novo, Lucien abriu um sorriso malicioso. Pelo menos o seu comentário conseguira silenciar suas parentes; já aguentara falação o suficiente para uma noite.

Quando ele saiu da carruagem e entrou na casa, as três mulheres já haviam desaparecido na escada.

— Wimbole, traga-me conhaque — ordenou, entrando no escritório.

Com um suspiro, ele soltou a gravata e afundou na poltrona mais próxima da lareira. O mordomo logo apareceu ao seu lado, e Lucien levantou o copo âmbar da bandeja de prata. Com um gole longo, deixou o líquido quente queimar sua garganta.

— Chame o sr. Mullins.

— Sim, meu senhor.

O advogado devia estar por perto, porque a porta se abriu imediatamente após a saída do mordomo. Lucien continuou observando o fogo crepitante com seus olhos semicerrados.

— Sr. Mullins, risque Georgina Croft da lista. Pedi que falasse sobre seu autor favorito e ela disse: "Gosto do original". Imaginei que estivesse falando da Bíblia, então perguntei sua passagem favorita. A resposta dela foi algo como "gosto da parte que ele vai atrás de Guinevere".

— Acredito que ela tenha entendido que a pergunta era sobre seu *Arthur* favorito. Eu teria escolhido o mesmo trecho.

Ao escutar o som suave da voz de Alexandra, Lucien precisou reunir toda e qualquer força de vontade que possuía para permanecer sentado e olhá-la calmamente, parada na porta com os braços cruzados sobre o peito.

— Independentemente da resposta, isso a torna surda ou estúpida.

— Você só conversa com mulheres inteligentes? — perguntou ela, entrando na sala e fechando a porta.

— Isso é um pergunta genérica ou você tem um interesse pessoal? — respondeu ele.

Observando-a se aproximar, Lucien sentiu um quê de sedução em sua abordagem, mas, considerando como ela havia se irritado com ele cinco minutos antes, achou mais provável que estivesse planejando um sermão. Ela estava prestes a descobrir, no entanto, que ele não sucumbiria facilmente.

— Eu nunca ouvi falar de alguém que prospectasse uma lista de possíveis esposas e eliminasse candidatas que não fossem especialistas em literatura.

— É uma metodologia quase infalível.

— Aliás, você não mencionou que preferia mulheres mais maduras? A srta. Croft mal completou 18 anos.

— Não gosto de estabelecer limites.

Ele tomou um gole de conhaque, agradecido por a dor de cabeça ter passado... coincidentemente no mesmo momento em que suas parentes foram dormir.

— Mas você ordena que seu advogado faça uma lista de mulheres para você.

Ele sorriu de leve e notou com satisfação que o olhar de Alexandra repousara em seus lábios.

— Você tinha um motivo para vir aqui? Além de expressar seu ciúme, é claro.

— Seu...

A porta se abriu novamente.

— Pediu para me ver...

— Um momento, sr. Mullins — vociferou Lucien.

— Perdão, milorde. — A porta se fechou.

— O que você estava dizendo, Alexandra? — perguntou ele, tomando outro gole de conhaque.

— Seria impossível para mim expressar ciúme, porque não sinto nada disso.

Ela caminhou até a mesa dele e deu meia-volta, a luz do fogo realçando seu vestido e destacando a sua silhueta.

— O que faz aqui, então? — murmurou ele, sentindo seu pulso acelerar. No final das contas, aquele vestido não havia sido um erro.

— Quero saber por que continua censurando a maneira como sua prima e sua tia se comportam quando você é dez vezes pior!

Seu sorriso se alargou.

— Dez vezes? Fico surpreso que alguém consiga me suportar.

— Realmente.

— Por favor, diga quais são minhas falhas de caráter.

Ela se virou para encarar as chamas.

— Não direi.

— E por que não?

— Você sabe muito bem que irrita as pessoas. E faz isso de propósito. Não quero diverti-lo ao listar defeitos que você cultiva com tanto esmero.

— Sou positivamente diabólico.

— Você é maldoso — corrigiu ela. — Usar palavras mais elaboradas não muda as coisas.

Lucien olhou para ela. A dor de cabeça voltava a galope. Alexandra provavelmente passara todo o caminho de volta decidindo exatamente o que falaria para ele e como o encurralaria caso desviasse de cada argumento.

— Certo, então defina a minha *maldade* — disse ele, deixando de lado o conhaque, mais curioso do que gostaria de admitir para saber a resposta dela.

— Para começar, você constantemente insulta e menospreza suas parentes.

Ele arqueou uma sobrancelha.

— Mais alguma coisa?

— Mas é claro. — Alexandra endireitou-se e jogou os ombros para trás, fuzilando-o com seu olhar direto e irritado. — E digo isso apenas porque mencionou que gostaria da minha ajuda para aperfeiçoar seus modos.

— Sim, eu disse. Prossiga.

— As Delacroix acabam de perder seu parente mais próximo, e você se recusa a demonstrar o mínimo de compaixão pelo luto e sofrimento que estão sentindo. Isso é terrivelmente insensível.

— Elas estão aqui, não estão? — respondeu Lucien, com menos leveza e mais rispidez.

— Por causa de um pedaço de papel, não porque estava emocionalmente disponível para elas. Você deixou isso bem claro. Chegou a prestar algum tipo de solidariedade?

Lucien cerrou a mandíbula. Ela sabia como argumentar, com certeza, mas ele não tinha a menor intenção de permitir que ela o pressionasse a revelar qualquer coisa que desejasse manter em segredo.

— Eu paguei pelo funeral.

— Isso com certeza não é a mesma coisa.

Algo lhe dizia que nem tudo dizia respeito às harpias Delacroix, ou mesmo a ele. A raiva de Alexandra escondia uma questão pessoal.

— Quem você enterrou? — perguntou ele em voz baixa.

Alexandra abriu a boca, mas a fechou novamente.

— Até parece que se importa. Você nem sequer lamenta a morte da própria família — rosnou ela, por fim, e deu meia-volta.

Lucien ficou de pé. Quando ele pegou seu pulso, ela girou para encará-lo, seu rosto corado e seu peito arfando com uma respiração rápida e raivosa. Sua reação flamejante à pulsação veloz de Alexandra alterou de imediato o que ele estava prestes a dizer.

— Eu tenho momentos de luto — disse. — Apenas não faço disso um evento público.

Ela olhou para ele, e Lucien pôde ver a raiva se esvaindo de seu rosto expressivo.

— Você lamenta por seu primo James, não é?

Ele não era tão transparente, e sabia disso. No entanto, na maioria das vezes, ela parecia saber exatamente o que ele estava pensando.

— Por que me deixou beijá-la? — respondeu ele.

Ela corou.

— Não mude de assunto.

Ainda segurando seu pulso, ele a puxou para mais perto.

— Meu ponto é mais interessante.

— D-discordo, milorde.

Lucien sorriu, depois se inclinou para a frente e repousou suavemente seus lábios nos dela.

— Isso não é mais interessante? — murmurou ele.

— Não acho que...

Ele a beijou de novo, com mais intensidade.

— E então?

Ela inclinou a cabeça e fechou os olhos. Sem a menor intenção de resistir à sua deusa, ele a beijou mais uma vez.

— Eu estou muito interessado.

Devagar, Alexandra abriu os olhos turquesa.

— Você pode ignorar a discussão — disse ela com uma voz baixa e suave que causou tremores nos músculos dele —, mas não a razão por trás dela.

As palavras soaram plenas e corajosas, mas Lucien a conhecia o suficiente para sentir quanto ela estava perturbada. Ele não desistiria agora.

— Certo. Estávamos falando sobre meu mau comportamento. Um cavalheiro de verdade não teria beijado você. Portanto, neste caso, não tenho motivos para me comportar.

— Você não faz sentido algum — respondeu ela, soltando-se dele. — Você não pode sofrer por alguém e fingir não se importar com outra pessoa.

— Mas posso escolher discutir esse assunto ou não, e opto por discutir um tópico mais interessante. Seus lábios, por exemplo.

— Este assunto está encerrado.

Lucien não conseguia controlar seu sorriso.

— Boa noite, então, srta. Gallant.

Antes que ele pudesse se afastar, ela agarrou a manga de seu casaco. O leve puxão o fez parar de imediato.

— Por que não fala sobre isso, sobre o meu assunto? — perguntou ela. — Eu o escutaria.

Lucien olhou para o rosto dela a poucos centímetros de distância.

— Não preciso que mais alguém ouça meus lamentos — murmurou ele. — O que me interessa é tê-la na minha cama. Quer discutir *este* assunto, Alexandra?

Ela o soltou e se afastou.

— N-não.

— Tem certeza? Sei que você gostou de me beijar. Isso seria muito melhor.

— Boa noite, milorde — gaguejou ela, e saiu.

Passado um momento, Lucien chamou o sr. Mullins e voltou a se sentar. Dessa vez, ela não havia negado. E aquilo era mais interessante do que qualquer coisa que ele e seu advogado pudessem discutir.

Capítulo 7

Estava claro que lorde Kilcairn estava certo de que Rose passara em seu primeiro teste. Até o final da semana, ele havia aceitado, em nome de sua prima, mais dois convites para jantares, para uma noite na ópera, para um festival de fogos de artifício nos Jardins de Vauxhall e para o primeiro grande baile da temporada. À medida que Kilcairn os aceitava, mais apareciam.

Aparentemente, todos queriam testemunhar a jornada de Lucien Balfour na alta sociedade, embora Alexandra soubesse que ele estava usando a situação apenas para atrair mais atenção para Rose.

No entanto, ele agendara diversos compromissos para Rose sem nem sequer consultar Alexandra, o que a deixara bastante incomodada. Havia etapas que precisavam ser cumpridas, maneiras de facilitar a entrada de alguém nos círculos mais altos da sociedade, e Lucien estava ignorando todas elas.

Aquela era a razão pela qual ela o evitava nos últimos três dias; ela simplesmente não queria falar com ele. Não tinha nada a ver com a maneira como ele sugerira que se tornassem amantes, ou com o jeito como ela fugira da sala em vez de negar suas investidas. Ou com os sonhos que tivera envolvendo seus beijos nos últimos dias. Pelo amor de Deus, ela nem gostava dele. Além disso, ela é quem deveria estar lhe ensinando a ter modos, e não ele a instruindo a se comportar como uma sem-vergonha.

Com Shakespeare ao seu lado, Alexandra saiu do quarto. Kilcairn estava certo sobre a escassez de seu tempo livre. Suas caminhadas matinais aconteciam tão cedo que estavam prestes a invadir a madrugada.

Alexandra já tinha descido parte dos degraus, mas parou e observou o retrato de James Balfour, envolto por fitas negras. Sua pele e seu cabelo eram mais claros que os de seu primo, e sua expressão meio sorridente fez a moça querer sorrir de volta para ele. Ele parecia tão aberto, e ela se perguntou o que havia feito Lucien ser tão misterioso e enigmático, e por que ela achava aquilo tão mais atraente.

— No que você está pensando?

Alexandra se assustou quando Kilcairn apareceu no corredor escuro atrás dela.

— Meu Deus! — sussurrou ela com o coração a mil. — Você quase me matou de susto!

— Se não estivesse tão concentrada, talvez tivesse me ouvido chegar.

Ela duvidava, levando em consideração seus passos elegantes e discretos.

— Você deveria simplesmente pedir desculpas.

— Pela sua falta de atenção?

Alexandra suspirou.

— Você se levantou cedo — disse ela.

— Você também.

— Shakespeare e eu vamos dar um passeio.

O conde se aproximou.

— Acompanhados por Sally ou Marie.

— Claro.

Ele estendeu a mão e tocou sua bochecha.

— Que pena.

Ela se segurou com firmeza para não ceder aos seus encantos.

— Lorde Kilcairn, preciso esclarecer algo.

Ele afastou a mão.

— Primeiro, deixe que *eu* esclareça uma coisa, Alexandra. Eu quero você. Eu a desejo. Mas eu não sou um animal irracional ou um idiota. Você é minha funcionária. Não ordenarei que faça nada. Eu irei *perguntar...* mais algumas vezes. Depois disso, *você* que precisará perguntar. — Ele se inclinou, chegando ainda mais perto, e lhe lançou um sorriso sensual que era muito diferente da expressão aberta e afável de seu primo. — Mas eu direi que sim.

— E os beijos, milorde? — sussurrou ela, esperando que as Delacroix ainda estivessem deitadas e que ele não percebesse, ou pelo menos não admitisse que sabia, que ela ansiava por seu abraço.

— Os beijos — repetiu ele, o olhar fixo em sua boca. — Sim, isso também. — Inclinando-se, tocou seus lábios com um beijo leve que a fez desejar muito mais.

Ele se endireitou, e Alexandra quase caiu quando suas bocas se afastaram. Apressadamente, endireitou a postura.

— Milorde — disse ela, trêmula.

— Se quiser mais, é só pedir — disse ele, sorrindo.

— Você é muito arrogante — retrucou ela.

— Sim.

Lucien deu a volta nela, curvando-se para acariciar Shakespeare enquanto passava.

Por um momento, Alexandra precisou fechar os olhos e se concentrar em sua respiração. Lucien talvez tenha pensado que a havia chocado, mas ela apreciava aquela ousadia. O problema era que suas lições eram muito mais interessantes que as dela.

Como estavam indo na mesma direção, não o seguir pareceu tolice.

— Para onde está indo tão cedo, milorde? — perguntou ela quando chegaram ao saguão e Wimbole surgiu para entregar o sobretudo do conde. — Imagino que não acorde esse horário para cavalgar.

Ele pegou seu casaco e o chapéu.

— Infelizmente não vou andar a cavalo. Vou fazer um piquenique. — Kilcairn lançou outro sorriso devastador. — Está com ciúme?

Alexandra corou, muito consciente da presença de Wimbole, se fingindo de surdo.

— Só estou curiosa sobre quais lições e tarefas com sua prima você pretende negligenciar hoje.

Sua expressão ficou séria.

— Todas elas, se possível — retrucou ele.

Wimbole abriu apressadamente a porta da frente, e o conde caminhou até seu faetonte, com um cavalariço à espera. Logo depois, o cavalo e a carruagem partiram depressa.

— Um piquenique? — repetiu ela, cética, tentando decidir se estava mais frustrada ou irritada com o conde. — Às seis da manhã? Quem ele pensa que está enganando?

— Sra. Halloway, a cozinheira, preparou a cesta para ele — contribuiu o mordomo de forma espontânea enquanto fechava a porta. — Sally logo estará aqui para acompanhá-la.

— Está bem. — Alexandra vestiu sua capa pesada e ela prendeu o único fecho da vestimenta, que envolvia seu pescoço. Sua atenção ainda estava na porta e na partida do conde. — Está meio cedo para almoçar, não acha?

— Lorde Kilcairn disse que não tinha hora para voltar. Suponho que esteja a caminho de algum lugar consideravelmente distante ou que tenha outros assuntos a tratar primeiro.

— Ele não disse para onde estava indo?

O mordomo sorriu de leve.

— Lorde Kilcairn sabe cuidar da própria vida, srta. Gallant.

— Sim, já percebi.

Não demorou até que Sally se juntasse a eles, então saíram para uma caminhada rápida no Hyde Park. Aquilo não a ajudou a clarear os pensamentos, mas Alexandra suspeitava que seria a hora mais silenciosa do dia. Quando voltou e se trocou para o café da manhã, o caos já havia começado.

Deixando Shakespeare na cama para seu cochilo matinal, Alexandra fechou a porta do quarto. Ela mal teve tempo de registrar a presença de Rose antes que a garota se atirasse em sua direção.

— Lex, mamãe diz que devo usar meu novo vestido verde nos Jardins de Vauxhall! — lamentou ela.

— Bom dia, Rose — respondeu Alexandra intencionalmente, fazendo uma reverência.

— Ah, bom dia — disse a garota, acenando e enxugando uma lágrima do rosto.

— Bem, desde que leve um xale, seu vestido verde ficará ótimo. Junte--se a mim para o café da manhã e não se preocupe. Você fica esplêndida usando ver...

— Mas então terei que usar o de seda rosa no baile de lady Pembroke, e Lucien nunca dançará comigo!

Sentindo que havia perdido alguma informação, Alexandra guiou a jovem em direção à escada.

— E por que seu primo não dançaria com você?

— Ele odeia rosa! A última vez que usei rosa, ele disse que eu parecia um flamingo. — Rose bateu o pé e começou a chorar copiosamente. — Eu nem sei o que é um flamingo!

Aquilo não era um bom presságio. Lorde Kilcairn deixara claro, porém, que Alexandra deveria educar sua prima apenas socialmente; qualquer aspecto acadêmico, além de música e conversação em francês, tomaria muito tempo de sua tarefa principal.

— É um pássaro — explicou ela, abrindo caminho para a sala de café da manhã. — Não chore, querida. Isso deixa sua pele manchada.

Rose enxugou as bochechas.

— Sério?

— Sim. E você tem uma pele tão bonita.

— Obrigada, Lex.

Não estava esperando que aquela distração funcionasse, mas Rose de repente ficou mais preocupada em estudar seu reflexo no espelho da lareira do que com o motivo de suas lágrimas. Alexandra torcia para que a moça tivesse um pouco mais de substância. Sentaram-se para o café da manhã, e a aluna já ostentava um humor muito melhor que o da professora.

— O que você deseja fazer hoje? — perguntou Alexandra. — Acredito que seu primo estará fora até a noite e sua mãe tem um almoço, então temos a casa praticamente para nós.

— Quero praticar dança de novo. Valsa, de preferência.

— Sua valsa já é incomparável, Rose — respondeu Alexandra, escondendo a impaciência atrás da xícara de chá. — Além do mais, você não pode valsar em público até ser apresentada no Almack's, e isso não acontecerá até que seja apresentada na corte, o que...

— ... o que não acontecerá por mais duas semanas, até que eu complete 18 anos. Isso é tão bobo. Sou prima do conde da Abadia de Kilcairn. Não posso ser apresentada um pouco mais cedo? Afinal, vou fazer aniversário de qualquer jeito.

— Ninguém é apresentada mais cedo — disse Alexandra com firmeza, um pouco surpresa com a repentina autoconfiança de sua aluna.

— Bem, mamãe diz que eu deveria ser.

Ali estava a explicação.

— Eu deveria ter esperado isso.

— Perdão? — Rose desviou a atenção do pêssego que estava descascando.

Alexandra não percebera que tinha falado em voz alta.

— Já que estamos sozinhas — disse ela, mais alto —, pensei que deveríamos praticar um pouco de francês de colóquio.

— Lex, ontem treinamos regras de etiqueta, e no dia anterior fizemos danças do interior e quadrilhas bestas. Não podemos pelo menos fazer algo mais divertido?

— Amanhã à noite é o jantar em Hargrove, e na noite seguinte temos o compromisso nos Jardins de Vauxhall. A decisão é sua, Rose. *Você* é quem quer se casar com alguém da alta sociedade.

— Você realmente acha que pode me ensinar francês em um dia? A srta. Brookhollow tentou por seis meses, e mal conseguimos ir além de *je m'appelle Rose*.

Tentando não transparecer o constrangimento causado pelo sotaque da garota, Alexandra forçou um sorriso.

— Consigo ensiná-la o básico em um dia. Por ora, isso será o suficiente.

Rose afundou na cadeira e suspirou.

— Já estou até com dor de cabeça.

Alexandra também sentia a dor de cabeça chegar.

— Bobagem — disse ela com animação. — Começaremos agora mesmo.

— Ah, está bem — concordou a garota. — Afinal, que tipo de pássaro é um flamingo?

Ah, finalmente uma curiosidade acadêmica.

— Um... pássaro alto, rosa, e com pernas longas. Ele obtém sua coloração única ao comer camarões encontrados...

— É parecido com um cisne?

Ela suspirou.

— Um pouco. Com um bico um pouco maior. São conhecidos por...

— Um *bico* maior? — gritou Rose, e começou a chorar novamente.

— Maldição — murmurou Alexandra, aproximando sua cadeira para consolar a garota. — Vamos, não se preocupe com isso.

— Onde está meu sobrinho? — exigiu Fiona, entrando na sala de café da manhã.

Seu cabelo alaranjado, amarrado com fitas para criar cachos, ia para todas as direções, eclipsando a fraca luz do sol que espreitava pela janela.

— Bom dia, sra. Dela...

— Não há *nada* de bom neste dia. Onde está Lucien?

— Ele saiu há quase uma hora — respondeu Alexandra quando Wimbole desapareceu pela porta. — Está tudo bem?

— Claro que não. Minha empregada disse que ele foi fazer um piquenique hoje com a filha de um marquês!

— Verdade?

— Verdade! Ele larga minha pobre Rose sozinha aqui para ir passear com estranhos! Estou chocada. Chocada e horrorizada!

— Bem — disse Alexandra —, estou certa de que ele...

— Não! Não tente me consolar! Rose, você precisa se esforçar mais se deseja amolecer o coração de Lucien.

— Sim, mamãe.

Em seguida, a tia de Lucien voltou apressada para o andar de cima, requisitando bolinhos e chocolate para acalmar seus nervos a tempo do almoço. Alexandra estava pronta para encarar um forte conhaque.

—⟶ɱ⟵—

Independentemente do que o conde dissera a Wimbole, ele não deu nem sinais de que retornaria a tempo de jantar. Alexandra passou mais duas horas com a sra. Delacroix após a refeição noturna, ouvindo as fofocas recentes e conversando sobre tendências escandalosas de Paris que sugeriam uma nova forma de apertar a camisola para fazer com que o tecido destacasse as curvas femininas.

Por fim, ela escapou para a biblioteca com um copo de leite quente e um livro de poemas de Lorde Byron. Ela poderia simplesmente ter se trancado em seu quarto, mas sabia muito bem por que decidira não o fazer.

Explicar sua necessidade de esperar pelo conde exigia uma resposta muito complexa, e ela não estava pronta para pensar sobre aquilo. Durante o dia todo ela se pegou olhando para o nada, lembrando-se dos lábios dele tocando os dela. Suas propostas ultrajantes não pareciam tão abusadas quando ela pensava em como seu beijo era bom. Ela nunca faria nada sobre aquilo, é claro. No entanto, não conseguiu evitar se sentir entusiasmada e até lisonjeada. Lorde Kilcairn sabia muito mais sobre a vida do que ela, e ainda assim afirmava desejá-la.

— Eu não sabia que jovens solteiras podiam ler Byron — a voz baixa do conde ecoou da porta.

Ela se assustou.

— A maioria dos cavalheiros não parece estar ciente de que mulheres sequer sabem ler. — Alexandra observou seus trajes impecáveis e os inteligentes olhos cinzentos que pareciam estudar todos os movimentos que ela fazia e sentiu-se novamente quente e trêmula. — Como foi seu piquenique?

Ele fez uma careta.

— Infernal. Como foi passar o dia com as harpias?

— Suponho que se refira à sra. Delacroix e à srta. Delacroix. Foi muito produtivo, obrigada. A sra. Delacroix está se aproximando de lady Halverston, que compartilha suas opiniões negativas sobre a nova tendência de customizar camisolas.

— É a melhor tendência que surgiu desde os seios nus das amazonas. — Ele se sentou na cadeira diante dela. — Rose está pronta para o jantar amanhã?

— Você poderia ter me perguntado isso antes de aceitar o convite — disse ela, fechando o livro e colocando-o de lado.

— Não pretendo adequar minha agenda social às opiniões da governanta de minha prima — disse ele sem se abalar. — Se importa de algo, fui seletivo nas escolhas que fiz para minha querida prima. E para minha tia também, embora você não acredite.

— Sim, percebi — respondeu ela, irritada com sua arrogância e sabendo que ele estava se comportando daquela maneira conscientemente. Kilcairn parecia *gostar* de ser insultado por ela, então não atender às suas expectativas seria rude. — Eu não esperava que alguém com sua reputação conhecesse tantas pessoas importantes.

O conde fez uma careta.

— De que outra forma eu poderia evitá-los? — Ele inclinou a cabeça para trás, observando-a através dos olhos semicerrados. — Você pensou sobre nossa conversinha desta manhã?

Uma onda trêmula percorreu seu corpo inteiro. Ela mal conseguira pensar em qualquer outra coisa.

— Você quer uma resposta?

— Depende da resposta. Ora, Alexandra, enquanto você prepara todas essas jovens adoráveis para o casamento, você nunca se perguntou sobre si mesma?

A excitação de Alexandra começou a se transformar em aborrecimento.

— Não foi casamento que propôs esta manhã, milorde.

— Não mesmo, e me chame de Lucien esta noite.

— Por quê?

— Porque quero ouvir você dizer meu nome.

Ela se recostou, assumindo a mesma posição relaxada que ele, embora sentisse que estava marchando para uma guerra.

— Você acha que pode conseguir tudo o que quer, não é?

Seu sorriso leve e cínico apareceu.

— Você já tem a resposta para isso. Diga-me algo sobre mim que não sei.

Ela teria preferido ter mais tempo para se concentrar naquela pergunta difícil, mas ele parecia prestes a atacá-la ela não conseguisse distraí-lo com qualquer outro tópico.

— Certo. Você não é tão cínico quanto pensa.

Um olho cinza se abriu.

— Elabore.

— Em termos de casamento, um verdadeiro cínico não seria tão melindroso.

— Você me acha melindroso — repetiu ele.

— Até demais.

O olho se fechou outra vez.

— Estou chocado.

— Quantas possíveis esposas você entrevistou? — continuou ela, ansiosa para provar seu argumento.

— Três, incluindo a candidata de hoje. Então, ao conversar com elas, estou sendo melindroso?

Aparentemente, ele não suportava ser chamado daquilo. Alexandra deixou um pequeno sorriso escapar de seus lábios.

— Sim. Por que você conversou com elas?

— Porque eu não quero que meu filho e herdeiro nasça um completo asno.

— Um verdadeiro cínico presumiria que todo mundo, inclusive seu próprio filho, seria um completo asno, independentemente das circunstâncias.

Ele endireitou a postura.

— Seu argumento é falho. Estou procurando uma noiva adequada porque é do meu interesse fazer isso.

— Ou seja, você acha que existe uma noiva adequada.

Um músculo em sua bochecha magra se contraiu.

— Ah. O que você quer dizer com adequada? Você se esqueceu de esclarecer esse ponto.

— Para ser sua esposa, é claro. Sua companheira, a mãe de seus filhos, a...

— Filho — corrigiu ele. — Um é o suficiente. E não preciso ou quero uma companheira. Isso pressupõe que sou incompleto ou insuficiente por mim mesmo.

— E você é.

— Somente no quesito de procriar, minha querida.

Alexandra olhou para ele por um momento.

— Você está apenas me provocando. Se diz alguma coisa ultrajante para me distrair, isso não a transforma em um argumento.

— Garanto, Alexandra, que estou falando muito sério. A única distração aqui é você.

— Mas, de acordo com você, não sirvo para nada além de... procriar.

Ele negou com a cabeça.

— Não, esse é o propósito de uma esposa.

— Jesus! — explodiu ela, levantando-se num pulo. — Você foi criado por quem? Gorilas?!

— Por uma infinidade de governantas e tutores — disse ele calmamente.

— Ouvi dizer que seu pai era um pouco indiscreto, mas, mesmo assim, não posso acreditar que alguém tão inteligente quanto você de fato acreditaria nessa visão ultrapassada de...

— Meu amor, eu mal conheci meu pai. Eu o vi um total de cinco vezes até meu aniversário de 18 anos.

— Eu... Nossa. Sinto muito. — Ela se atrapalhou, voltando a se sentar enquanto pensava no próprio pai, sempre divertido e afetuoso.

— Então você acha que agora desvendou a minha alma? — continuou ele, sorrindo de leve. — Passou longe, mas deixemos isso para outra hora. — Ele se esticou, o movimento moldando os belíssimos músculos das coxas. — Boa noite, srta. Gallant. — O conde apoiou as mãos nos braços da cadeira e se levantou.

Ela piscou, pronta para praticamente qualquer coisa, exceto para encerrar aquela conversa.

— Então você concorda?

— Não concordo com nada. Você foi quem me chamou de melindroso.

— E reforço meu ponto: você sabe que é verdade — respondeu ela. — É por isso que está fugindo.

— Não brinque com o diabo, Alexandra — murmurou ele, se aproximando —, a menos que você queira se queimar.

Ela prendeu a respiração.

— Achei que a expressão era "não brinque com fogo" — corrigiu ela.

Instantaneamente Kilcairn se adiantou, pegou suas mãos e a puxou para cima. Antes que pudesse dizer qualquer coisa, os lábios dele apertaram os dela em um beijo intenso e quente.

Sua mente se dividiu em mil pedacinhos, e ela se entregou aos sentimentos. Enquanto suas bocas se tornavam uma só, ele a inclinou para trás. A única coisa que a impedia de cair de volta na cadeira eram os braços dele a segurando. Com um gemido baixo, ele a puxou para perto, suas bocas cada vez mais envolvidas.

Se beijar Lucien Balfour significava estar no inferno, ela se entregaria à danação. *Paixão*, sua mente continuava repetindo enquanto seu coração batia forte e seus braços acariciavam os ombros de Lucien em um abraço fervoroso; *isso é paixão*.

Quando ele se mexeu para acariciar seu rosto e seu pescoço, Alexandra percebeu uma crescente excitação e um calor entre suas pernas. Enroscando os dedos em seu cabelo preto e ondulado, ela ofegou e puxou a cabeça dele para trás.

— Pare!

Ele levantou a cabeça e olhou para ela com os olhos cinzentos brilhantes.

— Então me solte — murmurou ele com uma voz levemente trêmula.

Percebendo que uma de suas mãos ainda segurava a parte de trás do casaco e a outra estava entrelaçada em seu cabelo, Alexandra relutantemente o soltou. Eles ficaram imóveis por um longo momento; ele elevando-se acima dela, segurando-a em seus braços, mas então ele a endireitou devagar.

— Você é uma mulher muito incomum, Alexandra Beatrice Gallant — sussurrou ele, depois se virou e saiu da sala.

Alexandra caiu na cadeira, todos os ossos e músculos do seu corpo amolecendo. Ela sabia o que ele quis dizer com seu último comentário; sem dúvida, todas as outras mulheres que ele já beijara daquele jeito haviam se tornado suas amantes sem protestos ou delongas. Tinha ficado tão tentada a deixá-lo continuar, ou melhor, a fazê-lo continuar. Queria mais que tudo sentir as mãos quentes e fortes de Lucien em sua pele nua.

Com uma respiração profunda e instável, ela se levantou, deixando a biblioteca e seguindo para seu quarto. Era disso que ela precisava; privacidade e uma chance de ordenar as coisas em sua cabeça. Após dez minutos de passos inquietos diante da lareira, com Shakespeare acompanhando cada movimento seu, ela percebeu que havia aprendido três coisas muito importantes sobre Lucien Balfour. Em primeiro lugar, ele era muito mais cavalheiro do que afirmava ou acreditava ser; ele cessara seus avanços quando ela pediu, e nem Alexandra sabia se de fato estivera falando sério. Em segundo, quando ele dizia se sentir atraído por ela e desejá-la, não estava apenas a provocando. E, por fim, ela chegara perto de descobrir uma parte importante sobre a história do conde, e agora estava determinada a fazê-lo.

Lucien se sentou apoiando o queixo na mão e olhou pela janela do escritório. À sua frente, o sr. Mullins leu a lista de despesas mensais em voz alta para a sua aprovação. Em geral, por contrariedade e por ter desenvolvido certa relutância com a brandura inabalável de seu advogado, ele exigia explicações detalhadas para pelo menos metade dos itens. Naquele momento, porém, com a atenção que Lucien estava prestando, Mullins poderia estar falando mandarim.

Ele estava ficando mole, aquela era a única explicação. Aos 32 anos, ele se tornara um velho tolo e vacilante, de cabeça mole, com a sagacidade e a determinação de um mosquito. O outro Lucien Balfour — o são — não teria parado quando ela pediu; ele a teria persuadido e convencido até que ela voluntariamente mudasse de ideia. No entanto, por algum motivo absurdo, ele desistira e passara mais uma noite frustrada andando em círculos no seu quarto.

Sempre que queria alguma coisa, ele conseguia. Era assim que funcionava. Alexandra Beatrice Gallant parecia ter criado um novo conjunto de regras, e ele se sentia totalmente incapaz de ignorá-las ou contorná-las, assim como também não conseguia esquecer ou ignorar aquela mulher. Por Lúcifer, talvez ela estivesse certa: estava mesmo ficando melindroso.

— Está tudo correto, milorde?

Lucien piscou.

— Sim. Obrigado, sr. Mullins.

— De... nada, milorde.

Ele voltou a olhar para o jardim quando sr. Mullins saiu da sala. Antes que ele pudesse se afundar em outro devaneio com cheiro e gosto de Alexandra, uma pequena bolinha de pelo entrou pela porta entreaberta e sentou-se a seus pés.

— Bom dia, Shakespeare — disse, inclinando-se para coçar atrás das orelhas do terrier.

— Shakespeare!

Uma figura alta e esbelta correu para o quarto atrás do cachorro, mas parou de repente.

— Bom dia, srta. Gallant — continuou Lucien, consideravelmente mais animado com a chegada do segundo intruso.

Ela fez uma reverência.

— Bom dia, milorde. Peço desculpas. Shakespeare escapou quando abri a porta. Isso não acontecerá de novo.

— É natural que ele deteste ficar trancado o dia todo. Deixe que corra pela casa, ele se comporta melhor do que minhas parentes.

Alexandra se aproximou.

— Agradeço sua generosidade, mas acredito que a sra. Delacroix não goste muito dele.

— Mais um motivo para deixá-lo solto.

Ela sorriu.

— Eu deveria censurá-lo por ter dito uma coisa dessas, mas como isso diz respeito à felicidade de Shakespeare, vou relevar.

Lucien olhou para ela.

— Você deveria sorrir mais, Alexandra.

— Então você deveria me dar mais motivos para sorrir.

— Está dizendo que sua felicidade depende de mim?

— Estou dizendo que sua cooperação facilita minha felicidade.

— Sua cooperação facilitaria a *minha* felicidade também — respondeu ele, percorrendo seu corpo longilíneo com os olhos.

Corando, ela se virou na direção da porta.

— Então temo que o senhor jamais será feliz, milorde.

— Fiquei feliz por um momento na noite passada.

Ela parou.

— Pena que jurou nunca ser assim com sua esposa. Quem quer que ela seja.

Parece que ela tinha decidido voltar a jogar coisas em sua cara.

— Meus ideais de casamento a ofendem.

— Sim. Se encontrar uma mulher com um mínimo de inteligência, sugiro que não seja explícito quanto aos seus sentimentos... ou à falta deles.

Quando ela colocava as coisas daquela maneira, Lucien parecia um asno completo.

— Sim, minha deusa. Você não deveria estar concentrando seus esforços em deixar minha prima aceitável para um cavalheiro que pense coisas boas sobre a instituição do casamento?

— Sim, milorde.

O olhar que Alexandra lhe lançou fez com que Lucien entendesse que ela o considerava um trapaceiro por ter apelado para sua autoridade, mas qualquer conversa com a srta. Gallant parecia transformar seu cérebro em pó. Ele aproveitaria qualquer vantagem que pudesse, aquela era outra de suas regras. Quando Alexandra saiu da sala, o cachorrinho a seguiu, e Lucien se perguntou quanto tempo levaria até que aquela regra também se reduzisse a pó.

A srta. Gallant sem dúvida o evitaria pelo resto do dia, então ele saiu para almoçar no Boodle's. O visconde de Belton havia acabado de se sentar ao lado da janela e, com um leve sorriso, Lucien juntou-se a ele.

— Tem sido raro ver a sua cara por aqui — disse Robert, enquanto inspecionava uma garrafa de vinho.

— Não que você esteja sempre por perto para sentir falta.

— De fato. — Robert olhou para o criado que estava ao seu lado. — Este está bom. Obrigado.

— Muito bem, senhor.

O homem correu para atender outro cliente.

— Minha mãe chegou mais cedo — explicou o visconde. — Estou trancado em casa há quatro dias, ouvindo todas as fofocas do oeste de Lincolnshire.

— Alguma coisa interessante?

— Nem de longe. — Robert serviu uma taça de vinho para cada um. — Há coisas muito mais interessantes acontecendo por aqui.

— Cite uma — disse Lucien, erguendo a taça de cristal e a estudando. Qualquer distração era muito bem-vinda.

— Bem, parece que certo solteirão contratou uma adúltera e assassina muito conhecida como acompanhante para suas parentes.

Lucien parou de respirar.

— É mesmo? — disse ele, recostando-se.

Robert assentiu.

— É o que estão dizendo. Além disso, parece que as duas moças de sua casa são maravilhosas, e essa tal companhia deve mesmo ser extraordinária, afinal, o solteirão está disposto a arriscar sua vida e seu membro, observe o singular, para tê-la como sua posse.

O primeiro instinto de Lucien foi defender Alexandra, o que o surpreendeu. Ele sabia o que seus colegas fariam: diriam que ela era algum tipo de louva-a-deus que acasalava e depois arrancava por pura diversão a cabeça ou as partes íntimas do parceiro, e só para que pudessem tornar o começo maçante da temporada um pouco mais divertido. Seu segundo instinto foi rir da ideia de qualquer homem tratando-a como uma posse.

— Eu a contratei — disse ele. — Ela era a mulher mais qualificada para o cargo. Não perca tempo especulando sobre mim, Robert. Eu não dou a mínima para rumores.

— Humph. Achei que você deveria ao menos estar ciente deles. E a minha interpretação da sua motivação difere um pouco da sua, mas diga o que quiser.

— Você está bastante afiado esta manhã — observou Lucien, parecendo um pouco incomodado. Em geral, quando ele demonstrava que um assunto deveria ser encerrado, a pessoa o encerrava. Imediatamente.

— Estou bem descansado — lembrou Robert — e consigo me manter em pé de igualdade com você por mais três minutos. Talvez quatro.

— Conte-me sua interpretação, Robert.

— A meu ver, sua prima, embora seja bonita, é tão demoníaca que você precisava de alguém ainda mais notório com quem a sociedade pudesse compará-la. Com isso em vista, você encontrou a srta. Gallant. E, você sendo você, além de notória ela é maravilhosa.

Lucien deu de ombros.

— Sou brilhante.

— Você é diabólico.

— É a mesma coisa.

Na verdade, Lucien preferia a versão do visconde à verdade. Crueldade e indecência eram muito mais fáceis de aceitar do que aquilo que ameaçava transformá-lo em um idiota vulnerável quando estava perto de Alexandra. A srta. Gallant sem dúvida zombaria de qualquer coisa além da versão de Robert. Ele não agira como um romântico na noite anterior, por assim dizer.

— Em retrospecto — continuou Robert —, se eu soubesse quem eram todas as personagens, não teria perdido o jantar dos Howard. Ninguém vai perder o próximo evento a que você comparecer. Aposto mil libras, Lucien.

— Estou decepcionado — disse Lucien pausadamente, observando o almoço deles se aproximar em bandejas de prata. — Pensei que os holofotes estariam em minha prima, não em sua maldita governanta.

— Você sabia que atrairia muita atenção. E eu de fato espero que no futuro você compartilhe seus segredinhos com os amigos.

— Não tenho nenhum.

— Amigos ou segredos?

Ele sorriu.

— Exato.

Capítulo 8

Alexandra se perguntou se lorde Kilcairn ficara sabendo das fofocas. Se estava ciente, não fez nenhum esforço para informá-la. Ela não sabia por que esperava que ele o fizesse, mas teria sido um gesto gentil.

Ela ficou inquieta atrás dele enquanto o mordomo anunciava os convidados que chegavam ao jantar do Hargrove. Até Rose já sabia que não deveria demonstrar nervosismo ou vergonha sob nenhuma circunstância; mas Alexandra estava tendo dificuldades em seguir os próprios ensinamentos.

— Está tudo bem, Lex? — sussurrou Rose.

Ela precisava ter mais cuidado com suas expressões, já que até uma desatenta garota de 17 anos conseguia notar seu desconforto.

— Estou bem, Rose. Você está pronta?

— *Mais oui* — piou sua pupila.

— Seria de bom tom abrirem uma janela — resmungou a sra. Delacroix do outro lado da garota, balançando violentamente seu leque de marfim. — Estou sufocando aqui.

— Se pelo menos isso fosse verdade — murmurou o conde, avançando para entregar o convite. — Basta não falar demais para economizar o ar, tia Fiona.

— Como ousa!

Alexandra ficou agradecida por ele parecer satisfeito em descontar em sua tia; ela não se sentia muito disposta. Com exceção de algumas perguntas pontuais, Lucien a deixara quieta desde a manhã do dia anterior, mas aquilo não ajudara em nada. Ela não precisava vê-lo olhar em sua direção para saber que ele estava prestando atenção. Muita atenção.

Alexandra assumiu a posição de governanta e se colocou atrás de Kilcairn, conseguindo evitar uma apresentação direta ao lorde e à lady Hargrove, o que a fez respirar aliviada. Enquanto o grupo caminhava para a sala, no entanto, a mesma respiração ficou presa em seu peito.

— Nossa, isso é magnífico! — exclamou Rose, pegando a mão dela. — Veja, eles abriram o salão de baile e contrataram uma orquestra! Eu não sabia que haveria dança!

Enquanto a menina tagarelava animadamente sobre balões, fitas e orquestra, Alexandra voltou sua atenção para as pessoas. Lucien estivera certo sobre o jantar dos Howard na semana anterior; os convidados eram de círculos inferiores da sociedade, nobreza que olhava para o conde da Abadia de Kilcairn com agitação e admiração.

Aquela noite era diferente. Se ela fosse do tipo que desmaiava, ver o duque de Wellington conversando com o príncipe George ao lado da mesa de bebidas a teria levado ao chão. Ela não reconheceu muitos dos outros rostos, mas sabia que conheceria os nomes deles.

— Meu Deus — disse ela baixinho, aproximando-se de lorde Kilcairn.

Ele parecia inabalável, como sempre.

— Impressionante, não é? — murmurou ele. — Não se preocupe, nenhum deles sobreviveria a cinco minutos de conversa com você.

Alexandra olhou para ele, surpresa.

— Está tentando me confortar, lorde Kilcairn?

Os lábios sensuais dele tremeram.

— Você me pegou em um momento de fraqueza.

— Nem sabia que isso era possível.

Ele *ouvira* os rumores, ou não teria proferido aquelas palavras gentis. Claro, ele era praticamente o único nobre em Londres com uma reputação pior que a dela.

— Sim, também fiquei surpreso.

— Cuidado, milorde — continuou ela. — Ou vou pensar que está amolecendo.

Um brilho diabólico tomou seus olhos.

— Não no que lhe diz respeito.

Antes que ela pudesse responder, um cavalheiro alto e loiro se aproximou. Ele pretendia cumprimentar Kilcairn, mas seu olhar alternou entre ela e Rose, como se ele não pudesse decidir onde concentraria suas atenções.

— Robert — disse o conde, apertando a mão dele —, vejo que conseguiu fugir de sua mãe.

— Na verdade, eu a trouxe comigo — respondeu o jovem. — Como já mencionei, ela acha a vida aqui muito mais emocionante do que em Lincolnshire.

Kilcairn estreitou os olhos e gesticulou para as mulheres ao seu redor.

— Robert, conheça minha tia Fiona Delacroix, sua filha Rose e sua acompanhante, a srta. Gallant. Senhora e senhoritas, este é Robert, lorde Belton.

— Milorde — disse Alexandra, fazendo uma reverência.

Rose e Fiona seguiram o exemplo.

Então aquele era o amigo de Kilcairn, o único que ele mencionara desde que ela havia chegado. O visconde parecia ter vinte e poucos anos, cinco ou seis anos mais novo que o conde, e um pouquinho mais baixo. Embora seus olhos castanhos e a boca sorridente fossem menos atraentes e fascinantes do que os traços de lorde Kilcairn, Alexandra concluiu que ele era muito bonito.

Pelos olhares que os dois homens receberam das outras damas presentes, ela não foi a única a fitá-los com admiração. Por um momento, Alexandra se perguntou quantas delas teriam recusado se Lucien tivesse oferecido a elas o que ele havia lhe oferecido. E então se perguntou quantas delas já haviam aceitado ou sido descartadas.

— Senhora e senhoritas — disse o visconde amavelmente. — Estava ansioso para conhecê-las. Lucien fala tão bem de sua prima e sua tia.

— De fato, lorde Kilcairn nunca esconde seus verdadeiros sentimentos — disse Alexandra, baixinho. É provável que aquela fosse sua única característica positiva, de não mentir. O olhar de Kilcairn se fixou nela, mas Alexandra fingiu não perceber.

— Estou tão feliz em conhecê-lo — disse Rose, corando de maneira charmosa. — Com tantas figuras importantes e assustadoras presentes aqui, é um alívio conhecer um rosto amigável.

— Obrigado, srta. Delacroix. A recíproca é verdadeira.

— Obrigada, milorde.

Lucien se aproximou de Alexandra.

— Você ensinou isso a ela?

— Sim, exceto a parte sobre "figuras" — sussurrou ela. — Essa foi uma boa adição. Ela parece muito natural, não acha?

— Expressarei minha opinião quando ela falar mais que uma frase — sussurrou o conde de volta no ouvido dela, sua voz baixa fazendo-a tremer. — E mesmo assim meus elogios serão para você.

— Você vai dançar esta noite? — continuou lorde Belton.

— *Mais oui*, tudo menos a valsa.

Ah, sucesso. Alexandra sorriu quando o francês de colóquio provou sua utilidade mais uma vez.

— Claro. O que acha de eu ser seu parceiro na primeira dança?

Rose, ficando cada vez mais ruborizada, fez outra reverência.

— Seria um prazer, milorde.

O visconde pegou a mão dela e a colocou em seu braço.

— Com a permissão do seu primo, gostaria de apresentá-la a alguns de meus conhecidos.

Rose olhou para ele, esperançosa.

— Primo Lucien?

Lorde Kilcairn, olhando para Belton, arqueou uma sobrancelha.

— Pelo amor de Deus, Kilcairn, vou me comportar — disse o jovem, sorrindo.

— Claro, vá em frente. Fique à vontade.

Alexandra observou os dois se misturarem à multidão. Até então, tudo ia bem. Quando Rose decidia aprender, ela era uma excelente aluna.

— Uma tarefa a menos — disse Kilcairn. — Agora precisamos de alguém para conversar com tia Fiona. — Ele varreu a sala com o olhar. — Ah, muito bem. Por aqui, senhoritas.

— Veja, é lady Halverston. — Fiona sorriu, acenando para ela. — Eu deveria cumprimentá-la.

— Não. — Lucien foi categórico. — Você já ouviu fofoca o suficiente essa semana.

Uma sensação peculiar e agitada invadiu novamente o estômago de Alexandra. Parecia que a pontada de cavalheirismo de lorde Kilcairn continuava presente; àquela altura, lady Halverston com certeza já sabia tudo sobre ela e lorde Welkins.

— Você não acha que deveríamos acompanhar Rose, então? — perguntou Fiona, passando os dedos nas luvas. — Ela está sozinha, coitada.

— Estou mais preocupado em encontrar alguém aceitável para acompanhar você.

— Lucien, você é terrív...

O conde parou diante de um casal idoso e elegantemente vestido sentado de um lado da sala.

— Lorde e lady Merrick, apresento-lhes minha tia, Fiona Delacroix. Tia Fiona, conheça o marquês e a marquesa de Merrick.

Os títulos fizeram o bom humor da tia reaparecer de imediato, e Fiona fez uma reverência.

— É um prazer conhecê-los. — Ela deu uma risadinha.

— Obrigada, minha querida. Sente-se conosco.

Fiona sentou-se graciosamente na cadeira ao lado deles. Alexandra deu um passo à frente para se sentar no outro lado da sra. Delacroix, mas parou quando a mão quente e enluvada de Kilcairn deslizou por seu braço nu.

— Não, você não — murmurou ele, levando-a para o salão. — Não sou tão cruel.

Alexandra moveu o corpo para sair de perto dele, torcendo para que ninguém mais tivesse visto.

— Eu não posso circular com você — chiou ela. — Sou uma funcionária.

— Então vamos procurar Rose — disse ele, enquanto avançavam pelos corredores das salas conectadas.

— Consigo encontrá-la sozinha.

— Mas não terei nada para fazer.

— Não preciso da sua cortesia.

— Não estou sendo cortês, estou apenas tentando evitar o tédio.

Ela fez um som irritado.

— Quem são o lorde e a lady Merrick?

— Um agradável casal de idosos de Surrey. Surdos como pedras. E imagino que, esta noite, a deficiência de ambos será motivo de alívio.

Alexandra reprimiu o desejo repentino de rir.

— Você sabia que os Merrick estariam aqui hoje, não é?

— Claro.

— Ah. Bem, você não pode esperar encontrar pessoas surdas para fazerem companhia à sua tia em toda ocasião social. Ela tem conhecidos agora.

— Os conhecidos dela devem estar agradecendo o silêncio.

Ele a guiou para a galeria. A nobreza se encontrava em peso ali, conversando. Alexandra conseguia ver Rose, o visconde e meia dúzia de outros jovens do outro lado da pequena sala.

— Ela ainda não foi morta por uma multidão enfurecida — disse Lucien alegremente.

— Cuidarei dela agora — disse Alexandra, deixando-o para trás.

— Não se esqueça da minha valsa.

Com o pulso acelerado, ela o encarou novamente. Chegara a hora de mais uma lição de decoro.

— Rose não vai dançar valsa.

Ele a olhou irritado.

— Quem disse que quero dançar valsa com minha prima?

Dos cantos da sala, os murmúrios já haviam começado. As palavras de Lucien deixavam Alexandra nervosa e ansiosa, mas não eram páreo para o pavor que ela sentia sobre o que todos estavam falando.

— Não tenho motivos para ser vista com você.

— Pago seu salário — respondeu ele, atrevido, e gesticulou para que um criado trouxesse um copo de uísque.

Alexandra desejou que condes teimosos e arrogantes estivessem dentro de sua área de especialização.

— Por Deus, governantas não dançam quando o príncipe regente está presente. E nenhuma mãe gostaria de que sua filha se casasse com um homem que dança em público com uma... comigo.

— Me chame de Lucien, então, e aí você pode ir atrás de Rose.

— Não farei isso — declarou ela.

— Você está ficando corada.

— Você está me constrangendo. Mesmo que não tenha nada a perder ao chocar as pessoas, eu tenho.

Ele não parecia um pouco arrependido, e ela sabia que aquilo seria esperar demais dele.

— É você quem prolonga sua própria agonia — disse ele, seus olhos cinzentos brilhando.

Ela respirou fundo. Ele provavelmente estava planejando algo assim desde o momento em que ela se recusou a pronunciar seu nome.

— Muito bem, *Lucien*, posso ir agora? — enunciou ela.

Lucien demorou um momento para responder.

— Sim, Alexandra — respondeu ele, com um leve sorriso superior.

Ele parecia totalmente satisfeito em intimidá-la.

— Se esse é o jeito de lhe agradar, milorde, talvez devesse fazer uma fila com todas as jovens solteiras para que elas digam seu nome. Dessa forma, você pode eliminar logo aquelas cujo sotaque lhe desagrada.

Kilcairn estreitou os olhos.

— Vá ver Rose.

Ela saiu antes que ele pudesse dar uma resposta mais áspera. Quando chegou ao lado de Rose e olhou para trás, Lucien havia desaparecido. Ele já a havia avisado sobre brincar com fogo, mas Alexandra continuava a provocá-lo, mesmo sabendo muito bem quais seriam as consequências. A única explicação que fazia sentido era que, pela primeira vez em sua vida, ela estava começando a gostar de se queimar.

Lucien não havia considerado que não poderia dançar com ela. Apesar do comentário cínico, Alexandra estava certa; o propósito dele no baile daquela noite era tão matrimonial quanto o de sua prima. Valsar com uma governanta qualquer não o faria ganhar pontos com jovens que procuram marido, ou com suas mães.

Mesmo assim, ele ficou desapontado. Naquela noite, Lucien queria algo que não podia ter, e, como Alexandra havia apontado, ele não estava acostumado com aquilo. Além disso, as provocações contínuas dela sobre seus esforços conjugais o deixavam irritado. Ela merecia que ele a arrastasse para o salão de dança, deslizasse os braços em volta de sua cintura esbelta e dançasse com ela a noite inteira.

Com um último olhar para a porta da galeria, Lucien encarou a multidão de convidados caminhando em direção ao salão principal. De um lado da mesa de bebidas havia uma ruiva alta, cercada por admiradores. Eliza Duggan fora alvo de uma aposta interessante na última temporada. Ele vencera sem muito esforço, e naquela noite não estava com disposição para o falatório dela. Quando ela chamou sua atenção, ele assentiu e seguiu em frente, procurando um alvo mais fresco.

Por fim encontrou o que procurava. As debutantes estavam reunidas como um bando de galinhas esperando por uma raposa, todas cheias de penas e tagarelando nervosamente. Ele era grato a Alexandra por ter convencido Rose a não usar penas extravagantes. Lucien olhou mais uma vez para se certificar de que certa governanta não estava por perto e se aproximou.

— Boa noite, senhoritas.

Todas fizeram uma reverência, com uma onda subindo e descendo.

— Milorde.

Embora apenas metade delas estivesse em sua lista de finalistas, quase todas tinham pelo menos algum potencial.

— Temo não ter muitas parceiras para esta noite — disse ele em um tom agradável —, e me ocorreu perguntar se alguma de vocês tem um espaço para mim em sua caderneta.

Diante dos olhares de choque e horror que elas trocaram, Lucien percebeu que havia cometido um erro: havia lhes dado a opção de rejeitá-lo. Fora um erro tolo, e ele culpou Alexandra Gallant por aquilo. Ela o deixara tão paranoico em ser cortês com as pequenas criaturas que acabou fazendo papel de um pateta inseguro.

Ele começou a falar antes que elas pudessem fugir.

— Srta. Perkins, certamente você tem um espaço para mim. Srta. Carlton, seria adorável compartilhar uma valsa com você.

— Mas… sim, milorde — guinchou a srta. Carlton, com outra reverência.

— Excelente. Srta. Perkins?

— Eu… seria um prazer, milorde.

Com um sorriso, ele permitiu que as demais escapassem. Prolongar a conversa com mais de uma ou duas delas o mataria. Como recompensa por seus esforços e pela paciência, ele foi em busca de outro copo de uísque. Matrimônio… podia estar dedicando seu tempo a uma coisa menos chata e irritante.

— Por que está aterrorizando as virgens?

Lucien bebeu metade do copo.

— Onde está minha prima?

Robert aceitou um copo de vinho do criado.

— Foi com a srta. Gallant ver como está sua tia. Ela é encantadora. Do que você tinha tanto medo?

O conde olhou para seu amigo.

— Gostou da minha prima?

— Sim. Ela é muito charmosa.

— Você é maluco.

O visconde riu.

— Não sou. É você que não tem a menor paciência com as mulheres.

— Tenho muita paciência com as mulheres em certas circunstâncias — corrigiu Lucien. — Embora eu deva admitir, esta não é uma delas.

— O que não responde à minha pergunta. Por que as debutantes?

Lucien olhou para ele. Encontrar uma esposa adequada não era exatamente algo que ele poderia fazer sem que seus colegas percebessem e, por mais que não gostasse de discutir qualquer coisa pessoal, Robert acabaria descobrindo. Era melhor que Lucien fosse a fonte, e não as línguas incessantes da sociedade.

— Robert, tenho quase 33 anos e nenhum parente homem. Deixarei que você conclua sozinho.

Ele se afastou, procurando o assento onde havia deixado sua tia Fiona. Felizmente ela permanecia no mesmo lugar, e a alguns metros além dela Alexandra e Rose conversaram com uma garota de cabelo escuro que devia ter um ano ou dois a mais que Rose.

— Senhoritas — disse ele, parando ao lado da srta. Gallant.

Ela se assustou, e o sorriso dela para a garota morena aqueceu as veias de Lucien quando ela olhou para ele.

— Milorde, conheça lady Victoria Fontaine. Vix, conheça lorde Kilcairn.

Ele não ficou surpreso com a satisfação de Alexandra. Ela encontrara um rosto conhecido, e não era o dele. Lucien procurou ser educado.

— Lady Victoria. É um prazer conhecê-la.

— Milorde. — Ela lhe lançou um sorriso malicioso que devia usar com frequência para conquistar o coração dos rapazes. — Ouvi muito sobre você.

— É mesmo? — Ele se abaixou e pegou sua mão, levando-a lentamente aos lábios. — Talvez você me dê a honra de uma valsa para que possamos conversar sobre o que ouviu sobre mim?

Ao seu lado, Alexandra segurou um engasgo, que ele decidiu ignorar. Ele esperava que ela estivesse com ciúme, mas era mais provável que ela não o quisesse perto de suas amigas. Para alguém com má reputação, ela certamente parecia arrogante em relação à dele.

— Seria um prazer, milorde.

Ele sorriu para a jovem, aliviado por encontrar outra mulher com algo mais sólido na cabeça do que penas.

— O prazer será todo meu.

— *Você pretende se casar?*

Lucien conteve sua reação.

Apesar da incisividade, Robert havia ao menos mantido o tom de voz baixo. Mesmo assim, boa parte dos convidados ao redor deles havia o escutado e, pela manhã, toda sociedade estaria ciente de sua busca. O visconde merecia perder alguns dentes, mas aquilo só deixaria as fofocas ainda mais interessantes.

— Sim, Robert. Não deixei isso claro?

Lorde Belton olhou para ele.

— Mas você... seu pai... você odeia...

— Fale logo — insistiu Lucien, notando o repentino interesse de Alexandra na gagueira do visconde.

— Bem, todo mundo sabe que você nunca pretendeu se casar — disse Robert por fim.

— Mudei de ideia.

— Mas...

— É claro que meu sobrinho vai se casar — interrompeu Fiona, passando por Alexandra. — Por que não se casaria?

Lucien fez uma careta. O respaldo de tia Fiona era a última coisa de que ele precisava. Ele abriu a boca para lhe dizer aquilo quando uma comoção na mesa de bebidas chamou sua atenção. Com um arquejo audível, uma jovem moça caiu no chão. Instantaneamente, um grupo de mulheres mais velhas se reuniu para tirá-la da sala de estar.

— Pobrezinha, não deve ter aguentado o calor — riu tia Fiona. — Eu já reclamei de como está quente aqui.

— Srta. Perkins — anunciou Robert, esticando o pescoço para olhar melhor. — Você perdeu uma parceira de dança, Lucien.

— Hum. Que coincidência... — murmurou Alexandra ao seu lado. — Ela desmaiou momentos após todos descobrirmos que você está em busca de uma noiva.

— Sorte a minha — respondeu ele. — Nem sequer precisei iniciar uma conversa para desconsiderá-la.

A música começou, e Robert deu um passo à frente para pegar a mão de Rose.

— Chegou o momento da nossa dança — disse ele, levando-a embora.

O parceiro de lady Victoria também a levou, deixando Lucien na companhia de sua tia e da srta. Gallant. Ele não havia tirado ninguém para dançar, preferindo analisar suas opções. Quando Alexandra se aproximou, ele se sentiu grato por estar sem um par.

— Estou confusa, milorde — disse ela.

— Duvido muito.

— Tinha a impressão de que não tinha grandes expectativas para sua futura esposa.

— Não tenho — disse Lucien sem entonação, preparando-se para o próximo ataque aos seus métodos de busca matrimonial.

— E, no entanto, ela deve ter coragem suficiente para enfrentá-lo, ser capaz de conversar de maneira inteligente e ter pelo menos algum conhecimento de literatura e artes.

— Então você acha que sou muito exigente.

— Acho que você é mais exigente do que admite.

— Bem, depois de eliminar todas as mulheres elegíveis, terei que deixar minhas exigências de lado até que alguma jovenzinha esteja à altura.

— Então talvez não deva descartar a srta. Perkins tão depressa — insistiu ela, obviamente sem se deixar abater pelo olhar que ele lhe lançou. — Você talvez descubra que qualquer "jovenzinha" desmaiaria diante da ideia de se casar com o conde da Abadia de Kilcairn.

— Você está certa — disse ele, oferecendo-lhe um sorriso quando sua vontade era cravar as mãos em seu pescoço esbelto. — Pedirei que ela e seus pais me acompanhem à corrida no sábado. Isso deve dar a ela a oportunidade de causar uma impressão melhor, não acha?

— S-sim, milorde.

Se ele tivesse que adivinhar, diria que a srta. Gallant desejava não ter começado aquela conversa. Com uma repentina melhora no humor, ele cruzou os braços e voltou a observar os pares que dançavam. Tia Fiona estava mais próxima do que ele imaginava, mas bastou um olhar para que ela se afastasse. Alexandra emitiu um som de aversão e seguiu Fiona de volta para seus amigos surdos. Lucien sorriu. Aquilo deveria lhe ensinar uma lição.

Capítulo 9

PARA SURPRESA DE ALEXANDRA, A sra. Delacroix se juntou a ela e Rose na mesa do café da manhã. Considerando que haviam voltado para a Casa dos Balfour bem depois da meia-noite, era uma surpresa que Fiona estivesse de bom humor.

— Rose, srta. Gallant, bom dia — disse ela ao entrar na sala. — Não me diga que Lucien ainda não se levantou. Traga-me um chá, Wimbole. E mel.

— Na verdade, acredito que lorde Kilcairn tenha saído para cavalgar, sra. Delacroix — disse Alexandra enquanto o mordomo e o criado se apressavam para trazer utensílios e uma xícara de chá para Fiona. — No entanto, é um prazer vê-la tão cedo.

— Sim, temos coisas a fazer hoje, meninas.

Rose engoliu seus biscoitos.

— Temos?

— É claro. Hoje visitaremos o museu.

Alexandra quase se engasgou com o café.

— Visitaremos?

— E amanhã pedirei que nos levem até Stratford. O tal de Shakespeare morava lá, não é?

— Sim, mas...

— Srta. Gallant, você leu as obras dele, certo?

— Sim. O que...

— Selecione uma de suas peças mais famosas para ler para nós esta tarde. Rose interpretará uma das personagens, naturalmente.

Acreditando ter acordado na casa errada, Alexandra pousou a xícara.

— Eu havia planejado dar mais uma aula de etiqueta para Rose — disse ela. — Como sabe, o baile dos Bentley é amanhã à noite.

— Você pode dar sua aula de etiqueta a caminho do museu — retrucou Fiona com desdém. — Não que eu tenha notado alguma mudança nos bons modos já existentes de Rose. Você acha que nosso Lucien querido gostaria de nos acompanhar?

Alexandra balançou a cabeça e começou a se questionar sobre quando Lucien se tornara "querido" ao mesmo tempo que tentava não se sentir insultada pelas palavras de Fiona.

— Eu… acredito que não, sra. Delacroix. Ele disse que assistiria aos leilões de cavalos hoje.

— Mamãe — interrompeu Rose finalmente, com uma expressão tão confusa quanto Alexandra imaginou que a sua estaria —, por que iremos para um museu velho e fedorento? Lex ia me levar para comprar luvas e fitas para o cabelo.

Fiona riu, beliscando a bochecha da filha.

— Que besteira. Você sabe como queríamos visitar os pontos turísticos de Londres.

— Não, nós…

— E o clima está tão agradável, o que poderia ser mais divertido?

Alexandra conseguia pensar em várias coisas que seriam mais divertidas do que acompanhar a sra. Delacroix a qualquer lugar. Como Kilcairn não aparecera a tempo de impedir aquele absurdo, ela concordou com relutância.

Antes de deixar a casa dos Fontaine, o museu estava na lista de lugares que gostaria de explorar na cidade. Embora aquilo não fosse ajudá-la a encontrar um marido, a incursão educacional seria, sem dúvida, benéfica para Rose, se a garota prestasse atenção.

Duas horas depois, de pé na ala grega do museu, Alexandra se sentia feliz com passeio. Os desenhos que vira dos Mármores de Elgin eram representações pífias se comparadas com as obras originais. Enquanto Fiona e Rose liam em voz alta todas as plaquetas e riam das estátuas desnudas,

Alexandra contemplava o ambiente, seus dedos se curvando com o desejo de tocar as estátuas de mármore.

— Você é a razão pela qual homens constroem monumentos — disse uma voz masculina profunda e familiar atrás dela.

— E qual seria a razão? — perguntou ela, seu olhar fixo nas esculturas e nos frisos.

— Para testemunhar este olhar de reverência em seu rosto.

Lorde Kilcairn se aproximou dela, perto o suficiente para tocá-la, mas não o fez.

Ela não precisou olhar para saber que sua atenção não estava nas obras de arte.

— Tenha cuidado, milorde, ou prejudicará ainda mais sua imagem de cínico.

— Você sabe guardar segredo.

Ela se virou e olhou para ele. Ele tinha a aparência de um deus grego moreno, e Alexandra se perguntou se, sob as roupas elegantes, os contornos suaves dos seus músculos e ossos correspondiam ao esplendor das estátuas. Quando seus olhares se cruzaram, ela corou.

— Pensei que fosse ao leilão de cavalos — disse ela, consternada por sua voz trêmula.

— Eu ia. O que múmias e frisos de mármore têm a ver com a preparação para um grande baile?

— Lucien! — Fiona correu para se juntar a eles, arrastando Rose com ela. — Eu sabia que você gostaria de vir conosco!

— Não queria vir com vocês — respondeu ele. — O que eu quero é saber o que diabo estão fazendo aqui.

Sua tia ficou ofendida.

— Ora, danças e bailes não são tudo. Minha Rose gosta muito de história e das artes.

Ele olhou para a prima, o ceticismo evidente em cada centímetro do corpo magro e poderoso.

— É mesmo?

— Sim. Se você tivesse se importado em conversar com ela de maneira civilizada, perceberia isso.

Fiona pode não ter identificado o olhar hostil nos olhos do sobrinho, mas Alexandra, sim. Ela deu um passo à frente, bloqueando a visão de sua tia e sua prima.

— Bem, como estamos todos aqui e gostamos muito de história, talvez devêssemos continuar o passeio. Estávamos prestes a ir à ala africana, milorde.

— Vocês estavam prestes a entrar na carruagem e voltar para a Casa dos Balfour — retrucou ele, cruzando os braços.

Fiona ergueu o queixo e Alexandra se preparou para separar uma briga no meio do museu. A entrada de lorde Kilcairn no museu havia sido notada, e silenciar um atrito familiar seria impossível quando Fiona se soltasse, mas Alexandra analisou o entorno para encontrar a rota de fuga mais próxima para si e Rose.

— Como quiser, Lucien — disse a tia, e apressou o passo em direção à entrada.

Com seu olhar se alternando entre a mãe e o primo, Rose correu atrás de Fiona. Atordoada com a resolução silenciosa, Alexandra piscou e se virou para voltar, dando uma última olhada nas estátuas enquanto saía. O ar se agitou ao lado dela e seu pulso reagiu de acordo.

— Da próxima vez que sentir vontade de olhar para homens nus, me avise — murmurou Lucien.

Alexandra corou intensamente. Ele *sabia* no que ela estivera pensando, e ela não sabia por que aquilo deveria surpreendê-la. Lucien parecia conseguir ler seus pensamentos desde o momento em que se conheceram. Ainda assim, ela não podia permitir que ele pensasse que a dominara com tanta facilidade, ou nunca teria outro momento de paz.

— Não tenho dúvidas de que você ficaria feliz em me satisfazer — respondeu ela com todo o cinismo que conseguiu reunir.

Quando eles viraram a esquina, ele a pegou pelo pulso e a puxou para uma alcova cortinada, onde gessos quebrados e uma escada estavam encostados numa parede. Os lábios de Lucien encontraram os dela em um beijo intenso e quente. Ele a pressionou contra a parede, e suas mãos passaram por sua cintura, explorando o caminho até seus seios.

Alexandra ofegou, envolvendo seus ombros e se aproximando dele. Seu coração batia tão forte que pensou que ele poderia senti-lo saindo do peito. Deus, como ela queria o que Lucien oferecia… Queria ser o foco da sua atenção, do seu desejo, do seu toque e de seu amor. Seria muito fácil ceder. Todo mundo pensava que ela já o havia feito. Todos, menos ela e Lucien Balfour.

Lentamente, ele levantou a cabeça.

— Você me quer, não é? — sussurrou ele, com os olhos cinzentos turvos, fingindo indiferença.

Com toda a sua força de vontade restante, ela balançou a cabeça.

— Não. Não quero.

Ele a beijou mais uma vez, acariciando seus dentes com a língua.

— Mentirosa.

Alexandra se agarrou a ele, tentando recuperar o fôlego e a sanidade, ao mesmo tempo que queria que ele continuasse a beijá-la.

— Não vou ser amante de ninguém — ofegou ela, relutantemente deixando as mãos deslizarem pelos ombros dele.

— Isso são só palavras, Alexandra — murmurou ele, mas a soltou.

— Assim como "comida" e "roupas" — retrucou, sentindo frio quando ele recuou para permitir que ela passasse. — São coisas reais de que preciso para sobreviver. Não vou depender do seu desejo contínuo para me manter alimentada. Eu me basto.

Lucien olhou para ela por um longo momento.

— Ainda vou descobrir quem a deixou tão determinada a sobreviver sem a ajuda de ninguém — disse ele em voz baixa.

Trêmula, ela ajeitou o cabelo.

— Aproveite e pergunte a mesma coisa a si mesmo.

Ela saiu da alcova.

— Não, que inferno, risque-a também!

Mullins ergueu os olhos da lista sobre a mesa do escritório.

— Como quiser, milorde. Posso perguntar por quê? A família dela é bastante rica, ela não tem irmãos e…

Lucien repousou o queixo na mão.

— Ela é vesga.

— Ah. Sugerir óculos não é uma opção?

— Se ela tivesse o mínimo de inteligência, já teria cuidado disso.

O murmúrio de vozes femininas chegou até ele vindo da sala de estar, e ele prendeu o fôlego enquanto as ouvia. Era melhor que não estivessem falando sobre ele.

— Bem, com a eliminação da srta. Barrett, cujo problema é... — O advogado folheou suas anotações.

— Ela respira pela boca — disse Lucien, e se levantou. Elas pareciam estar rindo. Até onde ele sabia, aulas de etiqueta não envolviam risadinhas.

— Sim, tem razão. Tirando ela, restam apenas cinco.

— O quê? — Lucien pareceu surpreso. — Cinco... Isso está longe de ser o suficiente. Encontre outras.

O advogado engasgou.

— Mais?

— Sim, mais. Você vê algum problema nisso?

— Não, milorde. É que... bem, pensei que a ideia fosse eliminar todas, com exceção de uma... aquela com a qual o senhor iria se...

— Com licença — disse Lucien, saindo da sala.

— ... casar — finalizou o sr. Mullins, com um suspiro.

Enquanto Lucien caminhava pelo corredor em direção à sala de estar, as vozes abafadas das hóspedes se tornavam mais claras. Ele diminuiu o passo, atentando-se ao improvável som de Rose interpretando Rosalinda em *Do jeito que você gosta* com uma voz hesitante, errando todas as pausas.

— "Mas está mesmo tão apaixonado quanto dizem seus versos?"

Seguiu a voz de Alexandra, muito mais confiante no papel do herói, Orlando.

— "Nem versos, nem a razão podem exprimir o quanto."

O tom musical da moça acelerou sua pulsação, e ele parou do lado de fora da porta entreaberta para ouvir. Não saberia dizer quanto tempo ficaria ali, hipnotizado, pois foi interrompido pela voz irritante de tia Fiona. Atônito, Lucien abriu a porta.

— Talvez não tenha sido claro o suficiente antes — disse, de modo tétrico, dirigindo-se às três mulheres sentadas em seu sofá; Alexandra segurava um livro aberto. — Rose deve ser instruída para o grande baile de amanhã à noite.

— Mas ela adora Shakespeare — protestou tia Fiona, colocando o livro no colo com muito menos carinho do que ele merecia. — Não vejo problema algum em mimar a mocinha uma vez na vida.

— Você também não vê problema em usar tafetá rosa. Srta. Gallant, uma palavrinha.

Alexandra se levantou tão depressa que ele imaginou que estava ansiosa para escapar das garras das harpias. Como Lucien sabia que ela não gostava da ideia de que a escutassem, conduziu-a pelo corredor a uma distância segura e a encarou.

— Não sabia que ler *Do jeito que você gosta* fazia parte das lições da minha prima — disse, notando que uma mecha do reluzente cabelo de Alexandra havia caído sobre suas têmporas. Ele sentiu uma vontade incontrolável de ajeitá-lo, e precisou se conter.

— O pedido dela também me surpreendeu, milorde — respondeu ela em voz baixa. — Julguei que não cabia a mim lhe negar a oportunidade de absorver conhecimentos acadêmicos.

— Ela nunca leu Shakespeare. Até eu consegui perceber isso, não sei você. Não eram as vontades de Rose que estavam sendo satisfeitas.

Alexandra estreitou os olhos.

— Sou perfeitamente capaz de ler Shakespeare no meu próprio tempo livre. E, falando nisso, não tive um dia de folga desde que cheguei aqui. Gostaria de descansar na próxima segunda-feira.

— Por quê?

Ele viu que o queixo dela se retesava e teve a impressão de conseguir ouvir o ranger de seus dentes. Lucien segurou um sorriso.

— Já que você solicitou que eu o ensinasse a ter modos, é meu dever informar que sua pergunta é rude e inapropriada e não tenho intenção de respondê-la.

Maldita moça teimosa e certinha.

— Para sua informação, estou cuidando de meus interesses. Naturalmente, não quero você por aí procurando outras oportunidades de emprego.

— Para *sua* informação, tudo o que você faz é cuidar dos seus interesses.

— E?

— Não estou procurando outras oportunidades de emprego. Ninguém me contrataria. — Ela fez uma pausa, mas ele continuou em silêncio. — Posso tirar o dia na segunda-feira? — perguntou por fim.

Ele manteve seu olhar fixo no dela.

— Não.

Os olhos de Alexandra se arregalaram, raivosos.

— Pois então, milorde — começou, sua voz decidida e furiosa —, devo pedir demissão imedia...

— Está bem — ele a interrompeu com um rosnado. — Tire a sua maldita folga!

— Obrigada, milorde. — Alexandra executou uma reverência tão elegante como Rose jamais teria sido capaz de fazer. — Como solicitado, vou instruir Rose.

Franzindo a testa, Lucien observou-a entrar de volta na sala de estar. Não ficou incomodado ao ver que Alexandra havia comprado seu blefe; já esperava que ela o fizesse. O que o incomodou foi o súbito nervosismo que sentiu quando ela ameaçou se demitir. Ele cedeu antes que pudesse se controlar, e deu a ela o que queria antes que pudesse disfarçar seus sentimentos.

Ele perdera aquela batalha e ambos sabiam disso. Lucien praguejou. Precisava de algo que lhe desse alguma vantagem, e rápido.

Obviamente a notícia de que o conde da Abadia de Kilcairn e sua prima estavam procurando por cônjuges já havia se espalhado. Alexandra se sentou num canto da cabine de Lucien nos Jardins de Vauxhall e se limitou a observar.

Desde o momento em que chegaram, um fluxo constante de homens e mulheres jovens havia parado para falar sobre Paris, o clima, a temporada de caça e os fogos de artifício que explodiam no céu — tudo, menos matrimônio. Alexandra tinha pensado que a situação não podia ficar mais absurda na Casa dos Balfour, mas claramente estava errada. A insanidade apenas aumentaria com a sociedade envolvida.

Todos os visitantes olhavam para ela, mas ninguém havia dito nada até agora — e ela tinha certeza de que aquilo se devia mais à célebre presença de Kilcairn do que à bondade dos convidados. Ela precisou admitir que estava agradecida pelo alívio inesperado; uma pessoa poderosa tinha suas utilidades.

— Você viu aquilo? — disse Rose, apoiando-se em um local que lhe dava boa visão do que acontecia. — Aquele era o marquês de Tewksbury! Meu carnê para o baile de amanhã já está quase cheio. Nossa, como eu queria poder valsar!

— Isso é incrível — concordou Alexandra. — Mas lembre-se de não se mostrar animada demais. Eles é que devem se sentir privilegiados de passar tempo com você.

— Meu Deus — disse Lucien, aborrecido, sentando-se a alguns metros de distância. — Robert merecia um tiro por abrir a maldita boca. Elas são como uma alcateia sentindo cheiro de sangue.

— Certamente você já sabia que a notícia de um conde abastado em busca de uma esposa geraria todo esse burburinho — disse Alexandra.

— Na verdade, não. Não sou uma pessoa agradável.

Ao menos Lucien parecia mais calmo do que estava à tarde. Ela não sabia por que tinha sido tão insistente, só queria que ele soubesse que seus beijos não a haviam distraído de sua decisão ou de seus deveres. Agora Alexandra precisava pensar em algum lugar para passar sua segunda-feira.

— Elas não o conhecem, Lucien — disse Fiona.

Ele arqueou uma sobrancelha.

— O que quer dizer? Que uma hora ou outra vão descobrir meu jeito desagradável?

— Claro que não.

— Que pena. Por um momento achei que você tinha um bom argumento, tia.

Fiona o fulminou com o olhar e pegou o carnê de danças da filha para examiná-lo.

— Você ainda tem uma quadrilha para dançar, querida. Talvez seu primo queira ser seu par.

— Por que eu gostaria disso?

Os olhos de Rose se encheram de lágrimas e Alexandra fez uma careta. Já tinham passado três dias sem choros e ela esperava que o período de seca se estendesse ao menos pelo fim de semana.

— Dançar com sua prima mostra que você apoia a vontade dela de se casar — apontou Fiona.

O conde a olhou com desdém. Ele tirou o carnê da mão da tia, escreveu seu nome e devolveu o lápis para ela.

— Esplêndido! — disse Fiona, aplaudindo.

Alexandra também quis aplaudir, mas fingiu prestar atenção nos fogos de artifício para esconder o sorriso. Finalmente ele fizera alguma coisa boa para Rose, mesmo que fosse em benefício próprio.

— Ora, ora, ora — proferiu uma voz masculina na escuridão, ao lado da cabine. — Alexandra Beatrice Gallant, em Londres.

Ela empalideceu na hora. Tentou se iludir por um milésimo de segundo. Talvez, se não olhasse, ele não estaria lá.

— E quem é você? — interpelou Kilcairn.

Ele quase soava ciumento, mas aquilo era absurdo — para ambos. Lucien não tinha motivos para sentir ciúme e ela não tinha o direito de achar que alguém a protegeria.

— Lorde Virgil Retting — respondeu a misteriosa voz.

Alexandra fitava a escuridão, tentando recuperar o juízo entre os lampejos de luz no céu.

— Não vai me apresentar, Alexandra?

Ela levantou o rosto e o encarou diretamente.

— Não, não estou disposta a fazê-lo.

Ele tinha ganhado alguns quilos desde a última vez que o vira. O rosto pontudo estava mais redondo e a pele do pescoço se espremia no colarinho alto. O único lugar em que perdera algo havia sido no topo da cabeça: o cabelo castanho estava mais escasso, com mechas cuidadosamente penteadas para esconder a falha.

Lucien a observava com os músculos tensos, apesar da postura relaxada. Um leopardo, pronto para defender sua próxima presa, sem saber que Virgil Retting não estava interessado na caça, só em deixá-la à própria sorte para os urubus.

— É uma atitude terrivelmente rude para uma professora de etiqueta — disse lorde Virgil. — É assim que você ganha dinheiro hoje em dia, não é mesmo?

— Você me obriga a me repetir, lorde Virgil — intercedeu Kilcairn. — Quem exatamente é você?

Virgil deu de ombros.

— Acho que serei obrigado a fazê-lo eu mesmo. Acabei de chegar de Shropshire. Meu pai é o duque de Monmouth. — Ele sorriu, os dentes brilhando na luz tênue. — Alexandra é minha prima.

— Não por escolha — disse ela, desejando estar longe dali.

Lucien a tocou no ombro, forçando-a a olhar para ele.

— Você é sobrinha do duque de Monmouth?

Ela não conseguia dizer se seu tom era de acusação, choque ou curiosidade.

— Repito: não por escolha.

— Engraçado, prima — interrompeu lorde Virgil. — Como você acha que *nos* sentimos, com uma governanta na família? E agora ela está vadiando por Londres como se pertencesse a este lugar e envergonhando a todos nós que temos uma casa de verdade aqui.

Risinhos zombeteiros vieram da escuridão, e Alexandra percebeu que a cabine ainda estava cheia de pessoas que tentavam impressionar Kilcairn.

Lucien se levantou lentamente e apoiou as mãos por fora da cabine.

— Lorde Virgil Retting, você é uma piada mal contada.

Alexandra havia esquecido, por um momento, que conseguir a atenção de Kilcairn podia ser uma faca de dois gumes. Seu olhar assustado se alternou entre ele e Virgil.

— Perdão? — disparou Virgil com voz engasgada.

— Não precisa se desculpar — respondeu o conde com a voz bondosa. — É o caso com a maioria das piadas, e claramente é o *seu* caso.

— Você... você é Kilcairn, certo? — disse Virgil com a voz firme.

— Muito bem, lorde Virgil! Alguma outra epifania que queira compartilhar?

Os risos começaram de novo, só que dessa vez foram como música para os ouvidos de Alexandra. Não conseguiria nem contar quantas vezes já desejara afrontar o primo daquela exata maneira, mas nunca ousou.

— Insisto que nunca mais me insulte dessa maneira. É extremamente inapropriado.

Lucien se apoiou nos cotovelos de maneira que ficasse cara a cara com Virgil.

— Muito bem. Que tal se eu apenas disser que você é gordo e estúpido, então?

— Eu... não tolerarei esse tipo de comportamento! — vociferou o primo de Alexandra.

— Qual é o problema? Você nos abordou com o único propósito de proferir insultos e esperava que não retribuíssemos a gentileza? Uma boa noite ao senhor. Vá embora antes que se afogue na própria estupidez.

Virgil olhou para Alexandra com olhos carregados de humilhação e raiva.

— Meu pai ficará ciente disto — resmungou em um tom ameaçador.

— Assim como toda a Londres — disse Lucien calmamente. — Adeus.

O primo de Alexandra até abriu a boca para retrucar, mas pensou melhor e desapareceu nas sombras.

Com um bocejo, Lucien voltou a se sentar.

— Traga-nos um pouco de vinho — ordenou a um de seus criados que estava à espera no lado de fora da cabine.

— Sim, meu senhor.

Alexandra estremeceu e finalmente começou a respirar mais uma vez.

— Quero ir embora — murmurou com a voz trêmula.

— Thompkinson! — chamou Lucien.

O criado deu meia-volta.

— Senhor?

— Traga a carruagem.

— Sim, meu senhor.

— Obrigada — disse Alexandra, envolvendo o casaco nos ombros da forma mais firme que conseguiu.

— Não. Eu é que agradeço — respondeu Lucien. — Não aguentarei nem mais um segundo dessa adulação.

Fiona afagou Alexandra.

— Fique tranquila, querida. Ele é um homem repugnante. Você é mesmo sobrinha do duque de Monmouth?

— Mamãe — repreendeu Rose, com incomum sensibilidade. — Ela nos contará mais tarde. Venha. Também estou com frio.

Kilcairn não disse nem uma palavra até que desembarcassem na Casa dos Balfour. Enquanto sua tia e Rose subiam a escada, ele pousou os dedos quentes nos braços de Alexandra.

— Wimbole, eu e a srta. Gallant estaremos no jardim.

— Sim, meu senhor.

O mordomo colocou o casaco de Alexandra de volta nos ombros dela. O conde não tirou o sobretudo, que farfalhava por suas pernas enquanto descia a escada em direção ao jardim.

— Você quer saber por que não contei sobre minha família quando me contratou — disse Alexandra, andando pelo caminho de rosas. — Não tenho mais relação com eles, e vice-versa.

— Então, enquanto me criticava por não tratar bem minha família, você fazia muito pior. Um tanto hipócrita, não acha?

— Não é a mesma coisa. Estou muito cansada e não quero me aprofundar nesta discussão, por favor.

— Mas eu quero.

Ela não achou realmente que ele desistiria. Lucien merecia uma explicação, ainda mais depois de arrasar Virgil daquela maneira. A respiração dela saiu acompanhada de um suspiro gelado.

— O que você quer saber, então?

— O tal do lorde Virgil Retting é claramente um indivíduo arrogante — disse ele sem entonação —, mas ele também tem um irmão mais velho, certo? O que me diz dele e de seu tio?

— Thomas, o marquês de Croyden, é meu outro primo. Ele passa a maior parte do tempo na Escócia, não o conheço muito bem. Já meu tio… não mantemos nenhuma relação, e somos perfeitamente felizes assim.

— Entendo… Por que a aversão?

— Por que você tem aversão à sua família?

Ele se sentou em um banco de pedra.

— Estamos brincando de cabo de guerra agora? Sente-se.

Ela juntou-se a ele, hesitante. Um calor emanava daquela figura sombria e forte, e ela não conseguia evitar aproximar-se.

— Se está apenas sendo gentil, não tenho motivos para desabafar com você.

— Você acha que estou sendo gentil? Que atípico de nós dois.

Ela o encarou. Na escuridão, os olhos de Lucien brilhavam como estrelas distantes.

— Você colocou meu primo no lugar dele. Isso foi bastante gentil.

— Isso me lembra de outra pergunta que tenho para você. Sua língua é tão afiada quanto a minha, já senti na pele. Por que você não a usou com Virgil Retting? Ele estava quase implorando por isso.

Alexandra se levantou e caminhou em círculos ao redor dele.

— Estes são *meus* problemas. Lidei com eles sozinha até agora e sou perfeitamente capaz de continuar assim.

A figura sombria no banco permaneceu imóvel.

— Eu não disse que queria tomar qualquer atitude a respeito deles. Só quero saber o que significam para você.

Cheia de frustração e sabendo que ele não desistiria até que ela cedesse, Alexandra postou-se à frente de Lucien.

— Você primeiro, então.

— Que moça impertinente. Você sabe que irá perder se entrar nesse jogo comigo.

Um arrepio desceu pela espinha dela.

— Não falarei uma palavra antes de você.

Um silêncio demorado imperou. A figura sombria só se diferenciava de uma escultura pelo ritmo de sua respiração.

— Não quero me casar — disse ele enfim, contrariado.

— Que surpresa — disse ela secamente, ainda sentindo arrepios.

Ele abriu o sobretudo, mostrando a gravata e um leve casaco por baixo.

— Sente-se antes que congele aí parada.

Ela de fato estava com muito frio, mas não era tão tola. Voltou a se sentar, o mais longe possível dele, mas soltou um suspiro ofegante quando ele a surpreendeu colocando uma das fortes mãos em suas coxas e deslizando a outra por suas nádegas, trazendo-a para perto. Envolveu-a com o braço e o sobretudo em um farfalhar quente.

— Você sabe algo sobre meu pai? — perguntou, encaixando-a contra seu ombro robusto.

— Apenas que ele tinha muitas… amantes e que faleceu quinze anos atrás.

— Meu pai possuía mais do que muitas amantes. Comportamento depravado e jogos de azar eram seus passatempos preferidos, creio eu. Minha mãe e ele moraram sob o mesmo teto por três meses, até que ela engravidou. Depois disso, ele a mandou para Lowdham, uma pequena propriedade dos Balfour em Nottingham. Lá ela me deu à luz e passou os onze anos seguintes reclamando sobre o quanto sentia falta de Londres, seus amigos e sua vida, apesar de não fazer aparentemente nada para tê-los de volta. Vi meu pai um total de seis vezes, incluindo em seu funeral.

— Minha nossa — disse Alexandra baixinho.

— Já fui comunicado inúmeras vezes, em geral por mulheres cujo desejo de se casar era evidente, de que ver o desamparo e o desprezo que minha mãe viveu, combinado com a situação do casamento de meus pais, tornou-me particularmente avesso ao matrimônio e a tudo que o envolve. Tendo a concordar.

— Mas agora você pretende se casar, independentemente da aversão.

Lucien ficou quieto de novo por um momento.

— Eu me certifiquei para que meu primo James e seu primogênito herdassem as terras e os títulos dos Balfour. Mas ele morreu ano passado, na Bélgica, quando um carregamento de pólvora explodiu em seu acampamento. Não tenho certeza se foi o corpo dele que enterrei. Não sobrou muita coisa.

Ele falava com calma, mas Alexandra podia sentir a tensão nos músculos do braço e da coxa do conde. Quase sem pensar, ela acomodou a cabeça no ombro de Lucien, e ele pareceu relaxar.

— Você sente saudade dele — disse ela.

— Sinto saudade dele. Enfim, meu querido tio Oscar se tornou o único homem vivo em minha família. Ele morreu logo em seguida, o que significa que…

— Que se você não gerar um herdeiro, os filhos de Rose ficarão com toda a fortuna e os títulos da família.

— E ela já é quase maior de idade, então aqui estamos, em nosso próprio inferno particular.

— Você poderia deixá-las ficar com a herança.

Lucien bufou.

— Não desgosto tanto assim dos meus ancestrais. Além do mais, estaria abdicando da oportunidade de me tornar como meu pai. Pareço ter seguido seus passos em todos os outros aspectos da minha vida.

— Duvido muito.

Ela já tinha ouvido histórias escandalosas e até perversas sobre ele, mas não conseguia imaginá-lo como alguém propositalmente cruel — não com alguém que não merecesse de alguma forma.

— Algo mais que você queira dizer? — perguntou ele, mudando de posição. — Essa é a minha história. Agora é sua vez, Alexandra.

Ela tinha esperanças de que ele tivesse esquecido sua parte no combinado.

— A minha história é bem simples se comparada com a sua.

— Surpreenda-me.

— Não espero que isso amoleça seu coração em relação a mim ou que o torne mais condescendente comigo.

— Não tenho coração. Conte-me.

Alexandra tentou se afastar um pouco dele, mas podia muito bem estar empurrando uma muralha. Seu aperto não era forte, mas firme e extremamente seguro.

— Muito bem. Minha mãe, Margaret Retting, se apaixonou e se casou com um pintor cujo avô era um conde. Mas meu pai não tinha aspirações de viver a vida da alta sociedade ou de sequer possuir riquezas para custear esse tipo de vida. Meu tio, irmão da minha mãe, já havia herdado o ducado e, para ele, Christopher Gallant era apenas um plebeu. Deserdou minha mãe sem nem pestanejar.

Lucien acariciou as costas da mão dela.

— Continue.

— Como o patrimônio familiar claramente não iria botar comida na mesa, meus pais fizeram questão de que eu recebesse uma boa educação. Dois anos depois de me matricularem na Academia da Srta. Grenville, ambos morreram de gripe. Ent... Enterrá-los e sanar as poucas dívidas que deixaram custou-me tudo o que eu tinha.

Alexandra sentiu a garganta apertar, assim como em todas as ocasiões em que rememorava a venda das joias preciosas da mãe e das lindas pinturas de seu pai por apenas uma fração do que valiam.

— E seu tio não estava disposto a ajudar.

Não foi uma pergunta, mas Alexandra assentiu.

— Escrevi para ele. Não tinha dinheiro nem para finalizar o ano escolar. Ele escreveu uma resposta, mas a carta nem sequer fora franqueada. Tive que pagar por ela quando chegou. Ele disse que tinha advertido minha mãe sobre suas loucuras antes de ela se casar, e não tinha intenção alguma de pagar pelos seus erros depois de morta. E eu, pelo visto, era um desses erros.

— É sempre bom saber que existem pessoas no mundo mais horríveis do que eu — ponderou Lucien. Seus dedos afagaram os dela novamente, e Alexandra sentiu vontade de entrelaçar sua mão com a dele. — É reconfortante, de uma certa maneira. Conte-me o resto.

— Não tem muito mais. A srta. Grenville providenciou que eu trabalhasse como tutora das alunas para que eu pudesse pagar meus estudos, e então comecei a trabalhar como governanta. E cá estou, trocando confidências com o conde da Abadia de Kilcairn em seu mais que adorável jardim de rosas.

— E quanto ao lorde e à lady Welkins?

Com um empurrão, ela se libertou do casaco e se levantou.

— Essa é outra história, que não tem absolutamente nenhuma relação com minha família.

Não era de todo verdade, mas ele já tinha o suficiente para usar contra ela agora. E aquela história ninguém jamais saberia.

Ele manteve seu olhar fixo no dela.

— Então não me contará nada?

— Nem pensar.

Ele se levantou, alto e firme como uma estátua, porém mais vívido.

— Claro que sim. Em seu devido tempo. Quando eu tiver sua confiança.

— Nunca confiarei em você. Você mesmo disse que, se não fosse pelo testamento de seu pai, não teria recebido Rose e Fiona sob seus cuidados. Isso, para mim, torna-o muito parecido com meu tio.

Lucien estreitou os olhos.

— Você também tem uma história censurável, srta. Gallant. E não projete suas amarguras em mim. Alguns dos fatos são similares, reconheço, mas as circunstâncias são completamente diferentes. — Ajustando o sobretudo, ele se virou para a porta da frente. — Boa noite.

Alexandra permaneceu de pé, observando-o ir embora.

— Boa noite.

Capítulo 10

Virgil Retting tentava se manter acordado com uma xícara de chá. Odiava acordar tão cedo em Londres. Seus colegas só estariam de pé dali a umas boas cinco horas, e ele ainda se sentia transtornado pelas tentativas de superar o encontro com o odioso conde da Abadia de Kilcairn.

— Se está tão sedento pela minha companhia a ponto de interromper meu café da manhã, poderia pelo menos dizer algo. Você está um trapo.

— Pensei que tinha me dito para não falar com você. — Virgil observou a imponente figura sentada na outra ponta da mesa de carvalho. — Você dificulta as coisas, pai.

O duque de Monmouth terminava de comer uma bolacha com mel.

— Eu lhe disse para não me pedir dinheiro — corrigiu, apontando a faca na direção do filho. — Se não tem outro assunto comigo, então fique quieto.

Olhos negros pousaram densos sobre Virgil, fazendo-o se sentir como uma criança que acabara de molhar a cama. Mas, depois de um momento, o olhar frio finalmente se voltou para outra coisa. O duque, sem dúvida, acordara antes do amanhecer. Trouxera consigo a equipe de advogados, agentes e contadores de Londres, situando-se na Casa dos Retting pela temporada. O homem parecia nunca dormir e sabia tudo de tudo, mesmo nas raras ocasiões em que pregava os olhos.

Aquilo obrigava Virgil a chegar cedo na Casa dos Retting, pois quem contasse as novas a Monmouth ficaria com todos os créditos, e ele queria ser essa pessoa.

— Não vim aqui pedir dinheiro, pai. Por que sempre pensa o pior de mim?

— Você segue falhando em apresentar um tópico de discussão minimamente interessante.

— Então prepare-se para me agradecer…

O mordomo apareceu à porta.

— Senhor, lorde Liverpool e lorde Haster estão à sua espera.

— Ótimo. Dois minutos, Jenkins.

O mordomo assentiu.

— Sim, senhor.

— Mas, pai…

— Virgil, fale logo ou espere até amanhã de manhã. Estarei disponível entre as dez e as onze horas.

— Eu vi a prima Alexandra ontem à noite.

O duque pausou, a xícara ainda na boca.

— Foi isso que o fez levantar antes do meio-dia? É claro que ela está em Londres. Os Fontaine chegaram há quatro dias.

Virgil balançou a cabeça, uma súbita onda de satisfação percorrendo o corpo. Pegar seu pai de surpresa era tão raro que podiam marcar a ocasião como feriado. Especialmente quando a surpresa envolvia direcionar a ira do duque a alguém que não fosse ele, para variar.

— Ela não estava acompanhada dos Fontaine.

— O que quer dizer que ela conseguiu um emprego. — O duque se levantou da mesa. — Isso deve mantê-la longe de problemas. Com licença. Não é de bom grado manter Haster e o primeiro-ministro esperando.

Se Virgil tinha aprendido alguma coisa, era que não poderia deixar um momento tão saboroso escapar-lhe assim pelos dedos, mesmo que precisasse agilizar um pouco as coisas.

— Ela está morando na Casa dos Balfour — disse ele, com seu pai já se retirando.

O duque deu meia-volta.

— Onde?

— Na Casa dos Balfour. Eu a vi em uma cabine nos Jardins de Vauxhall, sentada ao lado de Kilcairn. Ele quase me arrancou um pedaço quando me aproximei para indagá-la.

— Ouvi dizer que a prima de Kilcairn tinha chegado à cidade. Já é maior de idade, ou quase isso.

— Também a vi. É uma mocinha bonita. Quase tanto quanto a prima Alexandra.

Monmouth caminhou pesadamente e fechou a porta da sala de jantar.

— Tem certeza de que era ela, e que estava com Kilcairn? Não estava bêbado, não é?

— Não, pai. — Graças a Deus ele só começara a beber depois do fatídico encontro com a prima. Um copo atrás do outro, verdade, mas... — Eram eles, tenho certeza. E ele ficou tão irritado comigo que precisei colocá-lo em seu devido lugar para que se calasse. Foi muito hostil, e na frente de todo mundo!

— Diabo! — vociferou o duque. — Ela devia ter mais bom senso, mesmo sendo filha daquele plebeu. Aquela idiotice que tivemos que suportar com aquele tal de Welkins foi a última gota. Se algo assim acontecer de novo, ainda mais com alguém como Kilcairn, o nome e a reputação dos Retting jamais sairiam ilesos.

— Eu mesmo mal pude acreditar — disse Virgil solenemente, concordando com a cabeça. — Bem debaixo do nosso nariz, como se não desse a mínima para a posição da família. Ela sabe que sempre passamos a temporada na cidade.

— Ela podia ter ido para Yorkshire se queria continuar agindo como uma prostituta. — Monmouth bateu com o punho na mesa, fazendo a louça pular. — Tenho um projeto de lei para apresentar no Parlamento, pelo amor de Deus. — Levantou-se mais uma vez com outro rugido. — Farei algumas investigações discretas sobre a opinião da sociedade sobre o assunto — anunciou. — Dependendo de quão longe as coisas forem, talvez tenha que denunciá-la publicamente.

O duque abriu a porta com um empurrão e caminhou a passos pesados até seus aposentos privados. Virgil aproveitou os restos do café da manhã. Kilcairn e Alexandra veriam quem riria no final. A festinha deles estava prestes a cair por terra.

— Essa foi uma má ideia — disse Alexandra, mordiscando um biscoito e examinando a rua em silêncio.

— Foi *sua* má ideia — respondeu Vixen. — Lembre-se disso. E pare de olhar para os lados. Sinto como se estivéssemos prestes a ser encurralada por Bonaparte ou algo assim.

— Não consigo evitar.

Alexandra agradeceu quando o garçom as serviu outro prato de sanduíches. Almoçar no pitoresco café ao ar livre parecera uma ótima ideia para sua segunda-feira de folga, mas aquilo fora antes do ocorrido nos Jardins de Vauxhall, e antes de seu primo saber que estava em Londres.

— Provavelmente lorde Virgil ainda nem saiu da cama. E, mesmo que já tenha saído, os estabelecimentos que frequenta ficam longe daqui.

— Você está certa, claro. Isso é bobagem da minha parte. Por favor, coma um sanduíche de pepino.

Mas não era apenas Virgil que a preocupava. Eram todos os que haviam presenciado aquele momento, e todos com quem estes haviam comentado sobre o ocorrido. Ela forçou um sorriso.

— Então. Conte-me sobre sua última conquista.

— Ninguém acredita quando digo que não quero me casar — lamentou lady Victoria, e depois lhe direcionou um sorriso rápido. — Se me casasse, não teria mais conversas interessantes como a que tive o prazer de desfrutar com o seu querido lorde Kilcairn na outra noite.

Alexandra se engasgou com o chá.

— Sei que vocês conversaram — resmungou —, mas o que foi tão interessante?

A amiga se levantou e deu um tapinha nas costas de Alexandra.

— Minha nossa, você está com ciúme, não está?

Ela limpou a garganta, desejando fortemente que Victoria tivesse mais sutileza.

— Não estou com ciúme! Nem gosto tanto dele. E ele não é "meu querido."

— Ora — disse Victoria enquanto tornava a se sentar —, você também já não é mais minha acompanhante, governanta ou tutora. Não devo satisfações a *você* sobre o que eu e Kilcairn conversamos.

Alexandra estava pronta para esganar Vixen se ela não contasse. Mas não estava com ciúme; ao menos tinha deixado aquilo claro.

— Não ligo se contar ou não — disse, orgulhosa. — Se o conheço bem, ele nunca repete seus cortejos mesmo.

Vixen deu uma risadinha.

— Ficou muito fácil decifrá-la.

Alexandra franziu a testa.

— Não ficou, não.

— Ah, tudo bem. Vou contar. Ele só falou de você. Perguntou se sempre foi tão insuportável, se alguma vez já admitiu ter perdido uma discussão... coisas assim.

— Mentira!

Vixen teve um ataque de riso.

— Verdade! Juro, Lex.

Cada vez mais desconfiada, Alexandra se levantou e pegou a bolsa e a sombrinha.

— Então parece que eu e Kilcairn precisamos ter uma conversinha.

— Antes de fazer qualquer coisa, talvez seria bom se lembrar de como ele foi bondoso na noite anterior.

Alexandra corou. Ele tinha sido mesmo, mas ela não tinha contado sobre isso para Vixen; só sobre Vauxhall. Ela demorou para perceber que era àquilo que a amiga estava se referindo.

— É, acho que você está certa.

Lady Victoria olhou para ela com ar de interrogação por um momento e começou a rir de novo.

— Suponho que esteja. E também suponho que haja coisas que você não me conta.

Alexandra não conseguiu segurar um sorriso, e então começou a rir.

— Você supõe corretamente, minha querida. Agora vamos para outro lugar antes que minha sorte acabe.

—⁓—

— Você realmente não tinha ideia de que sua governanta era sobrinha de Monmouth? — perguntou Robert, seu prato ainda com metade de um frango assado e a caneca de cerveja ao lado.

— Não fazia a menor ideia. Estou muito ocupado com meus próprios escândalos para me preocupar com os dos outros. — Lucien se acomodou, admirando a fumaça do charuto que saía da boca.

Um terceiro companheiro se inclinou para encher a própria caneca de cerveja.

— Mas não entendo o porquê da comoção. Uma amante é uma amante.

Com outro trago de seu charuto, Lucien olhou para Francis Henning e se perguntou quem tinha convidado aquele cabeça de bagre para o almoço. Alguma meia dúzia de piadinhas e fofocas haviam aparecido durante aquela manhã, claramente não dando a mínima para o quanto ele detestava piadas e fofocas.

— "Governanta", Henning — corrigiu. — Não "amante". Uma sílaba a mais.

— Uma sílaba a mais, uma a menos… O que importa? Estamos entre amigos — disse Robert com um leve sorriso.

— Uma sílaba também é a diferença entre amigo e inimigo.

— Olha, Kilcairn — disse lorde Daubner com cerimônia enquanto ainda mastigava o frango —, se você não tivesse se exaltado tanto quando lorde Virgil apareceu, ninguém estaria dando a mínima para isso. Foi a primeira vez que o vimos tão abalado, pelo menos a maioria de nós.

Robert arqueou uma sobrancelha e Lucien praguejou baixinho. William estava certo, e Henning também. Ele não tinha nenhum arrependimento quanto à maneira como lidara com Virgil Retting, mas, se houvesse tido a chance, teria esperado para agir em um local mais privado.

A fofoca não o incomodava tanto, mas incomodaria Alexandra — e aquilo o preocupava. A sinceridade dela na noite anterior — e o olhar bastante consternado quando o primo aparecera — deixaram muito claro que ela literalmente não tinha mais para onde ir. Ele não estava acostumado a ser o porto seguro de alguém, e com certeza ter mostrado surpresa com a linhagem dela não tinha ajudado em nada.

Ele de fato não pensara no que poderia acontecer com ela até as fofocas começarem naquela manhã. Tinha estado mais preocupado que Alexandra o categorizasse como um canalha da mesma espécie do tio. Era óbvio que ela estivera chateada e irritada quando dissera aquilo, mas a comparação parecia mais real do que ele queria admitir.

Perdido em seus pensamentos, Lucien piscou algumas vezes para voltar à realidade. Tinha perdido boa parte da conversa no almoço, mas aquilo provavelmente havia sido bom, a julgar pela expressão tensa no rosto de Robert. Apagou o charuto e se levantou.

— Se me dão licença, cavalheiros.

Robert também se levantou, e Lucien conseguiu perceber os suspiros de alívio quando saíram do estabelecimento.

— Estava começando achar que a coisa ia ficar feia lá dentro. Meus cumprimentos por ter se segurado.

— Acho que meus ouvidos começaram a sangrar quando Henning se juntou ao grupo — respondeu Lucien. — Não escutei muito mais depois disso.

Ele e o visconde caminharam lado a lado em silêncio por meia quadra. Lucien notou a expressão consternada no rosto do amigo, já que a carregava também no seu. Esperou. Robert enfim desabafou.

— Não quero me meter — começou —, mas o que você vai fazer?

— Sobre?

— Bem, sobre sua prima procurar um marido, e você procurar... o que quer que queira em uma esposa, enquanto um escândalo dessa magnitude envolve sua casa. Não é um caso exatamente discreto, o seu e dessa moça.

Lucien ignorou a última parte.

— Ela está morando na minha casa há mais de três semanas.

— Sim, mas agora ela é uma amante que escondeu de você a verdadeira identidade.

— Ela não é minha aman...

— E sua riqueza e posição social não ajudarão a conseguir candidatas de casamento mais promissoras enquanto tiver uma amante, ou governanta, de sangue nobre sob seu teto. Especialmente com os rumores de que ela assassinou seu último amante. Isso pode até ser emocionante para você, mas é um território um tanto perigoso para uma jovem donzela pisar.

— Você devia estar contente. Isso deixaria mais candidatas de matrimônio para você e sua mãe escolherem.

— Lucien, não mude de...

O conde parou, quase prendendo a respiração quando se lembrou do que havia esquecido a manhã inteira.

— O que você falou?

— Disse que era território perig…

— Não. Antes disso.

Robert fez cara de dúvida.

— Eu falei bastante coisa. Meus sábios conselhos são para você guardar na memória, não eu. O que…

— Você disse "amante de sangue nobre".

— Eu disse "governanta de sangue nobre" — corrigiu o visconde, inquieto. — Foi só a constatação de um fato. Não quis dizer…

— Robert, tinha me esquecido. Tenho coisas a fazer — interrompeu Lucien, sinalizando com pressa para uma carruagem que passava. — Nos vemos hoje à noite.

— Sim… nos vemos, então — disse lorde Belton enquanto Lucien pedia ao cocheiro que o levasse à rua Grosvenor.

Alexandra *tinha* sangue nobre. Difamada e arruinada até os ossos, mas ainda assim nobre. E ele precisava pensar, o que não era exatamente seu forte quando a srta. Gallant estava envolvida.

~m~

— Eu não vou. — Alexandra tirou o colar e o colocou de volta na penteadeira. Shakespeare olhou para ela e abanou o rabo. — Obrigada, Shakes. Pelo menos você concorda comigo.

A porta que conectava seu quarto com o de Rose rangeu.

— Lex?

— Entre — disse, encarando sua imagem no espelho. *Ela não iria.*

— Está rosa demais? — A srta. Delacroix deslizou pela porta e tentou ver a reação de Alexandra e o espelho ao mesmo tempo, enquanto rodopiava pelo chão. — Acho que é rosa demais.

— É perfeito. Você está adorável.

Alexandra ganhou um beijo na bochecha.

— Ah, eu sei. Não é maravilhoso? — Girou mais uma vez, exibindo os cachos, a seda e a renda cor-de-rosa. — Hoje o primo Lucien não poderá dizer que estou parecendo um flamingo.

— Tenho certeza de que ele não dirá nada disso.

Se nenhuma das lições tinha entrado pelos ouvidos de Kilcairn, pelo menos ele sabia que não podia dar o menor dos motivos para chatear a frágil Rose.

— Por que ainda não está pronta? — Rose aquietou por tempo suficiente para notar que Alexandra não vestia os sapatos, nem o colar, e o cabelo ainda estava solto. — O primo Lucien vai ficar uma fera se o deixarmos esperando.

— Eu não vou. — Tentando tornar a notícia mais palatável, Alexandra sorriu ao ver a expressão de surpresa de Rose. — Você mal precisará de mim hoje, e sua mãe pode acompanhá-la.

— Mas por que você não vai? E se eu esquecer minhas falas, ou se começar a conversar com uma pessoa inaceitável?

Dizer que sua própria governanta era a pessoa mais inaceitável que a jovem iria encontrar não parecia ser de grande ajuda.

— Estou com uma leve dor de cabeça, só isso — mentiu. — Não se preocupe. Você se sairá bem.

— Espero muito que sim.

Rose se apressou escada abaixo e Alexandra se recostou na cadeira. Ela não estava exatamente abandonando seu trabalho; enquanto a fofoca ainda estivesse na boca de todos, o melhor seria ficar longe de Rose. E aquilo não tinha nada a ver com suas próprias dúvidas sobre se misturar com a alta sociedade depois da outra noite.

Nos últimos dias, todas as vezes que pisava fora de casa se sentia acuada pela possível presença de Virgil e tinha a sensação de ouvir sussurros e pessoas tirando sarro dela pelas costas. Ela conseguira suportar o almoço com Vixen por uma hora, e só. Participar deliberadamente de uma reunião da alta sociedade, sabendo o que os Retting, sua própria família, pensavam dela... era doloroso só de imaginar.

A porta se abriu de repente.

— Arrume-se — disse lorde Kilcairn, parado logo na entrada do quarto.

Ela levou um susto e se lembrou do aviso de Vixen sobre portas trancadas, ao mesmo tempo que estava muito consciente do motivo de não haver seguido tal conselho durante toda a última semana.

— Estou com dor de cabeça.

Mostrando mais curiosidade do que raiva, ele observou as pequenas adições de Alexandra ao luxuoso quarto.

— E eu terei uma dor de cabeça ainda maior sem alguém para domar as feras. Vista-se.

Ele estava todo de preto; alto, forte, deslumbrante. Enquanto Alexandra o observava, não conseguiu evitar a comparação com as estátuas gregas dos museus. Porém, nem o melhor escultor conseguiria fazer jus a Lucien Balfour; bloco de pedra algum poderia capturar o brilho de seus olhos ou a cabeça que pendia levemente para o lado de forma tão arrogante. Ela sempre pensara que encontraria segurança na força, mas sabia que se jogar nos braços de Lucien seria perigoso — para o que restava de sua reputação, sua tão suada independência e para seu coração.

— Você está me encarando.

Corou, furiosa.

— Peço desculpas. Você fica muito bem com essa roupa.

Ele imediatamente se aproximou dela.

— "Muito bem"? Defina "muito bem."

Maldição. Alexandra se levantou, para que ele não parecesse tão imponente sobre ela.

— Acredito que sua educação tenha sido suficiente para prover inúmeros significados para a expressão, milorde.

Ele apertou os lábios, olhando-a de cima a baixo.

— Gosto do seu cabelo solto, exatamente desse jeito — disse sem pressa, passando os dedos pela mecha que pendia sobre os ombros de Alexandra.

Ela sentiu um arrepio.

— Você vai se atrasar — ela o lembrou. — E não deveria estar aqui.

— Não seja tão pudica. — Lucien recolheu o braço, mas seus olhos em nenhum momento desviaram do rosto dela. — Eu lhe dei a segunda-feira de folga — disse, com um tom suave que dominou a censura habitual de sua voz. — Mas esta noite não. Cumpra com seus deveres, srta. Gallant.

— Eu serviria melhor a Rose se ficasse nos bastidores.

Lucien franziu a testa em reprovação.

— Mostre um pouco de pulso firme, Alexandra.

Ela piscou.

— O que disse?

— Não fui direto o suficiente? — Ele arqueou uma sobrancelha. — Não seja covarde.

— Não sou *covarde*.

— Prove.

— Não é por mim, é por Ro...

— Agora você está apenas se repetindo. Eu sou o guardião de Rose. E você nos acompanhará, seja sobre meu ombro, de meias, ou com seus próprios pés e sapatos. — Kilcairn levantou o queixo dela com a ponta dos dedos. — Ficou claro?

Ela desejou se fazer de difícil e atirar as coisas no chão, mas sabia que nada conseguiria mudar aquele desfecho. Não tinha escolha.

— Preciso de um minuto, então.

Ele cruzou os braços sobre o peito largo.

— Esperarei aqui.

Kilcairn estava claramente disposto a intimidações. Alexandra gostaria de colocá-lo em seu devido lugar, mas sentou-se e começou a arrumar o cabelo. Arrepios correram por sua espinha e sua mão tremia toda vez que olhava para o espelho e o via lá, parado, observando-a. Alexandra devolveu o colar ao pescoço e vestiu os sapatos, e ele continuou seguindo cada movimento dela com os olhos, como se o conde da Abadia de Kilcairn não tivesse nada melhor para fazer do que prestar total e absoluta atenção nela.

— Eu devia contratar uma criada para você — disse, inclinando-se para entregar o último grampo de cabelo a ela.

— Você não acha minha toalete adequada?

Lucien balançou a cabeça.

— Você deveria ter alguém para escovar o seu cabelo.

— Escovo meu próprio cabelo desde os 17 anos — disse ela, tentando esconder o tremor na voz. Ela quase preferia seus ataques diretos; era mais fácil se defender. — Podemos ir?

Lucien assentiu.

— Depois de você.

Ela desceu o corredor, ainda tentando se acalmar. Os olhares e os cochichos não a incomodariam. *Já passei por isso antes*, disse a si mesma. Não era nenhuma novidade, nada diferente, e nada com que precisasse se preocupar. Quem ela estava tentando convencer era um enigma, já que ela mesma não prestava atenção em nenhuma palavra.

— Ninguém irá incomodá-la esta noite — murmurou Lucien quando chegaram ao saguão de entrada. — Não permitirei.

Alexandra parou. Quase ficou grata pela oferta de apoio, mas lembrou que não podia confiar em ninguém para socorrê-la em águas turbulentas. Tinha aprendido a nadar sozinha.

— Obrigada, milorde, mas sou capaz de me defender. O perigo nunca me fez tremer.

— Você está tremendo agora — disse ele no mesmo tom suave.

— Não est...

— Graças a Deus você irá conosco! — Rose avançou até ela e segurou sua mão com força. — Agora não precisarei me preocupar com nada.

— Então o resto de nós se preocupará por você, prima — disse Lucien, interceptando Shakespeare e o entregando ao mordomo. — Não espere acordado por nós, Wimbole — instruiu.

O mordomo assentiu.

— Claro, senhor.

Eles subiram na carruagem, e o conde se sentou de frente para Alexandra, como de costume. Ela rapidamente desviou o olhar, ocupando-se em passar instruções e lembretes de última hora para Rose. A mera presença de Lucien era suficiente para deixá-la no limiar entre o nervosismo e a euforia. Um pouco menos de nervosismo teria caído muito bem.

— Vocês acham que o príncipe George estará presente? — perguntou Rose. — E se ele me convidar para dançar? — Arregalou os olhos azuis. — E se ele me convidar para valsar?

— Pise no pé dele — sugeriu o conde. — Isso fará com que a deixe em paz.

— Lucien! — repreendeu Fiona. — Ah, estou tão nervosa. Sorria o máximo que conseguir, minha querida.

Alexandra pigarreou.

— Se Vossa Majestade a convidar para valsar, faça uma reverência e lhe agradeça, e então o informe que ainda não está disponível. Se ele insistir, valse com ele. Ele é o príncipe regente, afinal.

— Vocês acham que lorde Belton estará lá?

— Sim, estará.

Lucien checou o relógio de bolso.

— Não se esqueça de que seu carnê de dança já está cheio, minha querida.

— Ah, não! O que eu farei se ele me convid...

— Ele pode tomar o meu lugar — ofereceu Kilcairn enquanto olhava pela janela, assemelhando-se a uma pantera negra desesperada por se livrar de sua jaula.

— Não, ele não pode! — disse Fiona em tom explosivo. — Você deve dançar com sua prima!

— Dançarei com quem eu quiser, tia.

A sra. Delacroix começou a puxar a delicada renda de sua manga.

— Ah, não — disse, preocupada. — A srta. Gallant disse que se você não dançar com Rose, ela jamais conseguirá um bom par. Você prometeu, Lu...

Ele colocou as mãos para o alto.

— Está certo! Apenas parem de tagarelar por um momento.

Quando o cocheiro se juntou às outras carruagens que se dirigiam ao evento na Casa dos Bentley e encostou o veículo na entrada, a dor de cabeça inventada de Alexandra já tinha se tornado real. Ela estava mais do que contente em desembarcar e respirar um pouco do ar frio da noite.

— Lex, fique perto de mim — murmurou Rose, envolvendo seu braço no dela. — Tem muita gente aqui, não sei nem para onde olhar primeiro.

— Olhe primeiro para os anfitriões — sugeriu Alexandra. — Depois disso, olhe para quem quiser. Todos os jovens cavalheiros estarão olhando para você.

— Ou para a mesa de bebidas — disse Lucien atrás dela.

Ele era implacável.

— Ah, olha só — disse Alexandra, gesticulando para a entrada lotada do salão —, é Julia Harrison. Ela não é uma das finalistas de sua lista, milorde?

Para sua surpresa, ele demonstrou pouco interesse pela jovem mulher.

— Deixarei essa tortura para mais tarde.

Entregando seus convites a um assistente na porta, ele as conduziu ao salão do baile.

— O mundo inteiro está aqui — murmurou Rose, agarrando-se ao braço de Alexandra.

— A melhor parte dele, pelo menos — concordou a sra. Delacroix, alegre. — Todos estão simplesmente radiantes.

Alexandra estava muito mais interessada na conversa com Kilcairn.

— Então... desistiu de buscar por uma esposa?

Uma pequena e escondida parte dela vibrou de excitação.

— Nem um pouco.

Ele gesticulou para que lhe servissem vinho do porto.

Aquela parte dela, pequena e delicada, secou e morreu.

— Ah. Só deixará para outro dia, então.

Os lábios sensuais dele se curvaram em um sorriso.

— Não exatamente. Já cheguei a um ponto na minha pesquisa em que pude suspender as entrevistas. Estou quase pronto para começar as negociações.

A dor de cabeça dela apareceu com toda a força.

— Sendo assim, meus parabéns. Nunca pensei que você fosse achar uma, muito menos várias candidatas. Como fará sua decisão final?

Lucien balançou a cabeça, a expressão enigmática.

— Ainda não determinei isso, mas tenho algumas ideias.

— Quem são as sortudas?

— Não vou lhe contar, srta. Gallant. Não quero você por aí caçoando das pobres coitadas.

Quem quer que fossem, Alexandra já não gostava delas. Simulou um sorriso.

— Posso sugerir que você faça um concurso de poesia para as finalistas? Você poderia se casar com a vencedora... ou com a perdedora. Depende de quanta importância você dá para conhecimentos literários.

— Hum — murmurou ele, e Alexandra não sabia dizer se estava bravo. — Levarei sua sugestão em consideração.

<hr />

Lucien se perguntou o que Alexandra teria dito se soubesse quanto ele estava considerando colocá-la em sua lista — no topo dela. Não havia escolha, na verdade. Nenhuma das outras pretendentes chegava sequer à sombra dela, muito menos aos pés.

Rose estava cercada de cavalheiros que queriam confirmar suas posições no carnê oficial de dança da noite. Lucien supôs que o fato de não se importar nem um pouco com quem ela se casaria, desde que ela e Fiona saíssem de sua vida, não era algo muito distinto de sua parte. Ele olhou para Alexandra novamente, uma deusa em amarelo e safira — que, mesmo com os esforços de madame Charbonne, ainda não fazia jus a seus olhos turquesa.

Lorde Belton surgiu e Lucien o pegou pelo cotovelo antes que alcançasse o aglomerado de Rose.

— Dance com a srta. Gallant — ordenou.

Robert puxou o braço, libertando-se dele.

— Boa noite, Kilcairn.

— Dance com...

— Ouvi o que disse — interrompeu o visconde. — Por que eu deveria dançar com a governanta da sua prima?

— Melhor a governanta do que a aluna.

Uma pequena marca surgiu entre as sobrancelhas de Robert quando franziu a testa.

— Eu adoro dançar com a srta. Delacroix.

— Não achei graça, Robert. Você já se divertiu às minhas custas.

— Não estou tentando ser engraçado. A companhia de Rose é bem agradável, ainda mais se comparada às jovenzinhas ansiosas que minha mãe tem tentado me empurrar.

Ele parecia falar sério, mas Lucien não estava com paciência para debater a qualidade da companhia da prima.

— Vou dar corda às suas maluquices — disse ele.

— Não são malu...

— Ficarei lhe devendo um favor se você dançar com a srta. Gallant.

Robert travou no meio da resposta.

— Um favor?

— Sim.

— Hum. Muito bem. Um favor. Isso vai ser divertido.

Lucien foi atrás do visconde enquanto ele voltava para a multidão cada vez menor em volta de Rose. Alexandra ficou de lado, a expressão serena — apenas traída por seu olhar. Ele provavelmente não deveria tê-la obrigado a comparecer, mas não suportava a ideia de passar uma noite sozinho com as Delacroix... e sem ela.

— Lorde Belton! — exclamou Rose, fazendo uma reverência.

— Srta. Delacroix. Você está adorável esta noite.

— Obrigada, milorde.

Robert pigarreou, olhando de lado para Lucien.

— Estava justamente perguntando a seu primo se poderia convidá-la para um piquenique e um passeio de carruagem amanhã no Hyde Park. Lucien me deu permissão.

Rose juntou as mãos, os olhos azuis arregalados.

— Mesmo, primo Lucien?

Lucien conteve a careta enquanto respondia.

— Claro — Ele deu uma cotovelada nas costas do visconde.

— E agora… — continuou Robert, extasiado. — Parece que a primeira quadrilha da noite está prestes a começar. Você gostaria de…

— Ah… meu carnê de dança está cheio — disse Rose com tristeza, lançando um olhar para sua mãe. — Queria guardar um lugar para você, mas…

— Não tem importância. Teremos mais tempo para conversar amanhã.

O visconde se virou para Alexandra.

— Você me daria a honra, srta. Gallant?

Ela empalideceu, seu olhar indo e voltando de Lucien a Robert.

— Milorde, acho que…

— Mas é claro! — exclamou tia Fiona, fazendo Lucien se perguntar por um momento se ela também tinha perdido a cabeça. — Você é sobrinha do duque de Monmouth. Certamente tem permissão para dançar.

— Mas não quero d…

— Permita-me insistir — pressionou o visconde.

Lucien ficou afastado e observou, sentindo-se como um verdadeiro titereiro enquanto tudo se encaixava nos seus planos sem que precisasse dizer uma única palavra. Se Robert queria gastar seu favor saindo com Rose, era bem-vindo, mas aquilo parecia uma grande perda de tempo.

Alexandra concordou em dançar a quadrilha com Robert. Por um momento Lucien considerou se juntar a eles. Mas tocar os dedos dela superficialmente e entregá-la para um homem qualquer não era o que ele tinha em mente. Quando dançasse com ela naquela noite — e aquilo *ia* acontecer —, seria uma valsa.

Capítulo 11

Alexandra observou enquanto Rose girava o corpo graciosamente e depois segurava a mão de seu parceiro. A menina sabia mesmo dançar. Mas assistir àquilo de um canto do salão teria sido muito melhor.

— Você a ensinou bem — elogiou lorde Belton, no mesmo tom que Lucien usava quando queria ser charmoso, mas seus encantos não eram tão efetivos quanto os de Kilcairn.

Os elogios de Robert Ellis não fizeram seu coração acelerar ou arrepios percorrem seu corpo. Na verdade, Alexandra se sentiu um pouco irritada quando percebeu as intenções dele.

Esperou até que a dança o trouxesse de volta a seu lado.

— Rose tem um talento nato, milorde. O mérito é todo dela.

— Ah. — Ele deu um passo para trás e uma volta em torno dela. — Você também é muito talentosa.

— Obrigada, milorde.

Naquele momento, se sentia extremamente grata por saber dançar. Recusar o convite do visconde não seria bem-visto. Estar diante dos olhares da sociedade já era difícil o suficiente sem tropeçar ou errar um passo de dança.

— Não há de quê.

Ela olhou para o parceiro em tempo de pegá-lo olhando para o outro lado do salão espelhado, na direção de Kilcairn. O conde encostou na parede, ignorando as senhoritas que estavam tentando chamar sua atenção. Com todos assistindo, ela não ousou lhe lançar um olhar fulminante, mas

Lucien parecia estar ciente de seus sentimentos. Dando um pequeno e sensual sorriso, Kilcairn arqueou uma sobrancelha.

Ele claramente estava aprontando algo; nem tentava parecer inocente. E ela tinha uma boa ideia do que podia ser.

— Lorde Belton — perguntou, quando o parceiro retornou a ela depois de percorrer a roda de dança —, foi lorde Kilcairn que pediu que dançasse comigo?

O visconde hesitou. Alexandra pensou que talvez senhoritas como ela não fossem tão diretas em suas perguntas, em especial quando tratavam com pessoas de classe social superior. Mas ela não estava tentando conseguir um marido nem impressionar os outros, a não ser através de Rose. E, se estava sendo direta demais, culparia a influência e os maus modos de Kilcairn.

— Eu… geralmente não preciso que outro homem me convença a dançar com uma linda mulher, srta. Gallant.

Ela olhou em seus olhos.

— Geralmente, não — repetiu Alexandra. — Agradeço seu gesto, mas não há necessidade de galanteio. Não preciso dançar com um cavalheiro gracioso para me convencer a fazer um bom trabalho em relação à srta. Delacroix.

Ele pareceu surpreso novamente.

— Você é bem direta, não é?

— Já descobri que é inútil ser de qualquer outra maneira. Por sorte, minha ocupação atual exige que eu impressione apenas algumas poucas pessoas. Todas as outras já sabem muito bem o que pensar de mim, mesmo nunca tendo me conhecido pessoalmente.

— Meu Deus — murmurou o visconde, mas em meio à dança ela não conseguia saber se sua resposta o tinha divertido ou chocado.

Qualquer que fosse o caso, ele ao menos era um cavalheiro. Lorde Belton terminou a dança e a guiou de volta à sra. Delacroix antes de se retirar — com um pouco de pressa, pensou Alexandra, embora pudesse ser apenas impressão. Rose, sem fôlego e transbordando de entusiasmo, juntou-se ao grupo logo depois.

— Ah! Você viu? A marquesa de Pembroke estava logo na minha frente! E acho que vi o duque de M…

— Não se anime demais, srta. Delacroix — lembrou Alexandra, com um sorriso. — Calma e discrição. Lembre que eles…

— ... deveriam ficar tão encantados em me conhecer quanto eu estou de conhecê-los — completou Rose rindo.

— Eu adoraria ser apresentada a qualquer um deles — disse Fiona com uma careta. — Todos me ignoram, como se eu nem existisse.

— Quem me dera fosse verdade — concordou Kilcairn, juntando-se às três mulheres.

Alexandra se aproximou.

— Não faça isso de novo — murmurou ela para Lucien, que estava de costas para ela.

— Fazer o quê? — respondeu ele, discreto.

— Se eu quiser me humilhar, posso dançar nua em cima da mesa de bebidas. Não preciso de você ou de seus colegas para me deixar constrangida.

Lucien se virou e olhou nos olhos dela.

— Vê-la dançar nua seria uma experiência inesquecível. Espero que me conceda esse prazer um dia.

Corando, ela voltou a se afastar.

— Não espere que eu participe de suas brincadeiras.

— Estou apenas tentando encorajá-la a participar das suas.

E mais uma vez ele agia como se soubesse de tudo.

— Não sou uma mocinha caren...

— Com licença, srta. Gallant.

Ela levou um susto e girou o corpo.

— Sim... senhor?

O grande e robusto cavalheiro lançou um olhar a Lucien.

— Pelo amor de Deus, Kilcairn, me apresente.

O conde fez uma careta, mas obedeceu.

— Daubner, srta. Gallant. Srta. Gallant, William Jeffries, lorde Daubner.

— Muito prazer, srta. Gallant — disse o homem, pegando sua mão. — Belton apostou dez libras que eu não ousaria valsar com você. Disse que você o tinha colocado em seu devido lugar e que faria o mesmo comigo em dois segundos.

Alexandra ficou quente de raiva.

— *Não* serei objeto da aposta de ninguém.

Lorde Daubner sorriu, exibindo os dentes tortos.

— A senhorita é espetacular. Dividirei os ganhos com você.

— Não vou... — Alexandra hesitou quando viu uma expressão estranha turvar brevemente o rosto de Lucien, antes que ele pudesse escondê-la. Era como se não quisesse que ela dançasse novamente, embora ele mesmo tivesse começado tudo aquilo —... não vou dividir nada com o senhor — completou ela, sorrindo —, mas ficaria feliz em acompanhá-lo numa valsa, milorde.

— O que sua esposa diria, Daubner? — perguntou o conde, com uma voz sem nenhum traço de seu humor cínico usual. — Pensei que ela não gostasse de vê-lo socializando com outras mulheres.

— Lady Daubner está em Kent cuidando da tia enferma. Além do mais, Kilcairn, como você bem disse, não há necessidade de contar tudo a ela, certo?

Alexandra viu Lucien engolir em seco e assentir com má vontade. Ele parecia enciumado, e Alexandra sentiu um pequeno arrepio de euforia correr por sua espinha. Enquanto lorde Daubner a guiava até a pista de dança, convenceu-se de que era mais provável que lorde Kilcairn não quisesse que seus amigos brincassem com sua mais nova aquisição. Mas ela era um fantoche com vontade própria.

— Lucien, seja gentil e nos traga um pouco de ponche — exigiu tia Fiona.

Ele manteve o olhar fixo nas costas da governanta.

— Não.

Alexandra talvez tivesse imaginado que deixá-lo sozinho com as harpias enquanto aproveitava a dança iria ensinar uma lição a Lucien, mas ele não estava com vontade de aprender. Ele gesticulou para um criado.

— Traga ponche para elas — ordenou.

— Sim, meu senhor.

— Obrigada, primo.

Ele assentiu.

— Com licença.

Alexandra estava valsando, e aquilo o irritava ao extremo. Ela deveria estar valsando com *ele*. Lucien fez uma careta, e então avistou Loretta Beckett, uma das poucas que ainda fazia parte da lista.

— Srta. Beckett — disse —, você me daria a honra? — Ele apontou para os dançarinos.

A srta. Beckett fez uma reverência.

— Será um prazer, milorde.

Era uma boa dançarina, graças a Lúcifer — e a quem quer que tivesse sido o responsável por vesti-la em roupas pretas, que contrastavam com sua pele pálida e complementavam o cabelo escuro. Lucien guiou a dança na direção de Alexandra e Daubner. Percebendo que ficara em silêncio desde que começaram a dançar, olhou para baixo e viu o rosto erguido da parceira. *Como se começa esse tipo de coisa? Ah, sim.*

— Tem apreciando o clima?

A srta. Beckett sorriu.

— Na verdade, milorde, mal tive tempo de passar dois minutos fora de casa. Mas obtive informações confiáveis de pessoas mais sortudas de que o clima está muito agradável.

— Concordo — respondeu ele, distraído. Daubner dançava como quem vagueia sem rumo, serpenteando pela sala de maneira completamente aleatória. Lucien praguejou, desejando que o idiota se decidisse por um caminho para poder se aproximar. — E o que você acha da moda de Paris?

— Acho que, se todos estão aficionados por ela, também devo gostar.

Maldito Daubner. Um touro em uma loja de porcelanas seria mais delicado do que ele dançando. A menos que Lucien começasse a derrubar alguns casais, nunca alcançaria Alexandra.

— O que mais? Ah, sim. Seu autor favorito.

— Todos devem dizer Shakespeare, não? Mas, além do bardo, adoro Jane Austen. Você já leu algum de seus livros?

Após alguns segundos de distração, Lucien voltou a atenção à sua parceira de dança.

— Sim. Sua opinião sobre a nobreza parece um pouco severa, mas penso ser uma questão de perspectiva. — Ele desviou o olhar da parceira para a governanta em retirada e sentiu uma pequena semelhança entre os conhecimentos literários das duas. — Posso perguntar quem é responsável por sua educação, srta. Beckett?

— Frequentei a Academia da Srta. Grenville, em Hampshire. Já ouviu falar dela?

Dúvida respondida, apesar de as respostas da srta. Beckett parecerem mais… ensaiadas do que as espirituosas e espontâneas de Alexandra. Essa era a diferença, imaginou, entre uma estudante competente e uma pessoa competente.

Lucien parou e quase perdeu um passo, precisando acelerar o próximo para retornar ao ritmo. Alexandra Gallant não era só uma mulher brilhante e encantadora; era uma pessoa inteligente e atraente. Ele não lembrava da última vez que havia considerado uma mulher como alguém sensato e verdadeiro.

— Milorde? Já ouviu falar na Academia da Srta. Grenville?

Lucien precisou de um tempo para respirar e tentar trazer os pensamentos difusos de volta para a realidade.

— Já ouvi, sim. A Academia tem uma reputação impecável. — Ao menos até onde ele sabia. — A governanta da minha prima foi aluna de lá.

— Ah, sim, eu sei. Com todo o respeito, milorde, em nome da Academia devo dizer que a maioria das graduandas de lá não é tão… selvagem quanto a srta. Gallant.

— Eu sei. É uma pena.

— O que… O que disse?

Ele sorriu, nem um pouco divertido.

— Então você acha que eu poderia ter feito uma escolha melhor para minha prima?

— Agora que você mencionou, lorde Kilcairn, fiquei surpresa em saber que a srta. Gallant havia conseguido um emprego em Londres.

Ele se perguntou se a srta. Beckett conseguia perceber o quanto estava pisando em ovos naquela conversa. Quaisquer que fossem os planos particulares de Lucien para Alexandra Gallant, ela morava sob seu teto e, portanto, estava sob sua proteção. Ao mesmo tempo, sabia que Alexandra não ficaria nada feliz se ele fizesse um escândalo. Até já conseguia ouvir a voz dela dizendo para não assustar as debutantes.

Lucien continuou a olhar sua parceira de valsa de cima. Já fazia muito tempo que não se sentia compelido a fazer alguma coisa a mando de alguém, mesmo que essa pessoa fosse Alexandra Gallant.

— Srta. Beckett, sei que a temporada apenas começou, mas você tem algum pretendente a cortejando?

Os olhos dela cintilaram.

— Tenho alguns — admitiu. — Mas até agora nenhum roubou meu coração.

— É impossível perder o que não se tem — respondeu ele, num tom suave como o dela. — Sugiro que você se case logo, querida, antes que sua aparência fique igual à sua personalidade. Duvido que até o mais feio dos lordes na Inglaterra juntaria os trapos com uma bruxa de seios flácidos, mau hálito e verrugas.

A srta. Beckett soltou um som ofegante. A pele alva empalideceu ainda mais, e os belos olhos castanhos assumiram uma aparência vidrada. E então desmaiou.

A atitude apropriada e cavalheiresca a se tomar seria tê-la segurado contra seu peito e a levado a uma das espreguiçadeiras espalhadas pelos cantos do salão. Lucien deu um passo para trás e a deixou cair, notando que ela se recuperou o suficiente para aterrissar no chão com delicadeza e não bater a cabeça.

As outras mulheres correram para minimizar o estrago, mas Lucien não se incomodou nem em tirar a expressão irritada do rosto. Enquanto transportavam a srta. Beckett a um local seguro, ele deu meia-volta e andou calmamente até a varanda para acender um charuto.

— O que você fez com a pobre moça?

Lucien terminou de acender o charuto em uma das lâmpadas a óleo na varanda.

— Você não está quebrando as próprias regras, srta. Gallant? Correndo atrás de um homem no meio da festa?

— Trouxe alguém comigo.

Ele virou o corpo. Daubner, parecendo entretido e desconcertado ao mesmo tempo, pairava na porta logo atrás de Alexandra.

— Vá embora, Daubner — ordenou Lucien.

— Fique aí onde está, milorde — esbravejou Alexandra antes que o barão pudesse dar um passo. — O que você disse para aquela moça, lorde Kilcairn?

— Não serei interrogado por uma governanta. — *E certamente não na frente de uma plateia.* — Daubner, vá embora.

— Ele não vai...

— *Daubner, fora!*

164

— Minhas desculpas, srta. Gallant — murmurou o barão antes de fugir.

— Maldição — praguejou ela.

Lucien se aproximou dela.

— Você, usando esse vocabulário chulo? Que imprópria.

Estreitando os olhos, Alexandra se virou para a porta.

— Tenho certeza de que você acha que botar seu amigo para correr é hilário, ou que, já que estou arruinada, você tem o direito de se divertir. — Ela levantou o queixo. — Ou talvez você não se importe.

— Você pretende chegar a algum lugar com isso?

— Sim. Depois que Rose se casar, precisarei procurar emprego na casa de algum de seus colegas dentro daquele salão. Esperava me provar uma governanta competente, apesar dos rumores. Não vou aceitar que você destrua minhas chances de uma vida decente. — Agitando a saia esvoaçante do vestido, ela deu as costas para Lucien. — Boa noite, milorde.

A raiva dele diminuiu enquanto ela caminhava de volta ao salão do baile.

— Como assim "boa noite"? — perguntou ele, indo atrás dela.

— É uma expressão comum, milorde, denotando uma despedida. Tenho certeza de que o significado lhe é…

Alexandra parou em frente à porta, exatamente quando Lucien colocou a mão em seu ombro. Os dedos longos tinham a força de uma prensa de aço, mas ela ficou grata pelo firme aperto do conde quando viu quem a esperava dentro do salão.

— Olá, prima.

De novo não, pensou, enquanto Virgil Retting esboçava uma reverência forçada. *Não agora.* Ela chacoalhou o ombro e Lucien a soltou.

— Virgil. Estava prestes a ir embora. Boa noite.

— Que pena.

Desta vez ele não estava sozinho. Meia dúzia de amigos estavam parados atrás dele, prontos para rir de qualquer piadinha zombeteira que ele fizesse sobre ela.

— É, você deve estar devastado. Com licença.

— Queria tanto dançar a próxima valsa com você, prima. É raro frequentarmos os mesmos estabelecimentos. Jamais esperei vê-la aqui hoje, por exemplo. Mas vejo que ainda está na coleira de Kilcairn.

Mesmo de costas, ela sentiu a agitação de Lucien. Seu próximo insulto provavelmente seria fatal a Virgil — afinal, seu apetite por confusão já fora aberto pela srta. Beckett.

— Seria um prazer dançar com você, primo — disse Alexandra depressa, antes que o vulcão atrás dela entrasse em erupção. — Não tinha percebido suas intenções de socializar comigo.

O primo riu, olhando em volta para se certificar de que ainda tinha audiência.

— Bem, não é bem com o intuito de socializar. Tento realizar um certo número de ações de caridade a cada mês, e está faltando uma. Dançar com você vai fechar essa conta.

A galeria riu, e Alexandra sentiu o rosto ficar vermelho. Ela sabia o que queria responder, as palavras se formaram quase que instantaneamente após o comentário tolo do primo. Ela fechou a boca e sorriu.

— Como você quiser, lorde Virgil.

— Estava me perguntando uma coisa, lorde Virgil — disse Kilcairn atrás dela, com uma voz cantada.

— Por favor, não faça isso — sussurrou Alexandra.

O sorriso de Virgil vacilou por um momento.

— Pensando em quê, Kilcairn?

Ela percebeu o conde hesitar. Por fim, ele tomou o braço dela, entrelaçando-o no dele.

— Precisarei recuar. A srta. Gallant suplicou para que eu fosse educado.

— Foi só isso que ela lhe suplicou que…

— E seria obviamente indelicado me envolver em uma batalha de inteligência contra alguém desarmado.

Alexandra soltou um suspiro trêmulo de alívio. Então Lucien se importava com ela e com o quanto suas ações lhe custariam. E, mesmo que não tivesse ciência disso, possivelmente tinha acabado de salvar a vida dela.

O rosto de Virgil ficou vermelho como um rabanete.

— Kilcairn, seu…

Lucien levantou a mão livre.

— Pense bem em suas próximas palavras, lorde Virgil. Tenho a paciência *bastante* limitada.

Antes que lorde Virgil pudesse arriscar uma resposta, se é que ele pretendia fazê-lo, lorde Kilcairn guiou Alexandra pelo corredor, por um percurso que pareceu ter a extensão do salão inteiro. Ela sabia que devia lhe agradecer, ou fugir, ou algo, mas tudo o que conseguia fazer era colocar um pé na frente do outro e segurar o braço de Lucien para não tropeçar.

— Precisamos ir para casa? — perguntou Rose, melancólica, enquanto eles se juntavam a ela e à sra. Delacroix. Alexandra estava atenta o suficiente para notar que lorde Belton estava ao lado da menina.

— Precisamos — respondeu Lucien.

— Eu me recuso a fazer isso. Por favor, fique. — Alexandra conseguiu soltar a mão do braço de Lucien, esperando que não tivesse deixado um hematoma no lugar. — Este é seu momento, srta. Delacroix. Não quero tirá-lo de você, pelo amor de Deus.

— Sim, a srta. Gallant está certa — concordou Fiona. — O carnê de dança da Rose está cheio. Seria rude ir embora agora.

— Você deveria ficar, Lex — disse lady Victoria Fontaine, que apareceu atrás deles. Ela fez uma reverência. — Boa noite, milorde e damas Delacroix.

— Lady Victoria — cumprimentou Lucien, a expressão um pouco mais calma.

Alexandra não gostou daquilo, ou do jeito como todos estavam tentando intimidá-la.

— Vixen, vá embora — resmungou. — Estamos começando a parecer um acampamento armado.

— Não deixe aquele idiota do Virgil afugentá-la de novo, Lex.

— De novo? — murmurou Kilcairn.

Ah, não.

— Milorde, por favor, não…

— Você fica, srta. Gallant.

Seu instinto lhe dizia para não argumentar contra aquele tom de Lucien, mas não tinha escolha.

— Se ficar, terei que dançar a próxima valsa com ele. — Com sincronia impecável, a orquestra escolheu aquele exato momento para iniciar a valsa. — Eu prometi.

Lucien pegou a mão dela.

— Você valsará comigo.

A força de seu aperto tornou qualquer argumentação impossível. Aquilo a deixou feliz; ao menos não precisaria ceder ao primo. Para sua vergonha, apesar da presença de Virgil e do escândalo iminente que aquela situação causaria, ela queria dançar nos braços de Lucien Balfour.

— Nenhuma objeção? — perguntou ele, colocando a mão em sua cintura e puxando-a para perto.

— Nada. Exceto as dezenas de olhares penetrantes que estarão sobre nós o tempo inteiro.

Ele riu inesperadamente, um som perverso e alegre que a fez sorrir de volta.

— O que é tão engraçado, milorde?

— Nem centenas de olhares seriam suficientes, Alexandra. Pelo menos não no que nos diz respeito.

Ela encontrou o olhar dele enquanto valsavam, e suas bochechas foram ficando coradas. Embora não soubesse muito o que ele queria dizer, tinha certeza de que era escandaloso — e, conhecendo Lucien, erótico.

— Hum — murmurou ele. — Ainda nenhuma objeção?

— Você só está tentando me distrair para que eu me esqueça de que ia embora mesmo antes de Virgil aparecer.

Os olhos cinzentos a encaravam.

— Eu não estava tentando magoá-la, sabia?

— Não seja gentil.

Deus do céu, como ele era gracioso. Ela nunca tinha dançado com alguém tão confiante e habilidoso como ele.

— Agora você está se contradizendo. Não disse que era para eu tentar ser mais gentil?

— Não quero falar sobre isso — disse ela rispidamente. — Apenas pare de provocar Virgil.

Dançaram em silêncio por um momento, e ela quase conseguiu se esquecer dos olhares hostis e de seus parentes em meio à escuridão do salão. Aqui, com o conde da Abadia de Kilcairn, eles não ousariam se aproximar ou dizer algo cruel ou ofensivo. Alexandra olhou para cima mais uma vez e descobriu que ele já estava a observando, como sempre fazia.

— Agora me diga, milorde. O que você falou para a srta. Beckett?

— Você a conheceu na Academia da Srta. Grenville?

— Não. Sei que foi aluna de lá, mas isso foi depois de eu ter me formado.

— Disse que ela tinha mau hálito e verrugas. E seios flácidos.

Algumas de suas táticas de distração eram definitivamente mais efetivas do que outras.

— Mau hálito... por que você diria algo do tipo?

— Se você não me disser qual o poder lorde Virgil Retting exerce sobre você, prefiro não conversar sobre os defeitos da srta. Beckett.

— Você não precisa saber de tudo.

— Preciso saber tudo sobre você.

O coração de Alexandra palpitava desgovernado.

— Por quê?

Os lábios dele se curvaram em um sorriso sensual.

— Não sei.

Aquela resposta a inquietava mais que os comentários charmosos e as insinuações tentadoras. Refletia como ela se sentia: não tinha ideia de por que ele a intrigava tanto, mas sentia que era quase impossível resistir até às tentações mais irritantes e óbvias.

— Posso confiar em você? — sussurrou ela.

— Você é que precisa decidir isso, Alexandra — disse ele após alguns segundos. — Mas só discutiremos seu parente idiota mais tarde, quando chegarmos em casa e minhas parentes idiotas já tiverem se retirado.

A música parou. Lucien permaneceu na frente dela, com uma das mãos ainda enlaçada em seu corpo, à medida que os outros já se dirigiam às mesas de bebidas.

— Solte — sussurrou Alexandra, menos envergonhada do que esperava. — Vá achar outra mulher para a próxima dança. Acredito que seja uma quadrilha.

— Se eu ficar me exibindo com alguma outra — disse ele enquanto a soltava —, como terei certeza de que você não vai fugir?

Graças a Deus ele voltara a ser arrogante e mandão. As pernas de Alexandra haviam começado a vacilar, sem dúvida por causa da inesperada empatia de Lucien.

— Você terá que confiar em mim — disse ela, e retornou à companhia da srta. Delacroix.

Capítulo 12

SER O ASSUNTO DAS FOFOCAS poderia impedir Alexandra de encontrar outro trabalho decente, mas com certeza não desencorajava os homens presentes no baile de Bentley — pelo menos os menos exigentes — de convidá-la para dançar.

Ela tinha decidido sentar-se quietinha em um canto com a sra. Delacroix e pensar, pois tinha muito a refletir. Mas logo percebeu que pensar em silêncio seria uma tarefa impossível. Fiona aparentemente sabia fofocas sobre todos os convidados e insistia em compartilhá-las. Além disso, um ou outro cavalheiro se aproximava para solicitar a companhia de Alexandra para as danças restantes naquela noite.

Alexandra não era tão ingênua a ponto de fingir que o interesse deles a deixava surpresa. No entanto, como eles a consideravam propriedade de Kilcairn — e ela franziu a testa ao perceber aquilo —, pelo menos a conversa permanecera em um nível respeitável. E as atenções contínuas dos homens serviram tanto para manter Virgil Retting à distância quanto para impedir que a língua solta de Fiona a ensurdecesse.

— Estou exausta! — disse Rose, enquanto se afundava no acolchoado macio dos assentos da carruagem ao fim da noite. — Ainda bem que ficamos.

Fiona deu um tapinha no joelho da filha.

— Todos adoraram você, querida! Você viu, Lucien, como todos os jovens queriam conversar com Rose?

O conde estava em um dos cantos da carruagem, com os olhos fechados na meia-luz.

— A srta. Gallant teve um sucesso maior que a minha expectativa mais otimista.

— Só porque Rose é uma pupila esplêndida — argumentou a tia.

Alexandra mexeu os dedos dos pés latejantes dentro das finas sapatilhas.

— Ela é mais que esplêndida. — corrigiu a tutora.

— Sabe no que estou pensando? — A sra. Delacroix se sentou na beirada do assento, e seus olhos verdes cintilavam.

— Nem poderia imaginar — respondeu Lucien de forma seca.

— O aniversário de Rose está próximo, a menos de dez dias. Você deveria fazer uma grande festa para ela, Lucien. Convidar somente a nata de Londres. Posso ajudar com as decorações e as atividades. Será tão alegre!

O conde enfim abriu um dos olhos.

— Que horror — disse, e voltou para o suposto cochilo.

Rose fungou.

— Milorde — interveio Alexandra depressa, tentando impedir o dilúvio que estava por vir —, a decisão de realizar uma festa não deveria ser tomada às duas da manhã, e muito menos após uma noite tão cansativa.

— Muito bem — resmungou ele. — Negarei a ideia amanhã.

Os olhos de Rose começaram a marejar, mas Alexandra gesticulou para que ela se acalmasse, indicando que cuidaria do assunto. O caminho de volta para casa foi silencioso, e ela quase pensou que Kilcairn havia dormido — embora a explicação mais provável fosse a de que ele simplesmente não queria mais conversar. Alexandra também não queria. Ela estava muito preocupada com o que ela responderia se o conde perguntasse sobre Virgil Retting quando chegassem em casa.

Ela sabia muito bem o que queria dizer. *Tudo.* Poder falar com alguém sobre seus problemas particulares seria um grande alívio. Depois daquela noite, e como ele a tinha defendido duas vezes… Ninguém nunca tentara defendê-la de algo antes. Alexandra deu um pequeno sorriso na escuridão. Estranho pensar que seu único salvador tinha uma reputação tão ruim quanto a dela.

A carruagem parou. Lucien se mexeu, abriu os olhos — sem sinal de que havia cochilado — e seguiu as três mulheres para a casa. Alexandra tirou o casaco e o chapéu e começou a subir a escada atrás das damas Delacroix.

Uma mão quente e forte pousou em sua cintura e a deteve, segurando-a contra um peito musculoso.

— Diga boa-noite para elas — sussurrou o conde em seu ouvido.

— Boa noite, Rose, sra. Delacroix — obedeceu ela, tentando manter a voz firme.

Rose parou e se virou, tentando enxergar na escuridão do saguão.

— Você não vem dormir, Lex?

— Vou num instante. Preciso pegar um livro novo na biblioteca.

— Eu não seria capaz de manter os olhos abertos para ler — declarou Fiona ao chegar ao topo da escadaria. — Vou dormir até tarde. Boa noite, Lucien.

— Tia Fiona. Rose.

— Primo Lucien.

Alexandra esperou até ouvir o barulho de duas portas sendo fechadas.

— Solte.

— Não.

— Tudo bem. Podemos ficar aqui no saguão a noite inteira.

Os músculos do peitoral dele se contraíram, como se ele estivesse segurando uma risada... ou um xingamento. Ele a soltou.

— Você já perdeu uma discussão alguma vez?

Ela se afastou dele e se virou.

— Não.

— Hum. Nem eu.

Aliviada por ver que ele ainda estava de bom humor, ela não resistiu e fez outra provocação.

— Aliás, você perdeu pontos durante a discussão com lorde Virgil.

Lucien deu um passo para a frente.

— E como isso aconteceu?

— Você usou um clichê. Para ser precisa, "uma batalha de inteligência contra alguém desarmado".

Ele franziu a testa.

— Isso não é um clichê. E eu queria garantir que ele entendesse o insulto. Odeio gastar meu melhor material com quem não merece.

Ela assentiu.

— Claro. Bom, boa noite.

O conde deu mais um passo na direção dela.

— Não tão rápido, Alexandra. Explique-se. E não finja que esse pedido a pegou de surpresa.

— Essa ordem, você quer dizer.

— Que seja.

Alexandra olhou para ele por um longo momento. Naquela noite, os ombros dela estavam sobrecarregados com tanto peso. E, se alguém era capaz de lidar com esse peso, mesmo que por alguns instantes, essa pessoa era Lucien Balfour.

— Preciso ser cuidadosa com os meus parentes.

Ele pegou a mão dela e a guiou na direção da biblioteca escura.

— Por quê?

— Se eles, meu tio em particular, se distanciarem de mim publicamente, eu ficaria totalmente... desprotegida.

Ela não conseguia enxergar nada, mas Lucien a levou sem dificuldades para o sofá. Ele a aconchegou no assento e acendeu uma lamparina. Então, sentou-se ao lado dela, próximo o suficiente para suas coxas se tocarem.

— E você precisa da proteção deles por...?

— Porque, querendo ou não, a proteção deles é o que mantém as fofocas e os rumores a um nível civilizado.

Lucien começou a tirar os grampos do cabelo dela. Ela tremeu conforme as ondas douradas caíam sobre os ombros, e de novo quando ele passou os dedos pelas madeixas.

— Você está me escondendo alguma coisa — murmurou ele, aproximando-se para roçar a bochecha no cabelo dela.

— Eu... Minha nossa.

— Continue.

Ofegante, ela obedeceu.

— A sra. Welkins me odeia.

Dedos compridos continuaram a mexer e a se enredar pelo cabelo dela.

— Você não fez nada de errado.

Apoiando a cabeça no ombro dele, Alexandra fechou os olhos.

— Eu empurrei lorde Welkins da escada.

Os dedos pararam.

— Por quê?

— Foi um acidente — afirmou ela, a voz trêmula. — Praticamente um acidente.

— Ele tinha muitas amantes, pelo que me lembro — a voz de Lucien era baixa e rouca, e seus dedos foram do cabelo para os pulsos dela, onde passaram a despi-la das luvas.

Ela manteve os olhos fechados, respirando com delicadeza para não afastar a sensação estranha e elétrica que percorria seu corpo.

— Sim, eu sei. Ele queria mais uma.

— E você recusou.

— Eu disse que aquela não era a razão pela qual eu havia aceitado o emprego na residência dele.

— Já ouvi esse discurso antes.

Ele tirou gentilmente a luva esquerda da mão dela e, sem pressa, fez um círculo na palma da mão com um dedo.

— Diferentemente de você, ele não estava disposto a esperar que eu mudasse de ideia.

O dedo parou por um instante, mas logo retomou o desenho que fazia.

— Você mudou de ideia?

Alexandra abriu os olhos.

— Milorde, eu...

— Feche os olhos — ordenou ele com a mesma voz baixa. — Relaxe. Eu não queria mudar o rumo da conversa.

Ela não se sentia nada relaxada, mas, de uma maneira estranha, sentia-se segura — e completamente atordoada, o que devia ser a intenção dele.

— Eu estava subindo a escada, indo para os aposentos de lady Welkins para lhe entregar um livro. Ele estava esperando no topo da escadaria. E então... me empurrou contra o corrimão.

Os botões da luva direita dela foram abertos um por um.

— Ele a machucou?

— Não. Ele me beijou. Eu fiquei... surpresa, para falar a verdade. Depois ele tentou levantar a minha saia. As mãos dele... — Ela parou. Lucien entenderia o que ela não conseguia dizer. — Eu o empurrei com toda a força que eu tinha.

Lucien tirou a luva restante.

— Então por que você disse que foi "praticamente" um acidente?

— Eu sabia que estávamos na beirada da escada.

— Mas você não sabia que ele iria cair e ter um ataque apoplético.

— Não. Eu achei que ele cairia apenas até metade da escada.

— Naturalmente. Caso contrário, você não teria conseguido fugir dele.

Alexandra fechou as mãos, prendendo os dedos dele em suas palmas.

— Você não está surpreso.

— Eu estaria surpreso se você não tivesse feito nada. Mas você não foi presa. Por que os rumores a incomodam agora?

Soltando os dedos, ele levou as mãos dela até os lábios. Beijos leves nos pulsos dela a fizeram prender a respiração e seu coração acelerar.

— Eu desci correndo para… socorrê-lo, mas ele morreu enquanto eu estava ajoelhada ao seu lado.

— Ótimo. — A voz de Lucien era fria e indiferente, e ela soube que nunca gostaria de ser a razão da fúria do conde.

Alexandra queria beijá-lo, tocá-lo, aconchegar-se nele, onde sabia que ficaria segura.

— Eu corri de volta para a biblioteca e fingi que estava lendo até que um dos criados o encontrou e soou o alarme. Lady Welkins tinha muito ciúme do marido e sabia que ele estava… atrás de mim, então quis que eu fosse presa. Os policiais teriam me levado para a cadeia algemada se eu não tivesse dito que meu tio é o duque de Monmouth e que ele ficaria *muito* descontente com a situação.

— E, então, nada de trabalho por seis meses.

Alexandra concordou.

Lucien ficou em silêncio por um longo momento.

— Tenho mais uma pergunta, Alexandra.

— Apenas uma?

— Por enquanto. Minha atenção lhe desagrada?

Ele levantou o queixo dela com a ponta dos dedos.

Deveria. Mas os motivos que a fizeram aceitar o trabalho tinham mais relação com Lucien Balfour do que com Rose, embora ela não tivesse conseguido explicar como ou por quê. Até aquele momento.

— Gosto muito da sua atenção — afirmou ela, encarando-o —, mas não sei o motivo de a estar recebendo.

Lucien sorriu.

— Eu já lhe disse o motivo. Quero cobrir sua pele nua com beijos lentos e quentes. — Ele a colocou no colo. — Quero fazer amor com você. — Seus dedos acariciaram gentilmente as bochechas dela enquanto ele se aproximava para beijá-la.

Alexandra, que tinha se esquecido de respirar, de repente arfou quando sentiu o laço em sua cintura ser desatado.

— Lucien — ela conseguiu dizer, e depois se calou quando ele beijou sua boca mais uma vez.

Incapaz de resistir, ela envolveu os ombros fortes e colou ainda mais o corpo no dele. O calor que havia tomado sua pele transformou-se em fogo, tão quente que ela mal conseguia se lembrar de outra coisa a não ser da sensação de tocá-lo e ser tocada por ele. Lucien era macio e firme, tudo ao mesmo tempo.

— Não quero que você dance com outras pessoas, nunca mais. Só comigo — disse ele com uma voz quase trêmula. Os botões do vestido dela começaram a ser abertos, um por um.

O tom de possessividade dele a arrepiou.

— Você pediu ao lorde Belton que dançasse comigo.

— Apenas para que eu pudesse fazê-lo depois. — O vestido escorregou pelos ombros dela. — Minha tentativa de ter modos. Fique de pé.

— Não tenho certeza se consigo — afirmou ela, trêmula, ainda apoiada nos ombros dele.

Com um grunhido baixo, ele a beijou outra vez, a língua e os lábios provocando-a até que ela abrisse a boca para ele. Alexandra podia senti-lo, sentir a crescente ereção dele contra sua perna. Quando a mão dele passou pela frente do vestido e apalpou um seio, ela arfou. Os dedos dele tocaram, acariciaram e provocaram, até que ela precisasse se escorar nele, querendo mais da chama que a incendiava onde quer que ele a tocasse e que queimava no local secreto e ávido entre suas coxas.

Ela protestou quando Lucien a levantou, mas ele apenas riu. Com um sussurro sedoso, ele deslizou o vestido por cima dos joelhos, das coxas, da cintura e então pela cabeça dela e para o chão. Alexandra ficou parada, apenas de camisola, observando o rosto dele enquanto os olhos cinzentos viajavam lentamente por todo o seu corpo, parando em sua cintura e seus seios e depois voltando ao rosto.

— Tire a camisola — ordenou.

Com a respiração ofegante, ela viu o olhar faminto dele baixar até seus seios mais uma vez. Ela olhou para baixo e viu os mamilos eretos, lutando contra o material frágil da camisola. O primeiro instinto de Alexandra foi se cobrir, até perceber o efeito que sua seminudez causava em Lucien.

— Tire o casaco — retrucou ela, levantando as mãos para abrir os botões do colete dele.

Quando ele obedeceu sem discutir, Alexandra ficou surpresa ao perceber quanto poder tinha sobre ele, pelo menos naquela noite. Lucien tirou o casaco escuro e deixou que ela deslizasse o colete pelos seus ombros. Depois, ele passou os dedos pelos braços dela e a puxou contra seu corpo. Com um gemido de desejo, ela se levantou na ponta dos pés para receber os lábios dele em mais um beijo.

— Você poderia ter ido para cama com qualquer uma das damas do baile hoje à noite — afirmou ela, puxando a camisa dele de dentro da calça. Ela precisava sentir a pele quente dele contra a sua. — Por que eu? Por que uma governanta mais velha e arruinada?

— Eu quero você. — Ele a ajudou a tirar sua camisa. — Todos aqueles idiotas com quem você dançou… eles também queriam você. Por que eu, Alexandra?

Ela passou as mãos pelo peito nu e liso de Lucien, fascinada com os músculos rígidos sob os dedos, muito mais vivos do que as estátuas frias e imóveis do museu. *Eu não os amo*, ela quase disse, mas se conteve a tempo.

— Não confio neles — respondeu.

— E você confia em mim? — repetiu ele com voz rouca, parando a exploração que fazia dos ombros e do pescoço dela.

Alexandra semicerrou os olhos conforme o toque dele atordoava seus sentidos.

— Não quero, mas confio.

— Ah, é verdade. A srta. Gallant caminha sozinha no mundo, não é?

Ela tentou ler a expressão dele, mas encontrou apenas intensa curiosidade, calor e desejo em seu rosto.

— A srta. Gallant descobriu que essa é a maneira mais sábia de viver.

Muito lentamente, Lucien deslizou as tiras finas da camisola pelos braços dela.

— Mas não esta noite — murmurou ele.

Alexandra concordou.

— Não esta noite.

A camisola foi para o chão, deixando-a nua, exceto por suas meias e sapatilhas. Ela esperava que ele a abraçasse novamente, mas Lucien se ajoelhou à sua frente. Primeiro, tirou uma sapatilha por vez. Então, deslizou as mãos pela perna direita até o começo da meia. Ele devia despir mulheres o tempo todo, porque era muito bom naquilo. Cada puxão e cada deslizada de suas meias se tornavam outra carícia.

Alexandra sentiu os joelhos enfraquecerem e fincou os dedos no ombro nu dele, em busca de equilíbrio e força, enquanto ele tirava a outra meia. Ela poderia facilmente ter desmaiado nos braços dele, mas, se o fizesse, perderia um momento precioso — e ela não tinha intenção de perder nada naquela noite.

— O que lady Victoria quis dizer quando falou que você não deveria fugir de novo por causa de Virgil Retting?

Alexandra franziu a testa.

— Não quero conversar — afirmou ela.

Ele soltou uma risada.

— Este é o único momento em que posso ter certeza de terei uma resposta sua. — Lucien ficou de pé e a beijou outra vez. — Conte-me.

Ela se sentiu pronta para rosnar de frustração pela demora.

— Cerca de dois anos atrás, antes de trabalhar para a lady Welkins, encontrei-o em Bath. Eu estava com tanta raiva de vê-lo daquele jeito, saudável e rico, que abandonei meu emprego e fui embora para não precisar olhar para ele novamente.

— Ele é capaz de revirar estômagos — concordou Lucien.

Ele caminhou a passos lentos em volta dela, passando as mãos pelos ombros, pelas costas, pelas nádegas e pela barriga dela. Alexandra deveria ter sentido vergonha ou choque, mas todos os lugares em que ele tocava pareciam ganhar vida, fazendo com que ela desejasse mais. E havia mais; ela sabia disso. Seu corpo também sabia.

— Beije-me de novo — exigiu ela.

Ele sorriu e inclinou a cabeça para obedecer. Dedos suaves deslizaram por seus ombros para acariciar e provocar seus seios, um delicioso tormento que ela nunca havia imaginado antes daquela noite. Lucien abaixou a cabeça ainda mais, e os lábios e a língua dele em seus mamilos a fizeram gemer.

— Lucien — estremeceu ela, enterrando os dedos no cabelo dele.

Com a súplica dela, ele a abraçou e a deitou no sofá. Ajoelhado ao lado dela, ele chupou primeiro um seio e depois o outro até a respiração dela ficar ofegante.

— Diga-me como você se sente — sussurrou ele, arrastando a boca com uma lentidão agonizante pela barriga dela, pelos seios, ao longo da clavícula e do pescoço, antes de capturar sua boca novamente.

— Pegando fogo. Por favor, Lucien.

— Por favor o quê?

O único termo que ela conhecia era o que ele usara antes.

— Faça amor comigo.

Ele sorriu.

— Como desejar.

Virando-se para se sentar no chão, ele tirou as botas. Alexandra beijou-lhe os ombros e passou as mãos pela cintura e pela barriga lisa e musculosa. Erguendo-se com a ajuda de um cotovelo, ela beijou e mordiscou sua orelha. Ele gemeu mais uma vez. Encorajada, ela deslizou as mãos para baixo para ajudá-lo a desabotoar a calça, aproveitando a oportunidade para explorar a saliência dura que existia ali.

— Devassa — murmurou ele, afastando as mãos dela enquanto tirava a calça e a chutava para longe.

— A culpa é sua — respondeu ela, fascinada, excitada e aterrorizada ao ver a ereção dele por completo. Com um sorriso leve, ele a deixou olhar e se deitou no sofá ao lado dela.

Ela voltou a tocar a ereção, e dessa vez ele suportou a exploração quente e atrapalhada dela por alguns minutos, com o maxilar cerrado, antes de afastar as mãos dela.

— Meu Deus — gemeu ele, e se mexeu para ficar em cima dela.

Novamente, o corpo dela parecia saber o que fazer, mesmo que sua mente tivesse perdido a capacidade de produzir qualquer tipo de pensamento racional. Ela dobrou os joelhos, acolhendo a ereção que pressionava suas coxas.

— Agora — clamou ela, puxando os quadris dele.

Ele a beijou mais uma vez, profunda e bruscamente, e negou com a cabeça.

— Agora vamos devagar — respondeu ele, revelando tensão em cada músculo de seu corpo.

Por instinto, ela soube quanto ele estava se segurando, quão difícil aquilo era para alguém tão acostumado a ir para a cama com mulheres.

— Agora — repetiu ela, e ergueu os quadris.

A dor disparou pelo corpo dela quando o comprimento dele a preencheu. Ela quase recuou, mas ele apertou os quadris dela contra os dele.

— Espere — ordenou em uma respiração sibilante.

Então, ele a segurou no lugar por um longo momento enquanto a dor desaparecia. Ela conseguia senti-lo por completo dentro dela, como se ele a estivesse tocando e a segurando em todos os lugares ao mesmo tempo.

— Lucien... — sussurrou.

Com outro beijo profundo, ele começou a mover os quadris lentamente, e depois mais e mais rápido quando Alexandra passou a acompanhar seu ritmo. O corpo dela se contraiu e explodiu por dentro, e ela gemeu em puro êxtase. Um momento depois, ele enterrou o rosto no cabelo dela e gemeu, apertando-a com força contra si antes de sucumbir.

Tentando recuperar o fôlego e os sentidos, Alexandra passou as mãos pelas costas dele, sentindo seu calor e seu peso.

— Então é sobre isso que Byron escrevia — disse ela, mais satisfeita do que jamais poderia se lembrar de ter estado na vida.

Ele riu, o som ressoando no peito dela, e se apoiou sobre um cotovelo para beijá-la novamente.

— Agora você entende por que mulheres jovens e virgens não deveriam lê-lo.

— Tenho quase 24 anos — respondeu ela, beijando-o de volta — e creio não ser mais virgem.

— Devo concordar, graças a Deus.

Ter suas habilidades sexuais comparadas à poesia de Byron não era uma maneira ruim de terminar a noite, Lucien decidiu — embora ainda não tivesse intenção de terminá-la. Alexandra Gallant tinha inteligência, beleza, coragem e paixão extraordinárias. Ele havia ficado desnorteado desde o momento em que a vira pela primeira vez em seu escritório, e ainda não tinha se recuperado.

Quando sua respiração voltou ao normal, ele se sentou. Alexandra estava quase dormindo, e ele não a culpava. Ela tinha sido espetacular, dado que aquela noite fora sua primeira experiência.

— Você acha que lorde Belton está interessado em Rose? — perguntou ela, sentando-se ao lado dele para vestir a camisola.

Nada de lágrimas histéricas e gritos de arrependimento de sua Alexandra. Ela pegava o que o mundo lhe dava e encarava a situação. Lucien sorriu. *Sua Alexandra.* O que ela pensaria daquilo?

— Robert é muito sensato para isso. Ele só está tentando me agradar.

— Nesse caso, você definitivamente precisa dar uma festa de aniversário para sua prima. A sra. Delacroix está certa.

Lucien se endireitou no sofá e olhou para Alexandra, notando que o fascínio dela por suas regiões inferiores parecia ter retornado.

— De volta ao trabalho como de costume? Festas, jantares e a roupa do almoço de quinta-feira?

Ela fez uma careta para ele e se ajoelhou no chão para encontrar suas meias.

— Desculpe, milorde. Você é o especialista em… o que vem depois de fazer amor. O que devemos discutir?

Ele respirou fundo, imaginando que deveria contar a ela sobre o que havia decidido naquela noite e sobre sua percepção tardia de que já havia encontrado e entrevistado a mulher com quem queria se casar.

— Que tal sobre o seu futuro?

Alexandra parou a meio caminho de pegar seu vestido.

— Você está me dizendo para ir embora?

Ele se levantou.

— Pelo amor de Deus, não! O que diabo fez você pensar isso?

Ela olhou para ele com as bochechas e os lábios ainda corados, o cabelo uma auréola dourada e bagunçada.

— Eu já disse, não estou acostumada a…

— Nem eu — interrompeu ele. — Geralmente, não parece haver muito o que dizer depois. — Ou nada que ele quisesse dizer, de qualquer maneira.

— Ah.

— Mas eu quis dizer o seu futuro aqui — continuou. — Comigo.

Ela se endireitou, segurando o vestido amassado diante dela como um escudo.

— Eu não sou sua amante.

Lucien arqueou uma sobrancelha.

— Chame do que quiser, mas tenho algum sentimento de responsabilidade em relação a você.

— Bem, não tenha. Você não fez nada comigo que eu não queria. Minha razão de estar aqui não mudou, mudou? Você ainda quer que eu ajude Rose a conseguir um marido, não é?

Ele olhou para ela.

— Eu seria idiota se dissesse que não. Então, sim, claro que sim. — Lucien pegou sua calça e a vestiu. Alexandra era infinitamente mais fácil de lidar quando estava nua. — Agora, posso acompanhá-la ao seu quarto?

Ela concordou, demonstrando que, assim como ele, não queria discutir sobre o que tinha acontecido naquela noite.

— Está bem. Qualquer decisão pode ser tomada pela manhã.

Ainda digerindo a maldita praticidade de Alexandra, Lucien juntou o resto de suas roupas e abriu a porta da biblioteca. Eles subiram a escada e andaram pelo corredor escuro em silêncio, e ele se perguntou brevemente que tipo de ataque tia Fiona teria se os visse se esgueirando seminus no meio da noite. A ideia quase fazia o problema de serem descobertos valer a pena.

Ela parou do lado de fora da porta do quarto.

— Boa noite — sussurrou ela, pegando as sapatilhas da mão dele.

— Alexandra, eu...

Ela colocou a mão livre nos lábios dele.

— Boa noite — repetiu ela. — Se eu deixar você entrar, eu... não tenho certeza se vou conseguir deixá-lo sair.

Ele se inclinou e a beijou, excitado com a resposta ansiosa e calorosa dela ao beijo.

— Eu não desejaria ir embora — murmurou ele contra a boca dela. — E não pense que acabou, srta. Gallant.

Para seu alívio, ela sorriu e o beijou novamente.

— Estou começando a acreditar que posso gostar de mais algumas lições com você, Lucien.

Ele deu um passo para trás e a observou enquanto entrava no quarto escuro. Ficou parado no corredor por vários minutos depois que ela fechou a porta, ouvindo e esperando que ela pudesse mudar de ideia e convidá-lo a entrar. Mas, finalmente, ele seguiu pelo corredor até os próprios aposentos.

Quaisquer que fossem as ideias de Alexandra sobre a própria independência, ele não tinha intenção de deixá-la ir. Não até que ele a entendesse e descobrisse o que ela tinha feito com ele... e por que começara a gostar tanto daquilo.

Capítulo 13

DEPOIS DE APENAS QUATRO HORAS de sono, Alexandra nem tentou se convencer a fazer sua caminhada matinal. Ficar deitada e enrolada nas cobertas quentes parecia agradável demais, e seus sonhos tinham sido ainda melhores. Ela sorriu e se espreguiçou, sentindo-se dolorida e sensível em músculos que ela nem sabia que existiam. Os sonhos não tinham sido a melhor parte da noite.

Ela ficou deitada por mais alguns minutos, até ouvir Rose descendo a escada. Soltando um gemido relutante que acordou Shakespeare, ela saiu da cama e se vestiu. A educação de Rose não ia progredir com ela dormindo o dia inteiro, e Alexandra precisava convencer Lucien a dar a festa de aniversário. O apoio dele aumentaria mais as chances da prima de conseguir um bom partido do que qualquer habilidade que a jovem adquirisse em francês de colóquio.

Alexandra fez uma pausa enquanto arrumava o cabelo. Aquele era o caminho a ser seguido: voltar ao trabalho como se nada tivesse acontecido ou voltaria a acontecer. E se ela ou Lucien tivessem bom senso, fariam assim. Ela não tinha absolutamente nenhum arrependimento sobre a noite passada. Ser o foco da atenção e paixão de Lucien tinha sido tão inebriante e prazeroso quanto imaginara.

Naquela manhã, porém, ela não tinha certeza de que estava disposta a enfrentá-lo. Como ele havia dito, "amante" era apenas uma palavra, mas Alexandra não gostava de suas implicações, que ela pertencia a ele e que existia apenas para satisfazê-lo. Trabalhara demais para permitir aquilo. E se Kilcairn não pensasse assim, ela não hesitaria em corrigi-lo.

— Ai, ai — murmurou ela e olhou para Shakespeare. — Ele talvez queira esquecer a noite inteira, não acha?

O terrier abanou o rabo e arranhou a porta.

— Está bem, está bem.

Nenhum dos criados a olhou de forma estranha enquanto ela e Shakes desciam a escada, então pelo menos ninguém a vira com o conde. Ela ainda tinha um pouco de sorte.

Vendo-os se aproximar, Wimbole deixou seu posto no saguão para se encarregar de Shakespeare.

— Há instruções especiais para Vincent esta manhã, srta. Gallant?

Ela entregou a ponta da coleira ao mordomo.

— Gostaria que Vincent desse uma boa caminhada com ele. Acho que pode chover esta tarde e não quero que ninguém fique encharcado por nossa causa.

Ela viu Wimbole sorrir pela primeira vez.

— Muito bem. — Ele puxou a coleira. — Vamos lá, Shakespeare.

Daqui a pouco o mordomo estaria escondendo biscoitos para cachorros no bolso. Rindo, Alexandra entrou na sala de café da manhã... e parou de supetão, com o queixo caído. Rose estava sentada à mesa, com uma revista de moda aberta diante dela e o prato do café da manhã deixado de lado. Debruçado sobre o ombro dela e gesticulando para uma das páginas estava Kilcairn.

— Bom dia, srta. Gallant — disse ele, endireitando-se.

Alexandra se perguntou se o fluxo acelerado de sangue em suas veias era visível em seu rosto. Ela não esperava a luxúria repentina que a atingiu quando encontrou o olhar de Lucien. Adeus à ideia de "voltar ao trabalho".

— Bom dia — respondeu sem fôlego.

— Lex, venha ver o que o primo Lucien encontrou!

Endireitando os ombros, ela se juntou a eles na mesa. Lucien assistiu à cada passo de sua aproximação, e, se Rose e os dois criados não estivessem presentes, Alexandra pensou que ele a atacaria. Era o que ela esperava, pelo menos, porque queria muito ser atacada.

— O que você achou?

— Um vestido para a ópera na próxima semana! Não é maravilhoso? Você acha que madame Charbonne consegue fazê-lo a tempo?

— Ela certamente pode ser persuadida — disse o conde de forma seca. — Tome o café da manhã, srta. Gallant. Você deve estar com fome depois de seus esforços na noite passada.

Se ela não estava corando antes, com certeza estava agora.

Rose assentiu, alegre, e fechou a revista, voltando a atenção para o presunto e os biscoitos.

— Estou morrendo de fome. Faz séculos que não me sento para comer.

Lucien afastou uma cadeira da mesa e, com um rápido olhar para ele, Alexandra se sentou.

— Obrigada, milorde.

— O prazer é todo meu. — Seus dedos roçaram a bochecha dela quando ele se endireitou e voltou ao seu próprio assento.

Aquilo era a mais absoluta tortura. Ela mal conseguia desviar o olhar dele por tempo suficiente para passar manteiga na torrada. Além disso, a expressão de satisfação dele não ajudava em nada. Alexandra não tinha certeza se queria bater nele ou beijá-lo. Ela respirou fundo. Ficar suspirando pelo conde da Abadia de Kilcairn não estava em sua agenda naquela manhã.

— Milorde, você pôde pensar melhor na ideia da festa de aniversário da srta. Delacroix?

— Sim.

— E? — perguntou ela, depois de um momento de silêncio.

— E estou aguardando a resposta a uma carta que enviei esta manhã — disse ele calmamente. — O planejamento da celebração terá que esperar até então.

— Uma carta para quem? — insistiu ela, franzindo a testa.

Lucien olhou para ela por baixo dos longos cílios com um sorriso nos lábios e depois voltou sua atenção para o jornal da manhã.

— Prima Rose, o que você tem planejado para hoje?

— Lex e eu vamos comprar chapéus, e depois precisamos trabalhar um pouco mais no meu francês de colóquio.

Espantada com aquele lobo em pele de cordeiro, Alexandra olhou de Lucien para Rose e de volta para ele. Nenhum comentário cruel até agora.

Nem mesmo um olhar de suspeita ou tédio de qualquer uma das partes. *Alguma coisa* estava acontecendo.

— Eu queria perguntar sobre isso — disse o conde. — O que é "francês de colóquio"?

Rose terminou de mastigar a torrada, a boca cheia de migalhas.

— É muito melhor que o francês de verdade. Quando um senhor lhe diz algo que não exige resposta, mas apenas um reconhecimento, você responde em francês, dando a impressão de que fala o idioma.

Alexandra adicionou "boa memória" à lista de talentos naturais de Rose. A pupila tinha usado quase as mesmas palavras de sua explicação na semana anterior. Ela esperou o ataque de Kilcairn escondendo-se atrás da xícara de café. A manhã de paz tinha sido agradável.

— Entendo — rosnou o lobo. — Que tipo de expressões você utiliza?

Pela primeira vez, até Rose pareceu surpresa, mas, como o primo não fez nenhum comentário cáustico, ela sorriu novamente.

— *Mais oui, mais non, d'accord, bien sûr* e… — Ela olhou para a governanta.

— E *absolument* — completou Alexandra.

Lorde Kilcairn recostou-se na cadeira.

— Incrível. Quando penso quanto tempo perdi com meu tutor em francês de verdade quando eu era jovem… *Ah, quel dommage!*

— Ah, gostei desse! *Quel dommage.*

Enfim algum sarcasmo. Alexandra reconheceu o *verdadeiro* Lucien Balfour, embora ele ainda estivesse se comportando. Talvez a noite anterior o tivesse saciado, embora ela soubesse que, antes de sua chegada à Casa dos Balfour, ele certamente não fora nenhum celibatário. Ela observou sua xícara de café por um momento. Não tinha certeza, mas pensou que ele estivera celibatário desde a chegada dela — exceto na noite anterior. Exceto por ela.

Wimbole entrou na sala, trazendo uma carta numa bandeja de prata.

— Meu senhor, a resposta que você me instruiu a esperar cheg…

— Ótimo.

Lucien limpou os dedos em um guardanapo e pegou o envelope. Abrindo-o, ele leu a carta e olhou para Rose com um sorriso. Pela primeira vez, Alexandra teve consciência de um sentimento distinto de ciúme correndo por sua espinha. Ela respirou fundo. Daqui a pouco, ela estaria mostrando as garras para a pobre Rose. Pelo amor de Deus, Kilcairn mantinha uma lista de possíveis noivas — uma lista na qual nem ela nem Rose apareceram. Algumas semanas antes ela tivera pena daquelas damas. Agora a situação era um pouco diferente.

— Bem, minha querida — disse o lorde Kilcairn —, que tal uma festa daqui a uma semana a contar de sexta-feira?

— Ai, Lucien! De verdade?

— Eu acredito que sim.

Rose se levantou e correu para beijá-lo na bochecha. Então, deu a volta na mesa e abraçou Alexandra.

— Preciso ir contar à mamãe! — A garota correu para a porta.

Alexandra quase a chamou de volta, mas ficou feliz em vê-la partir. Os dois criados permaneceram e, com sorte, a presença deles seria suficiente para incentivar Kilcairn a continuar se comportando.

— Alguém lhe deu permissão para organizar uma festa? — perguntou ela, gesticulando para a carta. — Que incomum.

— Não. Mas antes que as harpias voem para espalhar a notícia, todos nós temos um compromisso.

— Um compromisso com quem?

— Com o príncipe George. Rose será apresentada a ele na tarde de hoje.

Ela o encarou por um longo momento.

— Você deve estar brincando.

Lucien arqueou uma sobrancelha.

— A nobreza tem seus privilégios.

— Eu sei que sim. Mas Rose não tem um convite para almoçar nesta tarde? Um piquenique no Hyde Park com lorde Belton.

Ele terminou o café.

— Já enviei um recado cancelando. Mais tarde Robert vai me agradecer por tê-lo salvado.

Aparentemente, sua afabilidade havia ido embora com a prima, o que acendeu um alerta em Alexandra sobre o comportamento dele.

— Lorde Belton pode de fato gostar dela, sabia? Você não o forçou a fazer o convite, não é? Do jeito que o forçou a dançar comigo?

Ele franziu a testa.

— Ele lhe disse isso?

— Tenho algumas habilidades dedutivas, milorde.

Ele a olhou por um momento. Em seguida, olhou para os dois criados.

— Thompkinson, Harold, deixem-nos a sós por um momento.

— Lu... — começou Alexandra, mas parou seu protesto quando os criados desapareceram.

— O que você está deduzindo agora? — perguntou ele, levantando-se para fechar a porta da sala.

Ela suspirou para disfarçar sua súbita comichão de prazer.

— Que você está cometendo outro erro de julgamento.

— Venha aqui.

— Não. Abra esta porta antes que seus empregados confirmem os rumores da sociedade sobre mim. Sobre nós.

— Meus criados não fofocam. Venha aqui, Alexandra.

— Não é apropriado, com fofoca ou não. — Lucien se afastou da porta, contornou a mesa e parou atrás da cadeira dela. — Estou permitindo a festa de aniversário extravagante de Rose — disse ele. — Que outro comportamento exemplar você espera que eu apresente?

Ela queria se inclinar na direção dele, como uma abelha incapaz de resistir a uma flor.

— Não existe limite para o comportamento exemplar.

Lucien girou a cadeira e olhou para ela com brilhantes olhos cinzentos.

— Eu discordo — murmurou, e se abaixou para beijá-la.

A reação do corpo dela foi mais elétrica que na noite anterior, se é que isso era possível. Ela queria se moldar a ele, abraçá-lo e nunca mais deixá-lo ir. Deslizando as mãos pelas laterais do rosto dele, ela enterrou os dedos no seu cabelo escuro.

Ele foi para a frente dela e se inclinou mais, aprofundando o beijo. Por um momento, Alexandra se perguntou se ele trancara a porta, porque, se o corpo dele estivesse reagindo no mesmo nível que o dela, eles iam ficar ali por algum tempo ainda.

— Lucien, seu menino maravilhoso!

— *Maldição* — sussurrou ele, devolvendo a cadeira dela para a posição vertical e sentando-se no assento ao lado quando a porta se abriu e a sra. Delacroix entrou na sala com Rose em seu encalço. — O que disse, tia?

Alexandra estava se esforçando para não olhar para ele. Lucien parecia tão calmo e contido que era quase inacreditável que ele a estivera beijando poucos segundos antes. Ela tomou um gole de café, desejando que fosse algo mais forte.

— Eu disse que você é maravilhoso! — repetiu Fiona. — Por que você não nos contou ontem à noite? Poderia ter me poupado muita ansiedade!

— Eu tinha alguns arranjos para fazer primeiro. A srta. Gallant e eu estávamos discutindo um deles.

Alexandra não resistiu a olhar na direção dele e, de repente, percebeu por que ele se sentara com a chegada das mulheres. Ela abafou uma risada muito inadequada. Obviamente, ele também fora afetado pelo beijo.

— Sim, nós estávamos — concordou ela, animada. Se tia Fiona soubesse... — Posso repassar a notícia, milorde?

— Claro.

— Bem, srta. Delacroix, parece que você poderá valsar em sua festa de aniversário.

Os olhos de Rose se arregalaram.

— O quê?

Alexandra assentiu.

— Seu primo arranjou para que você seja apresentada ao príncipe George na tarde de hoje. Como a assembleia do Almack's é hoje à noite e, portanto, sua permissão para valsar está praticamente garantida, você...

Rose gritou e contornou a mesa para abraçar Lucien.

— Ah, obrigada, obrigada, obrigada!

Lucien pareceu desconfortável.

— Apenas segui as recomendações da sua governanta — murmurou ele.

— Obrigada também, Lex!

— Minha nossa! — exclamou Fiona, afundando em uma cadeira. — O que devo vestir para conhecer o príncipe George?

— Algo muito conservador — afirmou Lucien antes que Alexandra pudesse responder. — Ele detesta conversas superficiais também. Então, a menos que você deseje que Rose seja banida da sociedade, é melhor não falar nada, tia. Ficou claro?

Alexandra esperou a reclamação da mulher, mas Fiona apenas arqueou uma sobrancelha.

— Sim. Venha, Rose, devemos começar a vesti-la agora mesmo. Graças a Deus eu pensei em pedir à madame Charbonne que fizesse um vestido de apresentação para você!

— Sim, mamãe. — Na porta, porém, Rose parou, um olhar consternado contorcendo seu rosto bonito. — Mas e lorde Belton? Eu já havia confirmado que o acompanharia em um piquenique. Ele ficará tão decepcionado...

Percebendo que aquele era o melhor momento para escapar também, antes de perder a chance ou o desejo de fazê-lo, Alexandra se levantou.

— Lorde Kilcairn já o informou. O compromisso será reagendado na primeira oportunidade.

— Srta. Gallant — disse Lucien, pegando furtivamente a ponta da saia dela —, ainda temos algo a discutir.

Ela tirou o tecido do alcance dele, sentindo-se mais boba que uma adolescente.

— Acredito que sua prima e eu devemos rever a etiqueta de um tribunal mais uma vez antes da apresentação dela, milorde.

Ele empurrou a cadeira ao lado dele para trás, prendendo-a. Um segundo depois, Lucien havia entrelaçado a ponta do vestido dela nos dedos compridos.

— Depois que terminamos nossa discussão — declarou ele, seu olhar a desafiando a fazer outra tentativa de fuga.

Apropriado ou não, a emoção e a ansiedade já a tinham deixado com calor.

— Srta. Delacroix, acredito que sua mãe esteja correta — disse ela, voltando-se para a pupila. — Suas lições serão mais eficazes quando você estiver com a roupa adequada.

Rose assentiu e saiu pela porta com a mãe.

— Ah, eu mal consigo me conter. — Ela deu uma risadinha enquanto elas desapareciam pelo corredor.

— Nem eu — disse Lucien secamente, puxando a saia de Alexandra para trazê-la mais para perto.

Ela se afastou dele.

— A porta está aberta, milorde — murmurou ela entredentes.

Ela podia ser louca, mas não era estúpida.

Pela expressão dele, pouco importava se eles estivessem no meio da rua. Lucien se levantou, deixando de apertar a saia para segurar a mão dela.

— Vamos fechá-la, então.

— Isso é decididamente imprudente, milor...

Puxando-a ao redor da mesa com ele, Lucien bateu a porta, trancou-a, escorou Alexandra contra a madeira e capturou seus lábios em um beijo primitivo que não deixou dúvidas de sua intenção.

Na noite anterior, ele fora gentil e cauteloso em sua sedução; naquela manhã, ele não se preocupava com a virgindade dela. Alexandra ofegou quando ele a levantou nos braços e a colocou na beira da mesa.

— Lucien, alguém vai perceber o que estamos fazendo — protestou ela, com a voz e sua respiração trêmulas.

Ele sorriu, e o calor e a luxúria em seus olhos cinzentos fizeram-na sentir alívio por estar sentada.

— Então teremos que ser rápidos — disse com sua voz baixa e arrastada.

— Mas... nossa! — Ela arfou quando as mãos dele deslizaram pelos tornozelos, joelhos e depois passaram pelas coxas, levantando o vestido dela junto. — Tudo bem, mas se apresse.

Lucien riu.

— Como desejar.

Ele rapidamente se libertou, descendo a calça até as coxas, e a puxou mais para perto para beijá-la outra vez. Ao mesmo tempo, a penetrou. Alexandra passou os braços em volta dos ombros dele para se equilibrar, sentindo-o fundo dentro dela. Ela ainda estava um pouco dolorida, mas não havia resquício da dor aguda inicial da noite anterior. Ela sorriu para ele.

— Você gosta disso, não é? — perguntou ele com voz rouca, observando o rosto dela com a intensidade habitual.

— Sim — arfou ela. — Eu não tinha... percebido que poderíamos... ficar juntos dessa maneira. Na vertical, quer dizer.

— Sua segunda lição — respondeu ele. — Com várias outras a seguir.

— Outras? — perguntou ela, e então não conseguiu fazer nada além de jogar a cabeça para trás e ofegar enquanto se contraía e explodia por dentro.

Lucien a agarrou e soltou um gemido profundo.

— Pode acreditar.

Lucien parou do lado de fora da sala de estar. Dentro, Rose tocava alegremente o antigo piano. O instrumento nunca se recuperaria, mas pelo menos a prima não estava chorando por alguma coisa. Na verdade, não a ouvira fungar havia três dias, desde que aceitara dar a festa. A concessão fora uma troca justa pelo relativo silêncio. Sorrindo de leve, Lucien foi em direção ao seu escritório.

— Lex, quem você acha que pedirá a minha mão primeiro?

Lucien parou, esforçando-se para ouvir a conversa que se sobrepunha ao Beethoven arruinado.

— Quem você espera que o faça?

Alexandra tinha conseguido ficar longe dele por três dias, ou pelo menos ter um acompanhante sempre presente. Embora o sucesso dela tivesse solidificado sua posição como a governanta mais qualificada de todos os tempos, também deixara tudo mais frustrante. Lucien sabia que ela o queria de novo, podia ver nos olhos dela. E ele certamente gostava de lhe dar lições.

— Ah, não sei. Lorde Belton é muito gentil, mas acho que não é o preferido de mamãe.

— Rose, sei que você tem uma obrigação com sua família, mas não acha que sua escolha é pelo menos tão importante quanto a de sua mãe?

A música parou e Lucien se encostou na parede próxima. Ele teve a estranha sensação de que não gostaria de perder aquela conversa.

— Mesmo se eu fizesse a minha escolha, acho que mamãe está ocupada demais reclamando do primo Lucien para perceber.

— Ainda assim, pelo menos você gostou de alguém em todo esse caos de Londres. E lorde Belton *é* simpático. Esse é um primeiro ponto importante. Ninguém gostaria de se casar com uma pessoa ruim.

Lucien franziu a testa. Era ofensivo que uma mulher da inteligência e do conhecimento de Alexandra tivesse que recorrer a palavras simples para fazer uma observação. Além disso, ele tinha a suspeita de que se qualificava como um dos cavalheiros "ruins" que ela mencionara.

— O primo Lucien tem sido mais simpático nos últimos dias — afirmou Rose, pensativa. — Mamãe até comentou.

Lucien aplaudiu em silêncio a percepção surpreendente da prima. Talvez ela não fosse tão tonta quanto ele pensava.

— Sim, é verdade. Ele mencionou se lorde Belton remarcou o piquenique?

Maldição! Ele tinha esquecido completamente. Estava desesperado para se livrar de Rose e Fiona, mas, enquanto elas estivessem na Casa dos Balfour, Alexandra também continuaria lá. Esse fato ocupara sua cabeça nos últimos três dias e tinha diminuído bastante seu gosto pela ironia.

— Ah, Lucien, aí está você. Procurei você em todos os lugares.

Fiona chegou ao topo da escada atrás dele, e ele se amaldiçoou pela sua falta de atenção.

— Eu estava inspecionando o salão de baile — improvisou ele.

— Ótimo. Fico feliz que você esteja tão interessado pela festa de Rose.

— Sim, bem...

— Mas temo que sua equipe não compartilhe do mesmo entusiasmo. Wimbole acabou de me informar que não enviará ninguém para solicitar amostras de convites, sendo as festividades daqui a uma semana ou não.

— Isso é verdade.

Ele contornou a tia, indo em direção à escada.

— E ele também disse que você não aprovou a compra das decorações que pedi.

Wimbole estava ficando muito tagarela.

— *Eu* vou pagar pelas decorações e não vou aprovar duzentos metros de seda rosa.

Rose apareceu na porta.

— Mamãe, você disse que a decoração seria amarela.

— Talvez uma combinação das duas cores seja mais do agrado de todos — disse Alexandra, aparecendo por trás de sua pupila.

Lucien olhou para ela. Ele não tinha escolha; ela o atraía por completo. Uma noite — e uma manhã muito breve — não haviam curado sua obsessão por ela. O tormento anterior tinha sido o paraíso em comparação com a tortura atual. Agora ele sabia do que sentia falta.

— Lucien deve decidir — declarou Fiona.

Ele afastou os pensamentos sobre Alexandra.

— Decidir o quê?

— Rosa ou amarelo?

— Por que você acha que eu me importo?

— Então por que você não vai comprar a seda...

— Porque não quero nenhum cômodo da minha casa parecendo o quarto de uma prostituta, a menos que você pretenda fornecê-la — retrucou.

— Lucien! — Tia Fiona se engasgou.

Alexandra emitiu um som que poderia ter sido um estalo de desaprovação ou uma risada abafada.

— Por favor, milorde. Cuidado com seu linguajar.

Rose fungou.

— Agora nunca terei uma festa.

O conde já havia aberto a boca para dizer à prima o alívio que aquilo seria quando a expressão de Alexandra o deteve. Arisca como ela era, ele não tinha a intenção de permitir que ela usasse a sua "ruindade" como uma desculpa para continuar a evitá-lo.

— Claro que você terá uma festa — resmungou ele. — A srta. Gallant é responsável por sua apresentação à sociedade, então ela também decidirá o esquema de cores e decorações. — Lucien olhou para a tia. — E ela aprovará sua lista de convidados.

O rosto de tia Fiona ficou vermelho.

— Não terei uma governanta ditando quem comparecerá às minhas festas!

Ele deu um passo para a frente.

— Sim, você terá, a menos que deseje que *eu* dite quem comparecerá.

— Só estou aqui para aconselhar — disse Alexandra apressadamente. — Todos queremos que o aniversário de Rose seja espetacular. — Ela olhou para Lucien. — Estou aqui para trabalhar.

Ele sabia exatamente o que ela queria dizer e a ignorou. Governanta, companheira ou amante, ele a chamaria como quisesse.

— Excelente. Estamos todos de acordo, então.

— Ora, está bem. — A carranca no rosto redondo de Fiona diminuiu. — Mas, Lucien, devo insistir que você repasse a lista de convidados conosco, de qualquer maneira.

— Ficarei feliz em jogar na direção de Rose quantos solteiros couberem nesta casa. Fora isso, apenas meu bolso pretende estar envolvido.

Para sua surpresa, Rose segurou a manga de seu casaco.

— Você já esteve em muito mais reuniões elegantes do que eu — disse ela. — Quero que minha festa seja a maior de todas. Eu gostaria que você nos ajudasse a planejá-la.

Bom Deus, agora elas queriam que ele as acompanhasse de perto. Se não fosse a deusa de olhos turquesa parada na porta, faria questão de dizer para a prima exatamente o que ele pensava sobre os planos de sua festa até o momento e então fugiria para um de seus clubes. Aquilo, no entanto, o deixaria com dois grandes problemas: primeiro, Robert decerto o encontraria se ele saísse, e ele teria que reagendar o piquenique de Rose, e então Robert pediria a mão de Rose apenas para irritá-lo. Rose se casaria e Alexandra partiria.

O segundo problema seria quase tão desagradável, porque envolveria pedir desculpas a Alexandra por ser malvado de novo, e então ela insistiria para que ele fizesse as pazes com Rose — e claro que o faria, porque a maldita governanta o tinha na palma de sua pequena mão, e o sorriso dela estava rapidamente se tornando sua luz do sol.

Ele pigarreou.

— Se você insiste, prima, eu ficaria... feliz em ajudar.

Aquilo deixou tia Fiona em êxtase, o que o irritou ao extremo. Mas ele estava disposto a ignorá-la, porque Alexandra sentou-se ao lado dele no sofá e, pela primeira vez em três dias, ele conseguiu passar mais de uma hora na companhia dela. Um pouco tarde demais ele se deu conta de que, se desejava prolongar seu tempo com ela, tudo o que precisava fazer era passar mais tempo com Rose — e, em menor grau, graças a Deus, com Fiona. Por mais terrível que aquilo fosse, era melhor do que ser evitado por Alexandra até o fim dos tempos.

Mas depois de uma hora na presença de suas parentes, ele estava começando a desejar que o fim dos tempos estivesse mais próximo.

— Não. Tire-o da lista — disse ele.

— Mas lorde Hannenfeld está em busca de uma esposa há dois anos — respondeu Alexandra, continuando a escrever.

— Hannenfeld apoiou a negociação de paz com Bonaparte, e eu não vou recebê-lo em minha casa.

— Ó, aquele Bonaparte horroroso! — exclamou Fiona, aceitando outro biscoito de um criado. — Se tivéssemos feito as pazes com ele, talvez seu querido primo James ainda estivesse vivo.

O leve aborrecimento da última hora se transformou em raiva.

— O que diabo você está…

— Milorde — interrompeu Alexandra.

Ele continuou olhando para Fiona.

— Você não tem o direito…

A srta. Gallant deslizou a mão quente sobre os dedos cerrados dele.

— Lorde Hannenfeld não será convidado — afirmou ela, e fez uma linha grossa com o lápis preto para riscar o nome da lista. — Se lorde Kilcairn diz que ele não é bem-vindo aqui, então ele não é.

Ela o estava confortando, aliviando sua raiva. Lucien não se lembrava de ninguém fazendo um esforço assim por ele antes. Ele virou a mão para apertar a dela e soltou antes que ela pudesse se afastar. Para deixá-la tão ansiosa por um contato mais prolongado entre os dois quanto ele estava.

— Ótimo — disse ele, voltando a controlar seu temperamento. — Não podemos ter Hannenfeld e Wellington na mesma festa, de qualquer maneira.

Rose ofegou.

— Wellington? Você acha que ele virá?

— Imagino que sim. Ele gosta bastante do meu estoque particular de vinho. Vou mandar uma garrafa com o convite.

Alexandra olhou para ele de soslaio, um leve sorriso curvando seus lábios.

— Um tanto desonesto, não acha?

— Queremos que a festa de Rose seja inesquecível, não é?

— Ah, escreva o nome dele, Lex — insistiu Rose, rindo.

— Você é um bom garoto, Lucien.

Ele arqueou uma sobrancelha.

— Eu discordo, tia.

Alexandra pigarreou. Se ela considerava seu dever distraí-lo, ele não tinha intenção de atrapalhá-la. Na verdade, ele podia enumerar várias formas de distração.

— Sinto mencionar isso — disse ela, com um tom de diversão na voz —, mas noto uma escassez de convidadas. O senhor não tem uma lista de damas que gostaria de convidar?

Fiona olhou para a governanta.

— É a festa de Rose.

Lucien estivera prestes a responder com o mesmo argumento, mas não tinha intenção de ficar do lado da tia.

— Imagino que possa citar algumas que tenham a idade da Rose — disse ele, relutante.

Alexandra olhou para ele.

— Pensei que você preferisse mulheres mais maduras.

— Eu prefiro.

Ele sorriu, observando as belas bochechas dela corarem em resposta. Ele gostava de saber que a afetava tanto quanto ela o afetava.

— Isso me lembra… — interrompeu tia Fiona, endireitando a manga de Rose. — Você já terminou *Paraíso perdido*, minha querida? Sei que estava gostando.

Rose negou com a cabeça.

— Não, mamãe. É um pouco difícil de ler…

— Difícil de ter tempo para ler, sim, entendo, querida. É por isso que sei que você gostou tanto. — Fiona se inclinou para a frente para dar um tapinha no joelho do sobrinho. — Ela não tem tempo para tais frivolidades. Eu digo a ela o tempo todo: "Rose, você não tem tempo para ler", mas ela insiste de qualquer maneira.

— Você gosta de Milton? — perguntou Lucien, incapaz de esconder o profundo ceticismo em sua voz.

— Ah, sim… Ele é muito… poético.

— Sim, ele não teria como não ser — concordou ele, seco.

— Ora, vocês dois, podem discutir literatura mais tarde. Eu mesma não tenho paciência para isso.

Rose não se tornara uma aficionada por literatura da noite para o dia. Seja lá qual fosse o novo absurdo das suas parentes, Lucien tinha ficado sem paciência para tolerá-lo. Ele pegou o relógio de bolso e o abriu.

— Por mais prazeroso que tenha sido este tempo, tenho um compromisso — disse ele, levantando-se.

— Ah, lorde Kilcairn, quase me esqueci — disse Alexandra rapidamente, levantando-se também. — Preciso lhe pedir uma coisa.

— O que é?

Corando, ela apontou para a porta.

— É uma questão pessoal.

Lucien ficou excitado.

— Claro. Depois de você.

Ele a seguiu pela porta através do corredor, até a pequena sala de estar de canto.

— O que foi?

Alexandra parou na janela oposta.

— Feche a porta, por favor.

Curioso, excitado e um pouco preocupado com o comportamento estranho dela, Lucien obedeceu.

— O que foi, Alexandra? — repetiu ele, encarando-a mais uma vez.

Ela torceu as mãos por um momento, claramente agitada e nada parecida com a mulher calma e contida de dois minutos antes. Então, com o que parecia uma combinação de um grunhido e um xingamento, ela voltou a atravessar a sala, agarrou-o pelas lapelas, ficou na ponta dos pés e o beijou.

O efeito nele foi devastador. Nos encontros anteriores, ela fora sempre curiosa e ansiosa, mas nunca tomara a dianteira. Passando os braços pela cintura dela, Lucien permitiu que ela o empurrasse contra a porta.

Alexandra continuou a beijá-lo, moldando-se ao corpo dele como se quisesse que fossem um só. Ele queria deitá-la no chão e arrancar suas roupas, mas ela havia começado, então deixou que ditasse o ritmo... daquela vez.

Por fim, ela se afastou para encará-lo, os lábios rosados e inchados pelo beijo.

— Qual foi o motivo disso? — perguntou ele.

— Estou quase gostando de você hoje — respondeu ela, dando outro beijo nele.

Ser bonzinho definitivamente tinha seus benefícios. Pelo menos, ele supunha que essa era o motivo que a levara a ser tão amigável.

— Espere até me ver amanhã — murmurou ele contra a boca dela.

Ela tomou distância de novo, ofegante.

— Você não está se comportando bem só por minha causa, está?

Ele achava que não deveria responder àquela pergunta, mesmo se quisesse.

— Isso importa?

Alexandra passou os dedos pelos lábios dele.

— Não sei. Acho que sim.

— Independentemente de qualquer uma das nossas motivações — disse ele, passando as mãos pela cintura dela até as nádegas firmes e arredondadas —, eu gosto do resultado. Estou começando a pensar que deveria me casar com você e acabar com essa bobagem...

Ela se soltou do abraço.

— *O quê?*

— ... logo. — Apesar da expressão chocada dela, ele estava mais interessado em sua própria reação. Ele era um belo de um gênio! Só precisava convencê-la de que a união também seria do interesse dela. — Não acredito que não pensei nisso antes. Você precisa de proteção da sua família e eu preciso de uma esposa. Faz perfeito sent...

— Você precisa de uma mãe para seu herdeiro, não de uma esposa. — Ela se afastou mais, colocando o sofá entre eles como se temesse que ele estivesse maluco. — Você mesmo disse, Lucien.

— E isso importa? Nós nos damos bem, e você certamente é de uma boa família.

Alexandra apontou um dedo na direção dele.

— Pare com isso! Eu disse que estou *quase* gostando de você hoje. Não preciso da sua proteção. Posso cuidar de mim mesma.

— Eu posso cuidar ainda melhor. Você mesma disse que suas próximas perspectivas de emprego parecem bastante sombrias, Alexandra. Isso beneficiaria a nós dois. Não seja tola.

— Eu não sou tola. E *você* é o motivo de eu ter dificuldade para encontrar um novo emprego!

Ela estreitou os olhos, caminhou até ele outra vez e tentou empurrá-lo para longe da porta.

— Saia da frente! — exigiu ela quando Lucien não se mexeu.

Uma lágrima escorreu por sua bochecha, seguida por outra.

— Por que eu deveria?

— Porque mudei de ideia. Eu não gosto nem um pouco de você! E aqui está outra lição: você não pode ter tudo o que deseja, principalmente se a pessoa não o deseja de volta!

Com o maxilar cerrado, Lucien se afastou. Alexandra passou pela porta e a bateu com força.

— Maldição — rosnou ele.

Era a ideia perfeita. Eles eram perfeitos um para o outro. Além disso, ele a amava.

Lucien congelou, deixando que aquela palavra muito grande revirasse sua mente. A ideia não quebrou nada lá dentro, e ele a passou para o coração um pouco mais. *Ele a amava...* o que não ajudava em nada a porcaria da situação.

— Maldição — repetiu.

Ele nunca havia esperado que sua futura noiva se mostrasse mais relutante em se casar do que ele. Nem esperava amar e se importar com a mulher com quem havia escolhido se casar. Um deles estava louco — e Lucien estava quase certo de que não era Alexandra.

Capítulo 14

— Ele disse o quê?

Victoria colocou a xícara de chá tão abruptamente na mesa que metade do líquido derramou, transbordando o pires.

Alexandra foi de novo em direção à lareira.

— Ele disse que deveríamos nos casar, porque seria conveniente para ele.

— Ele usou mesmo a palavra "conveniente"?

— Bem, basta dizer que ele a deixou muito, *muito* implícita.

— Lex, meu Deus! Eu gostaria que você se sentasse, está me deixando tonta.

Com um olhar irritado para a amiga, Alexandra continuou andando de um lado para o outro.

— Não quero me sentar. Além disso, seus pais podem voltar a qualquer momento. Não quero que fiquem constrangidos por terem que pedir que eu vá embora.

Vixen se recostou numa pilha de almofadas.

— Tudo bem. Fique andando de um lado para o outro, então. Mas você chegou a considerar que se casar com Kilcairn pode ser igualmente conveniente para você? Ele é um dos homens mais ricos da Inglaterra e ninguém ousa contrariá-lo.

— Mas você deveria ouvir a forma como ele fala sobre mulheres, amor e casamento. É horrível. Às vezes eu só quero bater nele.

Na outra metade do tempo, ela queria beijá-lo e sentir seus fortes braços protegendo-a, mas não estava disposta a compartilhar essa informação.

— Ele não me parece um homem tolo, Lex. Algo deve ter dado a impressão de que você concordaria com a proposta.

— A arrogância absoluta dele lhe dá a impressão de qualquer coisa. — Ela proferiu um xingamento. — Por favor, não quero discutir mais isso. Meus pais se casaram por amor, e eu não farei menos que isso, ou não vou me casar. Pelo amor de Deus, costumávamos conversar sobre isso o tempo todo.

— E agora você está determinada a se tornar uma solteirona, sem sequer se divertir primeiro. Credo.

— Vixen, não é possível que ele queira a mim e meus problemas na vida dele. Você acha que seria conveniente para ele ter lorde Virgil o parabenizando por se casar com a filha de um artista pobre e arruinado? E, quando ele mudasse de ideia sobre mim, eu estaria em um buraco mais fundo do que estou agora.

Victoria a encarou por um longo momento.

— O que você vai fazer, então?

Alexandra fechou os olhos. Dizer a Lucien tudo o que pensava sobre se curvar à conveniência dele tinha sido fácil. Afastar-se física e emocionalmente da presença dele, o próximo passo lógico, seria muito mais difícil. Se ele não tivesse dito daquela maneira, como se tivesse apenas encaixado uma peça num quebra-cabeça, e não proposto algo tão importante e permanente quanto um casamento… Se ele tivesse dito que se importava com ela e que queria ajudá-la com seus problemas, em vez de se oferecer para aguentá-los como uma troca pelo consentimento dela… Se ele não tivesse dito que não acreditava no amor, ou mesmo na santidade do casamento…

— Tenho que ir embora, é claro — disse ela, a voz trêmula. — Economizei a maior parte do meu salário. Conseguirei sem problemas chegar a Yorkshire ou a algum lugar igualmente distante das fofocas estúpidas de Londres.

— Ele lhe disse para ir embora?

Ela parou de andar.

— Não. Mas como eu poderia…

— Lex, ele mencionou algo indesejável e você o rejeitou. Ele é quem deveria se sentir culpado e pedir desculpas. Se Kilcairn for um cavalheiro, ele não a mandará embora. Pelo menos até que você ajude a prima dele a se casar e encontre outro trabalho.

— Mas ele não é um cavalheiro.

Alexandra se deixou cair em uma das cadeiras da sala de estar. É claro que nenhuma das lições dela havia atravessado o crânio grosso dele, já que ele considerou, mesmo que por um minuto, que ela se casaria com alguém tão cínico, sarcástico... e ardente, divertido e inteligente como ele. Mas ela não podia — ou não queria — fazer isso. Não confiaria em ninguém além de si mesma. Não podia confiar em mais ninguém para não se decepcionar.

Vixen continuou a olhar para ela.

— Você gosta dele, não é? — disse ela por fim.

De repente, Alexandra sentiu necessidade de andar de novo.

— O que sinto por ele não tem importância se ele não sente nada por mim. E por que diabo eu gostaria de unir a má reputação dele à minha? — Ela balançou a cabeça, entrando em pânico apenas com a ideia de vê-lo outra vez. — Não. Eu preciso ir embora. O mais rápido possível.

— Está bem.

Com um suspiro, Victoria se levantou e foi até a escrivaninha. Ela pegou uma carta e, hesitante, entregou-a a Alexandra.

— Isso chegou ontem. Você parecia tão determinada a causar uma boa impressão aqui que eu não ia mencionar a maioria dos detalhes para você. Mas se está decidida a fugir... bem, aí está.

— Não vou fugir — respondeu Alexandra, abrindo a carta. — Vou me mudar, para o bem de todos os envolvidos.

Ela leu as primeiras linhas, então teve que se sentar novamente.

— Você não ia me dizer que a srta. Grenville morreu? — engasgou ela, e seus olhos ficaram cheios de lágrimas.

Victoria se levantou para se sentar ao lado dela.

— Esta é a parte que eu planejava contar na primeira oportunidade. Emma não sabia para onde escrever para lhe contar sobre a tia, mas sabia o quanto você a adorava.

— Patricia foi como uma segunda mãe para mim, e para Emma também. — Ela enxugou as bochechas. — Como ela está?

— Está de luto, mas está se mantendo ocupada. A srta. Grenville deixou a Academia para ela. Ela quer mantê-la funcionando.

— Fico feliz por ela. Emma será uma diretora maravilhosa. E a Academia poderá manter o nome e o legado.

— Ela perguntou se você estaria interessada em uma vaga de professora. Alexandra deixou a carta cair no colo.

— Era *isso* que você não ia me contar.

— Não até você estar pronta para procurar outra ocupação. Mas você está, e Emma Grenville tem uma disponível para você.

O mordomo bateu na porta entreaberta.

— Sim, Timms?

Ele entrou.

— Desculpe, minha senhora, mas lorde Kilcairn está na biblioteca.

O coração de Alexandra parou.

— Lorde Kilcairn? — repetiu Vixen, olhando de soslaio para a amiga. — Irei vê-lo.

— Na verdade, minha senhora, ele pediu uma palavrinha com a srta. Gallant. Disse que é uma questão de certa urgência.

— Lex, você…

— É melhor eu ir — disse Alexandra, trêmula, levantando-se para dar um beijo na bochecha de Victoria. — Obrigada, e não diga nada. Por favor.

— Você quer que eu vá com você?

— Não. Eu consigo lidar com o lorde Kilcairn sozinha.

Ela mesma não se convenceu com sua pobre tentativa de autoconfiança, mas Vixen assentiu.

— Eu estarei por perto.

A imagem da pequena Victoria a defendendo contra o alto e poderoso Kilcairn quase fez Alexandra sorrir, e ela se apegou a essa imagem boba enquanto seguia o mordomo pelo corredor. Lucien estava no centro da biblioteca, de frente para a porta. Ela o encarou e dispensou Timms.

— Lucien — disse ela, cruzando as mãos às costas.

Os lábios sensuais estavam cerrados em uma linha fina e sombria, e o rosto bronzeado estava pálido e tenso. O conde não se mexeu quando o mordomo dos Fontaine fechou a porta suavemente. Olhos cinzentos examinaram o rosto dela por um longo momento.

— Quero me desculpar — disse com uma voz baixa e impassível.

— Se desculpar?

Ele pigarreou.

— Sim. Como você disse, você é uma funcionária, contratada para ensinar minha prima. Sofremos uma... falta de limites temporária, mas eu não tinha o direito de envolvê-la em minhas dificuldades pessoais. Não o farei de novo.

Olhando para a postura orgulhosa e ereta, Alexandra duvidou que ele já tivesse se desculpado com alguém antes em toda a sua vida. Mesmo assim, aquele era um aspecto de Lucien Balfour com o qual ela se sentia quase íntima. Era sua faceta respeitável, a parte dele sobre a qual ele brincava — a faceta que o fizera ficar entre ela e Virgil Retting, deixando o primo escapar quase ileso, apenas porque Alexandra assim pedira.

— Como você sabia que eu estaria aqui? — perguntou ela, principalmente para ter tempo para decifrar qual jogo ele estava jogando ali, se houvesse um.

— Lady Victoria é a única conhecida que você mencionou ter em Londres. Você vai voltar?

Então é isso, ela percebeu. Ele pensou que ela tinha partido para sempre ou que estava prestes a fazê-lo. E ele fora atrás dela para impedi-la, pedir--lhe que voltasse. Ela, uma governanta arruinada, fizera Lucien Balfour se curvar. Tentando manter a respiração e os batimentos cardíacos firmes, Alexandra assentiu.

— Eu disse que ajudaria Rose na festa dela, e farei isso.

Ele hesitou novamente.

— E depois disso?

— Me ofereceram uma vaga de professora na Academia da Srta. Grenville. Eu aceitarei a proposta.

Um músculo na bochecha magra dele saltou, mas, tirando aquilo, Lucien permaneceu imóvel como uma estátua grega.

— Como desejar. Minha prima ficou angustiada com a sua... partida abrupta. Peço que volte para vê-la assim que puder.

— Claro.

Ela esperava que ele se oferecesse para acompanhá-la de volta à Casa dos Balfour, mas ele passou por ela e abriu a porta sem dizer mais nada. Um instante depois, a porta se fechou. Alexandra ficou na biblioteca por mais alguns minutos. Finalmente ele lhe dera o que ela havia exigido quando chegou: distância, respeito e modos. Pensou que estaria se sentindo aliviada. Ela mantivera seu trabalho e não teria mais propostas de intimidade física ou conjugal. No entanto, tudo em que ela conseguia pensar era que ele nunca mais iria querer beijá-la, muito menos fazer amor com ela. Em vez de alívio, sentiu vontade de chorar.

***

Lucien fez questão de não voltar para casa até quase meia-noite. Jantou no White's com alguns amigos e passou as horas seguintes perdendo nas cartas para vários jogadores piores que ele.

Ele queria voltar para casa, para ter certeza de que ela estava lá, que ela não tinha empacotado suas coisas, pegado seu cachorrinho e ido embora. Mas se ele voltasse correndo, ou pior ainda, se voltasse para casa e ficasse por ela, ela saberia que tudo o que ele dissera na Casa dos Fontaine era mentira.

Seu plano original de se casar com Alexandra Gallant ainda parecia brilhante. Sua execução do referido plano, no entanto, tinha sido desajeitada, estúpida e completamente repreensível. O que ele tinha certeza era que precisava que ela ficasse. Ela era uma pessoa pragmática, então acabaria por entender o ponto dele. Até lá, ele se comportaria como se estivesse em território muito hostil, com a possibilidade de um desastre a cada passo em falso ou palavra falada.

Afinal, até o pai horrível conseguira se casar com a noiva que escolhera. Talvez Alexandra estivesse certa, e ele não pudesse ter tudo o que queria. Mas ele a teria — ou pelo menos faria uma boa tentativa.

Para sua surpresa, seu primeiro obstáculo não foi Alexandra, mas Robert Ellis, lorde Belton. Com uma saudação longa o suficiente apenas para confirmar com seus próprios olhos que Alexandra havia retornado, ele saiu da sala de café da manhã e foi ao estábulo para ver um novo par de cavalos para carruagens que havia comprado.

— Você possui algum animal que não seja preto? — perguntou Robert da entrada do estábulo.

Maldição.

— É uma questão de estilo — respondeu ele. — Como sabia que eu estaria aqui?

— Eu não sabia. Wimbole disse que você tinha saído, mas encontrei a srta. Gallant no jardim. Ela me disse onde você estava.

Então Alexandra estava de olho nele... Aquilo era promissor.

— Que sorte.

— Foi o que pensei. Ela também mencionou que você estava me procurando para reagendar meu piquenique com a srta. Delacroix.

— Eu não estava.

Lucien entregou a escova que passava em um dos cavalos a um dos cavalariços e saiu do estábulo pelo caminho para carruagens, para que pudesse evitar o jardim e suas tentações.

Robert o seguiu.

— Por que não?

— Pode parar de fingir, Belton. Eu sei que você está apenas tentando arrastar minha miserável existência um pouco mais na lama.

O visconde franziu a testa.

— O que disse?

Lucien parou.

— Ora, Robert. Rose Delacroix? Desista disso, para que o resto da sociedade possa tentar.

— Hum. Não vou contradizê-lo, porque não vai me ouvir, mas prometi um piquenique para a sua prima. Seria rude e impróprio da minha parte negá-la disso.

— Nossa, como você está polido esta manhã — disse Lucien secamente.

— Fique à vontade então, rapaz. Até mandarei preparar a comida.

Robert sorriu.

— E sua carroça e os novos cavalos, por favor.

— Você pretende fazer o piquenique hoje?

— A srta. Gallant já me informou que Rose não tem compromissos esta tarde. Ela foi buscá-la para mim.

O comportamento da srta. Gallant era ainda mais irritante do que ser vencido por alguém como Robert. Alexandra de repente parecia com muita pressa de casar Rose, e não demorou muito para Lucien perceber o porquê. Quando Rose encontrasse um marido, sua governanta ficaria livre para encontrar um novo trabalho, já que sua tarefa estaria terminada.

— Vá, então — disse ele, escondendo sua frustração com a facilidade proporcionada por trinta e dois anos de prática. — Presumo que um longo período com minha prima o curará do desejo de repetir a experiência.

— Você tem um coração cruel, Kilcairn.

Rá, o pequeno Robert compreendia. Na manhã do dia anterior, ele se tornara o cavalheiro ideal para a srta. Gallant. Lucien sabia do que ela gostava, o que queria e o que esperava realizar ao lhe ensinar suas lições dispersas de decoro. O que ela não sabia era que acabara de ter sucesso para além de suas expectativas mais otimistas.

Ele deu as ordens aos criados e pediu que se apressassem, depois levou Robert para dentro da casa. Quando chegaram ao saguão, Rose e Alexandra estavam descendo a escada, e ele parou para esperar por elas.

— Você tem certeza de que quer sair com esse canalha, prima? — perguntou ele, pegando o xale das mãos de Wimbole e colocando-o em volta dos ombros dela.

Rose corou.

— Estou certa de que lorde Belton não é um canalha. — Ela riu. — Vai ser divertido, mesmo que ele seja um.

— Eu sou um perfeito cavalheiro. — Robert tomou seu braço. — Seu primo está fornecendo nossa refeição e nosso transporte, em seus novos cavalos.

— É mesmo? — Rose deu a ele um olhar surpreso. — Obrigada, Lucien.

— O prazer é todo meu.

Alexandra pareceu tão surpresa quanto Rose, mas não disse nada enquanto observava Wimbole abrir a porta da frente. A carroça esperava do lado de fora, com uma cesta de piquenique dentro e Vincent, que cuidaria dos cavalos e serviria como acompanhante.

Lucien os seguiu e ajudou Rose a subir no veículo. Certificando-se de que Alexandra estava perto o suficiente para ver e ouvir, ele beijou os dedos da prima antes de soltar a mão dela.

— Você quase me faz querer ir a um piquenique, Rose. Vejo você em algumas horas.

Ele observou a carruagem desaparecer na rua Grosvenor, depois se virou para voltar para dentro. Alexandra ficou olhando para ele com desconfiança em todos os contornos de seu rosto adorável.

— Depois de você — disse ele, gesticulando.

— Então você é uma vela — disse ela, imóvel.

— Está querendo dizer que trago vida a um cômodo?

— Não. Você é ou completamente quente, ou completamente frio.

— Parece mais o seu temperamento que o meu. Estou apenas sendo educado.

Ela estreitou os olhos.

— Sim, mas por quê?

— Alguém me disse que era a coisa certa a fazer. — Ele apontou para a porta. — Se você não se importa. O Parlamento terá uma sessão amanhã e eu tenho alguns documentos para revisar.

Alexandra hesitou, depois subiu os pequenos degraus. Com ela de costas, ele permitiu que seu olhar percorresse as curvas do corpo esbelto. Era bom que seu plano funcionasse, porque manter as mãos, a boca, a mente e o corpo longe dela já o estava matando.

—∾∾—

Rose rodopiou enquanto Shakespeare tentava morder a barra de seu vestido. Quando a garota caiu no sofá, Alexandra pegou seu cachorro e deu a ele uma meia velha e amarrada para brincar.

— Então você se divertiu — disse ela com um sorriso, sentindo uma pequena pontada de ciúme pelo alto astral de sua pupila.

Alexandra não tinha vontade de rodopiar desde que Lucien a beijara pela última vez.

— Passeamos de barco a remo e demos pão aos patos. Quando saímos do lago, já devia ter cinquenta patos grasnando atrás de nós. Robert disse que eles pareciam a frota do almirante Nelson.

— Ah, você já o está chamando de Robert? — disse Fiona, próximo à travessa com os bolos do chá. — Ele lhe deu permissão para chamá-lo assim?

— Ele insistiu. E eu disse que ele deveria me chamar de Rose. — Ela riu, cobrindo a boca com as mãos. — Ele falou que poderia muito bem me chamar de "girassol", mas que Rose serviria.

— Isso é maravilhoso, minha querida. A srta. Gallant disse que Lucien estava presente hoje de manhã.

— Sim, ele estava. Ele foi muito gentil, mamãe.

Fiona limpou as migalhas de bolo de seu colo.

— Gentil de que maneira?

— Ele disse que me ver saindo com Robert quase o fez querer ir a um piquenique.

A mãe de Rose sorriu.

— Eu sabia que ter a família aqui faria bem para ele. Você não acha, srta. Gallant?

Alexandra interrompeu um devaneio sobre as coisas agradáveis que Lucien lhe dissera. Tudo aquilo tinha mesmo acontecido no dia anterior?

— Sim. Eu diria que vi uma mudança definitiva nele.

— Por que você não vai atrás de Lucien, srta. Gallant, para pedir que ele se junte a nós?

— Para se juntar a nós? — repetiu ela duvidosamente.

— Sim. Rose tocará piano para ele.

— Ele disse que tinha alguns documentos para revisar.

— Srta. Gallant, por favor — disse Fiona com um tom aborrecido em sua voz já estridente.

— Claro.

Atirando a meia para o canto da sala para manter Shakespeare ocupado, Alexandra saiu do cômodo. Tudo na sua vida já era muito complicado, para início de conversa. Agora que se apaixonara por um homem que parecia ser o pior marido do mundo depois de Henrique VIII, as coisas pareciam impossíveis.

Ele tinha um lado compassivo; ela o vira. Mas com seu estilo de vida e o exemplo horrível dos próprios pais, Lucien parecia não ter ideia do que constituía um casamento. Se sabia, não parecia ser algo que ele desejava. Alexandra não podia e não seria a "conveniência" de ninguém, não importava o que ela sentisse por ele em seu coração.

A porta do escritório estava fechada e ela hesitou antes de bater.

— Milorde?

— Entre.

Lucien estava sentado à mesa com o que pareciam vários contratos e acordos diante dele. O conde levantou a mão, indicando que ela deveria esperar um momento, e terminou de rabiscar algo na margem de uma das páginas.

— Sim? — Ele levantou a cabeça e olhou para ela.

Pela expressão dele, Alexandra poderia ser outro criado qualquer.

— A sra. Delacroix me enviou para perguntar se você gostaria de se juntar a nós na sala de estar. A srta. Delacroix deseja tocar piano para você. Eu disse a ela que você estava ocupado, mas ela insistiu.

— Então você apagou sua vela também?

Ela queria responder ao cinismo dele, mas se deteve com firmeza.

— Por favor, milorde. Não quero discutir.

Lucien assentiu, levantando-se.

— Fico feliz que tenha decidido ficar até a festa de Rose.

— Estou agradecida por você não ter me despedido ontem.

Algo que ela não conseguiu decifrar passou pelo rosto dele por um momento fugaz, mas logo se foi.

— Você queria ficar.

Não era uma pergunta. Alexandra conteve um xingamento e se virou para liderar o caminho de volta às damas Delacroix. Ela não queria que ele soubesse daquilo. Os próximos dias teriam sido muito mais fáceis se ele pensasse que ela estava apenas cumprindo sua obrigação com Rose.

— Não gosto de deixar uma tarefa inacabada — improvisou ela.

— Eu também não.

Ela passou o resto do dia inventando significados diferentes para a resposta dele, mas só o que conseguiu foi uma dor de cabeça terrível. Rose tocou muito bem, para variar, e até Lucien foi generoso com seus elogios. Depois, todas as vezes que Alexandra tentou mudar o rumo da conversa para lorde Belton, o assunto voltava a Kilcairn. Na hora de dormir, ela sabia que sua cor favorita era azul, seu compositor favorito era Mozart e sua sobremesa favorita era, surpreendentemente, creme de chocolate.

Mesmo depois que o conde pediu licença para sair, o absurdo continuou. Se ela não soubesse a verdade, pensaria que Rose e Fiona estavam atrás de Lucien, não de lorde Belton. Alexandra parou o carinho que fazia em Shakespeare. Não podia ser. Ele as detestava. Ou tinha detestado no passado, pelo menos.

— Minha nossa — disse ela. — Não vi a hora. É melhor eu ir para a cama.

— Sim, todos precisamos do nosso sono de beleza — concordou Fiona.

Alexandra pediu licença e foi buscar a coleira de Shakespeare. Felizmente, Lucien — Kilcairn, agora, porque ela não tinha mais o direito de usar o primeiro nome dele — tinha flexibilizado sua regra de "nada de xixi no jardim", e ela levou o terrier para o térreo e para fora da casa.

— Pensei que encontraria você aqui.

Ela arfou. Sentado em um banco de pedra nas sombras sob a janela da biblioteca, Lucien fumava um charuto.

— Meu Deus, você me assustou — sussurrou ela, imaginando quanto as coisas haviam mudado desde o último encontro deles à meia-noite, perto das rosas.

O brilho laranja da ponta do charuto desapareceu quando ele tragou.

— Eu negligenciei algo ontem — disse ele num tom baixo e íntimo que fez os joelhos dela bambearem.

— O quê?

— Você vai ficar aí parada?

Ela olhou para as rosas escuras que a cercavam.

— Sim, acho que sim.

— Tudo bem. Vou gritar, se é o que deseja.

— Está bem, está bem.

Com um resmungo irritado, Alexandra puxou Shakespeare para fora dos arbustos e caminhou alguns passos mais para perto do conde.

Ele olhou para ela por um longo momento, depois baixou o olhar.

— Quando você... me recusou ontem, eu...

— Não quero falar sobre isso — interrompeu ela, mais severamente do que pretendia. Mas, se abrisse mão da sua raiva, começaria a chorar.

— Você pode estar grávida, Alexandra — murmurou ele.

Ela congelou, empalidecendo na hora.

— Não estou!

— Shh. Você não sabe ainda. Só quero garantir que, se estiver, cuidarei de você.

— Vai me esconder numa das propriedades do interior, você quer dizer? — retrucou ela, com os olhos cheios de lágrimas. — Os homens da família Balfour parecem ser bons nisso.

Ele se levantou depressa.

— O que você preferiria que eu dissesse? — rosnou ele. — Que eu viraria as costas, deixando-a sem recursos? Eu já a pedi em casamento e você recusou. Então diga-me, Alexandra. O que você quer?

Com dificuldade, Alexandra lutou contra a sensação de pânico, medo e raiva.

— Eu não estou grávida — disse ela, com a maior calma que conseguiu reunir. — E vou embora em uma semana. Você não precisa se preocupar.

Ele apagou o charuto no banco.

— É um pouco tarde para isso.

Ela fingiu não ouvir e se virou para voltar com Shakespeare para a casa. O que ele dissera fora correto, nobre e, de certa forma, exatamente o que esperava ouvir dele. E parte dela — uma parte muito pequena — queria estar carregando o filho dele. A decisão de ficar e ir embora seria tirada de suas mãos, e nunca precisaria admitir nem para si mesma que havia cedido.

Alexandra suspirou. Era por isso que ela sabia que não estava grávida. Aquilo tornaria tudo muito fácil.

Fiona Delacroix se afastou da janela e largou o livro de moda francesa que pretendia levar para o andar de cima. Mantendo-se cuidadosamente quieta na biblioteca sombria, ela ouviu dois pares de pés subirem a escada e desaparecerem.

Então era aquilo. Ela sabia que algo estava acontecendo. A governanta estava atrás de seu sobrinho, e parecia que ela estava perto de consegui-lo. Sob o mesmo teto — bem debaixo do seu nariz —, Alexandra Gallant estava em via de conquistar um dos homens mais ricos da Inglaterra.

Erguendo a vela, Fiona foi até a escrivaninha. Ela já havia tentado aquilo antes, aquelazinha. Abrira as pernas para lorde Welkins e sem dúvida o matara quando ele se cansou dela. Como Welkins era casado, ela só estava atrás do dinheiro dele. De lorde Kilcairn, no entanto, ela queria tudo — o dinheiro, a terra e o título.

Bem, não se dependesse de Fiona. Lucien Balfour iria se casar com Rose, já estava decidido. Ela planejava aquilo havia anos, e a oportunidade não iria por água abaixo apenas porque o sobrinho tinha uma paixonite por uma mulher que não passava de uma criada.

Quanto à srta. Gallant, Fiona sabia o lugar a que ela pertencia. A mulher se sentou, escreveu um bilhete, dobrou-o e deixou-o na mesa do saguão, sob alguma outra correspondência para ser entregue logo pela manhã. Sem dúvida, lady Welkins estava se sentindo solitária naquela temporada. Lady Halverston já havia mencionado a vontade de conhecer a viúva infeliz; Fiona também gostaria de ser apresentada a ela. Pelo jeito elas tinham algo em comum. Outra viúva para consolar lady Welkins seria exatamente o que a baronesa precisava. E então Alexandra Gallant iria embora.

Capítulo 15

— Ora, que bobagem. — Alexandra fez um gesto para que Rose entrasse na chapelaria. — Tenho certeza de que ele não está morrendo de amores por você.

— Mas é verdade! — insistiu a garota. — Ele me enviou uma carta todos os dias na semana passada, e eu sei que ele falou com Lucien pelo menos duas vezes.

— Eles são amigos, não são?

— Lex, você não é nada romântica.

Alexandra riu. Talvez Rose tivesse encontrado o problema. No entanto, se ela fosse romântica, provavelmente já teria se afogado no lago mais próximo.

— Tudo bem. Concordo que você pode muito bem estar certa e que o lorde Belton está de fato morrendo de amores, mas não quero que você fique desapontada se ele não estiver.

Rose levantou um lindo chapéu azul do suporte para examiná-lo.

— Você tem razão. Na minha casa antiga, Freddie Danvers, o filho do escudeiro, dizia que queria se casar comigo o tempo todo, mas nunca acreditei nele. E mamãe disse que seria necessário um dote maior que Dorsetshire para pagar as dívidas de jogo dele, e ele não teria isso comigo de qualquer forma.

Alexandra interrompeu o escrutínio que fazia de um chapéu marrom de professora. Apesar da falta de habilidades sociais, ela presumira que as damas Delacroix eram ricas. Elas pareciam mais preocupadas em conseguir um título do que dinheiro, embora talvez tivessem a impressão de que os dois sempre andavam juntos, como o juízo que faziam de lorde Kilcairn.

— Se o seu dote não fosse um problema, você gostaria de se casar com o tal Freddie Danvers?

A aluna fez uma careta.

— Deus do céu, não. Ele só tem uma casa de seis quartos e nenhum título. Até a residência de Blything é maior que isso, e eu não gostaria de me mudar para um lugar menor.

Ela devolveu o chapéu azul e apanhou uma boina verde e exótica.

— Claro que não. Que bobo da minha parte.

— Agora você está caçoando de mim.

— Não estou. Por favor, continue.

— Cerca de três anos atrás, quando Lucien estava em Londres, mamãe, papai e eu fomos a Westchester e convencemos a governanta a nos fazer um tour pela Abadia de Kilcairn. Você deveria ter visto, Lex! Possui mais de duzentos quartos, seis salas de estar e *dois* salões de baile. Mamãe disse que podia se imaginar cumprimentando convidados de toda a nobreza dos arredores convidados por mim e Lucien para bailes no campo.

— Você e Lucien? — perguntou Alexandra pausadamente, sentindo o coração bater mais forte.

Aquilo era ridículo. Ela não tinha motivos para ficar tão... irracional toda vez que uma mulher mencionava o nome dele. Afinal, não conseguira nem decidir se o amava ou o odiava.

Rose empalideceu, depois, nervosa, colocou a boina.

— Ah, não é meu estilo, não é? — disse ela, rindo, e devolveu o chapéu. — Vamos para outro lugar, Lex. Não gostei de nada daqui. — Com isso, ela voou em direção à porta.

Alexandra a observou por um momento.

— Como quiser, minha querida.

Aquilo tinha sido estranho. Excepcionalmente estranho, a menos que suas suspeitas recentes estivessem corretas e Rose estivesse visando o lorde Kilcairn. Mas ela parecera tão satisfeita com a atenção dada por lorde Belton. Alexandra se perguntou se Lucien sabia que sua prima estava de olho nele. Dado o modo como ele estava conduzindo a própria e ultrajante busca nupcial, é provável que não tivesse notado.

— Lex? Vamos.

— Certo.

Ela saiu correndo no encalço de Rose.

A primeira coisa que ela precisava fazer era descobrir se Rose preferia Robert ou seu Lucien. Alexandra franziu a testa. O conde não era *nada* dela, assim como ela não era dele. Ela tinha deixado aquilo claro o suficiente. E não estava com ciúme de uma garota de 17 anos, quaisquer que fossem as circunstâncias. Definitivamente não estava.

A multidão do meio-dia em frente à padaria da esquina enfim forçou Rose a desacelerar, e Alexandra a alcançou e enganchou o braço ao redor do da aluna.

— Devagar, minha querida. Por favor. Eu me sinto como um cavalo de corrida na pista.

A garota ainda estava com uma expressão tensa, e Alexandra lembrou a si mesma que seu principal dever era garantir o bem-estar de sua pupila.

— Que tal um bolo?

— Mamãe não aprovaria.

— Nós não vamos contar a ela.

Rose deu um sorriso relutante.

— Tudo bem.

Ela entrou na fila. Alexandra ficou atrás dela, mas congelou ao ver a mulher que caminhava na direção das duas pela calçada. Pequena e emaciada, apesar das costas eretas e do queixo elevado, com o cabelo grisalho enfiado sob o chapéu preto de viúva, ela não olhou para os lados, apenas continuou infalivelmente em direção à padaria como se soubesse que Alexandra estava ali.

— Ai, não — sussurrou ela, empalidecendo, e voltou a pegar o braço de Rose.

— O quê...

— Shh.

Alexandra puxou a garota surpresa para trás, virou a esquina e entrou em um beco. Quando já estavam longe o suficiente, ela parou, colocou a mão no peito e tentou recuperar o fôlego.

— O que foi? Qual é o problema? — perguntou Rose, preocupada.

Alexandra olhou para trás, para o caminho que haviam percorrido. Era melhor salvar o máximo de compostura possível.

— Sinto muito, Rose — disse ela em voz baixa. — Isso foi indesculpável da minha parte.

— Não se preocupe com isso. Você está bem?

Aos poucos, a respiração de Alexandra começou a voltar ao normal, embora ela provavelmente fosse continuar nervosa pela semana seguinte.

— Sim, estou bem. É só que... bem, eu vi minha antiga empregadora um momento atrás. Isso... me deixou muito surpresa.

Os olhos azuis da garota se arregalaram.

— Lady Welkins, você quer dizer?

Alexandra assentiu. Então até a pupila havia ouvido os rumores.

— Eu só não sabia que ela estava em Londres. Mas deveria ter pensado na possibilidade.

— O que você vai fazer?

— Nada. — Alexandra endireitou os ombros. — Eu vou embora em breve, de qualquer forma. Vou apenas ficar fora do caminho dela o quanto meus deveres permitirem.

— Bem, certamente não vou fazer você falar com ela — disse Rose, indignada.

Alexandra sorriu.

— Obrigada, Rose.

Fiona tomou um gole de chá e entreouviu a conversa ao seu redor. A sra. Fox estava lamentando que o marido passava o dia em casa por causa da gota, mas que a doença não impedia suas idas ao clube à noite. Lady Howard ouvira dizer que Charlotte Tanner havia abandonado mais cedo sua temporada de estreia em Londres não porque estava doente, mas porque estava grávida... de um cavalheiro desconhecido. E, como esperado, lady Vixen Fontaine tinha quebrado o coração de outro pobre garoto.

Era tudo muito interessante, mas não era o que ela esperava. O mordomo abriu a porta da sala de estar de lady Halverston mais uma vez, e Fiona olhou para cima como o fizera toda vez que alguém se juntara ao chá durante a última hora. Dessa vez, ela não reconheceu a mulher que estava sendo conduzida para a sala e se endireitou, deixando a xícara de lado.

— Ah, Margaret — disse lady Halverston, levantando-se para apertar as mãos da mulher. — Estou tão feliz que você veio.

— Obrigada, lady Halverston. Foi muito gentil da sua parte me convidar.

— Bobagem. Estamos felizes em tê-la conosco. — Lady Halverston a levou para o centro da sala. — Minhas queridas, por favor, deem as boas-vindas a lady Welkins.

Fiona se levantou antes das outras pessoas.

— Ah, lady Welkins, você tem minhas mais profundas condolências.

— Margaret, sra. Delacroix — Lady Halverston fez a apresentação e, com um leve aceno de cabeça para Fiona, voltou ao seu lugar.

— Por favor, me chame de Fiona. Já sinto que temos muito em comum e mal podia esperar para conhecê-la. Sente-se ao meu lado, minha senhora.

— Obrigada, Fiona.

A mulher, magra, com o cabelo parte preto e parte grisalho sob o chapéu preto de viúva, se sentou no sofá e aceitou uma xícara de chá de um criado.

— Acabei de tirar meu chapéu de luto — disse Fiona. — Meu querido Oscar simplesmente caiu morto uma tarde, deixando minha pobre filha e eu sozinhas no mundo.

— Meu marido foi tirado de mim de modo cruel — respondeu a outra mulher, tomando um gole de chá.

— Minha nossa.

Lady Welkins assentiu.

— Não sei se você ouviu os rumores, mas tenho boas razões para acreditar que ele foi assassinado.

Fiona colocou a mão no peito.

— Não pode ser!

A outra mulher assentiu.

— Pela minha própria empregada, embora eu nunca tenha conseguido provar, é claro. Caso contrário, ela estaria presa, como merece estar.

Aquele encontro seria ainda mais produtivo do que Fiona esperava.

— Pobrezinha. Aconteceu na sua própria casa, então?

— Quase debaixo do meu nariz.

Fiona fez uma expressão consternada, desejando que lady Welkins se apressasse e mencionasse logo o nome da empregada. Ela já tinha problemas suficientes sem precisar ouvir toda aquela bobagem.

— Isso é ultrajante. E ela não foi presa até agora?

— Não. Eu a despedi imediatamente, é claro, mas essa me parece uma punição muito leve.

— Claro que é. Só estou perguntando por que meu sobrinho contratou uma nova governanta para minha filha e, minha nossa, seria terrível se tivéssemos que mandá-la embora.

— Tenho certeza de que você não tem nada com o que se preocupar. A desonesta srta. Gallant não se atreveria a trabalhar em outra casa com um homem rico presente para ser seduzido.

Finalmente.

— Você… você disse srta. Gallant?

— Sim. Alexandra Gallant, aquela…

— Ah, não! Gallant é o nome da governanta da minha filha.

A expressão de lady Welkins era de absoluto choque.

— Não acredito!

— Mas é verdade! Ela está morando na Casa dos Balfour desde o mês passado. E… não! — Fiona colocou as mãos sobre a boca como se estivesse segurando um grito agudo.

Sua nova amiga puxou seu braço.

— O quê? O que foi?

— Pensei ter notado um interesse da srta. Gallant em meu sobrinho. Eu não levei a suspeita a sério, mas agora… Minha nossa! Você acha que ela pode fazer algum mal ao querido Lucien?

— Seu sobrinho é rico?

Fiona assentiu.

— Ele é o conde da Abadia de Kilcairn.

— O conde… Ele decerto ouviu falar da reputação da srta. Gallant.

— Meu sobrinho é muito teimoso. Se ele sabe, deve ter pensado que poderia ajudá-la a ser uma pessoa melhor, ou até mesmo que os rumores eram injustificados.

Lady Welkins se levantou.

— Eles são muito justificados, garanto. Ela perseguiu lorde Welkins incansavelmente e, quando ele por fim recusou seus avanços de maneira enfática, sei que ela o empurrou escada abaixo. E acho que pode tê-lo estrangulado. O médico disse que foi seu coração, mas William era do tamanho de um touro e tinha apenas 50 anos.

— Mas ninguém a viu fazer isso?

A viúva afundou no sofá outra vez.

— Não. Para você ver como ela é perversa.

— Eu devo ir agora e alertar Lucien!

Agarrando seu braço, lady Welkins a forçou a permanecer sentada.

— Se fizer isso, ela escapará mais uma vez. Você precisa observá-la. Ou, melhor ainda, deixe-me vê-la. Isso pode assustá-la e fazê-la confessar.

— Você me ajudaria com isso?

— Seria um prazer.

Fiona deu um pequeno sorriso.

— A festa de aniversário da minha filha é daqui a alguns dias. Vou me certificar de que você receba um convite.

Lady Welkins sorriu de volta para ela.

— Isso seria maravilhoso.

———୬୬———

Alexandra sentou-se no banco do piano-forte e tocou a música favorita de seu pai para danças. "Mad Robin" reverberou pela sala à luz de velas, espantando o silêncio quase sepulcral da grande casa. Rose e Fiona felizmente haviam ido para cama mais cedo, e Kilcairn se retirara para seu escritório horas antes. Até libertinos tinham papelada para cuidar, ela supôs.

Depois de deixar o emprego na casa de lady Welkins, havia pensado — e esperado — nunca mais ver a mulher. Margaret Thewles, a lady Welkins, tinha todo o direito de lamentar o marido morto; Alexandra já se sentia mal o suficiente por aquilo. Mas transformar em santo, do dia para a noite, um homem cujas atividades lascivas eram motivo de queixas diárias por parte da esposa era ridículo. E transformar Alexandra em uma prostituta assassina apenas para manter as aparências e evitar um leve embaraço era imperdoável.

Se lady Welkins não tivesse começado a espalhar rumores sobre Alexandra, ninguém em Londres teria motivos para continuar falando dela ou do falecido. Talvez por isso lady Welkins tenha agido dessa forma. Pelo menos as pessoas sabiam quem ela era agora.

Alexandra tentou se acalmar. Embora lady Welkins estivesse em Londres, não havia muitos motivos para se encontrarem. A mulher estava viúva havia cerca de seis meses, então não podia dançar e não teria motivos para aceitar convites para os mesmos compromissos dos quais Rose gostava. Aquilo era um alívio. E com o aniversário de Rose a apenas alguns dias, as chances de lady Welkins criar problemas antes de Alexandra partir para a Academia da Srta. Grenville eram muito pequenas. Assim ela esperava.

— Você toca lindamente — a voz suave de Lucien veio da porta. — Mais uma coisa pela qual devo agradecer à srta. Grenville?

Alexandra errou uma nota por causa da aparição dele, mas continuou a música.

— Meu pai me ensinou.

— Seu pai tocava?

— Pintar não era a única habilidade dele.

A aproximação silenciosa de Lucien agitou o ar ao redor.

— Você ainda tem pinturas dele?

— Tive que vendê-las para pagar o enterro de meus pais e liquidar as dívidas.

Ele se sentou ao seu lado no banco, de frente para ela.

— Você tem alguma família restante do seu lado paterno?

— Acho que tenho alguns primos em segundo grau no Norte, mas não saberia por onde começar a procurar mesmo se quisesse fazê-lo.

— Então aqui estamos nós, dois órfãos, sozinhos...

Alexandra olhou para o perfil dele na penumbra, quieto e sensual como o pecado.

— Você parece ter conseguido tolerar Rose.

Ele deu de ombros.

— Ela não é exatamente alguém com quem eu possa me abrir.

— Que bom que você não precisa se abrir com ninguém, então.

Por um momento, ele ficou em silêncio enquanto a música ecoava nos cantos sombrios da sala.

— Sim, que bom que nenhum de nós precisa de ninguém.

Ela fingiu não ouvir o comentário sussurrado dele. Com lady Welkins em Londres, a companhia de Lucien era bastante reconfortante. Naquela noite, ela estava contente em não discutir com ele. A música terminou, mas ela começou de novo quase sem pausar.

— Rose e eu conversamos um pouco esta noite — disse ele no mesmo tom calmo.

— Estou feliz que você esteja se tornando um pouco mais civilizado.

Ao mesmo tempo, uma grande parte solitária de seu coração desejava que ele e a prima não tivessem começado a se entender tão bem.

— Ela mencionou que você viu lady Welkins hoje.

Os dedos dela vacilaram.

— Continue tocando — murmurou ele. — "Mad Robin", não é? Eu não a ouço há muito tempo. E nunca tão bem tocada.

Ele estava apenas tentando bajulá-la, mas ela não se importou.

— Era uma das favorita da minha família.

— Eu não quis aborrecê-la, Alexandra. Eu só queria ter certeza de que você está bem. Lady Welkins não a viu, presumo?

— Não.

— E você está bem?

Alexandra fechou os olhos, deixando a música fluir por seus dedos.

— Eu ficarei bem. Afinal, só me restam mais alguns dias em Londres.

Ela esperava um protesto, mas ele permaneceu em silêncio por um minuto.

— Isso não precisava ter sido adicionado à conversa — disse o conde por fim.

— Então não vamos falar sobre isso.

— Alexandra, se eu não a tivesse pedido em casamento, você teria ficado mais tempo?

— Eu não sei — sussurrou ela. — Virgil e lady Welkins voltariam a Londres de qualquer maneira, mas... Lucien, não é só por sua causa. Eu só sinto que não deveria estar aqui.

— Eu acho que aqui é exatamente onde deveria estar.

Ela não soube o que responder e, depois de mais alguns minutos de silêncio, ele se levantou e seguiu para a porta.

— Boa noite, Alexandra.

— Boa noite, Lucien.

Na tarde da festa de aniversário de Rose, Lucien sentiu como se estivesse desmoronando.

Descobrir por onde lady Welkins andava e garantir que a maldita mulher e Alexandra não chegassem a um quilômetro uma da outra já era bastante cansativo. Para deixar os últimos dias ainda mais difíceis, o conde não queria que Alexandra suspeitasse que ele também havia mandado alguém espionar suas excursões diárias.

Além disso, ele conseguira escapar de Robert Ellis todas as três vezes que o visconde fora visitá-lo. Embora não conseguisse acreditar que Robert de fato pretendia pedir a mão de Rose, também não conseguia encontrar uma razão melhor para a persistência do rapaz.

Manter Rose solteira e lady Welkins longe fizeram com que Alexandra continuasse em sua casa, mas, depois da festa, ela não teria mais motivos para continuar lá. A pedido de Lucien, Wimbole começou a checar as movimentações da governanta teimosa dentro da casa, e naquela manhã o mordomo informou que ela começara a fazer as malas. Com a notícia, o dia ficou ainda mais sombrio.

E então ele interceptou a carta.

Quase não a viu e, se não tivesse saído pela porta da frente para respirar um pouco de ar fresco, teria ignorado completamente sua existência. Graças a Deus aquelas decorações horrendas o fizeram sair da casa.

— Vincent, onde você está indo? — perguntou ele dos degraus da frente, enquanto o fluxo constante de decoradores, fornecedores, carrinhos de gelo e padeiros entravam pelos fundos da casa.

O criado hesitou no pé da escada.

— Entregar algumas mensagens, meu senhor.

— Este não é o trabalho de Thompkinson?

— Sim, meu senhor, mas ele foi encarregado de passar uma última camada de cera de abelha no chão do salão de baile.

— Não seria uma festa de verdade sem alguém escorregando e quebrando a cabeça. — Lucien ouviu tia Fiona chamá-lo ao longe, nas profundezas da casa. — Minha carta para lorde Daubner pode esperar até amanhã, se você tiver outros deveres.

— É muita gentileza sua, meu senhor, mas tenho um convite de última hora para a rua Henrietta, a pedido da sra. Delacroix, e a Casa dos Jeffries fica no caminho.

A rua Henrietta ficava às margens de Mayfair, onde morava uma nova e menos ilustre parcela da sociedade. Considerando que tia Fiona só queria os membros mais brilhantes da nobreza presentes na festa da filha, a curiosidade de Lucien foi atiçada.

— Para quem é?

Vincent segurou o envelope.

— Apenas memorizei o endereço, meu senhor. Eu não sei ler.

Lucien leu, mas teve que estudar o envelope por vários minutos antes de acreditar no que dizia. Ele olhou para o criado.

— Faça suas outras entregas, Vincent. Eu mesmo vou cuidar desta.

O rapaz tirou o chapéu e correu para montar em um cavalo. A raiva tomou seu corpo e, quanto mais Lucien tentava descobrir os porquês da existência daquele convite, mais furioso ficava. Quebrando o selo de cera com as iniciais de sua casa, ele leu seu conteúdo, enfiou o maldito papel no bolso e entrou no salão.

Tia Fiona, Rose e Alexandra estavam no meio do cômodo, observando a intensa atividade ao seu redor. Lucien parou na porta.

— Todo mundo para fora! — rugiu ele.

Alexandra olhou para ele, surpresa. Seus olhos turquesa tentavam entender aquela expressão enfurecida.

— O que aconteceu, milorde?

Wimbole apareceu de outra porta e na mesma hora começou a guiar criados e fornecedores para fora da sala.

— Cinco minutos, Wimbole — retrucou ele, e o mordomo assentiu.

Como era esperado, a situação fez os olhos da prima se encherem de lágrimas, e ele lhe lançou um olhar irritado.

— Rose, nos dê licença por um momento.

Uma lágrima escorreu pela bochecha.

— Mas...

— *Agora!*

Ela deu um salto e saiu correndo do salão. Apenas Fiona e Alexandra continuaram no local. Ele tinha uma boa ideia de como a governanta reagiria ao que ele estava prestes a dizer e, após hesitar, gesticulou para a porta.

— Você também, srta. Gallant.

— Como desejar, milorde.

Com outro olhar curioso e preocupado, ela saiu, fechando a porta atrás de si.

— Qual é o problema, Lucien? — chilreou sua tia. — Temos apenas algumas horas até os convidados começarem a chegar.

— Há quanto tempo você conhece lady Welkins? — perguntou ele, fechando com força as principais portas duplas.

Ela empalideceu, mas manteve o queixo erguido.

— Meus conhecidos são da minha conta.

Ele ficou em silêncio e com raiva, esperando que ela respondesse à pergunta. Ela fizera mais do que agir pelas costas dele; ela tentara magoar Alexandra… e, pela resposta dela, deliberadamente.

A mulher se remexeu.

— Não sei por que você está tão irritado. Somos apenas duas viúvas compartilhando nossas histórias tristes.

— Se você não responder à minha pergunta, sua vida ficará ainda mais triste. — Ele pegou o convite do bolso e o jogou aos pés dela. — Você não verá esta mulher novamente, e ela nunca será bem-vinda nesta casa. Nunca.

Olhos verdes o encararam.

— Você nega uma amizade a uma viúva solitária e, no entanto, permite que aquela mulher assassina viva sob seu teto, enquanto sua própria prima tenta fazer uma estreia adequada na sociedade?

— Isso mesmo. É o *meu* teto, Fiona. Se posso suportar você morando sob ele, posso suportar qualquer coisa. E a srta. Gallant testa muito menos a minha paciência que você.

— E a terrível reputação dela?

— E a minha?

Fiona apontou um dedo na direção dele.

— Francamente! Não pense que pode me enganar. Ela está atrás do seu dinheiro, assim como estava atrás do dinheiro de lorde Welkins. Sei que ela foi para a cama com você. E você não pode me calar.

O primeiro pensamento de Lucien foi que Fiona era mais inteligente do que ele imaginara. Seu segundo foi quanto ele gostaria de estrangulá--la. Mas, naquele momento, considerando quantas pessoas sabiam que eles estavam sozinhos no salão de baile, a ideia poderia levantar algumas questões complicadas.

— Se eu não posso calá-la, certamente posso mandá-la de volta para Blything Hall, onde ninguém se importa com o que você fala.

— Não me ameace!

Ele reprimiu um grunhido.

— Não tente jogar este jogo comigo. Sou melhor nele do que você.

— Seu...

— O que você quer? — interrompeu ele.

— Eu quero aquela mulher fora daqui.

— Ela já vai embora de qualquer maneira.

— Eu não quero que ela volte. Nunca mais. Eu e lady Welkins sabemos o suficiente sobre Alexandra Gallant para garantir que ela nunca mais encontre emprego em lugar algum. Para sempre. Quero ela fora daqui!

O desejo de estrangular a tia estava ficando mais forte.

— E depois de se livrar da srta. Gallant? Presumo que você tenha algo além disso em mente.

— Sim, eu tenho. Quero que você se case com Rose.

Por um momento, ele só conseguiu encará-la.

— O quê? — disse finalmente.

— Quero que você se case com Rose. Só assim deixarei a srta. Gallant em paz. Eu sei que você se importa com aquela prostituta. Ouvi você dizendo a ela que cuidaria do seu bastardo. Então Rose será lady Kilcairn, e meus netos herdarão seus títulos, sua terra e sua riqueza.

— Jesus, você é ambiciosa. Há quanto tempo está planejando isso? — perguntou ele, quase admirado pela audácia dela.

— Desde que eu vi o que você herdou e o que o querido Oscar deixou de herdar. Rose terá a festa hoje à noite, Lucien, e todos verão como vocês dois se dão bem. E então você anunciará seu noivado.

Fiona deu meia-volta e saiu. Lucien ficou no meio do salão por vários minutos. O que sua tia propôs não era exatamente uma chantagem, porque ele não sofreria nenhuma consequência se ela tornasse públicas suas suposições e alegações. Já Alexandra... Ele praguejou. Ele fora descuidado e deixara Alexandra vulnerável. A maldita tia conseguiu até a última palavra, proeza que apenas a srta. Gallant tinha realizado até então.

Lucien cerrou os olhos. Fiona ainda não o havia vencido. E cometera um grande erro: dera a ele tempo para bolar um plano.

Alexandra dobrou seu novo xale e o colocou com as outras coisas em seu baú. O tecido cor de marfim era adorável e delicado demais para uma viagem. A maioria de suas coisas novas era chique demais para qualquer lugar, menos Londres. Como professora, ela não teria muita utilidade para elas, mas não suportava abandoná-las. Ainda não, pelo menos.

— Srta. Gallant? — Lucien bateu na porta dela.

Ele parecia menos zangado do que no salão de baile, mas um tom mortalmente grave permanecia em sua voz. Qualquer que fosse o motivo, o dia já estava sendo bastante difícil sem a agonia de ficar sozinha com ele.

— Srta. Gallant — repetiu o conde, batendo outra vez. — Alexandra, eu sei que você está aí.

Shakespeare emergiu de debaixo da cama e correu para perto da porta abanando o rabo. É claro que o terrier gostava de Lucien. Na casa do conde, ele era autorizado a fazer tudo o que quisesse. Alexandra também tinha a mesma liberdade, mas infelizmente seu limite era a porta da frente.

A trava sacudiu quando algo pesado bateu na porta, rachando o batente. Lucien abriu a porta com a ajuda do ombro e entrou no quarto.

— Você podia ter respondido — disse ele com calma, tirando lascas do casaco.

— O silêncio foi minha resposta — retrucou ela, e voltou a fazer as malas.

Lucien agachou-se e pegou Shakespeare nos braços.

— Temos um problema.

Ela separou o velho chapéu azul de viagem para usar pela manhã.

— Não achei que você tivesse começado a gritar com todo mundo sem uma boa razão.

— Minha tia sabe que você e eu somos amantes.

Alexandra empalideceu.

— Nós *fomos* amantes. Não somos mais. E vou embora amanhã, então não me importo com o que ela sabe.

Ele coçou a cabeça de Shakespeare distraidamente.

— Ela conheceu lady Welkins.

— Ela...

A sala começou a girar e ela tombou na cama.

— Alexandra!— exclamou Lucien, e se ajoelhou ao lado dela. — Você não é do tipo que desmaia, lembra?

— Eu não vou desmaiar — murmurou ela, colocando a mão na testa. — Vou passar mal. Lady Welkins em Londres é... uma coisa. Mas a sra. Delacroix virar amiga dela... Ai, meu Deus.

— Vai ficar tudo bem. Eu tenho uma solução.

De repente, lá estava seu príncipe no cavalo branco mais uma vez, galopando ao seu resgate. Algo, no entanto, não fazia sentido. Ela tirou Shakespeare dos braços dele e tentou ignorar a pulsação acelerada de seu coração quando seus dedos roçaram nos dele.

— Por que arrombou minha porta?

Ele estreitou os olhos.

— O quê?

— Eu perguntei por que você arrombou minha porta.

— Porque você não me respondeu. E...

— E por que você disse que "temos" um problema? Parece que lady Welkins é uma preocupação minha.

— Pelo amor de Deus, Alexandra. — Lucien respirou fundo, e seus olhos cinzentos pareciam sombrios. — Fiona ameaçou causar problemas para você, a menos que...

A última peça do quebra-cabeça se encaixou perfeitamente.

— A menos que você se case com Rose.

Ele piscou.

— Como você sabia disso?

— Eu tenho olhos e ouvidos. E passei mais tempo com suas parentes do que você.

Estendendo a mão, ele segurou os dedos dela em um aperto firme e quente.

— Alexandra, meu nome pode protegê-la. Mesmo se lady Welkins e Fiona começassem a espalhar besteiras, se... se você fosse minha esposa, ninguém ousaria se aproximar de você. Case comigo, Alexandra. Por favor.

Ele estava definitivamente melhorando a proposta, e a parte dela que ansiava por ele queria se jogar em seus braços e apenas deixá-lo cuidar dela. Mas outra parte, a parte fria e lógica que sabia que não podia confiar em ninguém além de si mesma, não podia ignorar uma falha grande e óbvia no pedido — ou uma garota de 17 anos que considerava o primo com alguma afeição.

— E se você se casasse comigo, não precisaria se casar com Rose.

— Eu não tenho que me casar com Rose de qualquer maneira. Alexandra...

— Não. — Ela ficou de pé. — Fiona só quer que *eu* vá embora porque me vê como uma rival de Rose. Graças a Emma Grenville, tenho outro lugar para ir.

Lucien olhou para ela.

— Só que, da próxima vez que Fiona ficar com raiva de mim, ela pode falar besteiras desagradáveis o suficiente para que nem a Academia da Srta. Grenville a empregue.

— Só para irritá-lo?

— Porque ela sabe que eu me importo com você.

Ela colocou Shakespeare na cama e voltou a fazer as malas.

— Não. Não vou ser uma peça de xadrez que todos tentam controlar no tabuleiro. Vou partir amanhã de manhã, e você pode usar suas ideias antiquadas de cavalheirismo para ajudar Rose, que pode estar achando erroneamente que gosta de você.

Lucien ficou de pé e pegou a peça de roupa que ela segurava.

— Você não vai partir amanhã. Você não vai me deixar.

Lucien era muito maior e mais forte que ela, mas Alexandra nunca tivera medo dele, e não teria agora. Ela puxou a roupa de volta.

— Você sabia há uma semana que hoje seria meu último dia aqui. Não finja estar preocupado comigo agora, quando ambos sabemos que é o destino da Abadia de Kilcairn que o incomoda.

— Não é...

— E não grite comigo. Falar mais alto não vai me fazer mudar de ideia.

Ela jogou a roupa no baú, sem se importar que ficaria amassada.

— Se me der licença, vou me despedir agora, para que Rose tenha a festa para animá-la.

A voz dela saiu trêmula, mas Lucien estava tão chateado por ter seu pequeno plano brilhante frustrado que provavelmente nem percebeu. E, depois que saiu do quarto e a deixou livre para chorar, ele não tinha como saber o quanto ela desejava ouvi-lo dizer que a amava, em vez de encontrar outra razão para ela precisar ficar.

As razões que ela tinha para ficar iriam acabar partindo seu coração. E, quaisquer que fossem os planos de Rose, Alexandra seria uma governanta e professora muito ruim se atrapalhasse a oportunidade de sua pupila. Rose certamente tinha mais direito a Lucien do que ela. Pelo menos Fiona sabia daquilo, mesmo que ninguém mais percebesse.

As despedidas foram como ela esperava. Rose chorou e ameaçou se trancar em seu quarto, até que Alexandra a lembrou de que as lágrimas deixariam seus olhos inchados e que toda a festa de gala daquela noite era em sua homenagem. A sra. Delacroix, longe da presença da filha, nem fingiu estar infeliz, embora tenha desejado sorte para Alexandra na Academia da Srta. Grenville.

Quanto a Lucien, ele a evitou a noite toda enquanto emanava charme e simpatia aos convidados. Chegou a lhe lançar um olhar feio algumas vezes, mas desapareceu antes que ela pudesse exigir uma explicação sobre por que ele achava que tudo aquilo era culpa dela. Ótimo. Aquilo deixaria a manhã seguinte muito mais fácil.

Quando ela estava prestes a pedir licença para chorar pela terceira vez na noite, ele se materializou ao seu lado.

— Milorde — disse ela, e terminou de instruir um criado para abrir uma das janelas do salão de baile antes que as pessoas começassem a desmaiar devido ao calor e à multidão.

Quando o criado saiu, Lucien parou na frente dela.

— Eu só queria sugerir que, após terminar de fazer suas malas esta noite, você durma no quarto amarelo. Vou mandar prepará-lo para você, pois a porta do seu quarto parece ter sofrido um leve acidente.

— Obrigada, milorde.

Ele estendeu a mão num gesto abrupto, sem a graça habitual.

— Eu também vou me despedir agora. Minha carruagem estará pronta pela manhã para levá-la. Sugiro que você saia antes que Rose se levante, pois não quero ouvi-la chorando.

Alexandra assentiu e apertou a mão dele. Por um momento, ela esperou que ele a puxasse em seus braços e a levasse embora, mas parecia que ele havia aprendido as lições que ela lhe ensinara sobre decoro. Lucien soltou a mão dela, fez uma reverência e se afastou. Alexandra observou-o partir e desejou ter sido uma professora menos competente.

Fiona observou o aperto de mão tenso e as expressões sombrias de Lucien e da srta. Gallant com alegria. Ela gostaria de que lady Welkins estivesse presente para comemorar a seu lado, mas tudo parecia estar indo bem sem a presença da outra viúva. A afeição de Lucien pela garota fora um incentivo muito mais eficaz para que ele se casasse com Rose do que qualquer outra coisa que ela pudesse pensar, de qualquer maneira.

Ela voltou sua atenção para a pista de dança quando a última valsa da noite terminou. Lorde Belton tinha conseguido reivindicá-la, sem dúvida com uma considerável ajuda de Rose. O visconde escoltou Rose para onde Fiona estivera cercada por seu círculo de novas amigas, e ela sorriu para o jovem.

— Gostaria que meus velhos pés pudessem dançar. Você me faz invejar essas jovens senhoras, lorde Belton.

Ele riu.

— Será meu prazer acompanhá-la sempre que desejar.

— Você é um cavalheiro, milorde. Se meu luto não me impedisse de me envolver em tanta frivolidade, eu até poderia dançar uma quadrilha com você.

Fiona ajeitou uma mecha do cabelo de Rose. A garota parecia estar sempre desgrenhada.

— Minha querida, você poderia buscar uma taça de ponche para mim?

— Eu ficaria feliz em fazê-lo, sra. Delacroix — interrompeu o visconde, e começou a se virar.

Fiona agarrou sua manga.

— Ah, nada disso, milorde. Rose é perfeitamente capaz de fazê-lo.

A filha olhou para Fiona com amargor.

— Eu já volto.

— Você deu uma festa adorável, sra. Delacroix. Rose comentou diversas vezes sobre como está animada.

— Sim, faço qualquer coisa pela minha querida filha.

O visconde olhou para a multidão.

— Ah, lá está Kilcairn. Se me der licença, preciso falar com seu sobrinho por um momento.

Fiona estivera certa e aparentemente o interceptara bem a tempo.

— Milorde, você pretende pedir a mão de Rose em casamento para Lucien?

Lorde Belton pareceu surpreso, mas sorriu e assentiu.

— Você adivinhou meus pensamentos. Sim, essa é minha intenção. Não consegui falar com ele a semana inteira.

Fiona lançou um olhar preocupado na direção de Lucien, mas ele estava bem fora do alcance da voz.

— Neste caso, milorde... Ele me pediu para não dizer nada, mas meu sincero respeito por você me obriga a quebrar meu silêncio.

O visconde franziu a testa.

— Sobre?

— Você sabe como Lucien é... bem, ele gosta de fazer os outros de tolo.

O jovem ficou atento.

— Sim, eu sei.

— Ah... Minha nossa, talvez eu não deva dizer.

— Por favor, madame.

— Sim, sim, você está certo. Milorde, temo que ele esteja apenas brincando com você sobre Rose. Ele tem a intenção de se casar com ela.

O jovem empalideceu.

— A senhora deve estar brincando, madame.

Fiona colocou a mão no peito.

— Eu jamais seria tão cruel. Era o desejo mais querido do meu falecido marido e, depois de passar esse tempo com ela aqui em Londres, Lucien me informou de sua decisão dias atrás. Ele iria anunciar o noivado hoje, mesmo com você aqui, mas achou melhor que a noite fosse apenas sobre Rose.

Ela teria continuado, mas, pela expressão irritada e distante do visconde, ele havia parado de ouvir. Um pouco depois, lorde Belton piscou e voltou seu olhar para ela.

— Você foi muito gentil, madame — disse ele com firmeza. — Devo partir. Por favor, dê minhas desculpas à sua filha.

— Claro, lorde Belton. Por favor, não conte a Lucien que eu estraguei a brincadeira dele. Ele ficará muito bravo comigo.

— Seu segredo está seguro comigo. E boa noite.

Fiona observou enquanto o visconde atravessava a multidão, claramente evitando Lucien e Rose. Quando ele saiu do salão, ela sorriu. Seu querido Oscar ficaria muito satisfeito.

Capítulo 16

Alexandra vestiu o chapéu azul, apertou a coleira de Shakespeare e seguiu os criados que carregavam sua bagagem escada abaixo. O sol era apenas um risco dourado no céu quando ela apertou a mão de Wimbole e emergiu da casa na manhã de verão.

— Sentiremos sua falta — disse o mordomo, e se inclinou para dar a Shakespeare um último petisco. — Boa sorte para você, srta. Gallant.

— Obrigada, Wimbole. — Ela hesitou por um breve momento no pórtico da frente, corando porque sabia que o mordomo adivinharia o motivo. — Lorde Kilcairn ainda não se levantou? — perguntou ela mesmo assim.

— Ele me informou que não se despediria de você esta manhã.

— Claro.

Bem, aquilo respondia sua pergunta. Alexandra se recusara a concordar com o joguinho bobo dele, e agora ele estava no andar de cima de mau humor, ou, pior ainda, dormindo. Se ele de fato se importasse com ela em vez de pensar apenas em si mesmo, teria considerado — ou feito — algo para que ela pudesse ficar.

Piscando para evitar outra enxurrada de lágrimas, ela colocou o terrier para dentro da carruagem e subiu atrás dele.

— Apenas me leve até a estação mais próxima, Vincent. Por favor. Você não precisa me levar até Hampshire.

O jovem criado tirou o chapéu.

— Como desejar, senhorita Lex, mas eu ficaria feliz em levá-la até lá.

Ele fechou a porta e a trancou, e a carruagem balançou quando ele subiu no lugar do cocheiro. Instantes depois, o veículo entrou em movimento e eles partiram.

Alexandra se recostou no assento preto e acolchoado e deixou as lágrimas escorrerem pelo rosto. Depois que chegasse à estação, não poderia continuar as derramando. Ela havia passado a maior parte da noite chorando e sentindo pena de si mesma, mas tudo o que ganhara com aquilo fora uma dor de cabeça. Lastimar certamente não mudaria nada. Ela se apaixonara por um homem orgulhoso e enervante que não acreditava no amor, e ela não se casaria com alguém que apenas fizera a oferta para a própria conveniência e para contrariar sua família.

A carruagem virou outra esquina e, logo depois, outra. Ela esperava que Vincent não estivesse perdido, porque ele parecia estar seguindo uma rota muito indireta para a estação. Alexandra não estava exatamente com pressa, mas, quanto mais cedo pudesse começar a lecionar na Academia, mais cedo poderia tentar tirar o belo, teimoso e impossível Lucien Balfour da cabeça.

Cinco ou seis minutos depois, a carruagem parou.

— Chegamos, senhorita — clamou Vincent, abrindo a porta em seguida.

Shakespeare abanou o rabo e pulou para o chão. Alexandra se levantou e olhou pela porta, mas o que viu foi a familiar parte de trás da Casa dos Balfour.

— O quê...

Um pano escuro e grosso cobriu sua cabeça e a envolveu. Alguém a agarrou pela cintura, prendendo seus braços, e a arrastou para fora da carruagem. Antes que ela pudesse gritar, uma mão apertou sua boca e quase a sufocou sob o material pesado.

Shakespeare latiu e alguém — talvez Vincent — o calou. Depois, ela ouviu um rangido de madeira e sentiu como se tivesse sido erguida sobre o ombro de alguém que descia um lance de escada. A escadaria era estreita, porque seus pés e sua cabeça bateram algumas vezes contra a parede. Ela soltou uma exclamação de dor com os baques, mas recebeu como resposta apenas um xingamento quase inaudível da pessoa que a carregava.

Por fim, seu sequestrador a deixou cair em algo macio e confortável e a soltou. Ela ficou parada por um momento, apenas ouvindo, e então Shakespeare surgiu fazendo barulho para tentar lamber seu rosto pelo pano. Com raiva e respirando com dificuldade, Alexandra se sentou e abaixou o capuz. Ela piscou e tirou o cabelo desgrenhado do rosto para encarar seu sequestrador.

— Lucien! — gritou ela. — O que, em nome de Deus, você está...

— Estou sequestrando você — respondeu ele calmamente. — E seu cachorrinho também.

Ela ficou em pé, e Lucien deu um passo para trás. Ele não duvidaria que ela pudesse chutar suas partes baixas. E aquilo não seria bom, porque os dois ainda precisavam produzir o herdeiro de Kilcairn.

— Você não vai me sequestrar! — exclamou ela, encarando Vincent e Thompkinson e depois voltando o olhar para o conde.

— Sim, eu vou. E gritar não servirá de nada.

— Isso é ridículo!

Ela caminhou pelo quarto em direção à porta mais próxima, mas ele se adiantou para bloquear o caminho.

— Talvez seja um pouco estranho — admitiu ele, desejando que sua senhorita pragmática se acalmasse um pouco para que ele lhe explicasse o plano brilhante —, mas estou falando sério.

— Onde estamos, afinal?

— Na minha adega. Minha adega reserva, na verdade.

— Sua adega reserva. Claro. — Ela girou e o encarou de novo, e uma pontada de surpresa se somou à raiva em seus olhos. — Uma cama de dossel? É...

— É a do quarto dourado. Eu sabia que você tinha gostado dela.

— Certo. — Ela cruzou os braços sobre os adoráveis seios. — Acho que deveria perguntar por que você me trouxe à adega reserva.

Finalmente uma pergunta razoável. Lucien gesticulou para os criados.

— Thompkinson, para o andar de cima. Vincent, vá dirigir a carruagem por mais um tempo. E certifique-se de trancar as portas ao sair.

Vincent tirou o chapéu e saiu pela escada que dava para o jardim, enquanto Thompkinson correu para a adega principal. Dada a língua afiada de Alexandra, ambos certamente ficaram aliviados por terem escapado ilesos. Lucien se preparou para a discussão que viria.

— Interessante — disse Alexandra, com a voz cheia de cinismo. — Agora que seus empregados o ajudaram a me sequestrar, você os manda embora para que eles não ouçam a explicação. Ou eles já sabem qual é?

— Eles sabem que estou preocupado com a sua segurança e que, dada a sua personalidade forte e independente, mantê-la aqui é a única maneira de garantir isso, mesmo contra a sua vontade.

— E por que você está preocupado com a minha segurança? Não é pela possibilidade de lady Welkins fofocar sobre mim de novo, é? Estarei perfeitamente segura em Hampshire. — Ela olhou ao redor da adega escura outra vez. — Mais segura do que aqui, acredito eu. Ninguém nunca me sequestrou antes.

— Fico feliz em ser seu primeiro novamente.

Alexandra corou.

— Você está bêbado, não está?

— Só um pouco. Passei a maior parte da noite carregando móveis, consertando fechaduras e removendo instrumentos de fuga.

— Perdoe-me por não me sentir lisonjeada, milorde, mas…

— Você me chamou de Lucien alguns minutos atrás.

— Eu estava assustada. Agora pare com essa loucura e me deixe ir.

— Não até você concordar em dar ouvidos à razão.

Ela colocou as mãos na cintura.

— Qual razão?

— A de se casar comigo.

Alexandra riu, embora não houvesse nenhum traço de humor na voz dela.

— Você me sequestrou para me convencer de que é alguém em quem posso confiar? Você bateu a cabeça, lorde Kilcairn?

Lucien franziu a testa.

— Já basta. Você não cansa de me dizer quais acha que são minhas motivações para querer me casar com você. Primeiro, estou cansado de procurar uma esposa. Segundo, estou querendo protegê-la. Terceiro, estou tentando frustrar minha família. Esqueci alguma coisa?

— Agora você vai querer casar comigo para me impedir de testemunhar contra você pelo meu sequestro.

Maldição, ela era inteligente. Ele se aproximou de Alexandra, que se afastou. Aparentemente, ele não a conquistaria fazendo amor com ela — não naquele dia, pelo menos.

— Todas elas podem ter relação com o pedido, mas nenhuma delas é o verdadeiro motivo pelo qual desejo tê-la como minha esposa.

— Por favor, me diga o verdadeiro motivo então.

Graças a Deus o efeito do álcool não passara desde a noite anterior. Caso contrário, ele nunca conseguiria dizer suas próximas palavras.

— Eu quero que você se case comigo porque eu te amo, Alexandra.

Ela o encarou por um longo momento. Desconfiança, choque e raiva se digladiavam em seus olhos turquesa.

— Você sempre me disse que palavras são apenas palavras, que elas podem ser usadas para manipular as pessoas a fazer o que você deseja. Vindo de você, "amor" é apenas mais uma palavra, Lucien. Você não acredita em amor. Você mesmo me disse isso.

— Eu era um tolo.

— Você ainda é um tolo. Abra a porta e me deixe ir.

— Não. Você está segura aqui, e eu vou convencê-la de que estou sendo sincero. Fiona e Rose acham que você está na Academia da Srta. Grenville, assim como sua amiga, lady Victoria.

Lentamente, ela se sentou na beirada da cama.

— E como você vai me convencer?

— Removerei todos os obstáculos que você está usando como desculpa para não acreditar em mim. É isto que farei.

Alexandra deu de ombros.

— Parece bastante simples, eu suponho. Mas talvez você deva considerar que não preciso de motivos para rejeitar a ideia de me casar com uma besta arrogante e cínica como você, que não tem escrúpulos em destruir a vida de todos os outros para provar um ponto com o qual apenas você mesmo se importa.

A língua ferina dela estava afiada.

— Eu acho que você se importa, Alexandra. Para falar a verdade, eu sei que você se importa. Sei disso desde o momento em que você entrou na minha casa. E vou provar para você.

— Não se dê ao trabalho.

Lucien atravessou a porta que levava à adega principal e à escada para a cozinha.

— Você ficará surpresa — disse ele, e fechou a porta atrás de si.

Ele trancou a porta exatamente quando ela a alcançou e começou a sacudir a maçaneta, batendo no carvalho maciço.

— Lucien! Lucien, seu maldito, me deixe sair daqui!

— Não! — gritou ele de volta. — E não se machuque aí dentro.

Ele subiu a escada até a cozinha e trancou a porta também, então solicitou que Thompkinson ficasse ali, sem demonstrar que estava de vigia. A esperança de Lucien era de que ela se sentisse lisonjeada com o esforço que ele fizera e cedesse, poupando-lhe o trabalho de dar continuidade ao plano. Agora, porém, ele teria que cumprir sua palavra e torcer para que o forte senso do ridículo e do racional dela o ajudassem a se redimir.

Lucien parou ao caminho de seus aposentos. Ele realmente tinha bastante redenção pela frente. Antes de conhecer a srta. Gallant, ele nunca havia considerado a implicação de algumas de suas ações.

O retrato de James Balfour estava à sua frente. Ele se aproximou e tirou a fita preta do canto. Naquele dia nascia o novo e melhorado Lucien Balfour: protetor dos fracos, defensor dos inocentes, operador de milagres e, por sorte, marido de Alexandra Gallant — que seria o maior milagre de todos.

— Bem, Jamie — disse ele, endireitando a moldura —, me deseje sorte.

—⚘—

— Isso é ridículo — murmurou Alexandra, afundando na cama outra vez.

Uma hora de batidas, chacoalhadas e gritos não fizeram nada além de cansá-la, e agora as velas estavam quase no fim.

O Lucien Balfour que ela conhecia até o dia anterior não a deixaria sozinha em uma adega escura, mas aquela versão do conde estava obviamente louca. Ele até havia tirado todos os vinhos das prateleiras, então com toda a certeza planejava fazê-la morrer de sede ou fome.

Alguém arranhou a porta e ela se levantou e correu para bater mais um pouco na madeira grossa.

— Tem alguém aí? Estou aqui! Me ajudem!

— Desculpe, srta. Gallant. Sou eu, Thompkinson. O conde disse que eu deveria perguntar se você precisa de alguma coisa.

— Eu preciso sair daqui!

— Hum, exceto por isso, senhorita.

Ela bufou.

— Tudo bem. Eu preciso de mais velas e algo para fazer, pelo amor de Deus. E um espelho, para que eu possa arrumar meu cabelo. E algo para comer e beber.

— Cuidarei disso agora mesmo, senhorita.

Quando a porta se abriu pouco tempo depois, dois criados entraram carregando sua penteadeira e um espelho, enquanto outro trazia um café da manhã muito apetitoso.

— Eu só precisava de um espelho de mão — disse ela, observando incrédula a procissão.

Aparentemente, metade da criadagem estava envolvida naquela loucura.

— O conde achou que você gostaria mais desse, senhorita.

Alexandra assentiu, pegando Shakespeare nos braços. Ela sabia que eles não facilitariam sua fuga, mas a ideia de tirar proveito de sua negligência não lhe pareceu de todo ruim.

— Vocês poderiam deixá-la mais próxima da escada? — perguntou ela.

Os criados levantaram a penteadeira mais uma vez. No mesmo instante, Alexandra correu na direção da porta aberta. Ela conseguiu entrar na penumbra da adega principal.

— Srta. Gallant, espere!

— Thompkinson, ela está fugindo!

Abafando uma risada, ela contornou a última prateleira de vinhos antes da escada… e bateu em um peito largo e duro.

— Diabo! — resmungou ela, cambaleando para trás.

Lucien pegou seu braço e a equilibrou.

— Não tão rápido, minha pequena criminosa.

Ela o encarou.

— Não sou *eu* a criminosa da história. Solte-me.

— Espero que você não tenha esmagado o Shakespeare. — A voz e a expressão dele eram sérias, mas Alexandra pensou ter visto um brilho de diversão nos olhos cinzentos. Aquilo não melhorou nem um pouco o humor dela.

— Se eu o esmaguei, a culpa é sua.

— Uhum. De volta para dentro.

— Não.

Lucien se curvou e pegou os dois, ela e Shakespeare, nos braços. Sem nenhuma dificuldade aparente, ele os levou de volta para a masmorra improvisada. Quando foi colocada de volta no chão, Alexandra percebeu que deveria ter lutado, mas a sensação de estar nos braços fortes havia lhe tirado o fôlego.

— Manterei alguém de vigia do lado de fora da porta a partir de agora. Se precisar de algo, o pedido será cumprido no mesmo instante.

— Eu preciso da minha liberdade.

Ele sorriu.

— Esse é o meu objetivo final, minha querida, mas vai demorar um pouco mais. — Com um aceno, ele gesticulou para que os criados saíssem e os seguiu até a porta, onde fez uma pausa. — Quase me esqueci — disse ele, tirando um livro de algum lugar detrás dele. — Para mantê-la entretida.

Ela não fez nenhum movimento para pegá-lo, e então Lucien o colocou na prateleira vazia. Fazendo uma reverência profunda, ele saiu do quarto e fechou a porta. Alguns segundos depois, o ferrolho foi fechado, trancando--a novamente.

Quando não ouviu mais nenhum movimento do outro lado da porta, Alexandra colocou Shakespeare na cama e pegou o livro. Um pequeno calafrio percorreu sua espinha. Ele lhe trouxera Byron.

※

— Primo Lucien — disse Rose, interceptando-o assim que ele saiu do corredor da cozinha. — Lex já foi embora?

Ele assentiu, continuando em direção à porta da frente.

— Antes de eu acordar.

— Isso é horrível. — A prima estremeceu. — Eu esperava que pelo menos tomássemos café juntas, e então talvez eu pudesse convencê-la a ficar.

Ele olhou para ela por cima do ombro.

— E como você conseguiria isso?

— Eu diria o quanto mamãe e eu gostamos dela e o quanto a sua presença deixa tudo mais divertido.

Lucien parou de andar.

— Pare, prima. Você está quase me fazendo chorar.

Uma lágrima de verdade escorreu pela bochecha de Rose.

— *Você* devia parar. Tenho certeza de que Lex foi embora porque você era muito malvado com ela.

Aquilo era interessante. A prima de fato parecia não ter a menor ideia do que a própria mãe estava planejando. Embora ele particularmente não quisesse discutir quem era o culpado pela partida de Alexandra, Rose, apesar da aparente ignorância em relação a certos eventos secretos, estava muito envolvida na história. Tê-la ao seu lado poderia ser benéfico.

Percebendo que ele a estava encarando e que a expressão dela se tinha se tornado ainda mais curiosa, Lucien se recompôs. Ele dissera a Alexandra que consertaria as coisas. Rose era parte daquilo, e muito possivelmente uma parte inocente em todo o desastre.

— Podemos conversar? — perguntou ele.

Ela empalideceu.

— S-sim. Suponho que sim.

Ele apontou para a sala matinal. Quando a prima entrou, parecendo um coelho prestes a ser assado para o jantar, ele a seguiu e fechou a porta.

— Sente-se, por favor.

— Estou em apuros? — perguntou ela, tímida, sentando-se na cadeira acolchoada sob a janela. — Acho que tudo ocorreu bem ontem à noite e quero agradecer mais uma vez por me permitir fazer a minha festa.

Lucien desabou no assento à frente dela.

— De nada. E não, você não está em apuros. Eu estou.

No mesmo instante, Rose estendeu a mão para tocar o joelho dele, depois a afastou como se tivesse se queimado.

— Minha nossa. Qual é o problema?

Conversar com Alexandra era muito mais fácil. Ele conseguia falar o que pensava e não precisava simplificar as frases antes de dizê-las.

— Primeiro, acho que precisamos definir algumas regras.

Ela franziu a testa.

— Regras?

— Sim. Nesta sala, e com a porta fechada, você e eu seremos absolutamente honestos um com o outro. Você concorda?

Rose hesitou, depois assentiu.

— O que mais?

— O que dissermos nesta sala não sairá daqui, a menos que concordemos primeiro.

— Está bem. Eu aceito.

Até então, tudo ia bem. Na verdade, ele não tinha contado que sua prima fosse sequer capaz de tomar uma decisão. Talvez Alexandra tivesse razão e, com o estímulo certo, Rose pudesse ser mais que um rostinho bonito. Ele estava prestes a descobrir.

— Rose, você veio a Londres com a ideia de se casar com um nobre específico?

Ela corou.

— Específico?

— Você veio a Londres com a ideia de se casar comigo?

— Mamãe contou para você?

— Ela mencionou. Quem teve essa ideia?

— Mamãe e papai disseram que eu deveria me casar com você. Desde que me entendo por gente, eu deveria me casar com você. Quando você nos visitou pela última vez, mamãe até disse que eu não podia andar em Daisy, minha pônei, porque meu vestido poderia ficar sujo e você pensaria que eu não era uma dama de verdade.

— Lembro-me de algo sobre isso — disse ele, ríspido. — Você quer se casar comigo?

Com delicadeza, ela cruzou as mãos no colo, um gesto que devia ter aprendido com a governanta.

— Você disse que deveríamos ser perfeitamente honestos.

— Sim.

— Bem, eu sei que você tem sido muito gentil comigo nas últimas semanas e que pode muito bem estar se apaixonando por mim, mas vou lhe dizer a verdade, Lucien. Por favor, não fique com raiva, mas não desejo me casar com você.

Graças a Deus.

— E por que não?

— Bem, você é muito... feroz.

Ele sorriu.

— Eu sou?

— Não me entenda mal — disse ela, apressada, ficando na beirada do assento. — Se você e mamãe desejam que isso aconteça, eu me casarei com você. — Rose se curvou um pouco. — Na verdade, eu realmente não vejo uma maneira de contornar isso. Mamãe é muito determinada.

— Como você se sente sobre Robert Ellis, lorde Belton?

— Ah, eu gosto muito dele. Mas ele é apenas um visconde. Você é um conde, e muito mais rico.

— Isso é verdade. E se eu lhe dissesse, no entanto, que eu…

Alguém bateu na porta. Lucien torceu para que sua prisioneira não tivesse tentado escapar outra vez.

— O que foi? — rosnou ele.

Thompkinson enfiou a cabeça pela fresta da porta.

— Desculpe, meu senhor, mas… posso pegar uma caneta, tinta e papel para… para Wimbole, meu senhor?

— Sim, claro. No meu escritório.

Pelo menos ela não estava pedindo um pouco de pólvora… ainda.

— Obrigado, senhor.

Quando a porta tornou a se fechar, Lucien voltou sua atenção para Rose.

— E se eu lhe dissesse que estou apaixonado por outra pessoa?

Rose arregalou os olhos azuis.

— Você está? Por quem?

— Alexandra Gallant.

Ela o encarou com uma expressão ao mesmo tempo incrédula, aterrorizada, chocada e divertida no lindo rosto.

— Você está apaixonado pela minha governanta? — perguntou ela por fim.

— Sim, estou.

Rose deu uma risadinha.

— E pensar que achei que *eu* estivesse em apuros.

Ele fez uma careta.

— Não é por isso que estou em apuros.

Em sua cabeça, ele podia claramente ouvir Alexandra lembrando-o de que ele havia prometido ser honesto com Rose. Meu Deus, agora a srta. Gallant era sua consciência. Lucien fez uma pausa e considerou o fato por um momento. Talvez ela fosse. Talvez por isso precisasse tanto dela.

— Não é exatamente por isso que estou em apuros — corrigiu ele.

— Então qual é o motivo?

— Eu... quero me casar com ela, mas ela não concorda. Ela...

— Ela rejeitou você? — A risada de Rose virou uma gargalhada. — Minha nossa.

Aquilo não tinha graça nenhuma.

— Ela me rejeitou porque sabia que você deveria se casar comigo.

Aos poucos a prima ficou séria e passou a encará-lo.

— Você precisa de mim — disse ela por fim.

Rose definitivamente era mais inteligente do que ele pensara.

— Sim, eu preciso.

— Você precisa que eu diga que está tudo bem você se casar com a Lex.

Controlando sua impaciência, Lucien assentiu.

— Bem, não está tudo bem. Não se isso me deixar sem um marido.

— Entendo.

— Você não está bravo, está?

— Sim. Mas não com você.

Lucien olhou para as próprias mãos. Ele sabia qual era o próximo passo, mas, se a prima recusasse, não havia mais caminho a seguir. Nenhum caminho que Alexandra aprovaria, pelo menos. E a aprovação dela era o elemento mais importante do maldito plano. Alexandra tinha que ficar satisfeita com os resultados.

— E se você tivesse um homem com quem se casar?

— Ele precisa ser um nobre. Você quer dizer Robert, suponho?

Com um leve sorriso, Lucien deixou a prima assumir o controle da conversa.

— Você disse que gosta dele.

— Gosto muito dele. Ele é... gentil, e ele ri quando digo algo bobo, em vez de brigar comigo.

— Tudo bem. Será Robert, então.

— Mas, Lucien, ele saiu da minha festa mais cedo na noite passada. Mamãe disse que ele parecia chateado com alguma coisa.

Ele podia adivinhar o motivo pelo qual Fiona notara a partida de Robert. Maldição, a bruxa ainda estava se intrometendo. Ele teria que acabar logo com aquilo.

— Deixe isso comigo. Mas quero sua palavra, Rose: se Robert quiser se casar com você, você concordará. Mesmo se tia Fiona preferir que você se case comigo.

— Você vai me dar um bom dote?

— Darei um dote excelente. Um excepcionalmente generoso.

— Tudo bem, então. Eu concordo.

Lucien soltou um suspiro que nem percebera que estava segurando.

— Eu também. Mas, lembre-se, isso é apenas um segredo entre nós por enquanto.

— Claro. Eu não seria tola de contar à mamãe.

— Obrigado, Rose.

Ela se levantou e alisou a saia.

— Não me agradeça ainda, primo Lucien. Primeiro você tem que fazer Robert me pedir em casamento.

— Ah, eu farei.

Nem que aquilo matasse a todos.

Capítulo 17

— Ah, e um relógio. Gostaria de saber que horas são — acrescentou Alexandra.

Com uma expressão um pouco abatida, Thompkinson assentiu pela fresta da porta da masmorra.

— É para já, srta. Gallant.

Ela não estava sentindo nenhuma simpatia pelo criado, mesmo que Lucien o tivesse coagido a ser seu guarda. O conde aparentemente desaparecera, mas ela ainda podia torturar os empregados dele.

— Obrigada. Minha correspondência estará pronta quando você retornar.

— Está bem, srta. Gallant.

Ele fechou a porta e deslizou a tranca. Alexandra se recostou na prateleira vazia e sorriu. Por mais que ela odiasse admitir, a situação estava ficando divertida. Aquela era a primeira vez que alguém atendia a todos os seus pedidos.

— O que mais pediremos, Shakes?

O terrier levantou a cabeça, mas logo voltou a dormir em sua fortaleza, debaixo da penteadeira. Ele parecia muitíssimo satisfeito em permanecer na adega, agora que Thompkinson havia lhe fornecido um osso de carneiro suculento e tão grande que ele mal conseguia arrastá-lo. Onde quer que o osso estivesse, o cão ficaria.

Alexandra assinou a carta, dobrou-a e escreveu o endereço no envelope. Quando ela terminou, a porta fez barulho e voltou se abrir. Thompkinson olhou para dentro com cautela, certamente temendo uma emboscada. Quando a viu na penteadeira, ele abriu a porta para permitir que Bingham entrasse com o relógio da lareira da sala de jantar.

— Este está de bom tamanho, srta. Gallant?

— Sim, obrigada. — Ela atravessou a sala e entregou a carta a ele. — Por favor, peça para que seja enviada agora mesmo.

O tique que ele aparentemente adquirira nas últimas horas fez sua bochecha tremer.

— Lorde Kilcairn disse que nada deve sair da casa sem que ele veja primeiro.

Ela cruzou os braços, nem um pouco surpresa. A carta era mais para ele do que para Emma Grenville, de qualquer forma.

— Entendo. Por favor, informe-o, então, de que Shakespeare deixou algo para que ele inspecione aqui.

Alexandra apontou. O homem fez uma reverência e arrastou o impressionado Bingham para fora da sala.

— Farei isso, srta. Gallant.

Depois que os criados saíram, ela andou pela adega, tentando pensar em outra coisa para pedir aos guardas. Eventualmente, eles acabariam deixando a porta destrancada por acidente. Seu olhar entediado caiu sobre a única janela de sua prisão. Ela era pequena e ficava no topo de uma parede, escondida por trepadeiras do lado de fora, de modo que pouca luz passava para iluminar o local.

Examinando a porta mais uma vez, Alexandra arrastou a cadeira da penteadeira e a posicionou embaixo da pequena janela. Subindo no delicado assento de filigrana e equilibrando-se na ponta dos pés, conseguiu alcançar o fundo. A estrutura não havia sido construída para ser aberta ou arrombada, mas a moldura de madeira cedeu um pouco quando ela a cutucou com o dedo.

Descendo para o chão, ela procurou algo com o que remover a madeira velha. Uma faca de mesa teria sido perfeita, mas eles já haviam removido sua bandeja de almoço. Lucien tinha sido minucioso em sua busca para coletar e remover todas as armas e instrumentos que facilitariam uma fuga.

Com uma careta, ela terminou a busca e se sentou na cadeira. Alexandra poderia ceder e deixá-lo fazer o que quisesse com a vida dela, como ele fazia com todos os outros ao seu redor. Mas os anos de esforço e trabalho para se tornar uma mulher independente e capaz de seguir o próprio caminho teriam sido inúteis se ela permitisse que Lucien administrasse a vida dela de acordo com os próprios caprichos.

Alexandra se levantou e foi vasculhar seu baú. Sob as roupas e os sapatos, ela encontrou o que procurava: um alfinete decorativo que já fora de sua mãe. Havia pétalas de flores arredondadas no topo, mas a parte inferior consistia em várias hastes bem pontiagudas. Lucien Balfour precisava aprender mais uma lição: surpreendê-la e trancá-la em uma adega era uma coisa... mantê-la lá era outra.

—⁓—

Lucien tirou o casaco e o deixou cair no banco ao lado de Francis Henning.

— Você se importa? — perguntou ele, pegando o florete de Henning.

— Não, c-claro que não, Kilcairn. Pegue minha máscara também.

— Não será necessário.

Lucien movimentou a espada, assistindo à luta de Robert Ellis com monsieur Fancheau, o dono do estabelecimento e seu professor preferido.

— São as regras, Kilcairn — insistiu Henning. — Você não quer ficar caolho, quer?

— Eu é que deixarei alguém caolho — disse ele, distraído, esperando que Robert o notasse.

— Ah. Se você insiste.

— Insisto.

Lorde Belton venceu a partida e, ofegante, tirou a máscara. Quando seu olhar encontrou o de Lucien, ele ficou sério.

— Kilcairn.

— Aceita um duelo? — perguntou Lucien.

— Não.

— Deixarei você ganhar.

O visconde chicoteou sua espada para cima e para baixo, o ar zumbindo com a velocidade do movimento.

— Chega dos seus malditos joguinhos.

Um burburinho começou nos arredores da sala. Quanto mais fofocas ele causasse, mais coisas ele teria que resolver depois. Lucien manteve o sorriso no rosto.

— Nada de joguinhos. Só quero conversar.

Robert deixou a máscara cair no chão.

— Eu não quero falar com você agora. Pensei que tivesse deixado isso bastante claro.

Do que adiantava ser educado? Lucien colocou a lâmina do florete no caminho de Robert, parando-o.

— Fale comigo mesmo assim. E se tentar escapar, vou dar uma surra em você, e depois falarei do mesmo jeito. Fui claro?

Por um momento, Lucien não soube qual caminho o visconde escolheria, mas, com outro olhar duro, Robert jogou sua arma no chão.

— Lá fora.

Lucien pegou seu casaco e esperou enquanto Robert tirava o colete acolchoado e pegava seu próprio casaco e colete, então seguiu o homem mais jovem até os degraus da frente. Ele não sabia ao certo o que acontecera na noite anterior, mas estava claro que o fato tinha incomodado o amigo. Embora a raiva de Robert não o afetasse tanto quanto a de Alexandra, aquilo o chateava. Ele fez uma careta enquanto descia os degraus. Aparentemente, uma vez desenvolvida, a consciência podia surgir a qualquer momento, por mais inconveniente que fosse.

— Tudo bem, estou ouvindo. O que há de tão importante, Kilcairn?

— Rose ficou preocupada porque você foi embora cedo da festa e disse que você parecia chateado. Ela pisou no seu pé durante a valsa?

Robert empalideceu.

— Eu avisei. Sem joguinhos. Não estou de bom humor.

— Não me ameace, Robert. Eu já tenho corda o suficiente enrolada no meu pescoço para enforcar um exército inteiro. — Ele fez outra careta quando a expressão severa do visconde não mudou. — Olhe. Não sou acostumado a falar de forma doce, então vou direto ao assunto. O que aconteceu?

— Rá! Como se você não soubesse!

— Se eu soubesse, obviamente não estaria aqui perguntando.

Lucien estudou a expressão séria de Robert e os círculos escuros ao redor dos olhos dele. Ele não fora o único a ficar acordado a noite toda, ao que parecia. Talvez até pelo mesmo motivo.

— Você gosta mesmo da Rose, não é?

— Não preciso nem responder. E não vou lhe dar nenhum tipo de diversão ao expressar meus sentimentos em sua presença. Você me enganou, eu admito. Mas não abaixarei a cabeça esperando para ser humilhado, como seus outros amigos tolos.

Agora as coisas estavam começando a fazer sentido.

— Você conversou com minha tia ontem à noite, não é?

— Não trairei a confiança dela.

Lucien arqueou uma sobrancelha.

— Ela mentiu, sabia?

Robert interrompeu a resposta que iria dar e o encarou.

— O quê? Quem mentiu?

— Minha tia. Ela está dando uma de Iago, espalhando histórias venenosas em todas as direções.

— Histórias… como o quê?

— Isso eu já não sei. Você terá que oferecer a informação primeiro.

O visconde hesitou.

— Como você sabe que ela mentiu, se você não sabe o que ela disse?

— As probabilidades estão a meu favor — disse Lucien secamente.

— Sinto como se estivesse zombando de mim.

— Não estou.

Robert suspirou.

— Está bem. Ela me disse que você vai se casar com Rose. Que esse era o seu plano desde o início e que só fingia o contrário para me fazer de bobo.

— Hum. Eu já teria conseguido fazê-lo de bobo se isso fosse verdade.

Lucien desviou o olhar da expressão subitamente esperançosa do amigo. Ele queria que Alexandra fosse tão fácil de agradar, mas ela tinha uma natureza muito mais desconfiada do que o visconde.

— Você não vai se casar com Rose — disse Robert lentamente.

Lucien fez uma careta.

— Pelo amor de Deus, não! Por que eu iria querer fazer isso?

— Porque ela é um amor.

— Bem, eu concordo que ela não é tão horrível quanto eu pensava — admitiu Lucien com relutância, surpreso pelo fato de estar se sentindo…

bem por ver Robert feliz. Diabo! Daqui a pouco ele estaria bebendo chá e mordiscando biscoito com as velhotas do Almack's.

— Então você... você não objetará se eu pedir a mão dela em casamento?

— Você pode tê-la por inteiro. Mão e todo o resto. — Lucien sorriu ao ver a visível euforia de Robert. — Não está feliz por eu não o ter espetado?

— Fiquei tentado a tentar a sorte. — O visconde apertou a mão de Lucien vigorosamente, então ficou sério. — Mas por que sua tia inventou uma história tão elaborada?

Se Robert achava que a mentira de Fiona era elaborada, ele ainda não tinha visto nada.

— Vamos almoçar no White's. É uma longa história e, ao fim dela, estarei lhe devendo um favor.

— Ora, conte-me então.

Desta vez, Lucien hesitou.

— Também precisarei da sua discrição.

O visconde estendeu o braço, parando os dois.

— Espere um momento. O conde da Abadia de Kilcairn está pedindo minha *discrição*?

— E paciência.

Robert sorriu, tão feliz pelo desaparecimento dos próprios problemas que chegava a dar raiva.

— Você tem os dois. Mas, por Deus, eles vão lhe custar um baita de um favor.

—⚬—

Com um último bufar, Alexandra empurrou a janela para fora do buraco. Ela ficou presa por um momento no emaranhado de trepadeiras do lado de fora, depois caiu no canteiro de flores.

Ela parou alguns segundos para admirar seu talento para o mal, depois raspou as lascas restantes na parte inferior da abertura. Suas mãos e seus braços estavam cansados, mas ela já tivera que parar duas vezes quando Thompkinson entrou na masmorra para checar se tudo estava bem. Ele poderia reaparecer a qualquer momento e perceberia que a janela não estava mais lá.

Quando a madeira ficou o mais lisa possível com a ajuda do enfeite de cabelo, ela desceu da cadeira e observou o baú. Infelizmente, ela nunca conseguiria passar a maldita coisa pela pequena abertura. No entanto, seu principal objetivo era chegar à casa de Vixen e depois avaliar a situação.

Guardando o enfeite, pegou sua camisola mais velha e correu para colocá-la sobre o buraco. Shakespeare se sentou na cama e abanou o rabo, e por um momento ela pensou em levá-lo junto. Alexandra não podia soltá-lo no jardim enquanto saía pela janela, porque ele era um explorador notório e sumiria no mesmo minuto. E ela com certeza não conseguiria puxá-lo com ela sem estrangulá-lo.

— Shakespeare, fique — disse ela o mais alto que pôde.

O terrier continuou a observá-la com curiosidade, mas se deitou no travesseiro dela. Lucien gostava dele, assim como Wimbole, e um deles cuidaria do cachorro até que ela pudesse resgatá-lo.

Com um último olhar para a porta, ela voltou a subir na cadeira. Agarrando o batente coberto, ela cuidadosamente subiu nos braços do móvel.

Agradecendo o lado do pai da família por sua altura, Alexandra mudou sua pegada e esticou a cabeça pela abertura. Ela teve que inclinar a cabeça para o lado para que seu coque meio solto coubesse no espaço, mas naquele momento seu cabelo era a menor das preocupações.

Ela mexeu os pés e subiu no encosto arredondado da cadeira, que escorregou um pouco, mas logo se firmou novamente. Respirando fundo, ela deu um impulso com os pés e se içou para cima com toda a força.

A cadeira caiu. Com uma arfada, ela chutou o ar e tentou se empurrar pela abertura. O cotovelo esquerdo ficou preso no canto do batente. Balançando as pernas, ela se deu espaço suficiente para passar os braços para o lado de fora. No entanto, ela perdera todo o embalo e ficara presa, metade para dentro e metade para fora, sem fôlego algum.

— Maldição — murmurou, esticando-se para agarrar uma das videiras firmemente enraizadas.

Alexandra se contorceu e chutou, tentando ir para a frente, mas nada aconteceu. A camisola abaixo dela deslizara o suficiente para impedi-la de ganhar qualquer impulso no parapeito da janela.

Então, um par de pernas vestidas de preto entrou em sua linha de visão. Ela congelou, esperando que as videiras a mantivessem escondida. Diabos, ela deveria ter esperado até a noite, mas a ideia de percorrer qualquer parte de Londres sozinha e no escuro a deixava nervosa.

As pernas pararam.

— Hum... Srta. Gallant?

— Wimbole? — ofegou ela, o batente apertado contra sua barriga, tirando-lhe o ar.

— Sim, senhorita.

— Wimbole! Graças a Deus! Me tire daqui, sim? Depressa, antes que alguém veja.

— Temo que você tenha que voltar para a adega, srta. Gallant.

Ela ergueu a cabeça para olhá-lo, mas não conseguiu ver nada acima do torso dele.

— Você quer dizer que também sabe disso?

Ele se agachou.

— Receio que sim.

— Um mordomo com a sua reputação impecável? Você certamente não pode ser a favor de manter uma mulher cativa contra sua vontade.

— Normalmente, não. Claro que não.

— Mas...

— Por favor, volte para dentro, srta. Gallant.

Ela não recuaria mesmo que não estivesse presa.

— Não voltarei! Agora, me ajude logo.

Ele negou com a cabeça.

— Se eu deixá-la escapar, lorde Kilcairn ficará bastante triste.

— E quanto a mim? Sou eu que estou pendurada na janela!

— Não grite, por favor, srta. Gallant. A sra. Delacroix poderia ouvi-la, e então todos estaríamos em um grande problema.

Aquilo já era demais. Absolutamente todos na casa estavam loucos.

— Você se envolveu em um grande problema agora, Wimbole.

Ele franziu a testa.

— Talvez eu deva me explicar.

— Ah, por favor. Não tenho nada melhor para fazer. — Suas pernas estavam começando a ficar dormentes, e ela as mexeu novamente.

— Trabalho para lorde Kilcairn há nove anos. Nesse tempo, testemunhei vários incidentes escandalosos e os mantive em segredo. Durante o mesmo período, também observei o conde ficar cada vez mais cínico e teimoso.

— Ele se inclinou mais para perto, olhando por cima do ombro e falando mais baixo. — Não sei se você já notou, srta. Gallant, mas sua presença aqui teve uma influência profunda sobre ele… Uma influência que foi bastante benéfica a seus empregados.

Alexandra olhou para ele.

— O quê?

Ele suspirou.

— Para ser franco, o conde tem sido mais agradável conosco, com todos, desde que você chegou. Não que ele fosse cruel antes, mas era como se ele simplesmente não… nos notasse. — O mordomo se endireitou. — Agora, por favor, volte para dentro.

Ela baixou a cabeça.

— Eu não posso. Estou presa.

— Ah. Então vou buscar ajuda.

— Nã…

Quando os passos do mordomo desapareceram, Alexandra refletiu que, apesar do absurdo da situação, ela não podia deixar de se sentir um pouco lisonjeada. Por mais ridículo e autoritário que fosse ser mantida prisioneira na adega de alguém, ninguém jamais se esforçara tanto para mantê-la segura em qualquer lugar.

Algo agarrou seus tornozelos. Alexandra gritou.

— Quieta — disse Lucien atrás dela.

— Bem, feche a porta — sussurrou ela. — Não quero que mais ninguém me veja assim.

— Já fechei, embora você devesse ter pensado nisso antes.

As mãos quentes e fortes hesitaram, depois deslizaram devagar pelas pernas dela, por baixo da saia.

— Ai, meu Deus — disse ela, ofegante. — Pare com isso.

— Então pare de mexer seu lindo traseiro desse jeito.

Ela desejou poder ver o rosto dele, para saber se estava brincando ou se ela realmente o estava afetando. Lucien a segurou com mais firmeza e a puxou. Alexandra começou a deslizar para trás e, de forma instintiva, agitou os braços em busca de apoio para não cair.

— Ai! Diabo! — amaldiçoou ele, e deu um tapinha no traseiro dela.

Não doeu, mas ela já se sentia vulnerável o suficiente sem aquilo.

— Não faça isso!

— Você me chutou no rosto, mulher.

— Ah! Sinto muito.

Dessa vez, ela ouviu muito bem a risada dele.

— Vamos tentar mais uma vez, tudo bem? Eu não vou deixar você cair.

Ele estava tirando vantagem do desamparo dela, pois estava acariciando suas pernas de uma maneira bastante íntima, mas parecia uma eternidade desde a última vez que ele a tocara. Irritada com ele ou não, ela amava seu toque, e sua voz, e seus olhos adoráveis...

Ela deslizou para trás mais alguns centímetros, e então entalou.

Lucien deu um puxão nas pernas novamente e algo rasgou.

— Lucien, estou presa.

Ela poderia jurar que era a bochecha dele roçando ao longo de sua coxa...

— Sim, você está.

Alexandra sentiu um tremor que a aqueceu até os dedos dos pés.

— Meu vestido está preso — corrigiu ela. Mãos acariciaram suas coxas mais uma vez, acompanhadas de uma sensação quente e levemente úmida que percorreu o interior de suas coxas com uma lentidão agonizante. — Você está me beijando? — ofegou ela.

— Sim.

— Bem, pare com isso. Eu não consigo respirar.

— Está bem. Espere um momento. Vou pegar a cadeira.

Ele se afastou e voltou, dessa vez deslizando as mãos pelos quadris e pela cintura dela. Alexandra estava começando a se sentir um pouco quente, e tentou se contorcer novamente.

— Meu Deus — sussurrou ele, sua voz muito mais perto. — Onde você está presa?

— Um pouco para a esquerda, eu acho. Sim, aí mesmo.

A mão dele ficou entre o corpo dela e o batente, apertando confortavelmente o seio esquerdo. E então ele parou.

— Aqui? — perguntou ele, e a acariciou através do material fino do vestido. — Ou aqui?

Ela ofegou, balançando o traseiro contra o peito dele outra vez.

— Lucien! Não... Jesus.

A respiração dela parecia um pouco ofegante e, sem saber se era por causa dele ou pelo fato de estar presa, Lucien decidiu que seria melhor concluir o que desejava com ela no chão. Ele puxou o tecido preso de lado e, logo depois, ela deslizou para seus braços. Ela envolveu o pescoço dele com as mãos quando seu peso repentino tombou sobre ele e os dois caíram da cadeira. Então, a boca dele encontrou a dela.

Eles bateram contra a parede, mas ele mal percebeu. Ele estava duro e pronto desde que entrara na adega e vira o traseiro muito atraente de Alexandra se mexendo na janela. E, por mais volátil que ela fosse, e por mais que ele a quisesse, Lucien não tinha intenção de dar a ela uma oportunidade de recuperar seus sentidos.

— Lucien — suspirou ela, beijando-o de volta e enterrando os dedos no cabelo dele para puxá-lo para mais perto.

Pelo menos ela tinha voltado a usar o primeiro nome dele. Ele se deitou no chão com ela ainda embalada em seus braços. E então um cachorro pequeno, branco e peludo pulou no colo dela e lambeu o queixo dos dois.

— Meu Deus! — reclamou Lucien, recuando quando o monstrinho se apoiou em seu peito.

Alexandra, com os braços ainda em volta dos ombros dele, começou a rir.

— Shakespeare, não!

A porta da adega sacudiu e abriu.

— Meu senhor — disse Thompkinson, hesitante —, sei que você disse para não…

— Para fora! — rugiu Lucien.

A porta se fechou novamente.

— Graças a Deus não estávamos *en déshabillé* — comentou Alexandra, pegando Shakespeare nos braços e ainda rindo.

— Estaremos daqui a pouco.

— Não estaremos.

Inferno. Ele sabia que dar a ela tempo para considerar qualquer coisa era uma má ideia. Lucien a colocou no colo.

— Está sentindo isso? — murmurou ele, passando a boca pelo pescoço dela. — Está me sentindo?

Ela engoliu em seco.

— Sim.

— Você me quer, não é?

— Sim.

Então ela o beijou, quente e desejosa.

Aquilo foi o suficiente para ele. Ele se levantou, levou-a para a cama e a deitou no colchão. Sua expressão atordoada e lasciva o deixou latejando, mas primeiro ele precisava se livrar de um certo incômodo canino. Lucien pegou Shakespeare, caminhou até a porta da adega e a abriu.

— Cuide dele — ordenou ao assustado Thompkinson, antes de fechar a porta atrás de si.

Ele esperava outro protesto, mas ela se ajoelhou para recebê-lo quando ele voltou para a cama. Alexandra tirou o casaco dele e jogou-o para o lado, enquanto ele terminava o trabalho que a janela começara no cabelo dourado e soltava os grampos pendurados.

— Isso não significa que eu o perdoei — sussurrou ela, puxando a camisa dele por cima da cabeça e lambendo um mamilo.

— Significa, sim — respondeu ele, abrindo os botões restantes do vestido rasgado e arrancando-o dela. Depois fez o mesmo com a camisola e abaixou a cabeça para lamber os seios macios.

Ela ofegou de prazer.

— Não, não significa.

Com dedos trêmulos e ansiosos, ela desabotoou o cinto e a calça dele e os puxou para baixo.

— Podemos discutir depois.

Lucien a empurrou para trás, cobrindo-a com seu corpo e, com um rosnado possessivo, a penetrou fundo.

Ele se deleitou com a resposta feroz e faminta dela. Alexandra cravou as unhas em suas costas enquanto ele se mexia dentro dela, os quadris delicados se movendo num ritmo instintivo com os dele. Eles chegaram ao ápice juntos, e ele abafou o gemido exultante dela com um beijo.

Assim que conseguiu respirar outra vez, Lucien saiu de cima dela e rolou para o lado. Um pedaço de tecido ainda jazia no batente da janela e ondulava na brisa leve. Ela quase conseguira escapar, e ele não tinha intenção de permitir que ela tentasse novamente. Não quando ele estava tão perto de tirar todas as pedras do caminho deles.

Alexandra se virou de lado, apoiando-se em um cotovelo.

— Tenho que admitir, fico feliz por ter sido você quem me resgatou, em vez de Thompkinson ou Wimbole.

— Eu também. Não faça isso de novo.

Ela arqueou uma sobrancelha, linda e completamente excitante em sua nudez desavergonhada.

— Ou o quê? Você fará amor comigo de novo? Não é um castigo muito eficaz, Kilcairn. — Alexandra sorriu, como se fosse uma gata sensual e saciada. — Eu gosto muito.

Ele franziu a testa, lisonjeado e irritado.

— Isso não é...

— Não vai funcionar, sabia? — interrompeu ela, balançando a cabeça. — Você não está me convencendo de nada além do fato de que não passa de um canalha encantador. Eu já sabia disso antes.

— Hum. — Lentamente, ele estendeu a mão e enrolou os dedos no cabelo longo. — "Encantador", é? Acho que estou tendo sucesso. Você nunca me chamou de encantador antes.

— Você me pegou em um momento de generosidade.

— É claro. E por falar em generosidade — disse ele, inclinando-se sobre a beirada da cama para recuperar o casaco —, conforme minhas ordens, Thompkinson me entregou isso. — Ele puxou uma carta do bolso e largou a roupa no chão novamente.

— Então agora você vai interceptar minha correspondência?

Ela não pareceu nem um pouco surpresa, mas, pelo conteúdo da carta, já dava para saber que não esperava que o envelope saísse da casa.

Com um olhar de soslaio, ele abriu o envelope e desdobrou o papel.

— "Querida Emma" — leu ele em voz alta. — "Receio que minha chegada à Academia sofrerá um atraso. Fui sequestrada por meu ex-empregador arrogante, teimoso, obstinado, autoritário e insano, o conde da Abadia de Kilcairn."

— Acho que esqueci alguns adjetivos.

— Você incluiu o suficiente deles, obrigado.

— Eu preciso dar alguma satisfação a Emma — insistiu Alexandra, e sua expressão ficou mais séria. — Ela já tem problemas demais e não precisa que eu ou você pioremos a situação.

Lucien deixou a carta cair sobre o casaco amarrotado.

— Eu cuidarei disso. De uma forma mais sucinta, eu acho.

Ele a puxou de volta para seus braços e a beijou outra vez.

— Lucien, deixe-me ir embora — pediu ela, quando ele finalmente lhe deu um momento para respirar. — Uma hora isso vai acontecer. Não dificulte ainda mais as coisas.

— Ainda não. Não até que não haja nada para afastá-la além de sua própria vontade. Não até que o seu destino seja ditado apenas por seus desejos, não por circunstâncias ou dever.

Ela o encarou por um longo tempo.

— Ou conveniência?

— Ou conveniência.

Ele se sentou e observou o quarto improvisado.

— Você precisa de um tapete. Mandarei Thompkinson trazer um. E eu mesmo cuidarei da janela, se você puder evitar outra tentativa de fuga por cinco minutos.

Alexandra se espreguiçou, dessa vez obviamente brincando com ele.

— Sinto-me um pouco cansada de repente. Acredito que você esteja seguro por cinco minutos.

— Você também. Mas apenas por cinco minutos, mocinha. — Ele se inclinou e a beijou. — Espero que você saiba que eu não sequestraria qualquer pessoa.

— E eu espero que você saiba que eu não acredito nem por um segundo que você está sendo altruísta.

— Claro que não estou. Não inteiramente, pelo menos. Quero você na minha vida, Alexandra.

Os olhos turquesa o estudaram.

— Às vezes eu quase acredito no que diz.

Ele sorriu.

— Viu? Já estou conquistando você.

Alexandra desejou que ele tentasse conquistá-la com mais frequência. Como um bônus, ela o viu martelando a janela de volta ao lugar, de dentro da adega. Thompkinson cometera o erro de sugerir que apenas fechassem a abertura, mas Lucien insistiu que ela não deveria ser privada do pouco de luz solar que a janela oferecia.

Ele também insistiu que ela tivesse uma cadeira mais confortável para se sentar e ler e mais alguns travesseiros para a cama. Segundo Thompkinson, as damas Delacroix haviam saído para almoçar, o que era bom, considerando a quantidade de móveis que estavam sendo levados para a adega.

Apesar de toda a atividade dos empregados, Alexandra notou algo diferente na maneira como eles a tratavam. Enquanto antes eles sempre procuravam Kilcairn em busca da confirmação dos pedidos, eles agora faziam exatamente o que ela dizia sem hesitar um único segundo — exceto, é claro, por libertá-la. Ela não sabia o que Lucien poderia ter dito a eles, se é que havia dito algo, mas, de repente, ela não se sentia mais como uma empregada.

E, embora ninguém tivesse comentado sobre os possíveis motivos que a levaram a trocar de vestido na presença de Lucien, ela sabia que eles haviam notado aquilo também. O respeito duradouro deles, no entanto, tinha que significar algo. Ela continuou observando Lucien, contente em se sentar em sua nova e confortável cadeira de leitura e admirar os ombros largos e fortes enquanto ele recolocava a janela da adega. Condes não faziam aquele tipo de trabalho; condes não faziam muitas coisas que ele fazia. Alexandra corou. Eles provavelmente também não eram tão bons quanto ele nisso.

Às duas e meia, Bingham entrou correndo pela porta da adega.

— Meu senhor, Wimbole disse que as damas estão voltando.

Lucien martelou um último prego na janela e pulou da cadeira.

— Ótimo — disse ele, entregando o martelo a Thompkinson e pegando o casaco.

— Então agora você está feliz por tê-las em sua casa? — perguntou Alexandra, deixando de lado o livro de Byron, sem ter lido uma única palavra.

— Sempre fico feliz em ver minhas parentes — disse ele sem rodeios, e gesticulou para a pequena tropa de criados na porta. Quando o último saiu, ele foi até a cadeira dela. — Volto em breve — murmurou, e se inclinou para beijá-la.

Ela não pôde evitar sua resposta intensa.

— Talvez eu esteja aqui.

— É melhor que esteja mesmo, Alexandra. — Ele a beijou outra vez, depois saiu pela porta, trancando-a atrás de si. — Comporte-se — disse ele por trás da madeira, e partiu.

Alexandra fez uma careta quando voltou a levantar o livro de poesia. Agora o canalha estava dizendo que *ela* precisava se comportar. Um sorriso curvou seus lábios quando ela olhou para a adega de vinho mais esplendidamente mobilada da Inglaterra. Ele estava aprendendo algumas lições.

Capítulo 18

O PRÓXIMO PASSO ERA SIMPLES. Lucien interceptou as damas Delacroix no corredor.

— Tia Fiona, posso falar com a minha prima? — perguntou com educação, apesar do desejo de cuspir no rosto da tia toda vez que a olhava. Ele teria que lidar com ela, mas tinha que fazê-lo no tempo certo, ou poderia colocar o restante do plano a perder.

— Claro, sobrinho. Não demore muito, Rose. Não se esqueça, vamos à ópera hoje à noite e você precisa descansar antes.

— Sim, mamãe.

Após um gesto de sua mão, Rose entrou antes dele na sala matinal. Ele fechou a porta e caminhou até a janela. O desejo de pular etapas e terminar o maldito jogo para que ele pudesse ficar com Alexandra era esmagador, e ele se controlou com severidade. Pular etapas poderia lhe custar a srta. Gallant.

— O que foi, Lucien?

Ele se sentou perto da janela.

— Falei com Robert.

Ela praticamente o atacou, os cachos loiros balançando enquanto ela se ajoelhava ao lado dele.

— E o que aconteceu? Ele está bravo comigo? Quanto?

— Ele quer se casar com você.

Rose jogou os braços em volta do primo e beijou sua bochecha.

— Ah, Lucien, muito obrigada! Estou tão feliz! Não preciso me casar com você agora!

Lucien arqueou uma sobrancelha.

— Bom, muito obrigado.

— Você também não quer se casar comigo. Você mesmo me disse isso. — Ela se afastou com uma expressão repentinamente desconfiada. — Você deu a ele sua permissão, não deu?

— Sim, eu dei. Com floreios. — Ele ficou de pé quando ela se lançou sobre ele outra vez. — Pelo amor de Deus, não me sufoque.

Ainda alegre e sorridente, ela cruzou as mãos na frente do corpo.

— E agora? Como você vai contar para Lex? Ela vai voltar para Londres?

Lucien hesitou. Ele passara tanto tempo detestando suas parentes que a ideia de confiar em Rose sequer por um momento, e chegar ao ponto de incluí-la em seus planos, o incomodou. Mas ele precisava de um aliado. Mais precisamente, ele precisava *dela*.

— Na verdade — disse ele devagar —, Alexandra ainda está em Londres.

— Está? Onde? Ah, eu tenho que contar a ela sobre Robert!

— Lembre-se, este não é um assunto para o *London Times*. — Ele pegou a mão dela antes que ela pudesse sair dançando pela sala. — Isso é importante, Rose. Precisamos nos ajudar.

O sorriso dela desapareceu, mas a prima assentiu.

— O que vamos fazer, então?

— Primeiro, precisamos contar à sua mãe que estamos noivos e que anunciaremos a notícia na próxima quarta-feira, em um jantar.

— Mas...

— E então, na festa, anunciarei que os noivos são você e Robert.

Rose colocou as mãos na boca.

— Mamãe ficará furiosa.

— Sim, eu sei. — Então, ele implementaria a segunda parte do plano. — Eu lidarei com ela.

— Robert sabe disso?

— Sim. Você concorda?

— S-sim. É muito estranho, mas acho romântico. Mas e você e Lex?

— Alexandra está... — Ele respirou fundo. — Ela está na adega.

— O quê? Na ade...

— Talvez você possa visitá-la. Contanto que não diga *nada* a Fiona.

— Não contarei. Mas por q...

— Tenho meus motivos. Eles serão esclarecidos em breve. Apenas certifique-se de não a deixar fugir. Ela é muito teimosa.

Rose riu.

— Eu sei. Afinal, ela não quer se casar com você.

— Ainda — disse ele com firmeza.

Robert já sabia a maior parte de seus motivos e do plano, mas Lucien não se atreveu a contar mais a Rose. Alexandra conseguiria arrancar todas as informações da prima antes que ela percebesse. A governanta era tão hábil em perturbar seu cérebro que ele mesmo precisava ter cuidado com ela.

— Posso vê-la agora?

— Primeiro, devemos conversar com sua mãe. Ela suspeitará se demorarmos antes de aparecermos com a notícia de que vamos nos casar.

— Sim. Ela disse que eu deveria contá-la imediatamente.

Fiona parecia certíssima de si mesma.

— Então não vamos decepcioná-la.

— Posso dizer à Lex que não vou me casar com você?

— É claro. Conte a ela como você e Robert serão felizes. Depois de contarmos à sua mãe como você e eu seremos felizes.

Rose estreitou os olhos, exibindo traços de desconfiança em seu rosto.

— Você tem certeza de que não está me enganando?

Uma vida sem a apreciação — que tanto ele quanto Alexandra pareciam ter — de seus absurdos devia ser absurdamente monótona.

— Acredite, Rose, não estou enganando você para que se case comigo.

— Ótimo. Porque eu realmente não quero, entende?

— Sim, entendi isso.

Eles concordaram que Lucien deveria contar a notícia a Fiona. Ele foi na frente de Rose para a sala de estar no andar de cima, na qual a tia ficava quando não estava visitando alguém e espalhando fofocas. Bateu à porta e, sem esperar por uma resposta, abriu-a.

— Fiona, Rose e eu temos novidades para você.

— Sim, queridos?

O olhar de calma e superioridade da tia o irritou ao extremo, e ele mal podia esperar pela oportunidade de arrancá-lo para sempre daquele rosto redondo.

— Rose e eu decidimos que, para o bem de todos, devemos nos casar. — *Mas não um com o outro*, acrescentou silenciosamente, apenas para dar sorte.

— Esplêndido! Ah, esta é a notícia mais esplêndida de todas! Venha dar um beijo em sua mãe, Rose.

Com um sorriso determinado e nervoso, Rose obedeceu. Ela não era muito acostumada a ser ardilosa, observou Lucien. O plano precisava se desenvolver depressa, pois a prima não duraria muito sem contar tudo para a mãe horrorosa.

— E você, Lucien, me dê sua mão.

Ele controlou uma expressão de absoluto desgosto e ofereceu a mão a ela. *Estou fazendo isso por Alexandra*, lembrou a si mesmo. Ele estava olhando a Medusa nos olhos para salvar sua deusa.

— Estou tão feliz! — Fiona riu. — Contarei a todo mundo!

— Eu tenho uma ideia melhor — disse ele.

Ele tinha previsto a ameaça; a tia queria ter certeza de que ele não desistiria da ideia. É claro que ela não sabia que ele não se importava nem um pouco com a opinião pública.

— Um jantar na quarta-feira.

— Ah, o motivo pode ser uma surpresa! — Rose bateu palmas. — Pense, mamãe! Convidaremos todos! Será que o príncipe George poderia vir?

— O príncipe George? — ecoou Fiona, arregalando os olhos.

— Se eu o convidar, ele virá — concedeu ele.

Lucien elevou sua opinião sobre a prima mais uma vez. Com o treinamento adequado, ela poderia ser uma boa trapaceira.

— Ainda quero contar a algumas amigas — disse Fiona, teimosa, embora a desconfiança em seus olhos tivesse diminuído um pouco.

Ele deu de ombros.

— Eu recomendo que não estrague a surpresa, mas informe quem você quiser.

A mulher que ela mais poderia machucar com aquela história estava escondida em segurança na adega. Quanto à reputação de Fiona, ele não dava a mínima.

— Eu gostaria que fosse um segredo — pressionou Rose. — Você sempre tenta estragar tudo.

— Não tento, não. Quem você acha que arranjou tudo para que você se tornasse lady Kilcairn? Certamente não foi aquela descuidada da srta. Gallant. Pode ter certeza disso.

— Mas, mamãe...

— Francamente! Seu visconde descobrirá uma hora ou outra. Ele não importa, Rose. Quanto mais cedo você perceber isso, melhor.

— Bem — disse Lucien, voltando-se para a porta —, deixarei vocês duas conversando. Tenho alguns arranjos para fazer.

Como era de se esperar, Fiona não se opôs, e ele desceu para pegar seu chapéu e pedir uma montaria.

— Talvez eu demore um pouco — informou a Wimbole.

O mordomo abriu a porta da frente para o patrão.

— Alguma instrução especial na sua ausência, meu senhor?

Ele assentiu.

— Se, e somente se, Fiona for visitar alguém, você poderá mostrar a Rose minha seleção de vinhos especiais.

— Sim, senhor. Vou garantir que os vinhos sejam mantidos em segurança.

— Obrigado, Wimbole.

Quando Vincent apareceu com Fausto, seu cavalo preto, Lucien subiu na sela e seguiu para a praça Hanover. Ele não queria que ninguém — muito menos seus funcionários, que poderiam contar a Alexandra — soubesse para onde estava indo.

Ao chegar a uma das longas fileiras de casas elegantes e descer do cavalo, ele ficou surpreso ao perceber que estava nervoso; não por si mesmo, mas por Alexandra. E porque, se ele desse um passo errado agora, ela nunca o perdoaria.

Ele bateu a aldrava de latão contra a sólida porta de carvalho. Quando ela se abriu, ele notou a expressão assustada do mordomo idoso antes que ela se transformasse em uma mais suave.

— Boa tarde, senhor.

Lucien entregou seu cartão de visita.

— Preciso falar com Vossa Graça.

— Se você esperar na sala matinal, posso perguntar se ele pode atendê-lo.

— Sugiro que insista.

— S-sim, senhor.

Fazia apenas uma hora desde a última vez que vira Alexandra e já estava ansioso para estar com ela novamente. Aquilo era novo para ele, a necessidade de ter alguém em sua vida, o desejo de ouvir sua voz e sentir seu toque. Pensara que o amor era enjoativo e sufocante — não uma emoção genuína, mas uma carência persistente. Mas o amor que sentia era diferente. Não era nada como ele havia esperado. Era um sentimento que o divertia, agradava e aterrorizava ao mesmo tempo.

Ele olhou para cima quando a porta da sala foi aberta. O duque de Monmouth tinha uma estrutura física que um dia devia ter sido impressionante: era alto e grande, mas havia perdido os músculos que o tornariam capaz de intimidar apenas com sua presença. É evidente que ninguém o havia informado de que, sem a robustez para apoiar sua famosa hostilidade, ele parecia apenas ridículo. Lucien se perguntou quanto tempo fazia desde que Alexandra o vira pela última vez.

— Eu não vou aceitar em minha casa nem Alexandra, nem qualquer maldito bastardo que você tenha gerado — rosnou o duque.

Lucien arqueou uma sobrancelha.

— Boa tarde, Vossa Graça. — Os olhos cinzentos avistaram a figura mais baixa que seguia na sombra do duque. — Não especifiquei que queria uma audiência privada com você?

— Você tem sorte de poder entrar nesta casa, Kilcairn — retrucou lorde Virgil, um leão agora que estava na companhia do imenso pai.

— Perdão? Devo me dirigir ao lorde Virgil, então?

Lucien mal conteve um sorriso. A polidez de Alexandra tinha sua serventia — era difícil para um inferno de se defender dela, como descobrira em primeira mão.

— O que você quer, Kilcairn? Não vou permitir que me chantageie. Estou pronto para deserdá-la, se deseja saber. Lavarei minhas mãos por completo.

Lucien sentou-se.

— Não me lembro de ter feito nenhuma ameaça ou de ter pedido nada além de um pouco do seu tempo.

— Nós conhecemos você, Kilcairn — rosnou o jovem Retting.

— Aparentemente, não conhecem. — Lucien manteve seu olhar em Monmouth. — Nem pretendo esclarecer a situação até que possamos conversar em particular.

Olhos negros e turvos encontraram os frios e cinzentos. Monmouth nunca deveria ter permitido que Virgil entrasse na sala em primeiro lugar. Aquilo colocara o duque na posição de ter que conceder um ponto antes do início da conversa.

— Você é perspicaz, Kilcairn — disse o duque, relutante. — Virgil, saia.

— Mas, pai...

— Não me faça repetir.

Com outro olhar ameaçador, o jovem Retting saiu da sala e bateu a porta atrás de si.

Monmouth se sentou no sofá diante de Lucien.

— Eu poderia muito bem tê-lo deixado ficar. Você não conseguirá nada de mim.

— Conseguirei.

— Confiante, não é?

— Bastante.

Lucien se recostou no assento, analisando seu adversário, e abriu o relógio. Alexandra era insaciavelmente curiosa, e ele estava disposto a apostar que aquilo era uma característica da família. Ele olhou para o horário. Três e meia. Ele precisava voltar logo, para verificar como a conversa entre Alexandra e Rose ocorrera.

— O que você acha que vai conseguir de mim, então?

Lucien fechou o relógio outra vez.

— Desde o infeliz incidente com Welkins, sua sobrinha se sente um pouco insegura sobre o lugar dela na sociedade.

— E ela deveria, aquela prostituta. Levei semanas para abafar o escândalo.

— Suspeitei que você tivesse se envolvido. Mas foi um tanto malfeito, não? Não consertou a bagunça.

O duque estreitou os olhos.

— Não em relação à *minha* família. *Você* mexeu nessa bagunça de novo ao contratá-la aqui em Londres.

— O ponto é que existe uma bagunça.

— O ponto é que posso apenas estalar os dedos e ela não fará mais parte da minha família. Bagunça arrumada. Para sempre.

Alexandra alegou ter visto Monmouth no comportamento de Lucien, na maneira como ele tratava a própria família. De repente, ele não gostou nada daquilo.

— Sua bagunça, sim. A de Alexandra, não.

Ela o mataria se soubesse o que ele estava prestes a dizer ao tio dela. Sua única esperança era que o resultado superasse a fúria dela sobre seus métodos. De qualquer forma, ela lhe deixara pouca escolha. Monmouth tinha se tornado uma barreira entre eles, e ele tinha que removê-la.

— E isso deveria me preocupar por...?

— Porque Alexandra teme que, sem o seu apoio nominal, lady Welkins possa tentar prendê-la, apesar de sua inocência em todo o incidente.

O duque grunhiu. Lucien lutou contra sua impaciência e esperou um momento até que absorvesse a informação. Ele sabia qual seria sua própria resposta, mas, até aí, estava apaixonado pela vítima em questão. Se o dilema envolvesse Rose, a resposta teria sido mais rígida — embora menos do que algumas semanas antes.

— É porque ela está em Londres — resmungou Monmouth, enfim. — Ela atraiu a maldita atenção de todos, principalmente porque está morando sob o seu teto. — O velho se inclinou para a frente. — Ou, devo dizer, debaixo dos lençóis da sua cama?

— Você não deveria estar dizendo nada para dificultar ainda mais a situação para ela.

— Rá! Olha só quem está falando sobre modos. Eu estava presente na noite em que o rei George encontrou seu pai e lady Heffington se enroscando no salão do trono, uma semana depois do casamento com sua mãe.

— No próprio trono — corrigiu Lucien friamente, limpando uma sujeira da manga. — Ou assim me disseram.

O duque se levantou e caminhou até as garrafas de bebida na mesa lateral.

— Eu sabia que a estupidez de minha irmã afetaria meu bolso algum dia. Casar-se com um maldito pintor. Por Deus. — Ele se serviu de um conhaque, sem se dar ao trabalho de oferecer um copo a Lucien. — Só consigo imaginar o problema que terei se ela for presa, merecendo ou não.

Diga a ela que lhe darei mil libras para sair da cidade. Ela tem amigos na escola na qual estudou. Não a ajudarei em mais nada.

Lucien percebeu que havia quebrado a corrente do relógio e enfiou o maldito objeto no bolso.

— Eu também poderia dar a ela mil libras para ir embora — disse rispidamente. — Ou dez vezes mais.

— Eu já disse, ela não vai ganhar mais na...

— Faça uma oferta que não envolva a saída dela de Londres — interrompeu Lucien, de pé.

— Mas eu não a quero em Londres. Pensei ter deixado isso bem claro.

Lucien foi até o duque para pegar seu copo de conhaque e o arremessou contra a parede. O vidro fino quebrou, cobrindo o tapete persa com manchas de luz solar refratada.

— Deixe-me esclarecer uma coisa, seu imbecil pomposo — rosnou ele. — Você é a única família que Alexandra Gallant tem. Por mais infeliz que isso a faça, você a acolherá de volta em seus braços e deixará muito claro que ela está sob sua proteção.

A porta abriu.

— Pai, ouvi algo quebrar. Você es...

— Para fora! — rugiu Monmouth. Quando a porta bateu, ele apontou um dedo para o peito de Lucien. — Como se atreve a me ameaçar?!

Lucien se manteve firme.

— Não estou ameaçando. Estou insultando, da forma como insultou Alexandra.

— Seu bast...

— Você tem uma horda de advogados e montanhas infinitas de dinheiro prontas para utilizar em sua defesa. Ela não tem nada. Isso faz de você um tirano.

— Aparentemente, ela tem você.

— Tem isso.

Por um longo momento, o duque olhou para ele.

— E o que você ganha com isso, Kilcairn?

— Vou me casar com ela.

O duque pareceu atordoado.

— Casar-se com ela? — repetiu ele. — Por quê?

— Tenho meus motivos.

— Mas se você se casar com ela, ela não precisará de mim para defendê-la das acusações de lady Welkins. Seu nome lhe fornecerá um escudo tão bom quanto o meu. Case com ela, pelo amor de Deus, e deixe o nome Retting fora disso.

Lucien balançou a cabeça. Ele estava começando a entender de onde Alexandra herdara sua teimosia.

— Não. Precisa ser o seu nome. E não me peça para explicar, porque não vou.

Ninguém acreditaria nele, de qualquer forma.

— E onde essa reunião comovente acontecerá?

— Darei um jantar na quarta-feira. — A pergunta que faria em seguida a Monmouth era a parte mais difícil, porque daria a ele a chance de recusar. — Você estará lá?

O duque suspirou pesadamente.

— Não tenho certeza se o quero como inimigo, Kilcairn. Eu estarei lá.

— Sem Virgil.

— Sem o maldito Virgil.

—⟶⟶—

Quando Lucien entrou na adega ao pôr do sol, o primeiro pensamento de Alexandra foi que ele parecia estar precisando de uma bebida forte.

— Você esteve ocupado — disse ela, dando um ponto em seu bordado.

— Rose esteve aqui?

— Sim, Thompkinson a arrastou para fora cerca de uma hora atrás. Parece que eles avistaram sua tia se aproximando pela rua.

Suavemente, ele fechou a porta atrás de si, e Alexandra sentiu o coração acelerar um pouco. Ela não sucumbiria aos encantos dele outra vez, disse a si mesma com firmeza. Era muito difícil beijá-lo e ficar brava com ele ao mesmo tempo, e ela estava determinada a permanecer brava.

— Esse é o banquinho do meu quarto — falou ele depois de um tempo, observando Shakespeare deitado no luxuoso acolchoado vermelho ao lado dela.

— Sim, os outros não eram macios o suficiente.

Ele voltou sua expressão cética para ela.

— Os outros?

— Sim. Shakespeare às vezes é muito exigente.

— Entendo. Especialmente quando a dona está se sentindo exigente, sem dúvida. — Lucien hesitou, depois puxou a cadeira da penteadeira para se sentar diante de Alexandra. — O que você e Rose conversaram?

Ela não estava acostumada a vê-lo hesitar em nada, e aquilo a deixou sem saber o que falar — até esquecera o discurso sobre como ele manipulava garotas de 18 anos. Se Alexandra quase tinha sido manipulada por ele, Rose não tivera a menor chance. Se ele continuava sendo cauteloso, tinha que ser por causa dela — ou porque ainda planejava algo.

— Conversamos sobre como Robert é maravilhoso, como o aniversário dela foi maravilhoso, como eu estou bonita em minha nova musselina verde e...

— E quando vocês conversaram sobre como eu sou incrível?

— Rose é uma pessoa que se impressiona fácil.

— Hum.

Alexandra riu da expressão emburrada.

— Na verdade, estou tentando lembrar se conversamos sobre você.

Lucien arqueou uma sobrancelha e lhe deu um sorriso sensual.

— Acho difícil acreditar que meu nome não tenha surgido uma única vez na conversa.

Minha nossa, ela poderia ficar sentada apenas olhando para ele o dia todo. Alexandra se recompôs. Ficar babando por Lucien Balfour não traria nada para ela além de problemas.

— Você está corando — murmurou ele, os olhos cinzentos encontrando os dela.

— Você não precisa apontar isso — respondeu, sentindo as bochechas ainda mais quentes. — Estou perfeitamente ciente. — Ela pegou o bordado outra vez. — Pelo menos, tudo o que faço é corar. E uma pessoa pode corar por vários motivos. Como você controla — com as bochechas ainda mais vermelhas, ela apontou na direção da cintura dele — isso?

Ele soltou uma risada.

— Fica mais fácil com a idade, embora seja pior em algumas situações do que em outras. Então você deseja discutir graus de excitação? Posso supor como essa conversa terminará.

A agulha espetou um buraco errado no lenço.

— Você é muito irritante.

— E você é muito excitante. — Ele sorriu, obviamente satisfeito consigo mesmo. — Diga-me o que você e Rose conversaram, ou faça amor comigo.

Alexandra sabia muito bem que os poderes de persuasão dele excediam os dela, em especial quando ela estava resistindo a algo que queria, e muito.

— Ela é muito grata a você. O que você esperava?

— Não tente me transformar em um vilão. Rose me disse pelo menos uma dúzia de vezes que não quer se casar comigo. Ficar com Robert era do interesse dela. Apenas tive sorte que também fosse do meu interesse.

Ele tinha um bom argumento.

— Qual é o seu próximo passo, então? Fiona obviamente não sabe o que está acontecendo.

— Não, ela não sabe. Vou lidar com isso quando a hora chegar.

— E quando será isso?

Lucien deu de ombros.

— Logo. Eu prometi a você, lembra?

— Você não pode resolver tudo por mim, Lucien. Eu não espero que você o faça.

Ele contraiu os lábios.

— Estou sendo cavalheiresco de novo, não estou?

— Exceto pelo sequestro, pela mentira para sua tia e por todas as outras conspirações sobre as quais você não vai me contar.

— Eu esqueceria tudo isso se você concordasse em se casar comigo.

Por um momento, Alexandra desejou que ele tivesse as respostas para todos os seus argumentos, que pudesse dizer sim e cair nos braços dele e nunca mais se preocupar com nada. Parecia quase tolice recusar aquele pedido — eventualmente, ele voltaria a si e pararia de perguntar. Foi esse pensamento que a impediu. Ela ficaria arrasada se, depois de dizer sim e admitir quanto o amava, ele percebesse que aquilo não passava de um jogo que ele estava tentando ganhar.

Lucien ficou de pé.

— O plano continua, então. — Ele se inclinou e roçou os lábios na testa dela. — Eu tenho que escoltar as harpias na ópera hoje à noite. Wimbole joga uíste, se desejar companhia.

— Uíste com seu mordomo. Um sonho realizado.

— O primeiro de muitos. — Shakespeare recebeu um carinho na cabeça que o fez abanar o rabo. — Apenas certifique-se de estar aqui quando eu voltar.

Ele foi até a porta.

— Você poderia me manter aqui por um ano, milorde, e isso ainda não mudaria quem você é. Ou quem eu sou.

Lucien a encarou novamente.

— Você acredita em redenção, Alexandra? Você acredita que as pessoas possam mudar?

Ela buscou os olhos dele, sabendo que ele estava lhe perguntando algo específico e que sua resposta tinha que estar certa.

— Não acredito que uma pessoa possa mudar para se adequar a outra pessoa — disse ela, por fim. — Isso só faz da mudança uma farsa.

— Sim, mas você acredita que uma pessoa pode fazer outra *querer* mudar? Para seu próprio bem?

Para um homem tão cínico, calejado e seguro de si, parecia uma pergunta quase infantil.

— Estou disposta a acreditar nisso — sussurrou ela.

Ele sorriu, os olhos brilhando.

— Ótimo. É tudo o que peço... por enquanto.

Capítulo 19

Redenção. Que estranho que aquela palavra tivesse saído de sua boca.

Lucien passara os três dias seguintes correndo como um louco, enviando convites para a segunda festa dos Balfour em um mês, conversando com Robert sobre a programação dos eventos da noite e visitando Alexandra todo momento livre. Se Fiona tivesse estranhado o fato de ele escapar para a adega a cada dez minutos, provavelmente suspeitara de algum problema com a bebida.

Durante todo o tempo em que planejou a reunião de Alexandra com o tio dela, e enquanto ele fingia ter concedido a vitória a tia Fiona, ele pensou sobre redenção. A história do duque de Monmouth sobre Lionel Balfour o enfureceu e enojou, e agora podia dizer o mesmo de grande parte de seu próprio comportamento nos últimos anos.

Ele estava perplexo. Dois meses antes, não teria pensado duas vezes sobre seus antigos atos. Agora, estava obcecado em descobrir como suas próprias ações se assemelhavam às do pai e como tinha sido capaz de fazer coisas tão idiotas quanto as que o pai fizera. Também queria entender se Alexandra estava certa em duvidar de sua capacidade de amar sem que houvesse um motivo oculto ou um jogo envolvido. Ambos descobririam em breve.

A tarefa que ele pensou que seria a mais difícil acabou sendo a mais fácil. Em segredo e com a ajuda do sr. Mullins, ele localizou e comprou meia dúzia de pinturas de Christopher Gallant. Ele sabia que Alexandra apreciava muito o trabalho do pai. Ao ver as obras, ele passou a compartilhar da mesma opinião. E, ao que parecia, vários críticos de renome de paisagens britânicas também pensavam assim, então ele organizou uma série de visitas formais para os meses seguintes.

O montante gasto nas obras era considerável, mas ele ficou feliz em investir nelas. Alexandra também adoraria saber do valor agregado. É claro que Lucien não tinha intenção nenhuma de mencionar uma palavra sobre as aquisições até tê-la segura em seus braços — caso contrário, ela o acusaria de suborno. Não, ele manteria os quadros sãos e salvos na Abadia de Kilcairn até que ela chegasse lá como sua noiva para vê-los expostos no Grande Salão com outras obras de arte preciosas da família.

— Lucien, se você estiver tendo dúvidas sobre a grande festa, por favor me avise para que eu possa fugir para a China. — Lorde Belton inclinou-se na direção da lareira.

— Mal estou pensando nela — resmungou Lucien. — Embora eu confesse estar irritado por ter que ir à sua casa no caso de precisar escrever alguma correspondência particular. — Ele se recostou na cadeira, relendo o bilhete antes de dobrá-lo. — Você não está com dúvidas, não é, meu garoto?

— Sobre me casar com Rose?

— Não, sobre atravessar o canal da Mancha a nado.

— Muito engraçado. — Robert se sentou na cadeira ao lado de Lucien. — Rose será uma ótima viscondessa e estou feliz por tê-la encontrado.

— Mas? — perguntou Lucien.

— Mas o modo como tratamos… como você tratou a sua tia me incomoda. Ela ficará furiosa e será minha sogra.

— Não se preocupe com suas partes baixas. — Lucien riu. — Ela vai querer netos para que vocês possam criá-los ensinando a me desprezar.

— Só espero que seja você que ela continue desprezando. Ela vai morar sob meu teto em Belton Court, entende? Mesmo se eu mantiver minhas partes baixas, poderia perder uma orelha ou um dedo do pé.

Ainda rindo, Lucien derramou cera no verso de sua correspondência para fechá-la e esmagou seu anel de sinete contra o líquido.

— Mesmo se houvesse outra maneira de resolver essa bagunça, acho que não seria capaz de levar adiante. Que tipo de mãe forçaria sua única filha a se casar comigo? Especialmente tendo você como alternativa.

— Jesus. Isso foi um elogio?

Ele se virou na cadeira da escrivaninha.

— Como não elogiar? Você é um bom homem, Robert. Melhor que eu.

— Hum. Sou menos complicado que você. Com certos benefícios familiares que você nunca teve.

Lá estava aquele assunto mais uma vez. Ele fora amaldiçoado tanto pela natureza como pela família.

— Uma família ruim não é desculpa. Minha maneira de viver é simplesmente mais fácil. — Lucien apoiou o queixo na parte de trás da cadeira. — Estou feliz que você e Rose se encontraram. Espero que um dia eu tenha a mesma sorte.

— Bobagem. Você tem a mesma sorte. Por acaso, o amor da sua vida está trancado na sua adega.

— Isso é para a proteção dela.

— Nada disso tem relação com o fato de você estar loucamente apaixonado por ela, então? Você acha que sou burro? Você suspira sempre que menciona o nome dela.

Lucien se endireitou.

— Eu *não* suspiro.

Robert sorriu.

— Eu estava falando metaforicamente.

— Bem, eu estou prestes a metaforicamente quebrar o seu nariz — retrucou Lucien, levantando-se. — Não se atrase amanhã.

— Não me atrasarei. Quando será a grande reunião?

— Logo antes de anunciar seu noivado, e antes que tia Fiona encontre uma pistola para me dar um tiro.

E, mais importante, antes que a mulher começasse a espalhar mais rumores sobre Alexandra e lorde Welkins.

— Boa sorte.

Lucien abriu a porta e entregou sua carta ao mordomo de Robert.

— É um plano brilhante. Eu não preciso de sorte. — Ele aceitou seu casaco e chapéu quando Robert se juntou a ele no saguão. — Mas obrigado, de qualquer maneira.

No caminho de volta à Casa dos Balfour, a carruagem parou na loja da madame Charbonne, onde ele verificou o andamento do último item necessário para as festividades da noite seguinte. E então foi se embebedar. Ele teria que estar sóbrio no dia seguinte.

⁓

Alexandra se agachou dentro do jardim de inverno da adega e chacoalhou o cadeado. Nem Atlas, o Titã, seria capaz de abrir aquela porcaria.

A outra porta da adega se abriu.

— Alexandra, eu… — a voz de Lucien parou, e então ele xingou. — Alexandra! — chamou ele rispidamente. — Maldição!

Segurando a saia, ela correu de volta pela escada e entrou na parte principal do cômodo.

— Boa tarde — disse ela para o traseiro dele, que era tudo que ela podia ver já que ele estava agachado para olhar embaixo da cama.

O traseiro era *muito* atraente.

Ele se endireitou de forma brusca e se virou para encará-la.

— Onde você estava? — questionou Lucien, diminuindo a distância entre eles.

O alívio no rosto dele a surpreendeu. Ele de fato se preocupava tanto em perdê-la?

— Eu estava explorando por aí.

Lucien levantou o queixo dela com a ponta dos dedos e a beijou.

— Gosto de explorar.

Ela não conseguiu responder, pois estava ocupada demais beijando-o de volta. Era surpreendente como o simples toque dos lábios dele podia afetar cada parte dela, por dentro e por fora.

— E onde você esteve? — perguntou ela finalmente. — Eu não o vejo desde ontem.

— Com ciúme?

— Não.

— Trouxe uma coisa para você — murmurou ele, levantando a cabeça.

— Hum. Não seria uma chave ou uma serra, seria?

— Você não parece estar precisando de nenhuma das duas — disse ele, seco. — Dê uma olhada.

Lucien apontou para um embrulho sobre a cama. Shakespeare estava cheirando o pacote, irritado por ter seu território invadido.

Olhando para ele de soslaio, Alexandra abriu o presente. A embrulho trazia seda bordô e cinza com brilhantes e renda.

— É um vestido — disse ela pausadamente, analisando-o.

— Gostou?

Alexandra segurou-o perto da luz das velas.

— Claro que gostei. Você sabia que eu iria gostar. É lindo.

— Você vai usá-lo?

— É muito formal. Você vai trazer a festa de Rose para a adega ou vai me mandar para a ópera?

O olhar irritado dele quase a fez sorrir. Parecia justo que ele ficasse irritado ao menos uma única vez. Afinal, ela passara a última semana em uma adega, pelo amor de Deus.

— Rose gostaria que você estivesse presente no anúncio do noivado. — Com delicadeza, ele estendeu a mão para tirar uma mecha de cabelo da testa dela. — E eu também.

Ela estremeceu.

— E como você explicará meu reaparecimento à sra. Delacroix?

Ele deu de ombros, ainda acariciando sua bochecha com a ponta dos dedos, como se não tivesse preocupações suficientes com a festa, os convidados, suas parentes, um jantar e centenas de outras coisas.

— Pensarei em alguma coisa.

— Depois que você me libertar, não vou deixar você me trancar de novo, sabia? — sussurrou ela, tentando ler os segredos daqueles olhos cinzentos.

— Eu sei. Espero não precisar.

Lucien inclinou a cabeça e a beijou, tão profundamente que ela teve que se apoiar no peito dele para se equilibrar.

Ele não deu a entender que estava desistindo, mas ela também não conseguia imaginar o que Lucien inventaria para fazê-la ficar. Ela *queria* ficar com ele para sempre, mas não poderia morar em Londres. Muitas pessoas não a queriam lá. Se a única forma de ela permanecer ali dependesse da proteção concedida pelo nome do conde da Abadia de Kilcairn, então ela não poderia permanecer. Não seria certo; não seria justo — nem para ela, nem para seus orgulhosos e independentes pais.

— Uma libra por seus pensamentos — disse Lucien suavemente.

Ela sorriu.

— Eles não valem tanto. Você não precisa se preparar para o jantar?

Com uma leve careta, ele a soltou.

— Sim, preciso. E vou dobrar, ou melhor, triplicar, sua guarda, meu amor. Sem surpresas, exceto as que estou planejando.

Ele parecia tão preocupado que ela não conseguiu evitar uma risada.

— Acho que estarei aqui para a minha liberdade condicional. E, Lucien, aconteça o que acontecer, você está fazendo uma coisa boa hoje à noite. Rose está muito feliz.

— Ela não está disfarçando muito isso. — Com uma última olhada, ele se virou para a porta. — Ela diz que sou o herói dela. Imagine só.

— A questão é: você gosta de ser um herói?

Lucien parou de andar.

— Não conte a ninguém, porque isso destruirá por completo minha reputação de canalha, mas gosto. — Ele sorriu quase timidamente, parecendo uma criança que acabara de pregar uma peça. — Acho que gosto. Voltarei para buscá-la em algumas horas.

Ela se jogou na cama.

— Estarei aqui.

Embora ela não tivesse ideia do horário que Kilcairn havia marcado para a chegada dos convidados, Shakespeare começou a latir alguns minutos depois das sete. Ela o calou, imaginando que seria prisioneira por pelo menos mais uma hora, e foi colocar seu novo e esplêndido vestido e arrumar o cabelo.

Seus dedos tremiam de nervosismo. Algo além do que Lucien havia revelado aconteceria naquela noite, e ela não gostava de não saber o que era. A sra. Delacroix era o motivo mais provável para o sigilo dele, mas, além de prendê-la na adega para protegê-la de Fiona e lady Welkins, Alexandra não sabia como Lucien poderia resolver nenhum dos problemas que tinham, muito menos todos eles.

Mas aquilo não importaria depois daquela noite, de qualquer maneira. Lucien não precisaria se preocupar em ser forçado a se casar com Rose, ou em perder prematuramente a ajuda de Alexandra para lidar com suas parentes. Quando ele percebesse aquilo, sua insistência boba em mantê-la cativa e em se casar com ela desapareceria. Assim como ela.

A fome já fazia seu estômago roncar quando alguém enfim deslizou o ferrolho e abriu a porta da masmorra. Thompkinson se apressou e pegou Shakespeare com a facilidade da prática constante durante toda aquela semana, e então parou e olhou para ela.

— Você está bem? — perguntou ela depois de um instante, dividida entre diversão e perplexidade.

— Eu... é... sim, srta. Gallant. É que você está... muito bonita, senhorita.

Alexandra fez uma reverência.

— Obrigada, Thompkinson. É muita gentileza sua.

Logo depois, os pelos de sua nuca arrepiaram, e ela olhou para a porta.

Lucien estava encostado no batente, devorando-a com os olhos. Ver a urgência e o desejo no rosto dele a fez corar.

— Eu disse que bordô combina com você — murmurou ele.

— Penso que esta não é a escolha mais sábia de cor para fazer uma entrada discreta — disse ela, perguntando-se como ainda conseguia se manter em pé. Ainda bem que Thompkinson estava lá.

— Deixe as preocupações comigo. — Lucien se aproximou e lhe ofereceu o braço. — A propósito, quais são mesmo seus motivos para não se casar comigo?

— Lucien, nã...

— Ah, sim. A felicidade de Rose.

Ele a conduziu à frente pela escada estreita até a cozinha.

— Esse é apenas o primeiro deles.

— Claro. Não podemos esquecer da minha preguiça abjeta em encontrar uma noiva mais adequada, ou minhas intenções cavalheirescas de protegê-la das fofocas da sociedade.

Incomodou-a um pouco o fato de que, de repente, ele parecia confortável o suficiente sobre os motivos dela para brincar sobre eles.

— E sua falta de crença no amor — lembrou ela quando entraram na cozinha.

Para sua surpresa, ele sorriu.

— Pelo menos meus maus modos e minha natureza não cavalheiresca são apenas tristes espectros do passado. — Lucien pegou o braço dela outra vez enquanto subiam para a sala de estar. Pelo volume das conversas, ele reunira um grupo considerável. — Vamos ver quais outros muros podemos derrubar esta noite.

Wimbole abriu as portas duplas e eles entraram na sala quente e barulhenta. A primeira pessoa que Alexandra viu foi Fiona Delacroix, literalmente brilhando em tafetá amarelo, com olhos cintilantes de satisfação presunçosa. E então a mulher avistou Alexandra.

Ela empalideceu, dando um grito estranho e furioso, audível até do outro lado da sala. Alexandra começou a se libertar das garras de Lucien, com a intenção de acalmar a cena que, sem dúvida, ele sabia que causaria, quando outra figura emergiu do meio da sala e caminhou em sua direção de braços abertos.

— Alexandra, minha querida sobrinha! Eu estava esperando que você aparecesse hoje à noite!

Ela ficou paralisada quando o duque de Monmouth a abraçou e lhe deu um beijo em cada bochecha. Aquele era o muro que Lucien pretendia derrubar, ela percebeu. Rose e lorde Belton eram apenas uma distração, uma desculpa para que ele reunisse uma multidão que assistiria à reunião dela com o tio.

E a multidão estava definitivamente assistindo. Outro escândalo destruiria sua futura chance de um emprego em qualquer lugar da Inglaterra e talvez da Europa, então Alexandra retribuiu um beijo na bochecha dura do duque.

— Tio Monmouth — respondeu. — Eu não sabia que você estava em Londres.

Lucien se mexeu ao lado dela e Alexandra percebeu tardiamente que estava afundando as unhas no antebraço dele. Quando o olhar deles se encontrou, ela viu a superioridade calma e confiante desaparecer daqueles olhos cinzentos. A preocupação incerta que surgiu ali não a apaziguou nem um pouco.

— Isso é obra sua, não é? — perguntou ela, com um sorriso grande e o maxilar cerrado.

— Alexandra... — começou ele, depois parou quando ela soltou o braço dele e pegou o do tio no lugar.

— Deixe-me apresentá-lo a Rose Delacroix, tio — disse ela, desejando sair correndo e gritando.

Como Lucien tinha se atrevido? Como os dois tinham se atrevido? Se achavam que aquela pequena exibição pública apagaria os últimos vinte e quatro anos, e especialmente os últimos cinco, a surpresa deles seria grande.

—⁓—

Alexandra parecia radiante quando apresentou o duque de Monmouth a Rose e depois a Fiona. Ela sorriu e passou depressa e com destreza pela fúria de Fiona. Lucien ficou preocupado.

— Está indo melhor do que você esperava — disse Robert, vendo Alexandra conversar com Rose e o tio.

— Sim, parece estar.

Talvez ele devesse ter contado algo a Alexandra, dado a ela pelo menos um momento para se preparar.

— Sua tia parece que vai explodir de raiva. Quando você fará seu próximo anúncio?

Lucien afastou os pensamentos, tirando os olhos de Alexandra.

— Hum? Ah. Em breve. Fique por perto.

Alexandra estava furiosa. Ele podia ver, mesmo que ninguém mais parecesse notar. Se ele *tivesse* dito a ela sobre a presença de Monmouth, no entanto, nunca teria conseguido fazer com que subisse a escada da adega, muito menos ficasse ao lado do tio. Mas Alexandra tinha mais bom senso do que qualquer pessoa que ele já conhecera. Ela perceberia que aquela reunião era de seu interesse, mesmo que não estivesse imediatamente feliz com aquilo. Lucien esperaria que sua inteligência calma superasse a surpresa daquela noite e, em seguida, pediria a mão dela em casamento outra vez.

Ele gesticulou para que Wimbole trouxesse uma taça de champanhe e observou enquanto os criados as distribuíam para todos os convidados.

— Antes de iniciarmos o jantar — disse ele em voz alta —, tenho um anúncio a fazer. Rose, por favor?

Enquanto Rose percorria a multidão de convidados, Lucien olhou para Fiona e Alexandra. A expressão da tia era de total perplexidade, como se ela simplesmente não pudesse relacionar o reaparecimento de Alexandra com o anúncio de casamento iminente. Ele estava ansioso para explicar as coisas para ela.

Rose se pôs ao seu lado, e ele pegou a mão dela e a beijou.

— Meus amigos, muitos de vocês sabem que minha prima chegou a Londres em circunstâncias infelizes. Hoje à noite, porém, todos nos encontramos cheios de alegria.

Fiona deu um passo à frente, já aceitando os parabéns das velhotas que adotara como amigas. Ele a advertira sobre espalhar a notícia antes que fosse anunciada, mas ela o havia ignorado. Ele, Robert e agora Monmouth podiam proteger a si mesmo e às suas mulheres — Fiona estava sozinha. Se Robert optasse por ajudá-la a recuperar um mínimo de dignidade, seria uma escolha dele. Pessoalmente, Lucien teria ficado bastante feliz em deixá-la à míngua.

— Tenho muita alegria em anunciar — continuou ele — que minha prima, Rose Delacroix, vai se casar. E tenho o mesmo prazer de informar a todos que o futuro marido dela é meu bom amigo Robert Ellis, lorde Belton. Robert, Rose, meus parabéns.

Robert se juntou a eles na frente da sala. Em meio aos aplausos e parabéns, Lucien pensou ter escutado um grito de fúria, mas não teve certeza se de fato o ouvira ou se apenas o aguardara com tanta força que acabara imaginando. Quando Fiona emergiu da multidão, investindo contra ele como um touro feroz, Lucien enfiou a mão de Rose na de Robert e levou a bovina raivosa para a sala adjacente.

— Isso não está certo! — berrou Fiona, com o rosto vermelho.

Lucien fechou a porta.

— Acho que está certíssimo.

— Você não vai se safar dessa! As pessoas sabem a verdade sobre você e minha filha.

— Aparentemente, várias pessoas foram enganadas — respondeu ele com calma, começando a se divertir.

— Eu não vou aceitar isso! Lady Welkins e eu vamos garantir que sua... sua prostituta esteja arruinada pela manhã se você não voltar lá agora e contar a todos que estava brincando. Que *você* vai se casar com Rose.

Ele encurtou a distância entre os dois.

— Robert vai se casar com Rose porque é o que os dois desejam.

— Você não se importa com o que eles desejam, Lucien.

— Sim, eu me importo. E se você disser alguma coisa contra qualquer um deles, ficarei *muito* bravo.

Fiona recuou um passo.

— Não me ameace.

Ele estreitou os olhos.

— Eu a ameacei? Pelo que me lembro, foi você quem fez as ameaças. E isso vai parar agora, especialmente em relação a Alexandra. Ela não fez nada para você. Na verdade, você deveria agradecê-la.

— Agradecê-la? Aquela...

— Chega! — retrucou ele. — Eu não iria me casar com Rose de maneira nenhuma. A srta. Gallant a transformou em uma dama boa o suficiente para ocupar um lugar na sociedade.

— Ela será uma condessa!

— Ela será uma viscondessa. — A mulher era uma harpa de uma nota só, e desafinada, ainda por cima. — Com um dote muito generoso. — Lucien deu mais um passo à frente. — E entenda isso, tia: Alexandra Gallant se reconciliou com o duque de Monmouth. Você e lady Welkins manterão suas especulações idiotas em segredo, ou Vossa Graça e eu mandaremos as duas para a Austrália. Ficou claro?

Por um longo momento, ela apenas o encarou.

— Você é vil! — gritou ela enfim. — Você é exatamente como o miserável do seu pai.

Ele fez uma reverência.

— Isso, tia Fiona, ainda precisa ser confirmado.

— Eu não preciso confirmar mais nada. Eu sei.

Com isso, ela voltou para o salão.

Lucien deixou que ela tivesse a última palavra. Preferia vê-la zangada com ele do que com Alexandra ou Rose. Enquanto voltava para seus convidados, ele se permitiu um momento de satisfação. Garantira que Rose ficasse noiva do cavalheiro de sua escolha, frustrara as tentativas desajeitadas da tia de chantageá-lo e protegera Alexandra de todos os rumores e fofocas adicionais. Uma noite de muito trabalho.

Várias vezes durante a refeição ele tentou chamar a atenção de Alexandra, mas ela parecia completamente ocupada em entreter Rose, Robert e os convidados ao seu lado. Até Monmouth recebeu um sorriso e uma piada gentil. Lucien franziu a testa. Alexandra parecia *muito* calma e contente, mas estava fingindo. Ele já a vira fingir antes, no primeiro evento de Rose, quando ela estivera brava e infeliz. Era habilidosa demais para permitir que seus sentimentos transparecessem, mas ele sabia.

Claro, era inteiramente possível que era Lucien quem estivesse exagerando. Apesar de sua trama, ele de fato não esperava que tudo ocorresse tão bem. No entanto, quando começou a se convencer de que ela estava se reconciliando com o tio, Alexandra olhou para ele. E o que enxergou na profundeza dos olhos turquesa foi um sentimento gélido.

O jantar prosseguiu com perfeição, mas ele deixou de se importar. Fiona, sem dúvida, continuava espumando de raiva, mas, como as mulheres mais velhas que ela convidara elogiaram e parabenizaram o noivado da filha, ela se acalmou um pouco. Lucien ficou satisfeito quando todos concluíram que ele era o Lúcifer em pessoa e que Fiona e Rose tiveram sorte em ter escapado por pouco de suas garras.

Quando os convidados começaram a ir embora, ele manteve a atenção em Alexandra, para ter certeza de que ela não tentaria escapar enquanto ele não estivesse olhando. Ela enfim se virou para subir a escada, mas ele estava pronto.

— Srta. Gallant — disse ele bruscamente.

Alexandra hesitou, depois parou e olhou para ele.

— Sim, milorde?

— No meu escritório, por favor.

Ela contraiu os lábios, mas alisou a saia e voltou para o andar de baixo. Passou pelo saguão e por ele e, um instante depois, a porta do escritório bateu.

— Deixe-a longe de problemas — falou o duque, pegando seu chapéu e casaco. — Não vou fazer nada para ajudá-la da próxima vez.

Lucien olhou para ele.

— Então vocês resolveram suas diferenças?

— Que diferenças? Estou aqui para acabar com as malditas fofocas até que você se case com ela e a tire de Londres.

— Ah! — De seus convidados, apenas Robert permanecera, e estava conversando na sala matinal com Rose. — Acredito que preciso de mais um ou dois minutos do seu tempo.

— Marque uma reunião com meu secretário. Vou me encontrar com o primeiro-ministro às nove da manhã.

Lucien deu um passo à frente, bloqueando o caminho do duque, enquanto Wimbole fechava a porta da frente.

— Só um momento — repetiu ele com calma e gesticulou em direção ao escritório.

— Não tenho tempo para essas bobagens.

— Faça uma exceção — respondeu Lucien, imóvel.

— Malandro impertinente! — exclamou o duque, mas caminhou pelo corredor.

Lucien abriu a porta para ele e o seguiu para dentro. Alexandra estava atrás de sua mesa, os punhos cerrados descansando contra a superfície lisa de mogno.

— Qual é o problema? — perguntou ele sem preâmbulos, fechando a porta atrás de si.

— Tenho que admitir — disse ela em voz baixa e instável — que os acontecimentos desta noite me pegaram completamente de surpresa.

Monmouth bufou.

— Não me agradeça, porque você nunca poderá me retribuir. Apenas fique grata por eu me importar com a reputação da minha família, garota, porque se não o fizesse, eu a mandaria para a Aus...

— Eu não ia agradecer — retrucou Alexandra. — Como se atreve a presumir que eu pediria qualquer coisa de uma imitação tão pífia de caval...

— Alexandra — interrompeu Lucien —, eu pedi ao seu tio que viesse hoje à noite.

Ela circulou a mesa, indo na direção dele.

— Eu pensei... — começou ela, depois parou.

— Você pensou o quê?

— Pensei que você tivesse mudado! Rose parecia tão feliz, e eu pensei que você tivesse mudado!

Lucien estreitou os olhos.

— Eu mudei... eu acho. Certamente passo mais tempo me preocupando com isso do que antes, maldição!

— Então por que *ele* está aqui? — Ela apontou o dedo na direção de Monmouth.

— Por quê? Ora, sua ingrat…

— Chega! — rugiu Lucien. — Monmouth, vá.

— Com prazer.

O duque saiu do escritório, batendo a porta atrás de si.

— Ele veio hoje à noite porque você o estava usando como desculpa — continuou Lucien, observando enquanto ela andava em círculos diante da lareira.

— Uma desculpa para o quê?

— Uma desculpa para exigir sua maldita independência de tudo. De mim. Agora você não pode mais usá-lo para isso.

— Você é o motivo de eu fazer isso — respondeu ela, e uma lágrima escorreu por sua bochecha. — O melhor motivo que tenho para não aceitar seu convite de casamento é *você*.

— Agora, me dê um maldito minuto — interrompeu Lucien, surpreso com as palavras venenosas dela.

— Não importa quanto tempo eu lhe dê. Não vai mudar nada.

— Você me deu uma lista… uma maldita lista de motivos pelos quais não se casaria comigo. Eu os resolvi, um por um. Você não tem por que ficar com raiva de mim por algo que você começou.

— *Eu* comecei? Como ousa trazer o duque de Monmouth aqui por sua própria conveniência e me culpar?

— Isso não faz sentido algum, Alexandra. Nós…

— Você não tinha o direito de tentar forçar uma reconciliação apenas porque lhe convinha! Fui clara?

Furioso, Lucien a rodeou com passos firmes.

— Eu fiz tudo por você! — rosnou ele. — Você se preocupava com a felicidade de Rose. Eu garanti que ela será feliz. Você temia que sua reputação fosse causar problemas para aqueles ao seu redor se ficasse aqui. Sua reputação agora está a salvo.

— Minha reputação agora foi convenientemente varrida para debaixo do tapete, para que você possa conseguir o que deseja. Você ainda precisa de um herdeiro para impedir que os filhos de Rose herdem seu título, e você ainda é o mesmo Lucien Balfour estúpido que disse que amor era apenas um sinônimo socialmente aceitável de fornicação!

— *Eu* sou estúpido — repetiu ele. — *Eu* sou o estúpido que tentou fazê-la feliz. Pelo amor de Deus, nem me reconheço mais no espelho desde que a conheci! Agora estou brincando de tentar resolver os problemas das pessoas... e estou *gostando* disso!

— Eu não...

— Eu não terminei — rosnou ele. — Até parei de fumar charuto, porque sabia que você não aprovava. Você me mudou. Você me fez um homem diferente, e uma versão que me agrada mais que a antiga. Minha pergunta para você, Alexandra, é: onde está escrito que você precisa ter exatamente tudo o que deseja?

— Eu não pedi nada para você. Não espere que eu me comprometa com algo que nunca quis.

— Você queria. Ainda quer. Só é teimosa demais para admitir. — Arfando, Lucien a encarou. — É a sua vez de ceder — afirmou. — Estarei lá em cima se quiser me encontrar.

Capítulo 20

— Eu não estou errada! — Alexandra marchou pelo pequeno escritório. — Eu não estou errada! Ele não tinha o direito de fazer o que fez!

— Lex, eu não disse nada. Você está discutindo consigo mesma. Isso pode até ser útil para você, mas está me dando dor de cabeça.

Alexandra parou em frente à mesa de carvalho e olhou para a jovem sentada atrás dela.

— Sinto muito, Emma — murmurou ela, e depois bateu o pé. — Mas ele me deixa possessa!

— Percebi — disse Emma Grenville em tom seco. Colocando uma mecha do cabelo ruivo atrás de uma orelha, ela se levantou e contornou a mesa. — Sente-se — ordenou. — Vou buscar um chá para você. — A diretora se abaixou e acariciou as orelhas de Shakespeare. — E Shakes precisa de um biscoito.

Relutante, Alexandra sorriu.

— Eu ando gritando tanto que é provável que ele esteja surdo.

— Sente-se.

— Sim, senhora.

Pequena e esbelta, com um par irresistível de covinhas que apareciam quando ela sorria, Emma parecia mais uma ninfa da floresta do que a proprietária de uma escola para moças. Ao mesmo tempo, sua calma imperturbável e sua bondade a faziam parecer mais velha do que seus 24 anos.

Alexandra suspirou e se sentou ao lado da janela quando Emma saiu para a pequena cozinha.

Do lado de fora da porta, ela ouviu risadas, rapidamente silenciadas, enquanto um grupo de alunas da Academia se dirigia ao salão principal para jantar. O antigo mosteiro sempre parecera um lugar perfeito para uma escola, embora a entrada de filhas da nobreza tivesse exigido várias modificações no antigo prédio. As janelas adicionadas às salas de aula, à sala de estudo e aos escritórios foram apenas as menores das mudanças.

— Bem — disse Emma, voltando para o cômodo —, acho que você e lorde Kilcairn discutiram. — Ela colocou a bandeja de chá na mesa e se sentou outra vez.

— Sim, nós discutimos. Mas a culpa foi dele.

Alexandra serviu uma xícara de chá para cada uma. Shakespeare recebeu ansiosamente seu biscoito e foi roê-lo debaixo da mesa.

— Desde quando você discute com seus empregadores?

— Desde quando eles estão errados.

Com um pequeno suspiro, Alexandra recostou-se e tomou um gole de chá. Ela não conseguia se lembrar de quantas vezes se sentara naquela mesma cadeira elegante e desabafara para a tia de Emma. Era… confortável estar de volta, exceto que, àquela altura, esperava não ter mais problemas. No entanto, lá estava ela com os mesmos problemas antigos, reforçados pelos novos que Lucien lhe proporcionara.

— Ele me trancou na adega, sabia?

— É mesmo? Que coisa bárbara de se fazer!

— E nem era a adega principal. Era a reserva.

Emma contraiu os lábios.

— Então você está com raiva porque lorde Kilcairn não a trancou na adega principal?

— Claro que não. Não tire sarro de mim.

— Eu jamais faria isso, Lex. Por que ele a trancou lá?

Aquela mesma pergunta continuava a incomodá-la, mesmo depois de três dias dentro de uma carroça apertada pensando apenas naquilo. Ela ficou de pé novamente e caminhou até a janela.

— Eu não faço ideia.

Meia dúzia de vacas pastava no lado oposto do lago cheio de patos da Academia, perto do pequeno jardim e da imensidão de árvores.

— Mas isso não foi o pior.

Sua amiga apoiou o queixo na mão.

— Imaginei.

— Pois é. Ele deu um grande jantar e convidou o tio Monmouth. Sem me dizer.

— Minha nossa.

— Ele é um homem terrível e perverso, e eu nunca deveria ter aceitado trabalhar para ele.

— Ele é amigo do seu tio?

— Tenho certeza de que não. Ele apenas tentou forçar uma reconciliação, para a própria conveniência.

— Conveniência?

Alexandra bateu no parapeito da janela com força suficiente para fazer sua mão arder.

— Nem pergunte. Eu não consigo explicar.

— Lex — começou Emma —, estou feliz que você esteja aqui. Sua ajuda definitivamente será bem-vinda.

— Mas...?

Um tremor de incerteza tocou Alexandra. Ultimamente, sempre parecia haver uma exceção a qualquer coisa positiva em sua vida.

— Mas eu preciso pensar na Academia. Estamos...

— Sinto muito — interrompeu Alexandra, as lágrimas começando a jorrar.

Realmente não havia lugar nenhum para ela agora.

— Deixe-me terminar, sua boba. Somos uma instituição de aprendizado, não um refúgio para mulheres apaixonadas que fugiram de uma adega. Eu preciso ter certeza de que você vai ficar.

— Eu não estou apaixonada! — declarou Alexandra, enxugando os olhos. — Eu disse a ele que ia embora. Ele disse que tudo bem, e aqui estou eu.

Emma olhou para a amiga por um longo momento.

— Tem certeza?

Abafando o desejo de pisotear o chão novamente, Alexandra cruzou os braços.

— Claro que tenho.

Os olhos verde-escuros de Emma ainda encaravam a amiga quando ela abriu uma gaveta.

— Você talvez se pergunte por que não fiquei surpresa com seu atraso. — Ela pegou um papel dobrado da gaveta e o deslizou sobre a mesa. — Recebi uma carta anteontem.

De repente desconfiada, Alexandra atravessou a sala e pegou o papel. Antes mesmo de alcançá-lo, ela reconheceu a marca de cera rasgada.

— *Ele* lhe enviou uma carta?

Lucien dissera que cuidaria de informar Emma, mas ela não tinha pensado que de fato pretendia fazê-lo. Eles estavam um pouco distraídos durante aquela conversa.

— Eu tive que ler duas vezes antes de acreditar que era do conde da Abadia de Kilcairn. Não… parece escrita por alguém com a reputação dele.

Com outro arrepio nervoso e excitado, Alexandra abriu a carta.

— "Senhorita Grenville" — leu ela em voz alta, ouvindo a voz grave de Lucien em sua cabeça. — "Como você sabe, Alexandra Gallant era até muito recentemente parte da minha equipe de empregados. Estou ciente de que ela aceitou uma vaga para lecionar na sua Academia e, embora não possa contestar sua escolha de professora, me encontro em desacordo com você sobre a partida dela."

— Ele é bem-educado, não é? — comentou Emma, quando Alexandra fez uma pausa para respirar.

— Ao extremo. Ele é o indivíduo mais vorazmente curioso que eu já conheci. — Ela percebeu que seu comentário parecera muito um elogio e pigarreou para continuar lendo. — "Como a senhorita deve ter notado, eu já convenci Alexandra a permanecer em Londres por mais alguns dias." — Ela arqueou uma sobrancelha. — Rá. Ele tem uma definição estranha sobre o que significa "convencer". "Espero com todas as forças que ela escolha permanecer aqui para sempre. Ela…"

— Eu não acho que ele quis dizer na adega para sempre — acrescentou Emma.

Alexandra lhe lançou um olhar feio.

— "Ela ou eu iremos informá-la da decisão."

— Ele não parece alguém que planejava machucá-la — disse a amiga em voz baixa.

— Talvez, mas é possível ver o quão arrogante ele é.

— Hum. Leia a última parte — sugeriu Emma.

Alexandra fez uma careta, mas obedeceu.

— "Senhorita Grenville, Alexandra muitas vezes referiu-se a você como uma amiga querida. Só posso expressar minha inveja suprema por esse fato e esperar que você e eu nos encontremos em breve. Considero os amigos de Alexandra excepcionais, pois sei que seus detratores carecem de inteligência, humor, compaixão e todas as outras qualidades que admiro tanto em sua amiga. Atenciosamente, Lucien Balfour, lorde Kilcairn."

Alexandra sentou-se devagar.

— Meu Deus — sussurrou ela. — Ele deve ter enviado isso para você dias atrás.

— Parece que você conquistou o coração de um libertino, minha querida.

Ela balançou a cabeça, relendo as últimas frases da carta.

— Não conquistei. Ele só é muito encantador.

— E por que o conde da Abadia de Kilcairn tentaria me encantar?

— Eu... Bem, ele pode ter se sentido assim, ou talvez achava que se sentia assim, antes daquele maldito jantar. Eu sei que ele não se sente mais assim.

— Você tem certeza de...

— Além disso, admirar muito uma pessoa é diferente de estar apaixonado por ela, Emma. Eu admiro lorde Liverpool, por exemplo, mas estou longe de estar apaixonada.

— Você...

— E ele só me pediu em casamento porque se sente confortável comigo e porque pode produzir seu herdeiro com o mínimo de inconveniência para si mesmo.

Emma se levantou abruptamente e pegou a carta de volta.

— Ele quer se *casar* com você? Lex, você nunca me disse...

— Não! — interrompeu ela de forma brusca. — Eu trabalhei muito, e não pretendo ceder e viver minha vida de acordo com as vontades de outra pessoa. Até as dele. Especialmente as dele. Cuidarei de mim mesma e dos meus problemas.

— Você está discutindo consigo mesma outra vez. — Emma devolveu a carta para ela. — Você conhece o lorde Kilcairn muito melhor do que eu, Lex. Acredito em você quando diz que ele é um arrogante conspirador que não se importa com ninguém além de si mesmo.

— Obrigada.

Emma acompanhou Alexandra até a porta.

— Amanhã, você ensinará como falar sobre literatura e temas para conversas durante o jantar sem soar entediante. Vamos resolver tudo na segunda-feira.

Alexandra assentiu, e ela e Shakespeare seguiram Emma até o refeitório. Tudo de que precisava era algo para mantê-la ocupada. Com sua primeira aula na manhã seguinte, ela começaria a tarefa de esquecer Lucien Balfour.

—⟞⟝—

— Esqueça-a então — disse Robert, guiando seu cavalo por entre as árvores do Hyde Park. — Você fez um esforço, um esforço titânico, e nada aconteceu. Fim.

Lucien incitou Fausto à frente, sem se preocupar em ver se o visconde o seguia. Sua cabeça doía, lembrando-o de que havia bebido uísque demais no Boodle's na noite anterior. Pelo menos seu crânio latejante dava a ele outra coisa para alimentar seu mau humor, sem precisar admitir que se sentia perdido sem Alexandra Beatrice Gallant.

— Lucien, há uma centena de damas em Londres que ficariam felizes em se casar com você.

— Não sei se "felizes" é a palavra certa — retrucou ele, iniciando outra volta na pista deserta de carruagem.

— Sim, felizes. Você é rico, bonito e tem um título. Poucos solteiros podem dizer que possuem os três.

— Não tente me acalmar. Não estou de bom humor.

— Eu notei. É isso que estou tentando resolver.

Carrancudo, Lucien fez Fausto parar.

— Quem era sua segunda escolha? — perguntou o conde, enquanto o amigo se aproximava.

— Minha segunda escolha para quê?

— Para se casar. Se eu pretendesse me casar com Rose, ou se ela tivesse o recusado, quem você estaria perseguindo agora?

Robert deu de ombros.

— Não sei. Lucy Halford, ou talvez Charlotte Templeton — refletiu ele. — Mas eu encontrei Rose, e nós dois estamos extremamente felizes com o casamento.

Lucien olhou para as mãos enluvadas enquanto torcia as rédeas em volta dos dedos.

— Para mim — disse ele com calma —, não há mais ninguém. Ela é... quem eu procurei o tempo todo. Mesmo antes de eu começar a procurar.

— Mas ela o recusou — afirmou Robert com uma voz solene. — Então agora você deve procurar outra pessoa. — Ele hesitou, olhando ao redor do parque quase vazio. — Ela parecia um pouco... rebelde demais, de qualquer maneira. Uma esposa não pode apoiá-lo se está sempre discordando de tudo o que você diz.

Lucien afastou os pensamentos de Alexandra e fez o cavalo avançar novamente.

— Você entendeu tudo errado, mas acho que não importa. Ela não confia em mim ou nas minhas motivações, e não há muito o que eu possa fazer sobre isso, a menos que eu abra mão do meu título e tudo o que vem com ele e me torne um limpador de chaminé. E não pretendo fazer isso.

— Então você vai esquecê-la e seguir em frente.

— Suponho que sim. Assim que eu me esquecer de como respirar.

— Então me resta presumir que você ficará deprimido por toda a eternidade.

Lançando um olhar feio ao visconde, Lucien incitou Fausto a um galope.

— Eu não estou deprimido. Estou esperando. Eu disse que era vez dela de ceder. Ela é uma mulher sensata. Logo perceberá que estou certo e que é uma tola em me entregar a uma horda de damas adoráveis que ficariam muito felizes em se casar comigo.

— E se ela não perceber?

Robert estava agindo praticamente como a consciência de Lucien, já que ele estivera tendo a mesma conversa consigo mesmo desde que Alexandra saíra da Casa dos Balfour havia uma semana.

— Ela vai.

— Bem, dar espaço e esperar que ela volte soa como uma grande bobagem para mim. — afirmou Robert. — Eu acho que é você quem vai ter que perceber isso.

— Talvez.

Enquanto participava de reuniões, jantares e encontros sociais, no entanto, Lucien não conseguiu evitar pensar no que havia feito de errado. Sim, ele a trancara para não a perder, e ele nunca deveria tê-la deixado sair. E, sim, ele a fizera se encontrar com um parente que ela desprezava. Mas ela o ajudara a ver as correntes e os muros que ele colocara ao redor de si e praticamente o forçara a se reconciliar com Rose. Por que, então, aquilo funcionara com ele e não com ela?

A resposta, ou o que ele esperava que fosse a resposta certa, enfim chegou enquanto ele e Rose discutiam seu dote e a poupança que ele pretendia lhe dar para que a prima sempre tivesse sua própria renda, para que fosse independente de Robert e dele.

— Lucien, é muito dinheiro — protestou a prima, corando bastante. — Você já me deu muito mais do que eu esperava.

Ele ignorou o aceno do sr. Mullins, que concordava com Rose, e continuou rabiscando números no rascunho do acordo.

— Não discuta. Estou me sentindo generoso.

Rose riu.

— Acho que mamãe não concordaria.

— Enquanto ela cumprir a promessa de nunca mais falar comigo, poderá discordar de tudo o que quiser. Não é para ela, de qualquer forma. É para você.

— Obrigada. — Ela se inclinou e o beijou na bochecha.

Lucien ficou parado por um momento. Ele gostara de passar a manhã com a prima. Ela era agradável, mesmo que não apresentasse um grande desafio ao intelecto dele. E ela sorrira, rira e o beijara na bochecha.

Dois meses antes, ele nunca teria tolerado aquilo. Dois meses antes, ele não suportava ficar no mesmo cômodo que uma das mulheres Delacroix. Rose havia mudado, obviamente. Ela se tornara mais confiante e menos egocêntrica; uma imitação pálida de sua tutora, mas uma melhoria definitiva em relação à garota que chegara a Londres coberta de tafetá rosa.

E ele também mudara — mais do que imaginava. Aquele era o problema e a solução. *Ele* havia mudado. Alexandra, não. Ela ainda se via nas mesmas condições dos últimos cinco anos: precisando lutar sozinha contra tudo e contra todos que ameaçavam tirar sua independência, com medo de perder tudo novamente se ousasse relaxar a guarda por um momento.

Lucien ficou de pé. Ele precisava abrir os olhos dela, como ela abrira os dele. Não para o amor, porque ele sabia, sentia, que ela o amava... mas para si mesma.

— Primo Lucien? — perguntou Rose, olhando para ele com uma expressão preocupada.

— Faça os preparativos, sr. Mullins — disse ele. — E, quando terminar, venha me ver no escritório. Temos mais um assunto para resolver.

—⟶

Alexandra se sentou à beira da mesa e olhou para o rosto novo e ingênuo de suas alunas. Ela fora uma delas havia pouco tempo, embora tivesse momentos, como naquela tarde, em que não conseguia se lembrar de ter sido tão jovem.

— Bom — afirmou ela —, quando alguém expressa uma opinião sobre uma obra de ficção, geralmente se pensa que o comentário é a opinião dessa pessoa.

— Mas foi o que eu disse, srta. Gallant — protestou Alison, uma das jovens de rosto rosado. — "Na minha opinião, Julieta deveria ter ouvido os pais dela."

— A srta. Gallant está dizendo que você está sendo redundante, Alison — explicou outra aluna.

— Calada, Penelope Walters — retrucou Alison.

Abafando um suspiro exasperado, e agradecida por Emma ter dado a ela apenas uma dúzia de jovens, Alexandra se impôs para restaurar a ordem.

— Vamos lá. Já houve muito sangue derramado em *Romeu e Julieta*. Não precisamos de mais.

A porta da sala se abriu e Jane Hantfeld, uma das alunas mais velhas da Academia, passou correndo pelas mesas até as janelas do outro lado da sala. Seu rosto estava vermelho de emoção, e ela mal olhou para as outras garotas.

— Ai, meu Deus, olhem! Vocês têm que ver isso!

— Srta. Hantfeld — repreendeu Alexandra, tarde demais para impedir a debandada até as janelas —, estamos no meio da aula.

— Quem é ele? — perguntou Alison, rindo. — Ele é tão bonito.

— Gosto do cavalo dele — uma das meninas mais novas entrou na conversa.

— Quem se importa com o cavalo dele?

Movendo-se com a maior indiferença possível, Alexandra se aproximou da janela e perdeu o ar.

Alto e poderoso, com um casaco cinza-escuro, Lucien Balfour estava montado em Fausto diante do portão fechado da Academia. Enquanto Alexandra observava, Emma se aproximou e deixou o grupo reunido de garotas boquiabertas. Ele tirou o chapéu, obviamente se apresentando, e Emma disse algo em resposta.

Assim que ela falou, ele desmontou do cavalo e deu um passo à frente para apertar a mão dela. Alexandra respirou fundo. Na carta, ele dissera que estava ansioso para conhecer a srta. Grenville; por sua reação, ele fora sincero.

Eles estavam muito distantes para que ela pudesse ouvir ou mesmo interpretar o que conversavam, embora suas alunas estivessem fazendo comentários animados. O consenso parecia ser de que ele era um nobre rico que fora à Academia da Srta. Grenville em busca de uma noiva. Alexandra agarrou o peitoril da janela para impedir que suas mãos tremessem.

— Você sabe quem ele é, srta. Gallant? — perguntou uma das meninas.

— Alison diz que é um duque.

— Ele é um conde — corrigiu ela, e pigarreou quando todas se viraram para olhá-la. — Temos uma lição a terminar, senhoritas.

— Você o conhece? Quem é ele? Conte-nos, srta. Gallant!

Alexandra estremeceu com a cacofonia de perguntas e demandas.

— Ele é o conde da Abadia de Kilcairn, e sem dúvida está perdido. Vamos continuar?

— Ah, ele está indo embora — reclamou Jane. — Que pena. Queria que tivesse entrado.

— Para que você pudesse desmaiar nos braços dele?

Alexandra se sentia prestes a desmaiar. Ela observou, incapaz de se mexer ou desviar o olhar, quando ele voltou para a sela, colocou o chapéu outra vez e galopou em direção à estrada. Ele fora até ali aparentemente para vê-la, e saíra sem fazê-lo? Além de estar bastante decepcionada, ela não conseguia acreditar. Lucien Balfour não faria tanto esforço por nada.

— Srta. Gallant, você o conhece de Londres?

Ela piscou e voltou para a mesa.

— Sim. Agora, voltemos à lição de como expressar, de forma não ofensiva, opiniões e pontos de vista.

As meninas retomaram a lição relutantemente, mas Alexandra parecia ter perdido por completo sua capacidade de formar um pensamento coerente. O que diabo Lucien Balfour estava fazendo em Hampshire, e na Academia da Srta. Grenville?

Alguns instantes depois, a porta da sala de aula se abriu. Emma Grenville apareceu pelo batente e gesticulou para ela.

— Posso falar com você por um momento, srta. Gallant?

Alexandra ficou de pé muito depressa e fez uma careta com os comentários baixinhos das alunas.

— Claro. Jane, por favor, leia o próximo soneto. Volto logo.

Ela seguiu Emma a uma curta distância pelo corredor. Quando a amiga a encarou, Alexandra tentou decifrar a expressão da diretora, mas ela parecia calma como sempre.

— Você viu nosso visitante, presumo? — perguntou ela.

Alexandra assentiu.

— Eu não tenho ideia do porquê ele viria aqui. Eu deixei meus sentimentos bem claros para...

— Ele está procurando por você, Lex.

— Ele está... O que você disse a ele?

— Eu disse a ele que você estava aqui e com boa saúde, e que eu não tinha liberdade para permitir que ele entrasse na Academia.

Ele estava procurando por ela. Aquilo significava que ele ainda pretendia convencê-la a se casar com ele? Ou ele fora a Hampshire simplesmente para ter certeza de que teria a última palavra? Ou...

— Lex. — Emma interrompeu seus pensamentos, fazendo-a pular de susto. — Ele voltará amanhã ao meio-dia. Você precisa falar com ele.

Uma arrepio de puro terror percorreu sua espinha.

— Mas eu não sei o que... eu não tenho ideia do qu...

— Estou ensinando jovens senhoritas a ter modos — interrompeu Emma novamente. — Não posso ter o notário conde da Abadia de Kilcairn de vigia no meu portão. — Ela se inclinou para mais perto com um brilho de diversão no olhar. — Não passa uma boa impressão. E eu perderia a maioria das minhas alunas.

Alexandra fechou os olhos.

— Eu sei, eu sei. Eu nunca pensei que ele viria até aqui. Não consigo nem imaginar por que veio.

— Mas ele veio. — Emma tocou seu braço, e Alexandra voltou a abrir os olhos. — Você precisa resolver isso.

Ela suspirou.

— Obviamente, Emma, você nunca se apaixonou.

A diretora sorriu.

— E obviamente, Lex, você está apaixonada.

Capítulo 21

Lucien chegou à Academia da Srta. Grenville alguns minutos adiantado.

Ele se sentia como um tolo esperando do lado de fora do portão, um pecador banido do céu, mas a srta. Emma Grenville deixara bem claro que ele não deveria pôr os pés dentro do terreno. O antigo Lucien teria passado pelo portão de qualquer maneira, mas o Lucien atual não gostava de imaginar dezenas de jovens gritando, correndo e desmaiando diante dele.

A hora do encontro chegou e passou, e ele estava começando a contemplar uma incursão estratégica. Foi quando sua deusa apareceu, andando pelo caminho irregular. Parecia que ele não a via tinha bem mais que quinze dias, e ele teve que reprimir o impulso repentino de arrombar o portão, jogá-la sobre a sela e fugir.

— Lucien — disse ela, ao se aproximar do portão fechado.

Pelo menos ela não tinha decidido fingir que nunca haviam se conhecido.

— Alexandra. — Lucien desceu do cavalo. Ele queria estar o mais perto dela possível. — Como está Shakespeare?

Ela inclinou a cabeça um pouco.

— Meu cachorro está bem, obrigada.

— Ótimo. E como você está?

— Estou bem.

Lucien soltou um suspiro. Aquela conversa era inútil. Ele preferia uma abordagem mais direta e sabia que ela também.

— Você perturbou completamente a ordem da minha vida — confessou ele. — Nunca imaginei que alguém pudesse fazer isso.

— Você veio até aqui para me dizer isso? Que arruinei sua vida? O que você acha qu...

— Eu não disse que você arruinou nada — interrompeu ele, carrancudo. Obviamente, ele não fora direto o suficiente. — Mas você *mudou* tudo. A maneira como olho para as pessoas e para mim mesmo. E, considerando a magnitude desta tarefa, você merece meus parabéns. E meus agradecimentos.

Ela brincou com um botão em sua pelica, evitando o olhar dele, enquanto Lucien procurava uma fenda na armadura de bons modos que ela vestia.

— De nada, então. Mas foi para isso que você me pagou.

Lucien negou com a cabeça.

— Eu a paguei para não ir embora. — Lucien passou a mão pelas barras de ferro do portão e tocou sua bochecha. — Eu sinto sua falta.

Alexandra ofegou e se afastou da carícia.

— Claro que sente. Agora precisa procurar outra pessoa com cuja vida você possa brincar.

Os muros ao redor dela não haviam diminuído nem um pouco, mas ele a entendia agora.

— Ninguém mais vai me deixar brincar assim — disse ele suavemente, e sorriu.

Ela corou.

— Pare com isso. O que você está fazendo aqui?

— Você ainda gosta de mim.

— É uma reação puramente física. Você está melhor sem mim, de qualquer forma.

— Pensei que fosse eu que devesse desculpas — respondeu ele. — Saia e venha andar comigo.

— Não. Vá embora, Lucien.

— Sinto que estou tentando sequestrar uma freira de um convento — resmungou ele, observando o rosto dela para ver seu humor habitual.

Os lábios dela tremeram.

— Este lugar era um mosteiro.

Ele se inclinou contra o portão, os dedos enrolados em torno de duas barras de ferro verticais.

— É maior que a adega, minha querida, mas você ainda parece estar presa aí dentro. — Ele experimentou sacudir as barras. — Pelo menos se aproxime e me beije.

Ela cruzou os braços.

— Permita-me lembrá-lo de que você me *trancou* na adega. Estou aqui por escolha.

Lucien assentiu.

— Você está aqui porque não consegue pensar em outro lugar para fugir.

— De acordo com você e meu querido tio, não preciso mais fugir. Eu tenho o famigerado apoio dele, agora.

— Peço desculpas por jogá-la nos braços de Monmouth. Mas era necessário.

— Por que era necessário?

— Porque você não se casaria comigo se tivesse que depender do meu apoio. Agora você não precisa mais fazer isso.

Por um momento, ela o encarou, a curiosidade brigando com sua maldita teimosia.

— Você me deixou outros motivos para recusá-lo.

— Sim, deixei. Sobre eles... — disse ele e, com uma respiração nervosa que esperava que ela não notasse, enfiou a mão no bolso do peito para tirar um pedaço de pergaminho dobrado. — Espero que isso ajude a dissipá-los.

Ele estendeu o papel por entre as barras.

Ela hesitou, depois o pegou.

— O que é isso?

— Não leia ainda. Espere até esta noite. Quando você estiver sozinha, de preferência.

— Está bem. — Alexandra analisou o papel, depois voltou a encará-lo. — Você pretende esperar aqui a noite toda, então?

— Não. Eu tenho que voltar para Londres. Robert quer se casar com Rose antes do final da temporada, enquanto todos ainda estão na cidade.

— Então este é mais um adeus.

— Espero que não — murmurou ele, desejando simplesmente abraçá-la e fazê-la abrir mão de tudo o que a levava a manter sua independência obstinada. — Eu quero que você se case comigo, Alexandra. Mas não vou pedir de novo. Leia o recado. Se quiser viajar depois disso, estarei na Casa dos Balfour até o dia 10 de agosto. — Ele estendeu a mão pelo portão outra vez, mas ela escapou do toque. — Da próxima vez, Alexandra, você que precisará pedir. — Ele sorriu. — Mas eu direi que sim.

Uma lágrima escorreu pela bochecha macia e suave dela.

— Eu não vou pedir.

— Espero que você peça. — Ele soltou o portão e caminhou em direção a Fausto. — Vejo você em breve.

Dar as costas e ir embora foi a coisa mais difícil que ele já fizera. Ele queria Alexandra. Precisava dela em sua vida. Se ela escolhesse não o seguir, ele saberia pelo menos que tinha feito tudo o que estava ao seu alcance. Se aquilo não bastasse, se ela não se importasse tanto com ele quanto ele se importava com ela... bem, ele teria uma vida inteira para se torturar com essas perguntas.

Quando alcançou a primeira curva da estrada, Lucien olhou por cima do ombro em direção ao portão da Academia. Ela se fora.

—⁓—

Alexandra enfiou o pergaminho no bolso de sua pelica e correu de volta para o prédio principal. Não seria bom que Lucien a visse parada no portão chorando como uma criança enquanto ele se afastava.

Ela ainda estava chorando copiosamente quando encontrou Emma, sem nem sequer notar que a amiga estivera espreitando perto da porta da frente.

— Ah! Desculpe-me — disse ela, entre fungadas.

Sem dizer nada, Emma lhe entregou um lenço.

— Obrigada. — Alexandra assoou o nariz. — Ele é simplesmente impossível. Nunca deveria ter saído para vê-lo.

— Você terminou tudo?

— Eu terminei tudo em Londres. Ele só não queria me ouvir. — Um grupo de meninas que saía para o jardim passou por elas. — Nunca houve nada, de qualquer forma — acrescentou mais baixo, quando o grupo se afastou.

— Quem visse vocês dois juntos teria dificuldade de acreditar nisso. Por que você não pode apenas admitir que se importa com ele?

Secando os olhos outra vez, Alexandra subiu a escada para seu minúsculo quarto com Emma em seu encalço.

— Não sei. Porque ele espera que eu o faça, suponho. Ele decidiu que eu vou me apaixonar por ele, então assim o farei.

— E não é assim que deveria ser?

— Ah, ele e sua maldita autoconfiança.

Um coro de risos choveu sobre elas da escada acima. Maravilhoso. Agora ela estava ensinando palavrões a suas alunas.

Emma fez uma careta.

— Eu sei que você está exausta, srta. Gallant — disse ela em voz alta —, mas você não quis dizer "malfadada autoconfiança"?

— Sim, srta. Grenville. Minhas desculpas.

A diretora colocou o braço em volta do de Alexandra enquanto elas continuavam subindo a escada.

— Pelo menos acabou — afirmou. — E temos os recitais esta tarde para distrair você de seus problemas.

— Sim, graças a Deus — murmurou Alexandra, embora tivesse quase certeza de que nada havia terminado e sabia que os recitais não a impediriam de pensar em Lucien por um segundo.

Ela passou a tarde inteira inquieta. Em geral gostava dos recitais semanais, pois algumas das alunas da Academia tocavam excepcionalmente bem. Naquele dia, porém, tudo em que ela conseguia pensar era no pergaminho em seu bolso e em Lucien dizendo que ele não a procuraria mais. Era exatamente aquilo o que ela queria, é claro; ninguém a usando para seus próprios fins ou a julgando pelas ações de outra pessoa.

Se ao menos pudesse parar de pensar nele, no quanto gostava de conversar com ele e em como ansiava por seus beijos e seu toque, Alexandra perceberia quão feliz ela era.

É claro que, se ela estivesse mesmo tão feliz, não teria motivos reais para continuar enfiando a mão no bolso para tocar a carta, e com certeza não teria motivos para esperar e abrir o estúpido papel exatamente quando e como ele instruíra. Duas vezes durante os recitais, ela tirou o recado do bolso e começou a desdobrá-lo. Nas duas vezes, ela o guardou de volta sem abri-lo.

Assim que Jane Hantfeld terminou sua versão de Haydn, Alexandra ficou em pé. O sol estava abaixo da faixa de árvores espalhadas ao oeste. Tecnicamente, já era de noite.

— Srta. Gallant — chamou Elizabeth Banks, uma das outras instrutoras, ao passar por ela —, espero que você nos conte sobre seu conde misterioso no jantar hoje à noite. Todas as meninas estão muito curiosas sobre ele.

Alexandra parou.

— Estou com dor de cabeça. Acho que vou me ausentar do jantar esta noite. Por favor, dê minhas desculpas à srta. Grenville.

Ninguém acreditaria que Alexandra estava com dor de cabeça, é claro, e elas provavelmente pensariam que ela estava em seu quarto chorando por seu amor perdido. Bem, aquela era uma descrição bastante fiel do que estava planejando.

Uma das funcionárias já havia dado o jantar de Shakespeare, e ele pulou na cama ao seu lado enquanto ela acendia a lâmpada e pegava a carta. O terrier cheirou o papel, depois sacudiu o rabo e latiu.

— Você reconhece Lucien, não é, Shakes? — perguntou ela, acariciando--o atrás da orelha.

Ela desdobrou o pergaminho. Para sua surpresa, não era uma carta pessoal, mas algum tipo de documento. Um pedaço menor de papel, dobrado dentro do maior, caiu no colo dela. Alexandra voltou sua atenção para ele primeiro.

Alexandra, começava o recado, escrito com a mesma letra da carta que o conde mandara para Emma. *Acredito que você terá que admitir que restam apenas dois motivos para você não querer se casar comigo.*

Ela respirou fundo. Por que ele ainda estava insistindo naquela ideia? Ela teria desistido da tentativa havia um bom tempo. O conteúdo do restante da carta a deixou curiosa, então ela continuou lendo.

A primeira razão, pelo que me lembro, é que você é uma mulher conveniente com a qual eu posso conseguir um herdeiro e impedir que Rose e Fiona recebam uma herança. Desejo declarar aqui que você não é nem um pouco conveniente. Alexandra reprimiu um sorriso inesperado. *Esperamos que a outra metade desse raciocínio seja respondida, para sua satisfação, com este anexo ao meu testamento. Ele afirma, em resumo, que, se eu tiver filhos ou não, os filhos de Rose herdarão meu título e minhas terras.*

Alexandra parou.

— É uma piada — disse ela em voz alta. — Só pode ser uma piada.

Ela pegou o pedaço maior de papel e o leu uma e depois uma segunda vez. Apresentado em termos e cláusulas legais, no entanto, o documento era claro em informar que Lucien Balfour, após sua morte e independentemente de herdeiros de sangue, transferiria todos os títulos e terras a Rose Delacroix e seus herdeiros. Uma pensão de cinco mil libras por ano para os próprios filhos e sua viúva era tudo o que ele não repassaria para os Delacroix.

— Meu Deus — sussurrou Alexandra, e com os dedos trêmulos voltou à primeira carta.

Sua segunda e última objeção restante, acredito, foi a minha crença no amor — e, mais especificamente, a minha incapacidade de amá-la. Acho que você já sabe a resposta para isso, Alexandra. Não rebaixarei nenhum de nós dois clamando para o sol, a lua e as estrelas o quanto a amo, o quanto a desejo e o quanto preciso de você em minha vida.

Eu, portanto, tenho uma pergunta para você, pois não consigo pensar em mais nenhum obstáculo entre nós. Alexandra, você me ama?

Ela fechou os olhos por um longo momento, depois leu a curta assinatura.

Sempre seu, Lucien.

Uma lágrima caiu no papel antes mesmo que ela percebesse que tinha voltado a chorar. O lorde Kilcairn que conhecera em Londres nunca teria renunciado sua herança a ninguém, muito menos a Rose Delacroix. E, no entanto, ele tinha feito aquilo. E Alexandra mal podia acreditar que o tinha feito por ela.

Alexandra ficou em pé e andou de um lado para o outro enquanto Shakespeare trotava atrás dela. A emenda do testamento fora assinada por Lucien e testemunhada pelo sr. Mullins, lorde Belton e outro advogado. Era real... Inconfundível e inabalavelmente real.

Ela circulou o quarto mais uma vez, a carta cerrada no punho. Ele fizera de novo... Apresentara seu ponto de uma maneira tão grandiosa que ela não tinha escolha a não ser notar, considerar e explicar a si mesma. E, é claro, ele havia feito tudo por carta, para que ela não tivesse como discutir com ele sobre o assunto.

Com um grunhido, ela jogou a carta no chão e pisou nela. Então, pegou o papel e o alisou contra o peito, porque nunca tinha recebido algo tão adorável. Ela praguejou baixinho, feliz por não haver estudantes por perto para ouvi-la.

— Olhe para mim, Shakes. Ele me deixou louca.

Shakespeare apenas abanou o rabo. Suspirando, ela caiu na cama. Louca ou não, Alexandra sabia exatamente o que queria fazer agora. Queria voltar correndo a Londres e dar um soco nele, e então se atirar em seus braços e nunca soltar. Ele fizera aquilo por ela, e fizera porque a amava. Nenhuma outra explicação fazia sentido.

— Meu Deus — disse ela com um suspiro, segurando a carta no peito.

Apenas as motivações de uma pessoa permaneciam um mistério, assim como haviam sido por cinco anos. E aquela pessoa fora o motivo pelo qual ela quase perdera Lucien.

— Lex? — Emma bateu na porta dela.

Ela se assustou.

— Entre.

A diretora enfiou a cabeça pela fresta da porta.

— Vim perguntar se você está bem.

— Não sei se estou ou não — riu ela, imaginando se parecia tão histérica quanto se sentia.

— Entendo. — Emma entrou e fechou a porta. — O que aconteceu?

— Eu finalmente aprendi uma lição, eu acho. — Alexandra se levantou e puxou seu baú de debaixo da cama. — Sinto muito, Emma. Eu tenho que...

— Abrir mão de seu cargo. Depois de ver vocês dois juntos esta manhã, não posso dizer que estou surpresa.

— Depois do que eu o fiz passar, não tenho certeza se ele de fato vai me querer. Eu sou muito tola, sabe?

— Não, você não é. Você tem é muita sorte. — Emma sorriu. — E vai voltar para Londres.

Uma centelha quente, ansiosa e animada queimou em seu coração.

— Sim. Mas tenho uma parada a fazer antes de vê-lo outra vez.

Ela queria e precisava de mais uma explicação. E, graças a Lucien, ela enfim tinha a coragem de exigi-la.

Alexandra respirou fundo, apertou mais a coleira de Shakespeare e bateu nas enormes portas duplas de carvalho. O som ecoou e desapareceu nas profundezas da casa, e seu coração martelou no mesmo ritmo nervoso. Um momento depois, a porta se abriu.

— Sim, senhorita?

Ela olhou para o mordomo narigudo.

— Por favor, informe Vossa Graça que a srta. Gallant está aqui para vê-lo.

O homem hesitou, depois assentiu.

— Por aqui, senhorita.

A mansão era enorme, talvez até maior que a Casa dos Balfour. O mordomo a levou para a sala matinal e fechou a porta atrás de si enquanto desaparecia. Retratos do duque e de seus dois filhos estavam pendurados em uma parede, com a representação da falecida esposa e de vários outros parentes mais distantes.

— O que você quer?

Alexandra manteve sua atenção nas pinturas quando a voz do duque ecoou pela sala.

— Por que não há um retrato da minha mãe aqui? — perguntou ela.

— Ela abandonou a família. Eu pensei que você tivesse fugido para Hampshire.

— Você a expulsou da família.

— É por isso que você se comporta tão mal na minha presença? Sua mãe lhe ensinou a não gostar de mim, não é?

Ela se virou.

— É isso que você pensa?

O duque de Monmouth revirou os olhos.

— Eu sou um homem ocupado. É melhor você ir logo ao ponto. Não tenho e não gastarei tempo dando longas explicações a parentes não importantes.

A fala do tio respondia, de maneira retumbante, a uma das perguntas dela. Lucien não era nada como o duque. Mais uma desculpa que ela devia ao conde.

— Não quero uma explicação — disse ela, com o maxilar cerrado. — Eu quero um pedido de desculpas.

— Por optar por não exibir um retrato de sua mãe? Absurdo!

Alexandra olhou para ele.

— Você não tem ideia do motivo da minha raiva, tio Monmouth?

Ele caminhou até a escrivaninha e começou a vasculhar as gavetas.

— Eu não ligo para a razão da sua raiva — respondeu ele. — Eu já disse, estou ocupado.

Longe de ser intimidada, Alexandra sentiu uma vontade abrupta de rir.

— Você parece um ator de teatro que aprendeu apenas uma frase de uma peça. "Não me incomode, estou ocupado."

O duque a encarou.

— Não aceito ser ridicularizado. É assim que você demonstra sua gratidão? Fiz o possível para perdoar publicamente suas indiscrições e, em troca, você me chama de ator? Um ator ruim, ainda por cima?

— Se você está tão ocupado, por que se esforçou para perdoar minhas indiscrições?

— Francamente! Kilcairn me pegou em um momento de fraqueza.

— Entendo.

— Não, você não entende. E já estou arrependido de aceitá-la na família outra vez. — Ele pegou um livro e bateu a gaveta. — Suponho que você queira dinheiro agora.

— Meu Deus — murmurou ela. — Eu não quero dinheiro. Tudo o que eu sempre quis de você era um pedido de desculpas, como acabei de dizer.

— Um pedido de desculpas? Já lhe disse, não pendurarei um retrato da sua mã...

— Não por isso — interrompeu ela bruscamente. — Quando meus pais morreram, pedi dinheiro. Apenas o suficiente para que eu pudesse quitar as poucas dívidas. Você recusou. Eu tive que vender a maioria das joias de mamãe e todas as pinturas de papai para isso.

— E com...

— Eu não terminei! Fiquei completamente sozinha depois que eles morreram. E você não fez nada... *nada*... para demonstrar que se importava se eu iria viver ou morrer.

— Você viveu. E agora parece determinada a me atormentar a cada momento.

Ela ficou em silêncio por alguns minutos. Com o rosto vermelho e inchado, o tio dela ainda não dava nenhuma indicação de que percebera que tinha feito algo errado. Talvez aquela fosse a diferença mais reveladora entre ele e Lucien: o conde assumia a responsabilidade por suas malvadezas. E, nos últimos tempos, trabalhara para corrigi-las.

Além disso, todas as negligências, manipulações e barreiras contra as quais ela lutara — todas colocadas ali pelo duque, porque ele não gostava da família dela — aparentemente eram invenção dela. Monmouth não a odiava. Ele apenas não se importava.

— Eu só queria um pouco do seu amor — disse ela devagar.

— Rá! Meu amor e meu bolso, você quer dizer.

— Não. Você não vai se desculpar, vai? Nem mesmo pela memória de minha mãe, sua própria irmã.

— *Ela* se casou com aquele maldito pintor contra a minha vontade. Não devo desculpas a ela, nem a ninguém.

De repente, sua raiva longa e ardente por ele — por toda aquela parte da família — murchou e morreu. Alexandra não queria fazer parte daquela família. Ela havia encontrado a família que queria.

— Bem, tio, eu sinto muito — disse ela. — E eu o perdoo, porque você obviamente não pode deixar de ser o homem sem coração que você é. Sei que, se pudesse evitar, não seria tão tolo.

Alexandra se virou na direção da porta.

— Eu não aceito ser insultado! — berrou ele para as costas dela.

— Você voltou para implorar por dinheiro, prima?

Alexandra parou. Virgil Retting estava no patamar da escada, inclinando-se sobre o corrimão para zombar dela.

— Bom dia, Virgil — disse ela, e continuou andando pelo corredor.

— Você nunca vai conseguir nada de nós, sua prostituta.

Aquilo foi a gota d'água. Endireitando-se, Alexandra se virou lentamente para encará-lo mais uma vez.

— Virgil, duvido que você tenha inteligência para me entender, mas vou tentar de qualquer maneira.

— Como...

— Eu não gosto de você — interrompeu ela. — Você é um tolo e um idiota vaidoso sem importância. Se você fosse pobre, não teria um único amigo. Se fosse um rato, eu não lhe daria a uma cobra por medo de o pobre animal ter uma indigestão. Agora, adeus e passar bem.

— Como ousa!

Ela caminhou pelo corredor e saiu pela porta da frente, com Shakespeare ao seu lado. A carruagem que ela contratara ainda esperava na rua, então ela deu ao cocheiro o próximo endereço e subiu. Seu tio parecia completamente incapaz de reconhecer a própria estupidez e de se desculpar, mas, felizmente, Alexandra não era.

—ɰ—

— Milorde, você deve… alterar esta emenda — disse o sr. Mullins, agitando folhas de pergaminho no ar. Metade delas escapou e voou pelo jardim como uma frota em miniatura de velas.

Lucien negou com a cabeça e voltou a aplainar a nova janela da adega.

— Não. Mais uma palavra sobre isso, e você vai precisar procurar outro emprego.

O advogado se esforçou para recuperar sua papelada.

— Mas… não faz sentido!

— Sr. Mullins, não me faça repetir.

— Sim, milorde. Claro. Mas o que… o que é essa reforma que você está fazendo? — O advogado apontou para a janela semiconsertada. — Você tem fundos suficientes para contratar um batalhão de trabalhadores para a Casa dos Balfour.

— Eu quebrei, eu conserto.

Olhando para o sr. Mullins, ele voltou à sua tarefa, desafiando o advogado a contradizer sua mentira. Ele não sabia como explicar que se não se mantivesse ocupado ficaria louco, ou como reparar a janela da adega o fazia sentir alguma conexão absurda com Alexandra.

Sua visita à Academia da Srta. Grenville tinha sido cinco dias antes. Se ela tivesse saído de lá imediatamente depois de ler a carta dele, deveria ter chegado a Londres no dia anterior. É claro que, até onde ele sabia, ela ainda poderia estar na Academia dando aulas sobre talheres.

Mas, caso ela decidisse voltar, ele estaria pronto. Os móveis do quarto dourado estavam de volta aonde pertenciam, assim como os outros objetos domésticos que ela conseguira pedir que fossem levados para a adega — embora, se ele pudesse escolher, ela dividiria os aposentos principais com ele. Ele havia alugado uma casa e criados para Rose e Fiona, para que a maldita tia ficasse o mais longe possível de Alexandra sem que ele precisasse quebrar sua promessa de ajudar Rose com o casamento.

Além disso, ele adquirira uma licença de casamento especial do arcebispo de Canterbury. Se Alexandra retornasse, ele não estava disposto a lhe dar outra oportunidade de escapar. O maldito "se" era a razão pela qual ele mal saíra de casa desde que voltara a Londres. Ele não estava disposto a arriscar não estar lá se ela aparecesse.

— Muito bem, milorde — suspirou o advogado. — Espero que você entenda que sempre lhe desejei o melhor.

Lucien olhou de soslaio para ele.

— É por isso que você ainda está aqui. No momento, porém, estou começando a achá-lo irritante. Chame Vincent, por favor.

O sr. Mullins fez uma reverência.

— Agora mesmo, milorde.

Assim que o advogado desapareceu em direção ao estábulo, Lucien encostou a moldura da janela na mesa de trabalho improvisada e se jogou no banco de pedra. Nunca tivera tempo de notar o belo jardim que seus jardineiros mantinham para ele. Ele estava vendo muitas coisas que nunca havia notado antes, e pensou que sabia o porquê: a raiva cínica e enjoada que parecia ser parte dele desaparecera. Ele devia aquilo a Alexandra.

— Alguém mais escapou da sua masmorra?

Lucien ficou de pé, a respiração presa na garganta. Alexandra atravessava o jardim, com Shakespeare a seu lado. Ela usava a musselina verde estampada de que ele tanto gostava, e, se não fosse pelo olhar hesitante nas orbes turquesa, ele quase podia acreditar que ela acabara de voltar de um passeio matinal.

— Não — respondeu ele da maneira mais fria que conseguia. — Estou trabalhando na prevenção de catástrofes futuras.

— Ah. Inteligente da sua parte.

Ela continuou a andar na direção de Lucien, que se forçou a ficar onde estava. Sua vontade era pegá-la em seus braços, mas ele havia dito que o próximo movimento no pequeno jogo de xadrez dos dois seria dela, e manteria sua palavra.

— É autopreservação. Se meu próximo prisioneiro escapasse, eu poderia ser preso.

Alexandra parou a poucos metros dele.

— Eu... li sua carta.

— Ótimo.

— Você não pode fazer isso. É loucura.

Ele arqueou uma sobrancelha.

— O que é loucura?

— Tirar a herança dos seus herdeiros!

— Ah, isso.

Finalmente, ela se aproximou.

— Sim, isso. Você deixou seu ponto bem claro, Lucien. Não quero que as gerações futuras sofram porque sou uma idiota teimosa.

Ele queria perguntar se Alexandra se referia às gerações futuras *deles*, mas deixaria que ela falasse o que precisava da maneira que quisesse.

— Foi só isso que você veio me dizer?

Ela corou, enrolando a coleira de Shakespeare na mão.

— Não. Eu queria... queria que você soubesse que eu segui seu conselho.

Pelo que ele conseguia lembrar, os conselhos que havia dado no passado recente eram bastante ruins.

— O meu conselho?

Uma lágrima escorreu pela bochecha delicada dela. Lucien ficou tenso, e seu coração batia forte. Ele correria atrás de Alexandra caso ela se virasse para fugir, mas, no final das contas, se partir fosse o seu desejo, ele teria que concordar.

— Sim — sussurrou ela trêmula. — Eu cedi um pouco. Fui ver meu tio.

Era mais do que ele esperava, mas Alexandra nunca fora previsível. Incapaz de resistir à vontade de tocá-la, Lucien estendeu a mão e secou a lágrima da bochecha.

— E?

Para sua surpresa, ela deu uma risada curta e vacilante.

— Ele é um homem horrível. — Alexandra pegou a mão dele, apertando os dedos. — E você não se parece nem um pouco com ele. Eu nunca deveria ter dito uma coisa tão odiosa.

Lucien deu de ombros.

— Eu já ouvi coisas piores.

— Não, não ouviu. É o pior insulto em que consigo pensar. — Ela fechou os olhos por um momento. — Isso é tão difícil de dizer.

Aquilo parecia promissor. Ele sorriu.

— Eu não sou a maldita Inquisição espanhola. — Lucien continuou olhando para ela, notando o calor da mão dela e a maneira como a leve brisa acariciava o cabelo dourado. Quando o silêncio se prolongou, ele riu. — Você tem que dizer alguma coisa eventualmente. Vai escurecer em algumas horas.

Alexandra assentiu. Ainda segurando os dedos dele, ela o guiou de volta ao banco de pedra. O coração de Lucien disparou em um ritmo nervoso enquanto ele a seguia, esperando que ela não conseguisse ouvi-lo.

— Sente-se — instruiu ela.

— Eu não sou uma das suas alunas.

— Sente-se.

Ele obedeceu, sem entender o que ela estava fazendo quando deu as costas para ele. Tudo o que Alexandra fez, porém, foi prender a coleira do cachorro na perna da mesa de trabalho e encará-lo outra vez.

Por um longo momento, ela ficou ali, olhando para ele, antes de voltar para onde ele estava sentado. Lucien deslizou para o lado para dar espaço para ela, depois parou, congelado, quando ela se ajoelhou aos pés dele.

— Não faça isso — disse ele com severidade, inclinando-se para levantá-la novamente.

— Está tudo bem. Fique quieto e apenas ouça pelo menos uma vez, está bem?

Lucien se endireitou.

— Está bem.

— Obrigada. — Alexandra respirou fundo. — Quero me desculpar com você. Você disse e fez algumas coisas muito, muito boas para mim, e eu…

Outra lágrima rolou pelo rosto dela. Jesus, aquilo era demais para ele. Ele só queria que ela visse a razão, não que implorasse perdão por qualquer errinho real e imaginário. Ele deslizou do banco e se ajoelhou na frente dela.

— Pare com isso — murmurou ele.

— Mas você disse…

— Esqueça o que eu disse. Apenas me diga o que está pensando. Seus pensamentos sempre me fascinam.

— Não ria da minha cara.

Ele pegou as duas mãos dela.

— Não estou. Você é a mulher mais fascinante, irresistível, atraente e desejável que eu já conheci.

— Eu te amo — Alexandra deixou escapar, e então passou os braços em volta do pescoço dele e o beijou.

Lucien a beijou de volta, puxando-a contra o seu corpo para que pudesse sentir o calor dela.

— Eu te amo — respondeu ele, emocionado.

— Então tenho uma pergunta a fazer — continuou Alexandra, com a voz trêmula e as lágrimas escorrendo pelo rosto.

— Ah, é?

— Lucien, quer se casar comigo?

Ele a beijou mais uma vez, com mais intensidade.

— Eu disse que aceitaria, Alexandra. Graças a Deus você não recuperou completamente sua sanidade.

— Eu recuperei. Finalmente. E é graças a você. — Ela passou os dedos pelo queixo dele. — Acho que eu simplesmente não conseguia acreditar que você me desejava.

Lucien riu.

— Eu a tranquei na maldita adega, Alexandra. Você estava começando a testar minha paciência.

— Você testa a minha o tempo todo.

— E espero continuar fazendo isso.

Ela se afastou um pouco dele, embora mantivesse as mãos firmes em sua camisa.

— Você tem que mudar seu testamento.

— Tem certeza? Eu quero *você*, Alexandra. Nada mais importa.

— Eu sei. — Ela o sacudiu. — Você é muito teimoso. Mude-o de qualquer forma, mas certifique-se de que Rose e Fiona receberão alguma coisa.

— Já cuidei disso. — Lucien a beijou de novo, desejando que eles estivessem em algum lugar que não fosse o jardim e que ele não tivesse pedido para chamarem Vincent. — Tenho uma proposta para você.

— Que tipo de proposta?

— Coloco nossos herdeiros de volta ao meu testamento se você se casar comigo esta tarde.

Uma expressão de choque invadiu o rosto delicado.

— O quê? Como...

— Está tudo arranjado. Era no caso de você retornar.

— Tem um padre trancado na adega?

— Teria, se eu tivesse pensado nisso. Você concorda?

Alexandra riu, seus olhos turquesa cintilando.

— Sim. Por Deus, sim, sim, sim! Case comigo neste instante.

Lucien colocou os dois de pé, depois pegou-a no colo.

— Como desejar. — Ele olhou para cima quando Vincent apareceu. — Vincent, traga a carruagem.

— Sim, meu senhor.

O criado deu meia-volta.

— Espere! — chamou Alexandra.

— O que foi? — perguntou Lucien, imaginando se teria que sequestrá-la novamente para levá-la à igreja.

— Vincent, por favor, cuide de Shakespeare. Voltaremos em breve.

— Sim, srta. Gallant.

— Sim, lady Kilcairn — corrigiu Lucien.

O criado sorriu e fez uma reverência.

— Sim, lady Kilcairn.

Alexandra olhou para Lucien enquanto ele a carregava no colo em direção aos degraus da frente.

— Ainda não, Lucien. Não atraia mau agouro.

— Você não vai fugir de mim de novo, Alexandra.

Ela passou os braços em volta do pescoço dele.

— Não quero mais fugir — sussurrou ela, e então o beijou. — Estou em casa agora.

Ele a beijou de volta.

— Eu também.

Este livro foi impresso pela Edigráfica, em 2021,
para a Harlequin. A fonte do miolo é Adobe
Caslon Pro. O papel do miolo é pólen soft
$70g/m^2$, e o da capa é cartão $250g/m^2$.